U0453008

本书受2016年教育部人文社会科学研究规划基金项目"秦腔与当代西北作家创作关系研究"（16YJA751025）资助

本书受西安工业大学专著基金资助

Research on the Relationship between Qin Opera and Contemporary Writers in Northwest China

秦腔与当代西北作家创作关系研究

王亚丽 著

中国社会科学出版社

图书在版编目(CIP)数据

秦腔与当代西北作家创作关系研究/王亚丽著. —北京：中国社会科学出版社，2024.2
ISBN 978-7-5227-2986-2

Ⅰ.①秦… Ⅱ.①王… Ⅲ.①秦腔—影响—文学创作—研究—西北地区 Ⅳ.①I206.7

中国国家版本馆CIP数据核字(2024)第035313号

出 版 人	赵剑英
责任编辑	王莎莎
责任校对	张爱华
责任印制	张雪娇

出　　版	中国社会科学出版社
社　　址	北京鼓楼西大街甲158号
邮　　编	100720
网　　址	http://www.csspw.cn
发 行 部	010-84083685
门 市 部	010-84029450
经　　销	新华书店及其他书店
印刷装订	北京市十月印刷有限公司
版　　次	2024年2月第1版
印　　次	2024年2月第1次印刷
开　　本	710×1000 1/16
印　　张	17
插　　页	2
字　　数	245千字
定　　价	98.00元

凡购买中国社会科学出版社图书，如有质量问题请与本社营销中心联系调换
电话：010-84083683
版权所有　侵权必究

序

  2020年11月教育部发布的《新文科建设宣言》，以人工智能时代与全球化格局变化为历史背景，赋予了新文科特殊的历史使命。当前各学科交叉发展和各领域知识融通的趋势日益加强，打破传统的学科专业壁垒推动文史哲深度融通，就要用好学科交叉融合的"催化剂"。在传统戏曲与现代小说的关联中，两者既显示出各自的艺术个性，有着不同的文化姿态和命运，同时又相互影响，呈现一定程度上的融合和贯通。传统戏曲和现代小说的交叉融合研究正是在此基础上发生的，二者的研究开拓了文学和戏曲研究的视界，为具体的小说研究和戏曲研究提供一个新的参照系和观察点，从而使此关系研究具有文体学的意义。

  小说和戏剧作为文学体裁的两种类型，在文学发展史上彼此影响，古代的小说和戏曲，相互依托、共生共存，互相渗透，相得益彰。小说和戏曲在发展的过程中多次相融互补，因此，小说被李渔视为"无声之戏曲"，二者共同点缀中外文学的璀璨历史。戏曲文化在中国的历史源远流长，戏曲文化在民众生活中起到至关重要的作用，在数千年的积淀流转中，戏曲成为整个民族的"集体无意识"，是传统文化的侵淫浸润的结果。"听戏"不仅是中国人的生活常态，其间传递的价值观更是成为中国人文化血液的一部分而世代相传。

  20世纪以来，中国的知识分子在对待戏曲文化的态度上，不再执着于精英视角的文化批判，而把视野放在作为传统文化核心戏曲的欣赏与认同上。张爱玲、白先勇、莫言、贾平凹等作家，对戏曲是由衷地热爱，他们认为戏曲有一种"浑朴含蓄"的好处，蕴含着中国特有的人情世故。现代作家利用戏曲转换和还原自己对现代性的感悟和思考，他们是受戏曲情境的激发引起创作的。戏曲不再是零星出现在小说文本中的散状点缀，开始有计划、有象征意味地出现在小说中。小说主动、有意地利用、模拟戏曲材料，采用"戏中戏"的叙事结构，使之成为小说叙述的有机组成部分。

在西北地方戏剧中，以秦腔最为著名，成为他们接触与想象外面世界的基本方式。在汗牛充栋的研究文章中，西部深厚的文化积淀和黄土地莽阔浑厚的地理环境，一直被评论家认为是西部文学兴盛的缘由。我们以往的研究往往只注重地域的因素，忽视了地方戏曲对作家创作的影响，然而深入到西部作家的内心世界，我们会发现，以秦腔为代表的戏曲文化和西部独特的人格文化，对他们的影响更大一些，当然也有西部文化对作家的影响。戏曲秦腔进入西北当代小说，作家以纯粹的民俗学眼光去审视笔下的民俗文化生活，从而在思想和审美两个层面，凸现出民俗文化对于作家写作的价值和意义，因而使其写作于内在的质地和品性上显现出了浓郁的民族风味。

本著作以秦腔与当代西北作家创作关系为主要研究对象，主要考察二者在生成、发展的过程中出现的关系形态和关系现象，梳理小说与戏曲之间故事题材的沿袭关系，考索同一或同类故事题材在小说和戏曲间的流变轨迹，探讨小说与戏曲共有的艺术特性等。将秦腔与当代西北作家创作关系研究视为两个文类关系的研究，借用传统戏曲的研究方法与成果，分析秦腔与当代小说之间的交叉关系。通过文本细读与社会—历史批评方法相结合，用于分析秦腔与当代西部文学文本之间的"跨文本"互文现象、内部结构的互文现象，以及形式互文现象产生的原因、互文现象对小说文本意义造成的影响。

与以往的研究相比，本著作在以下几个问题的研究中表现得尤为突出：

（1）钩沉、梳理当代西北作家创作文本中的秦腔资料。现代小说中关于戏曲的描写，是那个特定历史时代戏曲活动的忠实记录，在戏曲资料大量湮没的情况下，这些记录描写弥足珍贵。著作对于重新理解秦腔与当代西北作家创作关系的研究提供了颇有价值的启示，在丰富的史料中，呈现出新锐的问题意识，无论在传统戏曲层面，还是当代西北作家创作研究层面，均有重要贡献。

（2）著作认为小说文本与秦腔内容建立起了互文关系，秦腔与当代西北作家创作文本的母题互文，结构互文，美学风格互文是著作的重点研究内容。作者抓住秦腔与当代西北作家创作关系中十分重要、持续至今的疑难问题，解析它们在实验探索中的创新呈现。尤为可贵的是，论著视野宏阔，以作家作品为引证实据，文本分析恰当贴切。

（3）著作为构建完善的戏曲与现代作家作品互文批评体系积累经验。在对秦腔与西部文学进行有重点、有层次的专题个案分析基础上，建构相对宏观的戏曲与文学互文批评体系，为进一步构建成熟、完善的现代小说互文研究理论体系进行尝试性探索，积累研究经验。

（4）著作以宏阔的历史视野和微观的现实细察，论述当代作家陈彦与庄周传统与佝偻承蜩的关系，陈彦透过民间的镜像来观照中国历史、现实与传统，是在戏曲搭建中被"激发"的民间。戏曲秦腔无意中展示了乡土文化在城市文明进程中不断变化、革新甚至缩减、消亡的过程，揭示当下乡土叙事题材大小互见的新元素，为当代中国乡土文学的研究开拓新境。

（5）作者以"引文式"的研究方法，对秦腔与当代西北作家的创作关系进行考察与辨析，阐明戏曲秦腔对当代西北作家的影响，打通古今、视野开阔，既有对文学史宏大命题的精准聚焦，又考察具体文本中的微妙细节，阐明传统戏曲和现代小说始终是互动建构的文学共同体。文风诚恳平实，为当代文学的研究开拓了新思路与新范式。

本著作探讨以戏曲为主的"传统声音"在当代小说创作中的重要地位和意义，分析其对当代西北作家创作的重要影响，以及它带给现代社会及其当代小说的冲击。既从宏观系统的角度以秦腔与当代西北作家为主体研究对象进行全面考察，又选取有代表性的作家作品深入探讨前因后果，这是对以往零散研究的突破，为西部文学经典的当代接受及传播提供理论参考。总体来说，《秦腔与当代西北作家创作关系研究》具有大视野，不只针对单篇、单部小说进行局部的微观讨论，是对秦腔与中国西部文学的整体的、宏观的研究专著。

王亚丽以翔实的资料为论证依据，在总体背景下和论题导引下对个案作家进行了准确细致的分析，由此把握到当代西北作家创作与秦腔艺术关系特征及其审美取向，一定程度上拓展和深化了这一学科领域，表现出科学的研究态度和严谨扎实的学风，值得肯定。书中有不少具有启发性的见解，值得珍视的，希望她在学术研究的道路上，继续努力，在区域文学的研究领域取得更好的成绩。

是为序。

李继凯

2023 年 11 月 10 日于西安

目　录

序 ……………………………………………………… 李继凯（1）

绪论 ………………………………………………………………（1）
　第一节　地之子——"我是农民" ………………………………（5）
　第二节　"一派秦声浑不断" ……………………………………（10）
　第三节　秦腔与当代西北作家的美学追求 ……………………（17）

第一章　文化空间、秦腔与互文叙事 ……………………………（21）
　第一节　秦腔与贾平凹创作的关系 ……………………………（22）
　第二节　秦腔与贾平凹小说"戏中戏"互文叙事 ………………（37）
　第三节　贾平凹小说的文化建构与身份认同 …………………（46）
　第四节　"古典"传统与贾平凹小说的现代性 …………………（65）

第二章　关中民俗、秦腔与文化空间 ……………………………（85）
　第一节　民俗兴趣的发生与陈忠实的写作 ……………………（85）
　第二节　秦腔与《白鹿原》的互文关系 …………………………（91）
　第三节　乡土、革命与《白鹿原》的道德怀旧 …………………（97）
　第四节　《白鹿原》中的文化空间与女性 ………………………（104）

第三章　"生存美学"、秦腔与新乡土书写 ………………………（112）
　第一节　"生存美学"与陈彦的"庄周"之道 ……………………（112）

第二节　秦腔与《主角》的戏里戏外关系 …………………（121）
　　第三节　《主角》的文化精神与史诗传统 …………………（134）
　　第四节　精神原乡与新乡土书写 ……………………………（150）

第四章　戏曲文化、批评范式与文化认同 ………………………（159）
　　第一节　传统戏曲与现代小说批评范式的建构 ……………（159）
　　第二节　传统戏曲与现代小说的互文与置换 ………………（167）
　　第三节　论叶广芩《豆汁记》的戏曲文化意蕴 ……………（178）

第五章　形式转换、艺术创新与经典改编 ………………………（184）
　　第一节　从小说到戏剧：《白鹿原》形式转换与意义重构 …（184）
　　第二节　从小说到电视剧：《平凡的世界》形式转换与
　　　　　　意义重构 ………………………………………………（194）
　　第三节　从小说到电视剧：《装台》形式转换与意义重构 …（210）

第六章　启蒙错位、通俗小说与戏曲化的人物 …………………（233）
　　第一节　赵树理与地方戏曲的关系 …………………………（233）
　　第二节　书写戏曲化的乡土人物 ……………………………（241）
　　第三节　文本中启蒙的错位 …………………………………（247）

结语 ………………………………………………………………（255）

参考文献 …………………………………………………………（259）

后记 ………………………………………………………………（265）

绪　论

在西北地方戏剧中，以秦腔最为著名。文学与戏曲的关系是文学史上的一个重要命题，这一点已渐为学界所注意。但对于其研究，意念多于实绩，很多问题语焉不详，许多论述还是重复前人的思路，或简单地将小说和戏曲两种文体放在一起进行各种枝杈部分的对照比附，缺乏系统性、开创性，这种状态亟待突破，以推进文学与戏曲关系的研究步伐。

早期的研究侧重于地域文化对中国西部文学影响。在汗牛充栋的研究文章中，西部深厚的文化积淀和黄土地莽阔浑厚的地理环境，一直被评论家认为是西部文学兴盛的缘由。然而深入西部作家的内心世界，我们会发现，以秦腔为代表的戏曲文化和西部独特的人格文化，对他们的影响更大一些。当然也有西部文化对作家的影响，但我们以往的研究往往只注重地域的因素，忽视了地方戏曲对作家创作的影响。

在民间文艺资源或跨艺术研究的大范畴下探讨秦腔与中国西部文学的研究。传统戏曲与现代文学的研究从鲁迅论戏剧、张爱玲与中国戏曲、赵树理与山西上党梆子、白先勇与昆曲等研究开始，是涵盖在跨艺术的大范畴之下的。2000年之后，也出现了戏曲与西部文学的跨艺术研究，如叶广芩与京剧、陈忠实与秦腔的相关论述。除此之外，在民间文艺资源的范畴下，秦腔与中国西部文学的研究也取得一定的成果，如王鹏程的硕士论文《秦声秦态最迷离》首次较清晰地梳理了秦腔与秦腔文化与陕西当代文学的关系。还有从传播学的角度研究从小说到戏曲的改编，如郭子辉《从小说到戏曲：鲁迅作品改编的传播学解读》，是以剧作家陈涌泉根据鲁迅小说《阿Q正传》和《孔乙己》改编而成的曲剧本《阿Q与孔乙己》为例，从传播学角度研究改编后的作品和原作之间的变化，这一点值得借鉴。

"互文性"研究方法的运用，为秦腔与中国西部文学关系的研究寻找到新的突破口。20世纪80年代以来互文性作为一种有效的文学批评方法被广泛运用于各时期的各体文学研究并呈日渐繁荣之势，这一研究方法给文学与戏曲的研究带来了新的生机。调整以往文本研究将对象视为封闭主体的固定思路，正视文本意义的开放性，目前互文性理论在传统戏曲与现代小说研究领域也开始得到一定程度的运用。

我们回顾传统戏曲与20世纪中国现代文学关系的研究，研究者主要在作家创作中发掘戏曲影响的痕迹，以及这些戏曲质素在小说的情节结构、人物塑造和主旨表达上的功能方面做出了有益的探索。秦腔与中国西部文学关系的研究成果也致力于这几个方面的开掘，但是在以往研究中，以下几个问题表现得尤为突出：第一，在梳理作家创作文本与秦腔经典曲目间故事题材的互文关系、考索同一或同类故事题材在小说和秦腔间的流变轨迹，探索小说、戏曲共有的艺术特性等方面还需进一步深入研究。第二，对读者参与的关注程度有限，互文性批评要求消解作品结构中心主义，强调对文本进行开放式解读，在此过程中，读者的主动参与至关重要，然而从现有成果来看，对读者的重视尚未充分显现。第三，研究缺乏系统的宏观视野，现有论文几乎都只针对单篇、单部小说进行局部的微观讨论，尚未有秦腔与中国西部文学的研究专著问世，符合本土戏曲与文学自身实际的批评理论体系、具有参考价值的操作范式均亟待建立。

1. 研究内容：

本书是秦腔与当代西北作家创作关系的研究，主要在作家创作中发掘戏曲影响的痕迹，以及这些戏曲质素在小说的情节结构、人物塑造和主旨表达上的功能方面做出了有益的探索。与以往的研究相比，本著作在以下几个问题的研究中表现得尤为突出：

（1）在梳理作家创作文本与秦腔经典曲目间故事题材的互文关

系、考索同一或同类故事题材在小说和秦腔间的流变轨迹，探索小说、戏曲共有的艺术特性等方面进行了深入研究。

（2）秦腔作为西北地区文化空间建构的主体，体现着大众化的特点，贾平凹巧妙地借鉴了读者对秦腔的熟知与认同，"召唤"着读者进入文本接受语境。因此，作者在小说中不断地插入秦腔戏文，使得小说文本与秦腔内容建立起了互文关系，创造出了别具一格的叙事模式。

（3）陈忠实小说和秦腔可以说是完成了文学和戏曲的"复婚"。在某种程度上，秦腔也影响了陈忠实的文化心态，以及小说的美学风格。秦腔在三秦大地填补甚至虚拟了"典籍历史"，作家将戏曲诗化、写意的空间舞台，搬到小说中，转还了自己对历史和人生的感悟和思考。

（4）戏曲秦腔无意中展示了乡土文化在城市文明进程中不断变化、革新甚至缩减、消亡的过程，陈彦通过《主角》忆秦娥形象体现的"生存美学"，感受庄周传统与佝偻承蜩，正是其精神还乡最重要之所在。陈彦透过民间的镜像来观照中国历史、现实与传统，是在戏曲搭建中被"激发"的民间。

（5）秦腔是京剧的母体，叶广芩在小说创作中嫁接京剧名作的做法，是一种具有现代意识的文化再造和故事改良，寄托了作家对戏曲文化的重新体认和文化自觉，通过戏曲中人物之口写出了对于人世变幻的感悟，戏曲元素的运用丰富了作品的文化意蕴，是对"戏梦人生"的思考。

（6）部分当代西部小说被改编成戏剧和电视剧，如陈忠实《白鹿原》改编成话剧《白鹿原》，路遥《平凡的世界》改编成电视剧《平凡的世界》，陈彦《装台》改编成电视剧《装台》，从传播学角度研究改编后的作品和原作之间的变化。

（7）赵树理小说《小二黑结婚》人物丑角化塑造，主要是借鉴地方戏曲中"方巾丑"迂腐、糊涂的性格因素。山西地方戏曲和秦腔都是在山陕梆子的基础上发展而来，秦腔中丑角行当既可以穿插于生、旦、净之间，起辅助性或点缀性的作用，又可以独挡一面，从小说的阅读效果来看，赵树理的落后人物比新人更丰满是研究界公认的事实，主要是借鉴戏曲艺术资源形式特征。

《秦腔与当代西北作家创作关系研究》具有大视野，不只针对单篇、单部小说进行局部的微观讨论，是对秦腔与中国西部文学的整体的、宏观的研究专著，符合本土戏曲与文学自身实际的批评理论体系、具有参考价值的操作范式均已建立。

2. 研究方法：

（1）交叉研究：秦腔与当代西北作家创作关系研究，是两个文类关系的研究，借用传统戏曲的研究方法与成果，分析其与现代小说之间的关系。

（2）文本细读与社会—历史批评方法相结合：主要用于分析秦腔与当代西部文学文本之间的"跨文本"互文现象、内部结构的互文现象，以及形式互文现象产生的原因、互文现象对小说文本意义造成的影响方面来研究。

（3）宏观与微观相结合：既宏观勾勒秦腔与当代西部文学关系的总体状况，又选取有代表性的作家作品深入探讨前因后果，点面结合。

3. 研究对象：

本著作从宏观角度以秦腔与当代西北作家的创作关系为主体研究对象进行全面考察。主要考察二者在生成、发展的过程中，出现了许多的关系形态和关系现象，其生成渊源、表现特征和文学意义皆潜隐于二者关系的发展脉络中。梳理小说、戏曲间故事题材的沿袭关系、考索同一或同类故事题材在小说和戏曲间的流变轨迹，探讨当代西部小说与秦腔在形式体制和创作手法方面的相互影响、交流关系，探索小说、戏曲共有的艺术特性等。著作主要论述了秦腔与贾平凹、陈忠实、陈彦等作家的关系，此外还涉及作家叶广芩与京剧，赵树理与山西地方戏曲的关系，由于京剧和山西地方戏曲与秦腔有着同宗同源的关系，因此将二者放在秦腔戏曲的大范畴下来讨论。

4. 研究意义：

（1）为深入推进当代作家作品的研究提供新的视角和思路。融合结构主义重视文本内部叙事结构以及社会—历史批评关注历史文化背景的批评方法，对秦腔与当代西部作家作品的关系进行系统解析，为当代文学研究寻找新的突破口。

（2）为构建完善的戏曲与现代作家作品互文批评体系积累经验。在对秦腔与西部文学进行有重点、有层次的专题个案分析基础上，初步建构相对宏观的戏曲与文学互文批评体系，为进一步构建成熟、完善的现代小说互文研究理论体系进行尝试性探索，积累研究经验。

（3）为丰富互文性理论的批评实践进行多角度尝试。在西方互文性理论批评关注内容解析的常规视野之外，结合本土互文观念，通过对秦腔与西部小说的形式、结构等多方面展开互文分析，发掘艺术形式的互文性对文学建构的意义，丰富互文性的批评实践和理论价值。

（4）为西部文学经典的当代接受及传播提供理论参考。关注西部小说文本的解读与传播方式（如影视改编），既丰富现代小说研究的视野范畴，亦为其它文学经典在现代语境之下的接受与传播研究提供理论和实践的参考。

第一节　地之子
——"我是农民"

当代西北的作家大多与乡土文化有着深刻关联，地理景观决定人文景观的生成，西北境内的土壤地质以黄土为主，宽阔深厚的黄土层是由西北方的沙漠和戈壁地区吹来的尘土经过长期的堆积和河流冲刷沉积而成。无论是第一代的赵树理、柳青、杜鹏程、王汶石①，还是第二代的贾平凹、路遥、陈忠实、葛水平，都从西北民情、民风、民俗特别是丰富的民间文化中汲取营养，他们都无法离开养育他们的西北大地，尤其是在小说的地域化取向上，土地为作家们提供了极佳的素材，作家们更难以割断这种精神上的维系，脱离地域化的文化心态。作家们在小说人物的塑造上和乡土社会的描写上充分反映出如此的地

---

① 林默涵：《涧水尘不染，山花意自娇——忆柳青同志》，载《柳青写作生涯》，百花文艺出版社1985年版，第121页。

方性，实际上是他们"关于自身精神、文化血缘的一种指认"①。评论家李星则将他们称为"城籍农裔"作家。在20世纪以来的中国文学中，许多作家都在反复地强调自己的农民身份。如沈从文反复声称自己是"乡下人"（《习作选集代序》）。李广田说"我是一个乡下人"（《画廊集·题记》），台静农、蹇先艾、许钦文、芦焚（师陀）、王统照、许地山、曹聚仁都在强调自己是"地之子"。

林语堂也相信自己"仍然是用一种简朴的农家子弟的眼睛来看人生"②。但值得注意的是，这些作家文化心理的认同因人而异，农村、乡土题材既启蒙了中国现代文学的发展，也多少制约了这一时期中国文学的发展，但作家对于自己文化血脉和渊源的这种类似雷同的诠释，是地域文化对该地文学起到的重要影响。尽管当代西北的作家身处陕北、关中、陕南三个文化版块和甘肃、宁夏等地，但这种文化心理的认同是一致的。费孝通先生说得很明白："因为直接有赖于泥土的生命才会像植物一般的在一个地方生下根，这些生了根在一个小地方的人，才能在悠长的时间中，从容的摸熟每个人的生活，像母亲对于她的儿女一般。陌生人对于婴孩的话是无法听懂的，但是做母亲的人听来都清清楚楚，能听出没有字音表达的意思来。"③

贾平凹也一直在标榜自己的农民身份，自1972年离开商州来到西安进入西北大学中文系就读后，他开始了城市生活，但直至1993年《废都》出版前，这21年的城市生活并未促使他写过任何一篇城市题材小说，反而因为城市生活和所阅读的现代文学、哲学书籍而使他有了现代意识，促使他回头更积极地去审视商州的历史、传统、文化和现实生活。《废都》是他的第一本关于城市的小说，《白夜》同样以西京城为背景，题材已然从乡土延伸到城市，但他写城市，背后都有一个或隐或现的乡村，亦即小说人物出身于乡下的背景或者是他所认同

---

① 赵园：《地之子》，北京十月文艺出版社1993年版，第6页。
② 林语堂：《林语堂自传》，《文汇月刊》1989年第7期，简又文译，见赵园《地之子》，第6—7页。
③ 费孝通：《乡土中国·生育制度》，北京大学出版社1998年版，第10页。

的"农民意识"。在长篇散文《我是农民》中，他说："当我已经不是农民，在西安这座城市里成为中产阶级已经二十多年，我的农民性并非彻底褪去，心里明明白白地感到厌恶，但行为处事中沉渣不自觉地泛起。"① 之所以如此，这跟贾平凹作为一个"城籍农裔"作家的情感认同相关。尽管他已寄居于城市，不再身体力行地干着农活，做地地道道的农民，但他进城之前的19年农村生活已经成为一个抽象的精神印记，不是挤进城市居民的行列之后就能轻易抹灭。因为这里还会牵扯到城乡之间长期以来巨大的生活、文化差距所导致的精神苦痛。这种农民意识的形成与他对自己农民身份与情感认同关系密切，集中体现在后来的《我是农民》一文中。贾平凹执拗地对于自己身份的强调，"不仅是普通意义上的身份认同，而且同时标明了自己的文化谱系、价值承传和审美趣味，它具有创作心理学上的意义"②。所谓"农民性"与"农民意识"，是农村生活所给予的根深蒂固的烙印，故尽管贾平凹已经是城市居民，他仍要以"我是农民"来定位自己。从《满月儿》到《浮躁》，一直到《废都》《秦腔》《古炉》《老生》《极花》，贾平凹一直关心着农村的历史进程，他的写作包含了关于乡土的切身体验、情感认同与理性思考，切实地传达出农民在历史进程中所遭遇的种种变化。在《高老庄·后记》中他说："我的出身和我的生存环境决定了我的平民地位和写作的民间视角关怀和忧患时下的中国是我的天职。"

路遥对黄土地更是魂牵梦绕，难以割舍。作家们自身"我是农民"的自我定位，其实也就有意识地与"城裔城籍"的作家区隔开来，他说："任何一个出身于土地的人，都不可能和土地断然决裂。我想，高加林就是真的去了联合国，在精神上也不会和高家村一刀两断。"③ 路遥在20世纪80年代之后的文化与文学思潮的启发下，更自

---

① 贾平凹：《我是农民》，吉林人民出版社1998年版，第18—19页。
② 汪政：《贾平凹论》，载贾梦玮《河汉观星——十作家论》，云南人民出版社2004年版，第158页。
③ 路遥：《早晨从中午开始》，载《路遥文集·一二卷》，陕西人民出版社1993年版，第285页。

觉地以文学创作的角度，逐渐注意到生活所在的地域文化对自身创作的意义，使他们更注意地域历史文化的描写，形成各自的文学根据地。在德国的访问期间，他写道："一切都是这样好，这样舒适惬意。但我想念中国，想念黄土高原，想象我生活的那个贫困世界里的人们。即使世界上有许多天堂，我也愿在中国当一名乞丐直至葬入它的土地。"① 因为位于西北内陆的陕西省，随处可见的农村风光与深厚的农耕文化是其地域文化组成的重要一环，它不仅是一种生活、生产方式，也是作为一种地域文化的面向深深影响着秦地作家的创作取向和文学风貌。路遥说他今生今世也离不开陕北，他"走在山山川川沟沟峁峁之间，忽然看见一树盛开的桃花、李花，就会泪流满面，确实心就要碎了"②。"从感情上说，广大的'农村人'就是我们的兄弟姐妹。""作为血统的农民的儿子，正是基于以上的原因，我对中国农民的命运充满了焦灼的关切之情。我更多地关注他们在走向新生活过程中的艰辛与痛苦，而不仅仅是到达彼岸后的大欢乐。"③ 陕西农村题材之所以蔚为大观，总体风格之所以"土"，就是因为陕西作家大多出身于农村，加之地理环境的封闭和秦人重土的文化性格使然，因此，他们深入生活的文学根据地自然就在农村。

陈忠实的写作是对陕西文学传统的继承，其中柳青对他的影响极为重要，他信服柳青"三个学校"的主张，对柳青为何把生活作为第一个学校有深刻的体会。此外，陈忠实还受到赵树理的影响，他在童年阅读第一本小说——赵树理的《三里湾》的时候，曾经谈道："这本书把我有关农村生活记忆复活了，也是我第一次验证了自己关于乡村关于农民的印象和体验。如同看到自己和熟识的乡邻旧时生活的照片。这种复活和验证在幼小的心灵引起的惊讶、欣喜和浮动是带有本

---

① 路遥：《早晨从中午开始》，载《路遥文集·一二卷》，陕西人民出版社1993年版，第289页。
② 史铁生：《悼路遥》，载《史铁生作品集·三》，中国社会科学出版社1995年版，第377页。
③ 路遥：《早晨从中午开始》，载《路遥文集·一二卷》，陕西人民出版社1993年版，第286页。

能性的。"① 陈忠实成长和工作、生活所在地的故乡——关中平原，是他写作最重要的取材来源，因为这也是他最熟悉的地方，于感情上有强烈的共鸣，使他无法不将眼光投注在这片土地上可亲可爱的乡亲父老们，为了他们而写作。在中篇小说《四妹子·后记》里，陈忠实说："农民在当代中国依然是一个庞大的世界。我是从这个世界里滚过来的，我出生于一个世代农民的家庭。进入社会后，我一直在农村做工作。教书时，我当的是农村学校的民办教师，学生几乎是清一色的农民子弟。当干部时，我一直在区和乡政府工作，工作对象自然还是农民，除了农民就是和我一样做农村工作的干部。这样的生活阅历铸就了我创作的必然归属于农村题材。我自觉至今仍从属这个世界。我能把自己在这个世界里的生活感受诉诸文字，再回传给这个世界，自以为是十分荣幸的事。农民世界是一个伟大的世界，尽管人们以现代的眼光来看取这个世界时，发觉它存在着落后、愚昧、闭塞、保守、封建、迷信以及不讲卫生等弊端，然而它依然不失其伟大。在几千年来缓慢演进和痛苦折磨中而能保持独立的民族个性，仅此一点，就够伟大了。"② 陈忠实是关中土生土长的作家，一个人性格的养成，一个作家文风的形成，虽然有许多复杂的因素交互影响，但作为影响之一的地域文化在陈忠实这样长年蛰居关中，并致力于描写关中农村生活的作家身上，关中地域文化对他文学风格与内容的影响力不容忽视。

并且，这一批从乡村来到城市的"农裔城籍"作家都在农村长期生活过——其人格心理与价值观形成最重要的儿童、青少年时期，故其文化认同与情感归属基本上都是指向"农裔"的身份，对于农村故土有一份难解的情结。也因此他们的作品经常流露出对家乡农村土地深厚的情感，和对农民命运、生活的深切关怀，即使生活不断前进、变化，他们依然坚守着乡土、农民文化，既有理性的审视，又有深刻的眷恋。这是当代西北作家普遍存在的"怀乡恋土"情结，而农村、乡土也因此成为西北几代作家不断书写、开掘的传统题材，20

---

① 陈忠实：《我的文学生涯——陈忠实自述》，《小说评论》2003年第5期。
② 陈忠实：《四妹子》，中原农民出版社1995年版，第314—315页。

世纪80年代之后更注重对乡土地理的审美和历史文化精神的展现，扩展了农村题材乃至当代西北文学创作的新视野。当代西北作家对土地的深深眷恋，正如艾青所言："为什么我的眼里常含有泪水？因为我对这土地爱的深沉。"爱之深，责之切，他们始终关注农村的变化和农民的命运，这也是其作品一贯的关怀。李广田在《地之子》里写道："我是生自土中／来自田间的／这土地／我的母亲／我对她有着作为人子的深情。"作家们的理性思维与务实精神反映在其身上则有他们对现实生活的关注。对于当代西北作家来说，他们"对发生于乡村的痛苦怀有深切的悲悯之情，但他们更自居为那个空前广阔的时代之子。乡村痛苦，在他们的感觉中，是与所在皆有的人生痛苦连成一片的"[1]。所以我们不难理解"地之子"们为了书写家乡的土地而奉献的可贵精神。

第二节 "一派秦声浑不断"

秦腔是地方剧种，照字面可解释为"秦人之声"，与秦地的历史文化密切相关，是历史演进中留下来的文化遗产，亦是秦地农民共有的文化记忆，与他们的生命联系在一起。"秦腔在这块土地上，有着神圣不可动摇的基础。""每每村里过红白丧喜之事，那必是要包一台秦腔的；生儿以秦腔迎接，送葬以秦腔致哀；似乎这个人生的世界，就是秦腔的舞台。""听了秦腔，酒肉不香。"[2] 贾平凹的散文《秦腔》(1983)，将秦地农民与秦腔之间的关系描绘得相当贴切和生动。秦腔不但影响了陕西作家的文化心态，也决定了陕西当代小说的美学风格。秦腔发源于关中西府，但在秦地很流行，是过去秦地以农业文明为主的生活中最大的艺术与娱乐。如其所言："农民是世上最劳苦的人，尤其是在这块平原上，生时落草在黄土炕上，死了被埋在黄土堆下，秦腔是他们大苦中的大乐。"与西凤白酒、长线辣子、大叶卷烟、牛

---

[1] 赵园：《地之子》，十月文艺出版社1996年版，第3页。
[2] 贾平凹：《丑石》，载《贾平凹作品》（第18卷），译林出版社2012年版，第241页。

肉泡馍同为他们生命的五大要素。秦腔在西北五省区，尤其是在关中的风行，绝不亚于古希腊的悲喜剧演出，只有这秦腔，也只能有这秦腔，八百里秦川的劳作农民只有也只能用这秦腔来表达他们的喜怒哀乐。所不同的是，古希腊的戏剧演出有浓厚的主流意识形态性质，但秦腔的演出完全是民间自发的，他们的家乡交响乐除了大喊大叫的秦腔还能有别的吗？秦腔的内容大多是忠孝节义，秦人自古是大苦大乐之民众，可以毫不夸张地说，当代文坛没有一个地方剧种像秦腔和当代西部小说融合得那样紧密。"人们自己创造自己的历史，但他们并不是随心所欲地创造，并不是在他们自己选定的条件下创造，而是在直接碰到的、既定的、从过去承续下来的条件创造。""一切已死的先辈们的传统，像梦魇一样纠缠着活人的头脑。"马克思说："传统的秦人之所以有视秦腔如生命的宗教心理，正是因为他们能从这种土生土长的民间样式里，看到自己的影子，寻找到心灵的归宿，感受到精神的愉悦，并达致情感的共鸣。"①

显然，这一富有地域色彩的秦腔，除了作为一种声音的艺术之外，由于它本发源于乡土民间，与秦地农民的生活密切相关，故是秦地农民共有的文化记忆。对陈忠实而言也是如此，陈忠实说："如时间而论，秦腔是我平生所看到的所有剧种中的第一个剧种；如就选择论，几十年过去，新老剧种或多或少都见识过一些，最后归根性的选择还是秦腔，或者说秦腔在我的关于戏剧欣赏的选择里，是不可动摇的。"② 他的《白鹿原》就是"喝着酽茶，听着秦腔"③ 写出来的。贾平凹的《秦腔》要以"秦腔"为名，以"秦腔"作为贯穿小说最重要的一种声音素材，是因为秦腔汇聚了他对故乡的情感和记忆，最能演绎出他记忆中的乡土，且就小说重要的题旨——对乡土文化的关怀来看，小说既名为"秦腔"，就肯定有所寓意，它在小说中是作为传统

---

① 何桑：《历史进程中的秦腔艺术》，载李培直、杨志烈《秦腔探幽》，陕西旅游出版社2001年版，第124页。
② 陈忠实：《惹眼的〈秦之声〉》，载《原下集》，上海人民出版社2002年版，第2页。
③ 陈忠实：《关于〈白鹿原〉的问答》，《小说评论》1993年第3期。

民间文化的代表，借由它的逐渐没落传达了故乡及其代表的乡土文化之废。

秦腔汇聚了当代西北作家们对乡土的情感和记忆，如果不廓清秦腔对当代西部小说的影响，就不能演绎出他们记忆中的乡土，也就无法深层次地研究和理解当代西部小说。它不但是老百姓"大苦中的大乐"，还能代表秦人之声，而且如黄土一样融入农民的血液当中，构成了他们的生活和生命。更为重要的是，它的慷慨悲凉、热耳酸心的美学特点内化为当代西北作家的美学追求，直接影响了当代西北作家的创作。在柳青等第一代作家身上，作家将秦腔作为一种重要元素，一点一点地渗透到小说当中，点染气氛。如在《创业史》中："白占魁唱了两句秦腔——老牛力尽刀尖死，韩信为国不到头。郭锁问他唱什么，他说了韩信替刘邦打得天下，刘邦怕韩信比他能干，把韩信骗到长安去杀了……"（第二部第十三章）。"手里拿着一张纸，晃晃荡荡走过土场，孙委员（水嘴）快乐地唱着秦腔：老了老了实老了，十八年老了王宝钏。"（第一部第四章）在高增福被选为互助组副组长以后，冯有万跑过来，学着秦腔的姿态和道白说："元帅升帐，有何吩咐，小的遵命就是了……"（第二部第二十九章）透过这样的描写，四散在小说各处的秦腔其实是一个浑融的文化意象，它构成小说、小说中的生活、小说中的人物所共有的一种文化和精神的质地。更具体地说，秦地丰厚的文化积淀、独特的自然地理景观、浓郁的民风民俗和保留完整的方言土语等都是陕西作家的创作沃土，它一直都存在，只是静静等待着被发现，一旦发现，作家的写作便走向地域化，呈现出不同的地域风情。

到了贾平凹这里，秦腔在作品中的地位越来越重要，《秦腔》以故乡商州棣花为焦点，集中地描写了中国农村生活自改革开放以来的种种问题，包括农村的文化价值观念、经济结构、人际关系等变化。在贾平凹早期的《西北口》中，小四为安安唱《张良卖布》："你把咱家的大环锅卖了做啥/我嫌它烧煎水光着圪针/你把咱大槐树卖了做啥/我嫌它不结果只招老鸦/你把咱木风箱卖了做啥/我嫌它拉起来扑哩扑嗒。"在这里秦腔成了传情达意的工具。小说的结尾处仍是以秦腔结尾："……黄土窝里女子叫人爱/刺绣泥塑样样帅/秦腔野的蛮的粗的吼的/城里人醒（懂）不开。"小说《秦腔》写农民如何一步一步从土地上消失、离开，预示了乡土文化的终结，在密实的流年式、鸡零狗碎的日常生活中，夏天智对秦腔的喜爱和夏天义对土地的执着是小说主要的两个重点，他们在城市化的逼近之下，成为乡土文化最后的知音和守护者。

"一派秦声浑不断"[①]，秦腔是黄土地上的"摇滚"，是"一片永恒的海，一匹变幻着的织物，一个炽热的生命"[②]，"八百里秦川尘土飞扬，三千万儿女齐吼秦腔"，三千多万名西北农民癫狂着沉醉在秦腔中，把它当作超越苦难的"圣歌"和哀歌，它消弭了普通民众之间的距离。研究表明，秦腔至少有2200年的历史，为中国戏曲"百剧之鼻祖"，被称为"中国传统戏曲活化石"，它不仅仅是梆子腔的鼻祖，还对京剧等大剧种的起源产生过重要的影响，昆曲等也在与秦腔的相互学习中受益匪浅。秦腔在艰苦乏味的生活中，"作为救苦救难般的仙子降临了。惟她能够把生存荒谬可怕的厌世思想转变为使人活下去的表象。"[③]秦腔是秦人的生命命脉，被称为西北的"语言符号"，西北地区的农民酣畅淋漓的喊叫和宣泄，秦腔的表演朴实粗狂，细腻深刻，以情动人，富有夸张性。在强烈的、使人痉挛的刺激中，他们苦难的熬煎生活得以继续，他们几乎崩溃的生命得以复原。秦腔的角色行当分为四生、六旦、二净、一丑，共计13门，又称"十三头网子"，表演唱作并驾。辛亥革命后，西安成立的易俗社，专演秦腔，锐意改革，在保存原有的风格基础上，又融入了新的格调。

当代西北的作家也被秦腔的光辉普照，乡土作家在其小说中，所

[①] 清雍正年间，陆箕永在《绵州竹枝词》里写道："山村社戏赛神幢，铁钹檀槽拓作梆。一派秦声浑不断，有时低去说吹腔。"

[②] ［德］弗里德里希·威廉·尼采：《悲剧的诞生》，周国平译，广西师范大学出版社2002年版，第67页。

[③] ［德］弗里德里希·威廉·尼采：《悲剧的诞生》，周国平译，广西师范大学出版社2002年版，第55页。

表现的是朴拙的乡土文化，以及他们所熟悉的农村生活。他们细致入微地描写了地理风情、历史和风俗，将民族文化、传统文化层层挖掘，鲜活地展现在世人面前。不仅体现了对乡土文化的反思，而且对当下传统文化的认识以及对生存的状态提出了思考。而且在当代西北作家的小说中，秦腔贯穿其中，不仅使其小说更具有乡土气息，也使得小说有着发人深省的韵味。譬如柳青的《创业史》、陈忠实的《白鹿原》和贾平凹的《秦腔》，就很好地融合了秦腔这一传统文化，体现了"民族的根"与现代视野相结合的新的追求。

　　秦腔唱腔是板式变化体，分为欢音和苦音两种板式，前者善于表现欢快与喜悦的情绪；而后者则长于抒发悲愤和凄凉的情感，在演奏中常常依据剧中的情节和人物的需要选择使用，其中板式分为慢板、二六、代板、起板、尖板、滚板及花腔，拖腔也是极具特色。而秦腔主要的演奏乐器为板胡，发音尖细且清脆。秦腔的表演朴实、粗犷、细腻、深刻，以情动人，富有夸张性。辛亥革命后，西安成立了易俗社，专演秦腔，锐意改革，吸收京剧等剧种的营养，唱腔从高亢激昂而趋于柔和清丽，既保存原有的风格，又融入新的格调。在西北老少妇幼都能张口而来的秦腔，有着与秦川辽阔旷远的地貌同样的韵律，内含着秦川的力度，早就已经与秦川农民的生活融为一体。在《白鹿原》中，涉及的秦腔曲目有第一章中《五典坡》《游龟山》，第六章中看秦腔《滚钉板》时，白狼来抢，第十三章时白灵和兆海相吻时"突然感到胸腔里发出一声轰响，就像在剧院里看着沉香挥斧劈开华山那一声巨响"[①]。小说在第十六章的重要转折处也是靠演出秦腔来完成的。戏迷白孝文就是在看《走南阳》——刘秀调戏村姑的这出戏的时候，被田小娥拽进了砖瓦窑，《走南阳》暗示了小说的气氛。第十六章"麻子红得知遭打抢的白嘉轩来看戏，有意改变了原来的演出安排，改成《金沙滩》，把白鹿村的悲怆气氛推到高潮"。第十六章白嘉轩犁地时，唱的是秦腔"汉苏武在北海……"白孝文和田小娥的奸情

---

① 沉香为神话剧《劈山救母》中的人物。

败露后,白嘉轩晕倒在小娥的窗前。鹿子霖通过秦腔《辕门斩子》传达了自己的险恶用心:"就是叫你转不开身躲不来脸,一丁点掩瞒的余地都不留。看你下来怎么办?我非得把你逼上'辕门'不可。"被逼上辕门的族长白嘉轩,没有任何回旋的余地,手执钢刷演出了一场《辕门斩子》。因此,在小说《白鹿原》中,秦腔不仅点染了作品的气氛,而且在结构作品、推动情节发展方面起了很大的作用。陈忠实通过写秦腔,自然写出了秦川人性情的粗犷、单纯且复杂的心境,它弥补了我们因为地域阻隔而造成的人文地理和民俗学上的短缺,从而拓宽了我们对自己民族历史认知的视野。

秦腔在贾平凹的生命中,占有极其重要的位置。"秦腔之于贾平凹,好比是洋芋糊汤,好比是油泼辣子,好比是那位明眸皓齿的妻子。他钟情于这门艺术,从很小的时候就在心里有了熏陶。三岁记事,就骑在大伯的脖颈上看戏;六岁懂事,自己趴到台角上,听那花旦青旦唱悲戚戚的调子,不觉得就泪流满面,常常挨了舞台监督的脚踹还不动弹。正月十五,三月三,端午中秋寒食节,是秦腔牵着他由春而夏而秋而冬。从秦腔里,他知道了奸臣害忠良,知道了小姐思相公,知道了杨家将的英武,知道了白娘子祝英台的痴情……秦腔故事是他道德启蒙的第一课,也在他感慨世事时引用得最多。"① 在小说《秦腔》中,秦腔肯定有所寓意,它在小说中作为传统民间文化的代表,借由它的逐渐没落传达了故乡及其所代表的乡土文化之废。秦腔被引一百余处,贾平凹一点一点地、很生活化地将秦腔融入清风街人的日常生活,出现的方式很多元,更为重要的是,"秦腔是《秦腔》的魂脉"②。"秦腔音乐和锣鼓节奏来渲染人物的心理活动,用来营造气氛,用来表达线性的文字叙述,有时难以表达的团块状或云雾的情绪、感受和意会。在整部作品中,秦腔弥漫为一种气场,秦韵流贯为一种魂脉而无处不在。它构成小说、小说中的生活、小说中的人物所共有的一种

---

① 孙见喜:《鬼才贾平凹·第一部》,北岳文艺出版社1994年版,第310—311页。
② 肖云儒:《〈秦腔〉:贾平凹的新变》,《小说评论》2005年第4期。

文化和精神的质地。"① 因此，贾平凹替故乡竖起一块碑，亦是替乡土文明的历史立碑，更是对乡土中国的告别与缅怀，具有重要的意义。贾平凹的《秦腔》中，全都充满着黄土的气息和秦腔的旋律，在参与秦川尤其是商州地区文化的艺术改造与重建中，倾注了作者特有的文化意识和审美价值取向，这正是因为贾平凹生长于此，才能充分地了解这方土地并将此寓之于文的结果。

秦腔发源于秦地，是陕西长久以来戏剧方面的神韵，这种古老的民间艺术通过其激昂而又浑厚、婉转而富有情感的音乐性，表达着喜怒哀乐。从某种意义上来说，秦腔象征着朴实而淳朴的民风，表达了一种对乡村文化的喜爱而尊重的情感，也是秦地乡土文化的一种重要表现。在众多小说人物中，夏天智和儿媳白雪的人生尤与秦腔息息相关。白雪仿佛为秦腔而生，是县剧团最出色的秦腔演员，甚至有戏迷把她所演过的戏通通串在一起成为一首诗赞，盛赞她的表演艺术之高妙："州河岸县剧团，近十年间一名旦，白雪著美名，年纪未弱冠。态惊鸿，貌落雁，月作眉，雪呈靥，杨柳腰，芙蓉面，颜色赛过桃花瓣。笑容儿可掬，愁容儿堪羡，背影儿难描，侧身儿好看，似牡丹带雨开，似芍药迎风绽。似水仙凌清波，似梨花笼月淡。似嫦娥降下蕊珠宫，似杨妃醉倒沉香畔。两泪娇啼，似薛女哭开红杜鹃。双跷缓步，似潘妃踏碎金莲瓣。看妙舞翩翩，似春风摇绿线。听清音袅袅，似黄莺鸣歌院。玉树曲愧张丽华，掌中影羞却赵飞燕。任你有描鸾刺凤手，画不出倾国倾城面。任你是铁打钢铸心，也要成多愁多病汉。"② 她是以美的形态出现在文本中，以其人之美象征着传统艺术之美，可惜她的丈夫夏风并不理解她，不仅对秦腔毫无兴趣，甚至为了秦腔相关之事数次起了口角，间接导致婚姻的破裂。反倒公公夏天智，最是秦腔的知音人。他屋里的喇叭不知播放过多少秦腔，平时爱听戏、唱戏，也收集了许多秦腔脸谱画在马勺上，谁的心情要在苦着、恼着、欢着，夏天智总是让人唱秦腔抒发心情，最能知晓并体现秦腔发源于乡土民

---

① 肖云儒：《〈秦腔〉：贾平凹的新变》，《小说评论》2005 年第 4 期。
② 贾平凹：《秦腔》，人民文学出版社 2013 年版，第 184 页。

间和之于农民生活的真谛。

　　《秦腔》中尽管清风街的老一辈人是如此喜爱秦腔,对秦腔戏曲如数家珍,但秦腔的衰变之相已露。如今清风街年轻的一辈都不爱秦腔了,他们喜欢的是陈星用吉他弹唱的流行歌曲。即使夏中星调任县剧团当团长,提出了秦腔振兴计划,组织县剧团到处下乡巡演,却是一场比一场冷清,夏天智出借展览的马勺脸谱也在一场纷争中毁坏数个。剧团终究不过是夏中星的政治跳板,他高升离开之后,县剧团也迅速没落,许多演员沦落为唱婚、丧礼等红白喜事的乐人。年老色衰的秦腔名角王老师,最大的心愿就是能录下自己唱的秦腔,请人整理出版这些影音资料,求助于夏风不成,最关键的原因是"没有市场"。夏天智想要出版《秦腔脸谱集》也只能自费,但这部书却乏人问津,最大的功用不过就是在夏天智死后入棺时当枕头用。曾经与农民的生活、生命联系在一起的秦腔似乎也随着土地、农民的消失而失去了它的价值。夏天智的死代表着秦腔的终结,而白雪替夏天智送终时,在葬礼上所唱的秦腔无疑也是为传统文化送终所唱的最后一曲挽歌。

　　秦腔作为西北地区的戏曲艺术,需要一定的空间才能传播,贾平凹利用小说文本本身的时间—空间变异特点,将戏曲秦腔作为一种置换方式,建立了小说中的过去与新的时空媒介关系。因此,作者在小说《秦腔》中,对秦腔戏文、曲谱等的大量穿插,在《白夜》中对目连戏的多次引用,使得戏曲艺术熔铸在当代的时空之中,创造出别具一格的叙事模式,小说文本就此与秦腔内容建立起了互文关系。《秦腔》这部小说,体现了"民族的根"与现代视野相结合的新追求,贾平凹正是通过自己的文学创作复活了汉文化精神。

第三节　秦腔与当代西北作家的美学追求

　　秦腔作为西北五省最风靡的地方戏曲,与当地的历史文化密切相关,作为中国的一种传统文化和中国农村的象征,是历史的演进中留下来的文化遗产。《秦腔》的写作道出了作家深沉的"拔根"之痛,贾平凹说："我之所以把这部小说叫《秦腔》，其中也写到了秦腔，秦腔是地方戏曲，而别的戏曲没有叫腔的。秦腔的另一个意思就是秦人之腔。小说所写的作为戏曲的秦腔，它的衰败是注定的，传统文化的衰败也是注定的。李商隐诗：夕阳无限好，只是近黄昏。这一种衰败中的挣扎，是生命透着凉气。"① "或许，在内心里，贾平凹并不愿意让秦腔成为故土的挽歌和绝唱，但现实如此残酷，生存如此严峻，那股生命的凉气终究还是在《秦腔》的字里行间透了出来。"② 《废都》的"西京"城市废了，至少还有记忆中的乡土可以让他从精神上返乡，但若连那根之所在的"乡"也废了，作家该如何自处？因此，《秦腔》对乡土文化的未来已经没有了任何理想，不再有任何形式上的理念，只有对形而下的故乡逐渐改变"形状"、不复为其所记忆的巨大忧伤。这是贾平凹在写"当代乡村变革的脉象，传统民间文化的挽歌"这一宏大题旨之下，对生之养之的"废乡"最怀念感伤的一段心迹。

当代西北作家的悲剧意识和其文化氛围与地理环境密不可分。西北地域文化对作家的影响不容小觑，深厚的历史文化积淀和独特的自然地理景观对作家精神有着潜移默化的影响，作品中对显现厚重的历史感、对现实主义求真求实的原则、对史诗的雄浑美学的追求可视为用另一种形式再现了周、秦、汉、唐的盛世气象，地域范畴内的黄土高坡、关中平原的或宽阔或崎岖或艰险的地貌，秦文化、回族文化、农耕文化、儒家文化以及西安和西域的曾经盛世王朝气象，都从不同的层面影响着西北作家的创作。秦腔作为民俗文化的重要组成部分，对当代西北作家的创作有着潜移默化的影响，西北人是把秦腔当"宗教"的，秦腔作为婚丧嫁娶、生老病死的一个重要文化事象，当地许多关于人生处世的教育都是通过秦腔来完成的。

当代西北作家大都有秦腔情结，无论是1949年后的柳青、杜鹏程、王汶石，还是新时期的陈忠实、路遥、贾平凹，都难以割断与秦腔这种精神上的联系。秦腔的热耳酸心、慷慨悲凉的美学特点润物无

---

① 贾平凹：《三月问答》，《美文》2005年第3期。
② 谢有顺：《尊灵魂，叹生命》，《当代作家评论》2005年第3期。

声地渗入其生命之中,西北五省自古就发达的秦腔给了作家们沁入骨髓的文化熏染,不知不觉厚化了当代西北作家对历史的追忆和回溯。西北的许多作家也是秦腔迷,当作家开始创作以后,秦腔经典剧作的悲剧意识就如同水乳一样交融在作品之中,与厚重的历史感、西北文化尚实的精神相符合,西北作家总体风格的"土"与"实",事实上也指出了作家的美学风格和地域文化之间的关系。这两条文化之流汇合以后,注入当代西北作家的脑海之中,呈现出不同的地域风情。陈忠实是很专业的秦腔票友,贾平凹可以说是秦腔专家(其前妻就是丹凤剧团的),在散文《秦腔》和长篇小说《秦腔》中,他表现出了丰厚的秦腔知识素养。

当代西北的第一代作家,处在红色革命的年代,普遍都有革命经验,他们首先是革命工作者,然后才因革命的需要走上了文学的道路,面对中国命运的重大转折和时代、社会的剧烈变化,加上革命现实主义所要求的对现实生活的历史性变革的关注,形成一股追求厚重雄浑的史诗美学的传统。同时,地域文化沉淀多年的郁积和现实主义文学写作的传统,直面现实的干预生活的勇气,压抑在现代社会中的边缘处境、伤春悲秋的文人的感伤情怀,就会一下子涌入作家的脑海。《平凡的世界》中的爱情之殇,《废都》中引领时代潮流的颓废,《白鹿原》中的"翻鏊子"的寓意,《最后一个匈奴》《怀念狼》中对汉民族骁勇血性的追寻,无不被打上苍凉的底子,渗透着悲剧的色彩。

秦腔也称乱弹,是中国最古老的剧种之一,千百年来流行于西北陕甘宁等地。秦腔唱腔高亢激昂,充满豪放原始特色,故有"吼秦腔"之称。曾几何时,贾平凹笔下陕甘大地的慷慨高歌不可复闻,取而代之的是抑郁猥琐的呜咽,若断若续,终至灭绝。当代西部文学的繁荣,和尼采认为古希腊艺术繁荣的原因一样,是缘于"他们内心的痛苦和冲突,因为过于看清人生的悲剧性质"[①],所不同的是,贾平凹的《秦腔》是他为故乡人事所谱出的悼亡之腔,也是招魂之腔。古希腊

---

① [德]弗里德里希威·威廉·尼采:《悲剧的诞生》,周国平译,广西师范大学出版社2002年版,第1—2页。

产生的日神和酒神两种艺术冲动，是"用艺术来拯救人生"的，而当代西北作家更多的是遵循着旧有的现实主义写作传统，形成一股追求厚实雄浑悲壮的史诗美学传统。清代以来，秦腔之所以迅猛发展，成为西北和三秦大地最为繁盛的民间艺术，正是因为秦腔源远流长，相传唐玄宗李隆基的梨园乐师李龟年原本是民间艺人，他所做的《秦王破阵乐》被称为秦王腔，简称"秦腔"，其后秦腔受到宋词影响，形式日臻完美。明嘉靖年间甘陕一带的秦腔逐渐演变成梆子戏，影响晋豫川等其他剧种愈深。清乾隆秦腔名角魏长生自蜀进京，一鸣惊人，如今京剧西皮流水唱段就来自秦腔。它的本嗓唱腔激烈昂扬，毫无保留地吐露七情六欲，而七百多种剧目演尽忠孝节义，形成庞大的草根知识库。它与酒神精神相同的是追求情感的放纵，追求痛苦与狂喜交织的癫狂状态。

秦腔人人得而歌之演之，并融入日常生活模式中，剧场和生活所形成的紧密互动构成了文化和礼仪的基型。尼采说："酒神状态是'整个情绪系统激动亢奋'，是'情绪的总激发和总释放'。"① 不过，秦腔追求的是一种具有形而上深度的悲剧性情绪。秦腔高亢却不高调，它不仅与黄土高原的莽阔背景融为一体，更契合了当代西北作家的精神气质和宣泄冲动，秦腔的架势气吞山河，可是调门一转，飞扬的尘土、汹涌的吼叫都还是要落实在穿衣吃饭上。所以秦腔一直深受当代西北作家的青睐。最为主要的是，秦腔完成了当代西北作家前期艺术气质的无意识塑造。秦腔凄厉高亢，缺乏"中""和"之声，却是道地西北文化、生活节奏的具体表征。在当代西北作家开始创作之后，他们通过文化身份的确认和追寻，确认了秦腔是陕甘大地代代相传的话语、知识体系，作家们产生一种浓郁的文化眷恋和文化乡愁，秦腔作为黄土高原、关中大地最具有魅力的艺术形式和老百姓最主要的精神文化生活，成为西北民间文化生活的核心部分，其在当代西北作家的作品中一直占有重要的份额，秦腔在作家的小说中成为结构作品、推动情节、渲染气氛的重要元素。

---

① ［德］弗里德里希·威廉·尼采：《偶像的黄昏》，载《一个不合时宜者的漫游》，周国平译，广西师范大学出版社2002年版，第10页。

第一章 文化空间、秦腔与互文叙事

中国古典戏曲历经了杂剧和传奇的璀璨时代之后,在明清之际迎来了地方戏争奇斗艳的热潮,这一时期,产生并兴起于中国西北地区的秦腔因秦腔艺人魏长生的两次带班入京表演而轰动京都。至此,秦腔艺术迅速发展并兴盛开来,成为清代地方戏花部的主力军。如今,秦腔依然是西北地区主要的地方戏曲形式,它将元杂剧和明清传奇的优秀传统吸取而来,在经历了历史悠久、意蕴深厚的秦文化的熏陶下自成一体,形成了自身的独特艺术魅力。多少年来,秦腔艺术影响着一代又一代秦地人民,秦腔已然渗透于古秦地之人的生活的方方面面:悲伤时,他们用秦腔表达内心的苦闷;高兴时,他们会忍不住吼两嗓子;愤怒时,也是秦腔将他们内心的怒火缓缓平息。秦人用秦腔的抑扬顿挫来表达自己内心的喜怒哀乐,它是被陕西著名秦腔演员李小峰称为"最古老的摇滚"。[①] 如今秦腔不仅仅是戏曲,它已上升为传统文化符号,追溯其发展源流,我们可以清晰地看到古代人民娱乐方式的变化;探索其历史文化价值,秦腔的剧目研究有助于我们从不同方面了解历史史实,学习民族文化精神,品鉴其艺术魅力,秦腔所蕴含的美学风格与艺术特征对于当代作家文本的创作具有一定的指导与借鉴意义。

作为中国当代文学史上有"鬼才"之称的一位重要作家,贾平凹是新时期文学史上的一个贯穿性人物。近年来,他的作品更是吸引了

---

① 解晨红:《秦腔就是最古老的摇滚》,《中国演员》2015年第4期。

国内外读者的注意力，并且国内众多知名学者、教授、评论家、作家从多角度、多方面对贾平凹的文学创作进行了充分的学理探讨，他的文学创作是一个独特而复杂的存在，当文学界其他作家还在舔舐伤痛和控诉罪恶时，贾平凹已经以自己独特的眼光对社会政治层面做出深刻的探究。他的作品蓄积着当代中国丰富的精神文化信息，以此为线索，可以认识中国当代文学和文化的另一侧面。而戏曲秦腔在贾平凹的作品中更是作为一种必不可少的元素渗透于作品之中，他的作品中充满了深刻的忧患意识，并且他注重从文化的视角去反映生活和进行艺术探寻。贾平凹小说的审美流向和创作主旨的演变历程反映了他的美学意识和价值取向的发展历程，也反映了贾平凹艺术追求的历程。

戏曲堪称我国传统文化宝库中一朵璀璨的奇葩，在全球化背景下，这些文化的精髓势必要走出去与世界接轨。秦腔自身的一些艺术特征被贾平凹借鉴运用到当代文学创作之中并自成一书，名曰"秦腔"，此题目一语双关：一为秦腔戏曲剧种之名；二为传统文化的代表。秦腔戏曲中的唱腔、脸谱、角色、唱词、题材、伴奏等艺术特征意蕴深厚，而艺术之间又是相互贯通的，贾平凹在《秦腔》以及其他散文中都有对秦腔表演的描写以及借鉴秦腔的写意手法进行文本创作。这对于当代文学的发展来讲，犹如为其注入新的血脉。

在当代文学学科发展中，研究新的创作手法是趋势使然。第一，从秦腔的产生地来看，它自身发展的众多特征对陕西作家的创作有不可或缺的借鉴与指导意义；第二，从作家创作的角度来说，作家将秦腔艺术糅合进文学文本创作中，这在当代文学地位上有重要意义。因而深入探讨秦腔的艺术手法更有助于学习借鉴并且丰富文学的创作方法，有助于探索秦腔与贾平凹创作之间的关系。

第一节　秦腔与贾平凹创作的关系

文学创作素材取自现实生活，但由于其艺术的本质与高尚的思想性又凌驾于生活之上。作家的创作以客观现实作为出发点，以细腻而真实的笔触描述自己所熟知的事与物,将传统戏曲文化元素融合于作品中,这是由于它不仅与黄土高原的广阔背景融为一体,而且更契合了陕西作家的精神气质和宣泄冲动,所以秦腔一直深受陕西作家的青睐是毋庸置疑的。

一 西北文学中的秦腔元素

中国戏曲艺术是在古老的民族传统文化和民间艺术的肥沃土壤上扎根发展的,历经了从原始社会的歌舞到明清传奇等多个发展阶段,在这几千年的漫长孕育过程中,它不断融合并吸收民间艺术的精华,又在不断的磨合过程中经过综合、创新、规范的调整,逐渐形成了自身独特的美学规律。遍布在乡村田野里的牧歌樵唱、俚曲小调逐渐开始在民间流布传唱,并显示出茁壮的生命力和强大的适应性,它逐渐取代着较为艰深的曲词和较为刻板的格律戏曲。在这一历史潮流之下,兴起于中国传统文化发源地的秦腔开始兴盛,并通过口口相传的形式延续至今。

秦腔,戏曲剧种。"因陕西简称为'秦'而得名,别名'秦声'、'乱弹'、'梆子腔'。民间俗称大戏,清代中叶以后,北京等地亦称'西秦腔'、'山陕梆子'。"贾平凹在长篇小说《秦腔》中也介绍:"秦腔,又名秦声,是我国最早形成于秦地的一种梆子声腔剧种,它发端于明代,是明清以来广泛流行的南昆、北弋、东柳、西拂四大声腔之一。"① 但真正关于秦腔的渊源和形成的时间众说纷纭,难以确考,杨忠在《众说纷纭秦腔渊源》一文中提起关于秦腔渊源的几种说法:第一,秦腔源于先秦,形成于汉代。由于秦腔是以秦声为声腔体系的歌舞戏,而秦声与西周时期的诗歌和舞蹈相结合,形成了它粗犷高亢、激越慷慨的艺术风格,这标志着秦腔的形成。第二,秦腔源于先秦的诗歌舞蹈,孕育于秦汉,形成于唐代中叶。秦腔综合了古代民间歌舞和各种戏曲的元素,逐步形成秦腔。第三,秦腔形成于明代中

---

① 贾平凹:《秦腔》,人民文学出版社2008年版,第187页。

叶。但无论如何，秦腔终在各个戏曲争奇斗艳的热潮下独树一帜，成为受秦地人民欢迎的戏曲形式，并结合地域特征形成了自己的特点：秦腔音乐属板腔体结构，板腔体声腔把民歌小调中表现力强、旋律扩展能力大的一些曲调经过节奏变化的方式，演化、派生出新的声腔，即成秦腔。秦腔的角色可分为花音与哭音两种。花音又叫欢音，欢音腔欢畅、明快、刚健、有力，擅长表现喜悦、欢快、爽朗的情感。哭音又叫苦音，苦音腔最能代表秦腔特色，深沉哀婉、慷慨激昂，适合表现悲愤、怀念、凄哀的感情，用来表达悲哀的情调。这两类曲调都有一板三眼、一板一眼、有板无眼、无板无眼等节奏变化。秦腔音乐按表现形式可分为抒情性、叙述性和戏剧性三类。而秦腔的唱腔、脸谱、角色、唱词、题材、伴奏等艺术特征更是拥有各自的考量标准。

众所周知，作家们将作为中国传统经典之一的戏曲文化融入文学创作中已经成为新的文学潮流。元代戏曲在文学创作中已辉煌一时，可以说这是得益于作家们的大力"宣传"，所以秦腔是当代的"唐诗、宋词、元曲"，贾平凹将其充分写入作品中，使广大未曾接触过秦腔的读者形成初步的认识，增加了秦腔对人们的吸引力，提高业界对于秦腔发展的关注度，从而推动这种艺术形式的发展。贾平凹这位在文坛上具有一定影响力的作家将文学与戏曲融合，不仅有利于丰富文学的创作元素，而且为在现代化思潮影响下的传统戏曲的发展注入新的活力与希望，使这种艺术形式得以为继。

王国维曾说："元曲之佳处何在？一言以蔽之，曰：自然而已矣。"[①] 秦腔的最大特点就是慷慨自然，而古秦人之所以会有将秦腔视为生命的心理，正是由于在远古时代农业文明具备的条件下形成的血浓于水的秦腔情愫，这种情愫让他们从这类土生土长的民间样式里找到自己的影子，达到心灵的归宿，体验到精神的欢愉并达到情感的共鸣。因而在民间乡里自发形成了一种叫"板社"的自娱自乐的形式，而接受者也是十里八乡的农民。秦人将秦腔视为救人脱离苦难的希望

---

① 王国维：《王国维文学论著三种·宋元戏曲考·元剧之文章》，商务印书馆2004年版，第160页。

之音，将它尊为黄土地上的神圣之歌，因而说秦腔成了黄土地上农民的"摇滚"也是不可否认的，在艰苦乏味的生活中，秦腔能让秦人畅快淋漓地喊叫和宣泄，即使心中藏有不快，秦腔仍然可以把现实生活中的荒诞思想转化为让人活下去的动力与希望，让他们几乎崩溃的生命得以恢复、煎熬的生活得以继续。陕西当代作家也被秦腔的雨露滋润，这使得他们将秦腔融为作品中的元素，使其生根、发芽、壮大、繁荣。从某种程度来讲，秦腔也影响了陕西作家的文化创作心态，决定了陕西当代小说的美学风格：秦腔不仅点染了他们作品的气氛，而且在塑造人物、推动情节发展方面起了很大的作用。

汪曾祺认为："中国戏曲与文学——小说，有割不断的血缘关系。戏曲和文学不是要离婚，而是要复婚。"① 陕西当代作家们将这一准则运用自如，把秦腔与陕西当代小说创作融合得很紧密。首先是柳青，他是十七年文学中"四杆铁笔"之一，在20世纪五六十年代文艺思想和文艺政策的影响下，作家的创作对于当时的社会现象描写较为普遍，从作家个人生长地域及社会经历来看，作品创作可能会"忽略"对于传统文化的发掘与借鉴，因而戏曲"秦腔"在其作品中出现频率很少，但秦腔已经作为一种重要元素在其作品中渲染气氛。例如孙水嘴"手里拿着一张纸，晃晃荡荡走过土场"，快乐地唱着秦腔："老了老了实老了，十八年老了王宝钏。"《创业史》第一部第三章，秦腔名段《寒窑》说的是王宝钏与薛平贵离别十八年后，两人在寒窑相见时王宝钏当时穷得买不起镜子，平常日子没有心思照镜子的她"水盆里面照容颜"，不禁发出"老了老了实老了，十八年老了王宝钏"的叹息，悲伤之情溢于言表。此时的孙水嘴是高兴地接受郭振山的命令，去问高增福拉扯一两户中农入互助组的工作又没弄成，随意涌出的悲恸曲调，却表现了高兴的内容，而且十足一副小人得志的嘴脸。当孙水嘴凑巧碰见改霞时，作者描写孙水嘴满脸堆起笑容，找机会与改霞搭腔问她吃饭了没有，并问登记表填得是否正确，形象地揭露了孙水

---

① 汪曾祺：《中国戏曲和小说的血缘关系》，生活·读书·新知三联书店2002年版，第121页。

嘴对改霞的觊觎。在《创业史·第二部》第十三章中，白占魁以"老牛力尽刀尖死，韩信为国不到头"两句秦腔委婉地表示了对互助组冷淡自己的不满，他通过一句秦腔来传情达意，表现出自己复杂的心理。在柳青的作品里，可以看出他将戏曲秦腔的丰富资源运用得还不够充足："一方面是由于柳青作为从陕北来到关中的外来人，秦腔没有融入到他的生命里，他对秦腔艺术并不是十分熟悉。另一方面秦腔的慷慨悲凉、热耳酸心的唱腔特点不合农业合作化时代人们澎湃热情的时宜，或者说火热的时代压抑了柳青用秦腔抒情的可能。"① 的确，当我们细看柳青所处的那个年代，可以说他是过着漂泊不定的生活的，文艺政策多变，作家的创作势必会受到一定的影响。

马克思说："人们自己创造自己的历史，但他们并不是随心所欲地创造，并不是在他们自己选定的条件下创造，而是在直接碰到的、既定的、从过去承续下来的条件创造。"② 秦腔元素被真正充分利用的，就属陕西关中两位作家——陈忠实和贾平凹了。《白鹿原》是陈忠实踏着秦腔的节奏吟唱出来的，贾平凹更是在他的长篇小说《秦腔》和散文《秦腔》里表现出丰厚的秦腔素养，令人所不能及。在陈忠实的《白鹿原》里，他自然而然地将秦腔与作品熔于一炉，让秦腔在悄无声息中推动故事情节发展，作者在这里以秦腔出现的细节取胜：当迎娶卫老三家姑娘时，将她称为《五典坡》中的三姑娘。把第六房妻子称作秦腔《游龟山》里的胡凤莲。在祠堂完工后，戏班来唱乐三天三夜。第六章里观看秦腔《滚钉板》，第二十六章鹿子霖住在兆海那里，每天晚上到三意社去欣赏秦腔。白嘉轩犁地也会哼上几句秦腔来解闷，等等细节在作品中大量涌现，有时还不忘暗示情节气氛。

在贾平凹的作品中，秦腔更是无处不在、贯穿始终，散文《秦腔》则将这一民俗戏曲向世人介绍，在秦腔圣歌的光辉照耀下，秦人沐浴着秦腔的光泽日出而作，日落而息。在长篇小说《秦腔》里，秦

---

① 王鹏程：《秦腔对陕西当代小说的影响——以〈创业史〉、〈白鹿原〉、〈秦腔〉为例》，《沈阳师范大学学报》（社会科学版）2007年第6期。

② 《马克思恩格斯选集》第一卷，人民出版社1980年版，第603页。

腔被引有百余处，其中不乏许多秦腔曲牌。疯子引生时不时会哼唱几句秦腔，在秦腔演员白雪与才子夏风的婚礼宴席上，戏迷夏天智用收音机播放秦腔时，"音乐一起，满院子都是刮来的风和漫来的水，我真不知道那阵我是怎么啦，喉咙痒的就想唱，也不知道怎么就唱：眼看着你起高楼，眼看着你酬宾宴，眼看着楼塌了……"在清风街人的眼里引生是个不折不扣的"疯子"，夏天义在七里沟淤地带着他、去水库要求给清风街放水也有他、村里人欣赏秦腔演员表演时也需要他维持秩序，似乎任何事情都有引生的参加，而他也刚好是作品的直接叙述人。在这样众人热闹于一堂的欢乐氛围里，引生的这几句秦腔无疑是煞风景，这时当然有人要出来阻止他了。秦腔在整部作品中已经构成一种气场，秦韵的魂脉无处不在，它已经成为小说中内在与外在的精神文化。贾平凹在《秦腔》后记里说，他要为故乡竖一块牌子，而他自己在创作过程中充满了矛盾与焦虑，甚至不知道是该赞美现实还是该诅咒现实，他只是在纪念，纪念乡土文明在城市文明冲突下的兴衰成败，在用秦腔这个没落且即将走向衰亡的传统文化给世人一个提醒。

二 秦腔对贾平凹创作的影响

戏曲秦腔对于本土作家贾平凹来说是他创作之路上一座取之不尽用之不竭的宝藏，而任何一部作品要攀上文学的巅峰，自然离不开对处在情节中人物形象的描写与塑造。在长篇小说《秦腔》中，处处透露着贾平凹对秦腔的偏爱，只因秦腔的很多素材都是来源于民间文化故事，即潜意识中对民间文化的偏爱。他依照秦腔里的人物特征，将民间人物夏天智塑造成秦腔的忠实粉丝，以至于他的骨子里都似乎浸透着秦腔的一曲一调：他在儿子结婚宴席上因高兴而播放秦腔，甚至把自己辛苦画的秦腔脸谱毫不吝啬地让众人"你拿一个，他拿一个，掖在怀里，别在裤带上"带走；儿媳白雪生产时，一向沉稳老练的夏天智也乱了阵脚，他"在台阶上踱过来踱过去，急得像热锅上的蚂蚁，接着就跑厕所"。在这种紧张又欣喜的状态里，他仍然想到的是秦腔，他要用秦腔缓解众人以及自己焦灼、紧张、痛苦的心情；当得知儿子夏风与善良孝顺的儿媳白雪离婚时，他怒上心头，气呼呼地坐在院子里听秦腔名剧《辕门斩子》，作者在这里以将门虎子执法如山、不徇私情的高尚情节用来塑造夏天智"帮理不帮亲"的高尚品质；除了听秦腔能让夏天智的精神世界得到释放、找到归宿地，他的另一件幸事便是画秦腔脸谱或是写脸谱介绍，每当兴致勃勃或是热闹时，他就把脸谱马勺拿出来细细欣赏、品味，还会给它们照相，并且在夏风的帮助下出版了《秦腔脸谱集》。他更是把自己珍藏的脸谱让初任县秦腔剧团的团长夏中星带去展览。就连侄儿庆玉盖房他去经管现场时，也不忘拿来收音机给工人们播放秦腔解乏、鼓劲，以致"秦腔一放，人就来了精神"。

夏家排行老二的夏天义是传统农耕文化的坚定捍卫者、清风街的老主任。他虽然已经退休却威力仍在，在面对人们看秦腔表演制造的混乱局面时，上善却难以控制，仍然是让故事叙述人引生去请他们敬重的天义叔来安抚众人躁动的情绪。在村务问题的处理上，深受传统文化浸染的夏天义与在现代化新思想冲击下的新一代清风街领导人夏君亭之间存在不可调和的矛盾。夏天义一个地道传统的农民，对于清风街的发展方向全部寄希望在土地上，他认为农民就应该在土地上本本分分地劳作，宽厚博大的土地永远不会亏待勤恳务实的农民，所以他主张於七里沟、种俊德家荒废的土地，即使每年要交不划算的地租，夏天义仍然不愿让每一寸土地在他面前荒废。但是他的侄子、新任支书夏君亭与他想法毫不相同，他是现代经济孕育的新时期农村干部，对于清风街的发展有一套自己的策略，他要利用清风街便利的交通建立一个农贸市场，以农村的一些土特产吸引顾客和投资商，促进清风街的经济收入，使人们富裕起来。这种想法虽然符合现代经济的发展，却与固守土地的夏天义的主张相悖，二人在此问题上意见不合，谁也不肯听彼此的意见。在承包砖厂的贪污问题上，耿直的夏天义眼里揉不进一粒沙子，他决不允许出现哪怕是芝麻大小的贪污，但是夏君亭却认为贪污要在一定的范围内，不然没人踏实工作。这就是传统与现代文明差异下人们形成的不同认知。以致出现了一个唱红脸，一个唱白脸的状况，夏天义的出场似乎一直是固守土地的老顽固，他的刚正不阿在君亭这个人物形象的映照下，已然成了秦腔里的白脸"奸邪"之人，君亭的任何管理清风街的策略在夏天义的眼里都是不可靠的，所以他一直找机会要修正这些政策，扭转土地逐渐荒废的局面。作者在这里借用秦腔里人物红白脸、正直奸邪的艺术特征，成功地塑造了夏天义这个人物形象。

　　作为作品中的女主角白雪是代表秦腔艺术的"乡土女神"，是即将走向衰落的秦腔的传承人，她是县秦腔剧团的顶梁柱：艺色双全、天赋奇佳又勤奋坚韧、敬业爱业，是夏家勤劳、善良、孝顺的儿媳，她的身上几乎囊括了传统女性的所有优良品质。从她的名字来看，白雪给人一种纯洁、美丽的感觉，单从作品开始，引生叙述说清风街喜欢白雪的男人很多，还有一处赵宏声对引生说，夏风在清风街除了白雪外谁也看不上等，从这些零散的侧面描写里我们推断出，能与才子夏风相配的女性必然是美丽的、优秀的。但是白雪的美丽外表是虚的，作品并没有直接描述过白雪的外貌特征，在这一点上，贾平凹恰恰借用秦腔里是用不同脸谱代表的意义来塑造人物形象，以此引发人们在脑海中无尽的想象。白雪的外表同样是通过侧面描写来引起人们的想象的。作者这种处理恰好与秦腔里虚构的人物相重合。从清风街走出的在城里当作家的夏风与白雪金童玉女、郎才女貌、佳偶天成，引来了清风街无数人的艳羡，而她却偏偏承载着悲剧的命运，在婚姻爱情中，她一心想做贤妻良母，却为了自己的事业难以和已经与城市文明几近融合的丈夫夏风步调保持一致，最终由于对调到城里工作的回避与争论，两人的婚姻走到了尽头，直至出现丈夫背叛婚姻的局面；在事业上，她一直钟爱并为之甘愿付出一切的秦腔艺术已经逐渐走向没落，即使她愿意坚持带孕演出，却仍然改变不了剧团只能在无奈声中解散的结局。让白雪一个弱女子肩负秦腔的振兴与传承终究是行不通的，作者将白雪的悲剧命运与乡土文明的命运牢牢地系在一起，即使白雪身上兼具的各种优秀传统美德使之成为传统文化的化身和代言人，也仍然改变不了她的悲剧命运和乡土文明衰落的结局。

　　白雪与夏风的婚姻结局，作者早就在婚礼宴席上夏风说过的"我就烦秦腔"这句话埋下源头，之后的一步步发展都是由此延伸而来。单从作家给两位人物的命名来看，象征传统的"白雪"高尚纯洁，轻柔淡雅，傲岸高贵，但如果她遇到象征城市文明的炎热的夏风，二者便不能共存，这就注定了白雪与夏风的结局是不言自明的。他俩孕育的后代正是这两种文明碰撞的产物，孩子牡丹生下来就患有先天性肛门闭锁症，这个畸形孩子的出生更加印证了城乡这两条平行线的始终无法融合。

　　当牡丹啼哭时，夏天智这个戏迷首先想到的是给孙女放秦腔，说来也奇怪，牡丹立刻停止哭声，静静地聆听，睁着小眼睛一动不动。这个细节作者无疑也是在暗示牡丹这个在城乡文明交合下的畸形产物也是秦腔的新一代继承人，但令人遗憾的是牡丹是个女孩，并且患有先天性肛门闭锁症。中国几千年的落后封建思想让人们重男轻女的思想根深蒂固，牡丹这个女性秦腔传承人毫无疑问会受到城市文明教育下的父亲无情的遗弃，她所患的病症更是暗示了秦腔发展的阻断和止步不前。牡丹的病情还是要依靠现代发达的科学技术来治疗，即逐渐没落的传统秦腔艺术也只有在现代文明的大树阴凉下才能勉强求得微弱的生机。

　　翠翠作为清风街夏家第三代的唯一女性人物，却不幸地沦为清风街流行歌手陈星的玩具。"翠"原本是干净、鲜嫩的颜色，有充满生机与活力的寓意，在沈从文的笔下，翠翠是一个天真善良、温柔清纯的女孩，通过名字便可反映出她的性格特点。但是这里的翠翠已然不是生活在那个山清水秀、碧波荡漾的湘西世界里的女孩，她深受现代之风的冲击，行为与名字大相径庭。当清风街流行歌曲与秦腔同时演出时，曾经人头攒动的秦腔观众都逐渐转向流行歌曲，再也没有了人们早早去舞台下占座位，总是千方百计地与演员们攀谈，每每唱到精彩的段落，总是情不自禁地与之相唱和的场景了。传统精髓秦腔在这种局面里难以生存是毋庸置疑的，流行歌曲与秦腔代表的又是城乡之间的冲突，是两种文明的对比，作者应用互文的含义来互相阐发，互相补充。

贾平凹在《秦腔》和《废都》里记述的都是些鸡零狗碎、泼烦杂陈的现实生活，语言口语化、生活化，读来看似林林总总，但若将全篇细细斟酌品味，并将作品置于宏观背景之下才发现原来其中深意无穷，可谓"山重水复疑无路，柳暗花明又一村"。秦腔艺术是贯穿全文的线索，作者展现了一幅清风街的生活画卷。秦腔像催化剂一样推动着清风街人的变化、事的发展、物的迁移，在整部作品中，秦腔作为一种气场，悄无声息地浸润在人们的生活里，无处不在。秦韵流贯为一种魂脉深深地根植在人们心中。它构成小说和小说中的生活以及小说中的人物所共有的一种精神文化质地，清风街的人无论婚丧嫁娶、喜怒哀乐都爱放上一曲秦腔来渲染气氛。而《秦腔》的一个独特之处就是将秦腔谱子运用到小说里面，作品中直接出现的曲谱接近30处，"秦腔音乐和锣鼓节奏用来渲染人物的心理活动，用来营造气氛，用来表达线性的文字叙述有时难于表达的团块状或云雾状的情绪、感受和意会"①。锣鼓节奏和秦腔音乐能够有效地渲染人物的心理活动。金莲获得鱼塘的承包权时，同样是用秦腔来抒发自己内心的感受，她用村里的高音喇叭播放秦腔，喇叭里随即传来《钻烟洞》的声音，她的喜悦之情不言而喻。当日子过得快活的时候，开染坊的白恩杰一边干活一边唱《朱锦山》，唱词里"我是人间富贵人"更能看出他平和、满足的心境，渲染出一片祥和的氛围。在狗剩喝农药去世这种忧伤的环境里，夏天智也不忘让金莲在高音喇叭上为狗剩放上一曲《纺线曲》，喇叭里传出的悲伤曲调更是衬托了狗剩的悲剧死因和他生命结束的悲剧氛围。

当夏天智在庆玉盖房监工受到众人的夸赞和追捧时，他立马放了一曲节奏明快的《荡湖船》来渲染当时喜悦与欢乐的氛围。白雪生畸形儿之前，夏天智听的秦腔曲子和平时反差很大，《风入松》《凡婆

---

① 肖云儒：《〈秦腔〉：贾平凹的新变》，载《秦腔大评》，作家出版社2006年版，第385页。

躁》《甘州歌》等秦腔曲为白雪生产营造了一种幽怨、奇怪的氛围，同时也在暗示这个孩子的出生并没有给他们带来新生的喜悦，反而是一场躲不过的劫难。作者借用秦腔为白雪生产时家人焦躁心情作铺垫，营造当时焦灼又紧张的情况。后来夏天智临终时已不能说话，但他仍然用手指着收音机让人给他放秦腔，到末尾时引生听出唱的是花音，一句"天亮气清精神爽"以喜衬悲，更增添了当时夏天智去世，家人悲伤的心情，烘托了悲伤的氛围。作品中几乎所有与秦腔播放有关的情节都与他有着千丝万缕的联系，因此可以说夏天智的离世也是秦腔的一种离世，这意味着从此不会再有人像他一样钟情于用马勺画脸谱，不会再有人无论是悲伤还是喜悦或是愤怒都要用秦腔来表现满腔的情绪，不会再有人想着出一本《秦腔脸谱集》为人们了解秦腔提供资料。

"写意，本为中国画传统画法之一，与'工笔'相对，是用豪放、简练、洒脱的笔墨描绘物象的形神，表现深邃的意境。而在作文中，指不求细密地描述对象、仅用简练的文字勾勒出对象的形神，以抒发作者胸臆。"① 在秦腔的舞台表演上常有虚实结合的表现，秦腔脸谱中的"红忠、黑直、粉奸、金神、杂奇"用颜色平涂的脸谱本身就是虚实结合的产物：颜色是实，所寓意的忠贞奸恶是虚，反过来讲，现实生活中的忠奸正邪是实，而映射在戏曲中的红脸白脸是虚，舞台上的刺绣、骑马坐标都是演员用生动形象的表演让观众产生无尽的想象的。这种虚实结合的手法在作品中也是被运用自如，《秦腔》中张引生的生活就是典型的虚实结合：他常常躺在自家炕上，派老鼠和蜘蛛为他打探、传递村里他不在场而真实发生的事情，他躺床上以老鼠和蜘蛛是实，而派动物打探消息又是虚；还有一个情节是引生一直站在戏楼前，对刚给戏楼贴完对联的赵宏声说，一股风把他架到了一旁的麦秸堆上，又落下来，他看到麦秸堆上有个鸟窝，当有人爬上去看时，事实正如引生说的那样。在这里风把引生架上去是虚，麦秸堆有鸟窝却

---

① 摘自于中国古典文艺实用词典。

是实，文中这种虚实结合的手法举不胜举。

贾平凹作品中出现最多的意象便是月、山、石，月的朦胧象征着他最初创作的美学风格，充满诗人的浪漫情怀，后来他不断战胜自己，追求新的艺术境界，他深知自己是商州之子，充满了原始的纯真和旺盛的生命力，那种求生的手段和渴望都很粗犷奔放，这一点刚好与他所钟爱的秦腔大气磅礴的气质相契合，于是在后来的作品中，他总是有意无意地写到山与石，作品所呈现的美学风格更倾向于秦腔式的粗犷与豪放，展现了商州之子雄宏大气的一面。

贾平凹通过对秦腔艺术的借鉴，展现了乡村世界的去留问题。面对乡村世界传统的文化观念和生活方式被人们逐渐遗忘、丢弃、践踏的这种势不可当的发展趋势，作者表现出深深的担忧与焦虑，就像秦腔的发展仅仅靠白雪一个弱女子的坚守这点微薄的力量不足以支撑其继续发展一样，贾平凹对于城乡发展的冲突也是十分矛盾与无能为力的，作者只能用自己的创作来唤醒社会的重视，将一种深深的忧虑与悲悯之情流贯于文本之中。

三　贾平凹书写秦腔的原因

秦腔作为民俗文化的重要组成部分，对秦地作家的创作有着潜移默化的影响，在前现代的中国传统社会中，秦腔在作家的成长中已经润物无声地进入他们的血脉。秦地空旷平坦，厚重实在，秦腔高亢激昂，沧桑悲凉，秦人剽悍粗犷，质朴单纯，因此贾平凹说："这秦腔原来是秦川的天籁、地籁、人籁的共鸣啊！"[①] 秦地作家大都有秦腔情结，柳青、杜鹏程、王汶石、陈忠实、路遥、贾平凹，都与秦腔有着精神上的联系。秦腔在贾平凹的生命中，占有极其重要的位置。显然，这一富有地域性色彩的"秦腔"，除了作为一种声音的艺术之外，由于它本发源于乡土民间，与秦地农民的生活密切相关，故是秦地农民共有的文化记忆。

---

① 贾平凹：《秦腔》，载《贾平凹散文》，人民文学出版社2005年版，第47页。

贾平凹从小的生长、生活环境与文化氛围决定了他创作的内容和取材，商州的一山一水、一草一木都深深浸入了作者幼小的心灵，因此他以后的文学创作深深地扎根在故乡商州的大地上是毫无疑问的。对他来说，乡村不只是其创作的背景，还是其创作的源泉，更是其对自小生长的故土的深切眷恋。在现代城市文明取代传统乡土文明的境遇之下，面对这种热耳酸心、慷慨悲凉的传统戏曲秦腔的衰落，作者为它唱一曲挽歌来警醒世人，为逝去的传统竖一块碑。

中国上下五千年的深厚传统文化底蕴不断支撑着各个时期文学家的创作，从客观现实来讲，作家置身于传统文化深厚的宏观大背景之下，如同沐浴在璀璨的星河里，随手捡起的都是我们传统文化的精髓部分；从主观因素来看，作家创作的启蒙导师便是从小生长的故乡地域文化，因此他们创作都会先从自己最熟悉的地方开始，显示出他们的成长地域特色。例如萧红的呼兰河县，老舍的"京味"，沈从文的湘西世界，他们都是受地域文化的影响将自己生长的土地与作品紧密结合，向读者展示出独具特色的民俗、传统、生态文明。

贾平凹当然也不例外，他的创作不自觉地受到商州地域文化体系、价值观念、信仰习俗、风土人情的影响，并将它们书写为作品的精神与灵魂。秦腔在贾平凹的生命中，如同他千年来不变的信仰，占有极其重要的位置。"秦腔之于贾平凹，好比是洋芋糊汤，好比是油泼辣子，好比是那位明眸皓齿的妻子。他钟情于这门艺术，从很小的时候就在心里有了熏陶。三岁记事，就骑在大伯的脖颈上看戏；六岁懂事，自己趴到台角上，听那花旦青旦唱悲戚戚的调子，不觉得就泪流满面，常常挨了舞台监督的脚踹还不动弹。正月十五，三月三，端午中秋寒食节，是秦腔牵着他由春而夏而秋而冬。从秦腔里，他知道了奸臣害忠良，知道了小姐思相公，知道了杨家将的英武，知道了白娘子祝英台的痴情……秦腔故事是他道德启蒙的第一课，也在他感慨世事时引用得最多。"[①]

[①] 孙见喜：《鬼才贾平凹·第一部》，北岳文艺出版社1992年版，第234页。

受地域文化的影响，贾平凹曾在他的《故乡啊，从此失去记忆》一文中向读者介绍道：他出生在陕西东南丹凤县和商县交界一个叫棣花街的村镇，棣花街属于较小的盆地，四山环抱，水田纵横，生长芦苇和莲藕。街道上至今还保留着骡马帮会会馆的遗址，流传着鼓乐和李自成的闯王拳法。让村镇人夸夸其谈的是祖宗们接待过李白、杜甫、王维、韩愈一些人物，他们在街上宿过并留下很多诗词。生长在这样一个古色古香的商州风俗画卷里，他在传统文化的雨露润泽下，将这一切视作写作的载体，才能使这些真实、美好、淳朴的资源成为文学中十分耐读的文化因子。这也印证了那句古语：一方水土养一方人。的确，生长于北方辽阔草原的人不会有南方人温婉的性情，他们注定离不开豪爽的性格；而居于南方小巷阁楼里的女性也不会有北方女子的干脆爽快，她们注定拥有温婉可人的性情。居于北方秦文化发源地的贾平凹，其创作自然离不开那热耳酸心的秦腔，那种千丝万缕的联系是斩不断也理不乱的。他说："长期以来，商州的乡下与西安的城镇一直是我写作的根据地。"这就解释了其作品中蕴含的地域文化资源，更进一步印证了他的创作受传统地域文化影响之大。

在《秦腔》这部长篇中，戏曲秦腔是《秦腔》的文化符号，它是一切传统的、行将消失东西的代表。面对我国改革开放的热潮，各国的联系在贸易的基础上也在层层深入、渗透到各个方面，新奇事物令人眼花缭乱，应接不暇。而传统的农村经济和文化结构开始失衡，传统文化、传统文明逐渐走向没落，就像《红楼梦》里地位显赫的贾家，曾风光一时，面对新权贵的压力以及自身的难以为继，最终面临崩溃的结局是无法避免的。面对东西南北风的冲击，传统文明就像危楼一样会瞬间崩塌。现代化之风不断吹到大陆内部，随之而来的变化则是年轻人不断涌入现代化的浪潮中迎接新事物，老一辈传承下来的精神与文化传统不再有人愿意坚守。面对世界日新月异的发展、面对新事物的冲击，人们的精神世界逐渐地走向荒芜、空虚，转而渴求欲望如何得到满足。传统的生活方式在现代化浪潮下变得面目斐然，曾经夏家四个老兄弟的友好在清风街人尽皆知，他们一辈子没有吵闹过，不论谁有一口好吃好喝都绝对不会忘记另外三兄弟，即使是一瓶酒也要兄弟几人共享，他们就像自己的名字仁义礼智一样恪守传统道德礼仪，而夏家第二代兄弟尤其是夏天义的几个儿子，他们抛弃了老一辈传承下来的"义"，转而追求的是"金、玉、满、堂"，即物质生活上的享受，庆金兄弟五人在赡养父母以及为他们料理后事的问题上多次发生口角，谁也不愿多拿一分钱，吃一点亏，甚至出现了嫂嫂和小叔子打架的丑事。贾平凹目睹这一切的变化，即使是心有余而力不足，但他仍然不愿让传统的东西随风而逝，"众人皆醉我独醒"，他要借秦腔这个即将消失的传统精髓来警醒处在迷狂中的世人，力图能够力挽狂澜。

贾平凹用秦腔这个载体来表现农村里传统与现代交替中透露出的焦虑、迷茫与无奈，他沉浸在困惑之中，只能用文字对过去进行纪念和缅怀。《秦腔》是作者最深的感触与表达，是传统与现代的结合产生畸形儿，县剧团的生存在充满波折中面临解体的命运，秦腔名角白雪最终走上了为农村唱丧歌的道路，夏天智自费出的《秦腔脸谱集》终究难逃垫棺材的命运。作者通过一系列人与物的结局来思考传统的断裂危机。原有的融入秦人血脉中的秦腔也在一步步走向退化，被现代化无情地吞噬。作者在这里不断的反思，思考传统文化走向没落的原因，在观察中寻求解决办法，提醒世人在清醒中做出选择并走下去，为秦腔的衰落立一块碑，在现代化的浪潮中为传统寻找出路。

秦腔在贾平凹作品中是一个不可忽视的文化载体，这种特殊的艺术形式从文化层面进入人们的视野的确让人耳目一新，贾平凹将秦腔引入自己创作中不仅展示了自己的审美风格，而且把秦腔视为自己创作的信仰，通过文学创作给当代文坛的发展添了浓墨重彩的一笔，文学创作要与传统文化相结合，另辟蹊径才能别具一格。秦腔与贾平凹的创作犹如鱼与水，二者相融得以生存。当代文坛需要这样的推陈出新，才能发展得更坚实、更长远。

第二节　秦腔与贾平凹小说"戏中戏"互文叙事

文学与戏曲的关系是文学史上一个重要的命题，这一点已渐为学界所注意，但对于其研究，意念多于实绩，缺乏系统性、开创性的研究，这种状态亟待突破，以推进文学与戏曲关系的研究步伐。现代小说与传统戏曲的研究从鲁迅与绍戏、张爱玲与京戏、白先勇与昆曲、莫言与山东猫腔戏等研究开始，是涵盖在跨艺术的大范畴之下的。

对于当代西北作家创作影响的研究，西北深厚的文化积淀和黄土地莽阔浑厚的地理环境，一直被评论家认为是西北文学兴盛的缘由，然而深入当代西北作家的内心世界，我们会发现，以秦腔为代表的戏曲文化和西北独特的人文地理，对他们的影响更大一些。贾平凹的小说《秦腔》，让西北和三秦大地最为繁盛的民间戏曲——秦腔在新世纪焕发出异样的光彩，由此也引发了人们对戏曲文化的重新思考。对于中国的老百姓来说，戏曲文化在生活中起到至关重要的作用，成为他们接触与想象外面世界的基本方式。

在西北地方戏曲中，秦腔最为著名。秦腔又称乱弹，是中国最古老的剧种之一，千百年来流行于西北陕甘宁等地，因陕甘一带属于古代的秦地，所以它被称为"秦腔"或"西秦腔"，又因它的击节乐器是枣木梆子，所以又称"梆子腔"，是过去秦地以农业文明为主的生活中最大的艺术与娱乐。清朝焦循认为秦腔"其曲文俚质"，"其事多忠、孝、节、义，足以动人，其词直质，虽妇孺能解，其音慷慨，血气为之动荡"。① 由此可以看出，秦腔唱腔宽音大嗓、直起直落、深沉浑厚、慷慨激越，毫无保留地吐露七情六欲。更重要的是，秦腔人人得而歌之演之，并融入日常行为模式中，因而在秦地形成了"八百里秦川黄土飞扬，三千万人民吼叫秦腔，调一碗粘面喜气洋洋，没有辣子嘟嘟囔囔"的民俗景观。

---

① 焦循：《花部农谭》，载《陕西省戏剧志·西安市卷》，三秦出版社1998年版，第134页。

秦腔作为民俗文化的重要组成部分，对秦地作家的创作有着潜移默化的影响，在前现代的中国传统社会中，秦腔在作家的成长中已经润物无声地进入他们的血脉。秦地空旷平坦，厚重实在；秦腔高亢激昂，沧桑悲凉；秦人剽悍粗犷，质朴单纯，因此贾平凹说："这秦腔原来是秦川的天籁、地籁、人籁的共鸣啊！"①秦地作家大都有秦腔情结，柳青、杜鹏程、王汶石、陈忠实、路遥、贾平凹，都与秦腔有精神上的联系。秦腔在贾平凹的生命中，占有极其重要的位置。"秦腔故事是他道德启蒙的第一课，也在他感慨世事时引用得最多。"②显然，这一富有地域性色彩的"秦腔"，除了作为一种声音的艺术之外，由于它本发源于乡土民间，与秦农民的生活密切相关，故是秦地农民共有的文化记忆。

一　秦地文化空间的建构

西方叙事学确立之后，"空间"的概念发生了转变，米克·巴尔认为，空间不仅仅是作为作品中人物活动的环境背景而出现，它还指涉文本背后的深层意蕴，在文中也就是指"行动着的地点"③。中国传统美学和艺术注重人的空间性构成，近代以来，文化空间的内在裂变、外在冲突让作家们形成立体、多向度的文化建构与身份认同。在20世纪的中国文学中，许多作家的作品都或多或少呈现出特有的空间场景，如鲁迅的"未庄"和"鲁镇"，沈从文的湘西世界，莫言的"东北高密乡"，作家们立足于地方社会，在自己熟悉的空间和场域中展现人物内心冲突和自我建构，寻找民族文化的根源和精髓。

40多年的创作，贾平凹构筑了商州的文学社会地理史，商州不仅仅是作为作家创作的背景而存在，商州也确认了自己作为地方的主体性。贾平凹是当代文坛上有意识构建文学地理空间的作家之一，他习

---

①　贾平凹：《丑石》，载《贾平凹作品》（第18卷），译林出版社2012年版，第241页。
②　孙见喜：《鬼才贾平凹·第一部》，北岳文艺出版社1992年版，第310页。
③　[荷兰]米克·巴尔：《叙述学：叙事理论导论》，谭君强译，中国社会科学出版社1995年版，第108页。

惯从地理空间的视角寻求社会历史再现与解码的可能,从而,商州成为写作的主体,呈现出地方叙事本身的价值与意义,贾平凹的商州隐喻了生命的文化空间。

在贾平凹的小说《秦腔》中,戏曲秦腔扮演了重要的角色,贾平凹将秦腔元素活用其中,甚至加入了秦腔乐谱(简谱)、鼓谱,并在小说中借由人物之口详详细细地介绍了秦腔戏曲的种种,在不同的叙事模式下,秦腔直接参与了贾平凹小说中的社会文化空间建构,极大地丰富了贾平凹作品的地域内涵,具有独特的艺术魅力。在《秦腔》中,故乡商州棣花小镇的文化空间得到了真实自然的呈现,贾平凹通过声音以及视听媒介的运用,建构了棣花小镇独特的文化空间,声音表征了它所处空间的特点,也是它所处空间的一部分。小说《秦腔》声音包括秦腔戏文经典唱段、流行音乐甚至是街道嘈杂人的声音,为读者营造出一个带有时代特征的文化空间。福柯说:"任何一个空间的背后,都有权利。"贾平凹所建构起的秦地文化空间的背后,也体现着权利的元素,同时,秦地文化空间既是其小说的背景,也融入其小说的内涵之中,它隐喻的修辞进一步开拓了文学的阐释空间。

当代中国至少有三部以声腔作为主题的小说,除了《秦腔》之外,还有莫言的《檀香刑》、李洱的《花腔》。莫言的《檀香刑》运用流行于胶东半岛的小戏猫腔,重新讲述庚子事变故事,莫言有意以戏曲形式增加历史事件的审美距离。贾平凹却强调他的秦腔融入生活的各个层面,是西北地区民间生活伦理的最后支柱。相较于莫言的《檀香刑》直接借用山东猫腔的表现形式作为小说的表现形式,贾平凹则是一点一点、很生活化地将秦腔融入清风街人的日常生活,小说中秦腔出现的方式很多元,或在对话中引剧名、曲牌,或摘引戏文唱词,且小说中的许多人物都能唱上几句秦腔自娱娱人。通过《秦腔》中这样的描写,读者就能够体会秦腔如何代表了秦人之声,构成了他们的生活和生命。因此,那些四散在小说各处的秦腔,其实是一个浑融的文化意象,如论者所言:"在整部作品中,秦声弥散为一种气场,秦韵流贯为一股魄脉而无处不在。它构成小说、小说中的生活、小说中的人物所共有的一种文化的和精神的质地。"①

《秦腔》小说除了以秦腔为代表的传统文化空间之外,《长相依》《好人一生平安》《流浪歌》等流行歌曲在小说中都有出现,流行音乐成为现代文化空间的符号,代表着村镇的城市化发展进程,以它为基础建构起的现代文化空间,也是消费社会的表征,背后隐含的是人们对于物质和金钱的追求,现实利益的冲突使得棣花小镇的人情变得越来越淡漠。贾平凹将这样的文化现象移植到《秦腔》当中,也就代表着棣花小镇的秦地文化空间在时代发展演进下的更替和变迁。

《秦腔》中无处不在的过去对建造传统文化空间十分关键,无数的过去在现代空间重现,现代感与历史感交相展现,文化空间似乎是静止的,只是不可逆转的衰败始终占据上风,其中不时萦绕秦腔的哀伤旋律,更强调了古时在现时中的驻留不去,使全书叙事沉浸在挽歌般的悲凉氛围之中。尽管棣花小镇也有现代科技,但空间氛围大多是在显现传统文化空间与现代文化空间的此消彼长。

贾平凹利用小说文本本身的时间—空间变异特点,将戏曲秦腔作为一种置换方式,建立了小说中的过去与新的时空媒介关系。对于贾平凹而言,通过秦腔戏文造设小说的文化空间,从而凸显小说独特的文化氛围。贾平凹努力通过秦腔让无声的文字构筑一种有声的情境,引领读者进入一种现场感较强的文化空间之中。用秦腔代表小说构思中的文化空间,柔性地展现了贾平凹的传统文化认知,也体现着一种文学自觉。

二 秦腔与贾平凹小说的空间置换

可以说,是秦腔戏文引导小说文本穿越到另一个历史时代,秦腔、昔日繁盛、今日凄凉,与主人公白雪的情感和命运巧妙地构成了一曲赋格式的复调,这种复杂的对应关系,正好与小说"废乡"的主题呼应。在《秦腔》小说里,生活以其存在在表演,生活就是戏曲本身,

---

① 肖云儒:《〈秦腔〉:贾平凹的新变》,载《秦腔大评》,作家出版社2006年版,第385页。

这是唱出的小说。曾经与农民的生活、生命联系在一起的秦腔似乎也随着土地、农民的消失而失去了它的价值,秦腔痴迷者夏天智的死,可看作中国乡村最有生命力的部分正在面临消失,这意味着一个时代的消逝和传统乡土文化的断裂终结。

在新世纪里,秦腔面临空前的危机,曾几何时,陕甘大地自然畅快、慷慨激越的秦腔不可复闻,取而代之的是如吼如苦的哀歌,表现悲愤、凄楚、怀念的情感。1983年,贾平凹在散文《秦腔》中,描绘关中一场精彩的秦腔,可以使十几里村庄路断人稀。贾平凹回忆他穿乡过镇,发现八百里秦川的地理构造竟与秦腔的旋律惟妙惟肖地一统!"五里一村,十里一镇,高音喇叭里传播的秦腔互相交织、冲撞。"①那声音仿佛从亘古的彼端传来,多少兴废沧桑,尽在不言中。《废都》中秦腔依然是西京文人雅士的话题之一,而《白夜》中秦腔已败落,《白夜》的灵感来自贾平凹在四川观看目连戏的经历,戏班串演目连戏不过是穷则变,变则通的方法,因为目连戏的形式本身已是死去的艺术起死回生的见证,到了小说《秦腔》,秦腔已经衰落不堪。

其实,十几年前的《废都》早已为《秦腔》铺下脉络,已有论者指出:"《秦腔》的场景虽然移到乡村,其实延续了《废都》的要旨,不妨称之为《废乡》。"②《废都》写的是当代西安城颓废至极的生活,与《秦腔》的乡村背景大不相同,但是那股颓靡无状的"腔"已经形成,秦腔的没落是乡土文明消失的先兆,是天地变卦的前奏。《秦腔》写商州村镇清风街半个世纪的故事,贯穿其间的则是秦腔由流行到衰亡的过程。但贾平凹的叙事方法,他的"腔",让小说有了新意。《秦腔》密实的流年式的叙写,还原并展示了乡土生活的本真面貌,是一种原生态的乡土叙事。乡村生活如此琐碎泼烦,因为一曲秦腔才纷纷归位,形成有意义的"象"。《秦腔》让我们看到当代作家如何自传统戏曲与仪式汲取灵感,使之起死回生,迷倒众生。

---

① 贾平凹:《丑石》,载《贾平凹作品》(第18卷),译林出版社2012年版,第241页。
② 张生:《秦腔:一曲挽歌,一段深情——上海〈秦腔〉研讨会发言摘要》,《当代作家评论》2005年第5期。

《秦腔》里的秦腔是三秦大地生生世世的话语、知识体系，是西北文化、生活节奏的具体表征。秦腔凄厉高亢，但秦腔戏文曲牌和现实、自然、超自然时间的声音产生互动，打通了人原始的欲望和想象，安顿了现实人生，那么它就不是简单的音乐，《秦腔》里的秦腔应被视为一种触动通感、应和物我的音韵体系。

贾平凹利用秦腔诗化、写意的空间舞台，置换了自己对现代性的感悟和思考。《秦腔》字里行间流露的是一个"农裔城籍"作家对社会转型期中农民的生存状态、农村的剧烈变化之深切关怀，以及作家面对这一切时的迷惘与感伤之情。贾平凹借用秦腔的故事在追问，乡土中国曾经有过那么辉煌的历史，那么具有文化意味的秦汉大地，怎么就不由分说地逝去了？当这种巨变发生在自己血脉相连的故乡，熟悉的人事物日渐消亡、改变，贾平凹的惊惧和绝望是并存的。他的写作悼亡的不只是对故乡人事的变更或个人的伤痛，而是对时代、文明和时间本身进程合理性的反思。他的《秦腔》是一本游子的记忆之书，汇聚了贾平凹对生活了19年故乡的文化记忆与乡土经验，是"为了忘却的纪念"。

在众多小说人物中，白雪和夏天智的人生尤与秦腔息息相关。小说《秦腔》借鉴传统戏曲塑造人物"角色行当"化的手法，按照戏曲秦腔富有概括力和有代表性的类型人物形象——生、旦、净、丑来塑造小说《秦腔》中的人物。"州河岸县剧团，近十年间一名旦。白雪著美名，年纪未弱冠。态惊鸿，貌落雁，月作眉，雪呈靥，杨柳腰，芙蓉面，颜色赛过桃花瓣。"[①] 白雪是以美的形态出现在文本中，就连面貌也几乎纯是神情，"白雪那天穿的是白底碎兰花小袄，长长的黑颜色裤，裤腿儿挺宽，没有穿高跟鞋，是一双带着带儿的平底鞋"[②]。"白雪就打了灯笼在前边走，脚步碎碎的，两个屁股蛋子拧着。"[③] 应当有一种光艳的伶人缥缈的感觉，意境很美。从体态和气质上来说，

---

① 贾平凹：《秦腔》，人民文学出版社2013年版，第183—184页。
② 贾平凹：《秦腔》，人民文学出版社2013年版，第366页。
③ 贾平凹：《秦腔》，人民文学出版社2013年版，第40页。

白雪是集秦腔中旦角的神韵、古代淑女的气派于一身，《秦腔》正是以白雪之美象征着传统艺术之美，白雪的遭遇隐喻式地表达了乡土中国传统艺术之美的终结。

三 "戏中戏"的互文叙事

秦腔作为西北地区文化空间建构的主体，体现着大众化的特点，贾平凹巧妙地借鉴了读者对秦腔的熟知与认同，"召唤"着读者进入文本接受语境。因此，作者在小说中不断地插入秦腔戏文，使得小说文本与秦腔内容建立起了互文关系，创造出了别具一格的叙事模式。

20世纪80年代以来，互文性作为一种有效的文学批评方法被广泛运用于各时期的文学研究中，这一研究方法给文学与戏曲的研究带来了新的生机，调整以往文本研究将对象视为封闭主体的固定思路，正视文本意义的开放性。朱利安·克里斯蒂娃提出了"互文性"概念，他将文本称为"镶嵌物"，任何一个文本都是一种互文，都是对过去文本的重新组织。在小说与秦腔文本的互文中，作家采用"戏中戏"的叙事结构，将耳熟能详的秦腔角色、情节、台词和曲调，嵌入小说文本中去。明清小说《金瓶梅》《红楼梦》《海上花列传》等，在采用"戏中戏"的叙事结构，着笔于戏曲描写，均取得不错的成果。

脂评本《红楼梦》第十七、第十八回，在大观园省亲之时，元春点了四出戏，先后分别是《豪宴》《乞巧》《仙缘》《离魂》，白先勇认为《红楼梦》中所点之戏指涉的故事与小说正文融为一体，这"不仅使小说情节丰富，更重要的还暗示出小说主要人物的命运"[①]。贾平凹熟读《红楼梦》，也曾坦言《红楼梦》对于他的创作有至关重要的影响，《红楼梦》的"戏中戏"对贾平凹或许更具开蒙启豁的功用。在小说《秦腔》中，贾平凹采用或明显或隐含的"戏中戏"叙事结构，种种剧目曲牌成为引起对话的动机，也成为世路人情的参照。

小说《秦腔》中提到了秦腔曲目的地方有90多处，其中写到唱

[①] 白先勇：《〈红楼梦〉对〈游园惊梦〉的影响——戏曲穿插及小说主题的关系》，载《红楼梦研究集刊》第5辑，上海古籍出版社1980年版，第195页。

词的共有 17 处之多,秦腔戏曲片段的穿插,将时间艺术融进符号艺术之中,以此来揭示人物的性格、营造小说气氛、展示秦声、秦韵,秦腔戏曲真正地把全书所有情节贯穿起来,体现人物命运和情绪;而从社会空间来说,也意味着不是人物自我身份建构戏曲秦腔文本身份,而是戏曲秦腔的时空流动构筑了人物的命运,那么《秦腔》中似乎随意出现的秦腔戏文,成为追踪人物命运的符号表征。

在小说开头,白雪是县秦腔剧团的顶梁柱,艺色双全、天赋奇佳又勤奋坚韧,她唱的《石榴娃烧火》:"石榴我生来命不强,逢下个女婿是二架梁。石榴我生来命恓惶,逢下个女婿是肉疙瘩。乃逢下呀女婿,实实是肉疙瘩。"① 白雪的《石榴娃烧火》的唱词暗示出其婚姻的不幸,由于白雪对调到城里工作的回避与争论,与夏风的婚姻走到了尽头,白雪所在的县剧团最终分崩离析,连白雪这种秦腔名角也落魄到了唱丧歌的尴尬境地。

白雪在夏天智葬礼上唱了《藏舟》:"耳听得樵楼上三更四点,小舟内难坏了胡氏凤莲,哭了声老爹爹儿难得见,要相逢除非是南柯梦间。"② 《藏舟》是《游龟山》中重要的一折,白雪与此时的胡凤莲感同身受,同样是父死,黑夜沉沉,前途未卜,她为夏天智去世而唱,为自己的命运而唱,也是为乡村和秦腔的衰败命运而唱,一种死亡的氛围在小说的结尾处弥漫。由此看到,秦腔戏文一旦进入叙述空间中,它便成为一种命运的"情境符号",小说中秦腔戏文与空间相互建构出独特的意义世界。

小说中出现的秦腔戏文,都是戏曲秦腔的经典唱段,这些唱段之所以流行,是因为带有强烈的历史标识性,是与特定文化语境相联系的社会性文本,一旦被作家植入叙述语境,这些经典唱段的符号意义便给人生以双重编码,它们在新语境中诉诸读者对社会文化及历史新的理解。

秦腔作为一种音乐形式,成为小说中人物生活空间的一部分,这

---

① 贾平凹:《秦腔》,人民文学出版社 2013 年版,第 83 页。
② 贾平凹:《秦腔》,人民文学出版社 2013 年版,第 85 页。

一群人共享这种艺术方式和生活方式,那么秦腔也就是这一群体的身份标识,因而,秦腔也成了这一群人共享的一种文化符码。巴尔特说,"符号的意义取决于文化惯制",在这里,秦腔是构成他们生活和文化记忆的重要仪式,同时也成为一种追回昔日时光的意义通道。

贾平凹的这种将戏曲元素纳入小说故事的写作方式,体现出现代小说与传统戏曲互文性,蒂费纳·萨莫瓦说:"互文手法告诉我们一个时代、一群人、一个作者如何记取他们之前产生或他们同时存在的作品。"① 互文性的写作尝试让贾平凹打破了传统与现代的藩篱,体现了作者对传统戏曲的自觉皈依,在虚构与真实之间营造出了一种审美化的"历史感",张爱玲认为戏曲是照进"今天"的"另一个年代的阳光"②,是作家观照"传统"与"现代"的视角之一。

秦腔与其他戏曲剧种相比,最大的区别在于:"地域因素和人文特点造就的人与人之间精神气质的迥异形成的音乐唱腔和表现题材的不同,即美学风格的差异。"③ 对于贾平凹来讲,他试图要以戏曲美学方面的虚空去展现西北文化韵味,他要写出乡土中国在那个时期的真实朴素的记忆,作家寄望于有一种飞扬的气韵能从乡村生活的素朴琐碎中显现出来。因此,《白夜》对目连戏的多次引用、介绍,《秦腔》对秦腔戏文、曲谱等的大量穿插,是作者想用戏曲叙事节奏的明快来表现小说叙事的飞扬冲动,多少可以疏离小说的滞重感。

三秦作家之中,贾平凹的文学探索最为敏捷多变,其多转移、多成效的写作在"写实"与"写意"之间游离、转换的尝试,小说的语言叙事与情节结构的新变等,这种探索的积累和强化在小说《秦腔》中具有颠覆性意义。贾平凹把发源于关中的秦腔融入了商州民间生活,写成了《秦腔》这部小说,其结构越趋于疏朗而重意象、语言的呈现,文字越不饰雕琢而求其朴拙。在《秦腔》中,贾平凹追求小说的象征意蕴和文化上的寓言意义,以商州寄寓乡土文明的

---

① [法]蒂费纳·萨莫瓦:《互文性研究》,邵炜译,天津人民出版社2003年版,第59页。
② 张爱玲:《华丽缘》,载《张爱玲典藏全集4》,哈尔滨出版社2003年版,第143页。
③ 何桑:《历轹进程中的秦腔艺术》,陕西旅游出版社2001年版,第124页。

消亡，雄浑中有苍凉，就像秦腔戏曲一样，有大格局、大气势，真有卧虎的大汉之风。

在贾平凹的小说《秦腔》中，秦腔被看成是传统艺术形式在现代小说中的文化寓言形式，《秦腔》所采用的离散叙事结构，其实就是对原本神圣的秦文化的解构，在现代文明的冲击下，秦人们所处的传统地域文化氛围，一天一天地销蚀，或许在某一天，秦腔会再次成为我们文化生命中不可或缺的一部分，召唤和引导我们奋力前行。

"秦腔"是一个有声的符码，象征着秦人的精神和灵魂，陕西作为中华文明的发源地之一，其文化积淀之深厚不仅表现在那些实质可见、宝贵珍惜的古文物，也体现为一种抽象的文化精神，意味着中国文化想象的"深度""历史"和"传统"。贾平凹开宗明义，用戏曲种类名称秦腔命名自己的小说，正是挖掘出中国文化的核心，《秦腔》这部小说，不仅体现了作者对乡土文化的反思，而且对当下传统文化的认识以及对生存的状态提出了思考，体现了"民族的根"与现代视野相结合的新追求，贾平凹正是通过自己的文学创作复活了汉文化精神。

第三节 贾平凹小说的文化建构与身份认同

在 20 世纪以来中国文学的发展历程中，乡土文学一直是大宗，杰出的作品比比皆是。贾平凹的与众不同之处，在于他的小说创作有深厚悲悯的乡土情怀。"我从农村出来，站在城市人的角度看生我养我的故土，身份是双重的，无论怎么写，笔尖是有温暖的。"[①] 贾平凹对故土商州人性美、风情美讴歌，很容易让人联想到沈从文笔下的湘西世界，他们的心中都有一个美好乡村家园的参照幻象，以诗化的湘西和商州作为抚慰喧嚣都市里孤独的灵魂。作为来自乡村又寓居城市的"边缘人"，徘徊于传统文化与现代文明之间，对其冲突与对立充满困

[①] 贾平凹：《有关〈秦腔〉的一些采访回答》，载《秦腔大评》，作家出版社 2006 年版，第 614 页。

惑乃至绝望，更蕴含了作家们对于在现实家园的毁坏面前精神漂游于两种文化间的尴尬状态。

一 作家身份与文化认同

1972年，贾平凹告别家乡棣花来到西安西北大学读书，他的文学创作生涯是伴随迁移过程而开始的，因此，贾平凹的作品是跨文化的"散居"经历对迁移者的复杂影响。当清灵秀丽、充满自然风情的商州文化遇上厚重苍凉的古都文化时，二者就不断地交互作用、结构着贾平凹的精神世界。这种跨地域跨文化的生命体验，使他的文学道路一路走来都在这种文化的碰撞与交融之中不断地求新求变，往一个更高的境界迈进。

对一个由前现代社会直接进入现代城市的迁移者而言，克服两种文化之间的巨大落差所导致的"文化休克"，是颇值得人们探讨和借鉴的问题。斯图亚特·霍尔说："身份是一种存在，也是一种变化，它不是固定不变的存在，而是在现实过程中不断受到外力影响而漂浮着的变化着的存在。"① 贾平凹的创作，和他本人从"农民"到知识分子的文化身份变迁过程相伴随，贾平凹由乡入城，是在不经意中被卷入发生在中国西北第一大城西安的中西文化大碰撞的旋涡中心。

周、秦、汉、唐等盛世王朝和西安的十三朝帝都背景，留给了后世陕西许多丰富的文化遗产，其文化积淀之深厚不仅表现在那些实质可见、宝贵珍惜的古文物，亦体现于一种抽象的文化精神，如秦文化的质直尚实、汉文化中来自楚人的神秘瑰丽、唐文化中的雍容大气等，它们各显风流，形成陕西丰富的文化底蕴，对该地域的人文特性的形塑颇有影响。

相对于汉唐盛世，今天的西安只能称为废都，来到西安二十年，贾平凹要用什么样的文字打造这座城市的身世？在创作《废都》时，贾平凹写下了散文《西安这座城》。昔日风光显赫的古都而今风光不

---

① ［美］斯图亚特·霍尔：《文化身份与族裔散居》，载刘象愚、罗钢主编《文化研究读本》，中国社会科学出版社2000年版，第211页。

再，如今的西安城俨然是一座文化与精神的废墟。即使如此，这座城市依然魅力无穷，随处可见的文物遗址，饶有古风的日常生活，西安城宜古宜今，永远是中国文化魂魄的所在地。

改革开放后都市文化重又兴起，拜物的享乐主义、利己主义思想在社会上沉渣泛起，杂沓苟且的乱象随之而来，固有的道德观念、信仰遭到冲击挑战，千年古都成了鬼怪盛行、精神颓废的渊薮。《废都》概括出弥漫于世纪末华丽而颓废的情绪，是中国在改革开放初期文明实践的反挫，西京现象可以视为当代中国具体而微的现象。贾平凹感应时代的脉冲，在超越自我的创作中，经历了烈火焚烧式的煎熬，还有不可遏制的自毁冲动。贾平凹在追问，一切曾经有过的繁华，那么丰富的文明，怎么就不由分说地都逝去了呢？西京就是在这样"囫囵囵"的状态下体现它的现代意义。

《废都》《白夜》有着社会转型期中商品与市场经济大潮来临的背景，小说中颓废的人、事，与颓败的城墙、哀哀的埙音、捡破烂老头的讽世歌谣，组合在一起营造出具有象征意味的颓废意象，在一片利欲熏心和鬼气森森之中暴露了知识分子严重的精神危机。有论者指出，《废都》写的其实是文化闲人在失去"土地文化而市民化的过程中，受现代生活的压抑，因文化而窒息，为名利所累，不被理解的苦闷，在这破缺的悲剧中，性是他们最后的挣扎"①。这种知识分子在世俗生活和庸常状态下精神陷落，人格委顿的精神镜像，与80年代的知识分子想象与规划相悖，贾平凹以尖锐的力度撕破"废都"的面皮，展现了真正的批判精神。

对贾平凹而言，《废都》真实地反映了他身处于城市生活的精神苦难："几十年奋斗的营造的一切稀里哗啦都打碎了，只剩下了肉体上精神上都有着病毒的我和我的三个字的姓名，而名字又常常被别人叫着写着用着骂着。"② 在这种心理状态之下，《废都》带来以往的知

---

① 孙见喜等：《七嘴八舌说〈废都〉》，载刘斌、王玲主编《失足的贾平凹》，华夏出版社1994年版，第117页。
② 贾平凹：《〈废都〉后记》，作家出版社2009年版，第461页。

识分子叙述不曾有过的自省意识和反思精神。

在《废都》中，贾平凹以一头不会说话却能像哲学家一样思考的奶牛的独特视角，呈现出他对城市文化的理性思考。牛的寓言化是贾平凹建构"废都"的一部分，在奶牛的眼中，都市的每一步发展，都意味着对原先乡村田园生活的颠覆。而人们正是因为离开了土地，创造了城市，并为现代文明所驯化的过程中失去了野兽的本能和强健的生命力而产生了种种城市文明病，这势必会在传统知识分子心理激起激烈的抵抗。城市不只是生活方式和生存空间的转换，背后隐含的是一股被城市改造、驯养、失去本来生命活力的巨大恐惧与焦虑。《废都》中唱民谣的老者、阴阳不分的牛老太太，与那头哲学牛一起，隐喻着城市文化和城市精神的颓废与坍塌，城市、文化与人之废就在收破烂老头的吆喝声中得到了最讽刺、悲凉的体现。

二 文化建构的理想：融合、质变与重构

20世纪80年代，贾平凹钩沉故乡史地商州，刻意营造了一个远离城市文明、仿佛桃花源式、古风犹存、充满诗意的奇异美地。不少研究者指出，贾平凹描写商州时有将商州理想化、浪漫化的倾向，这其实正是贾平凹的叙事策略，从历史的角度上来考察商州，回归民族传统，并重新以现代化的观念进行审视，满足都市读者对异域文化的窥视欲望。贾平凹其实是运用了隐含着的"他者的目光"来反观商州，赋予商州以文化品格的意义，贾平凹审美建构的"文化商州"，在当代是一种抽象意义上的"国族"记忆和想象。

按照叙事空间去观察贾平凹四十年写作，总体上是当代中国的城乡对照两大板块，现代中国城市文明想象重在"废都"西京，乡土中国乡村文化想象自然在"文化商州"。从《废都》《白夜》以来，贾平凹跳出了商州的单一视角，建立了城市与乡村，现代与传统的文化视角，形成了以现代乡土文化对视视点下的国族想象。贾平凹在完成《浮躁》之后，视野转向城市文明，《废都》《土门》《高老庄》《怀念狼》都围绕着这一主题展开。对照贾平凹80年代描绘商州风土人情的

小说,"显然,古朴原始的商州才是贾平凹心灵的真正的栖息之所,在这里,他的文化心态才得以平和宁静,而一旦离开传说和历史,进入现实世界,他的心态立刻变化,他对于现代文明的理性认识与惊惧并存,对于传统乡村文明的情感依恋却又不无意识其滞后的沉重,使贾平凹在表现现实生活时,呈现出与描绘商州传说和古朴风情时完全两样的笔法与心境"[①]。诚然,《土门》《高老庄》《怀念狼》看乡村的眼光不再充满诗意,而是怀着既理解又审视的心情去反思养育自身的传统乡土文化。

于是,《土门》哀悼家园的失落,《高老庄》写文化重构的理想,《怀念狼》则是呼唤野性的回归,显然,中国农村出身的"乡土知识分子"特有的文化心理结构决定了三部小说各自以不同的层面对现代文明和乡土文化予以批判。贾平凹要找到超越当代文化溃败的另一种更为本真的文化,是扎根于生命本体、通向文化和审美想象的存在。《土门》中的"仁厚村"、《高老庄》中的"高老庄"、《怀念狼》中的"狼"都是富有象征意涵的意象,它们整体表现为现代"废都意识"下的"废都意象"的疗救。传统至今的那种文化精神的颓败和世纪末情绪是贾平凹城市文明批判造像的基础,庄之蝶、成义、子路的失败本身表明传统拯救现代的失败。

从《废都》《白夜》到《土门》,贾平凹对城市题材的写作从个人城市生活的心灵苦楚跳脱出来,关注到中国城乡发展的问题,表现出对今后中国命运的深切关怀和忧患的文学品格。《土门》写西京城中的"仁厚村"对"城市化"的抗拒,最终难逃家园失落的命运。贾平凹将自己的故事设置于城乡之间,因为乡村文明存在的意义价值,可能就在于对城市弊病的治疗。贾平凹以感伤的笔调,书写了变革时代的历史趋势,其间反映出城乡之间的冲突和紧张关系。"神禾塬"——那是西京城区某个正在兴建中的新型城乡区,"它是城市,有完整的城市功能,却没有像西京的这样那样弊害,它是农村,但更

---

① 贺仲明:《中国心像——20世纪末作家文化心态考察》,中央编译出版社2002年版,第149页。

没有农村的种种落后"①。"神禾塬"在"仁厚村"这个实质的家园消失之后，仅仅成为贾平凹幻想世界的乌托邦，城乡文明始终处于难以调和的冲突状态。

《高老庄》对城乡题材的思考仍旧取材自西安和商州，延续了《土门》中对乡土文化状态的反思，《高老庄》借由土生土长的知识分子由城返乡替传统乡土文化注入新的质素，期许从文化上进行根本的改革，预设了一个文化融合、质变与重构的理想。但子路的寻根以"断根"作结，这源自对乡土文化基因的顽强及其负面性影响的恐惧。而西夏最后留在了高老庄，或许也意味着她仍然肩负着持续不断地将自身所代表的异质文明注入高老庄的重大任务，是以，西夏的"汉化"和子路的"断根"共同指出了文化重构理想中文化质素转变的内在困境。

《高老庄》之后，贾平凹的《怀念狼》写的仍是商州的故事，小说通过狼事将商州山地野情野味而充满神秘的风情形象化地呈现出来，狼作为一个独特的文化意象体现了商州民间独特的野性。小说写人对狼的恐惧是要唤起人们对自然的敬畏之意，而对狼的怀念，则是怀念文明发展过程中逐渐消散的野性气质，故小说结尾子明"我需要狼"的呐喊无疑是召唤野性、自然力量的回归，这是为文明所僵死、孱弱、颓败已久的人们最欠缺的东西，这是从另外一个角度思索城乡文明的发展。

和其他所有的迁移作家的经历一样，由于贾平凹早年的农村生活经历，难以对迁入后的城市文化产生归属感，这就决定了他在创作中有一种特殊的文化视角和文化立场。而《废都》可以看作贾平凹的文化身份认同向都市转变的过程中，精心撰写的最成功的小说——《废都》并不是一部专意针砭时弊的社会批判书，而是从个人的心灵出发，无拘无束地写出一段"心迹"，贾平凹称《废都》为"安妥我破碎了的灵魂的这本书"②。如果将《废都》与他早期的作品进行仔细的

---

① 贾平凹：《土门》，载《贾平凹作品》第5卷，译林出版社2012年版，第262页。
② 贾平凹：《〈废都〉后记》，作家出版社2009年版，第467页。

对照，就会发现，贾平凹《废都》的"精神资源"是文本中的西京，在城市生活二十多年，贾平凹的精神气质、审美观念早就沉浸在废都的氛围里了，因此《废都》就是一个生活并深陷在西安这座"废都"式城市的贾平凹"一个人的小说"。正是在迁移语境下，来自陕南商周的边缘文化闯入者与西京主流文化霸权之间不断"嬉戏"的产物，贾平凹在新时期文学的主流叙事之外，提供了一种另类的文化价值观念。

贾平凹的创作始于70年代，这时期的小说以讴歌农村世界的美好人情与人物的事业和爱情为主的乡村赞歌，如《姊妹本纪》和《山地笔记》等。这种状态在1982年有了转变，是年早春，由陕西评论家组成的"笔耕"评论组召开了贾平凹近作研讨会，对贾平凹背离现实主义和不够贴近生活提了许多批评意见，贾平凹针对自己生活阅历的不足，决心以自己熟悉的商州作为"深入生活"的对象。

与此同时，贾平凹在该年4月发表了《"卧虎"说》。这是一篇重要的文学宣言，里头写到了汉代艺术一位于关中地区的茂陵石刻对他精神强烈的撞击。它们的造型既写实又夸张，仅仅于原石既有形态之上略加以几笔细腻简单之线条，整个形象便凸显而出，形神兼备，有一股朴拙的大气。这股充满劲度、力量的大汉之风，使他对创作有了新的体悟："想生我育我的商州地面，山川水土，拙厚，古朴，旷远，其味与卧虎同也。我知道，一个人的文风和性格统一了，才能写得得心应手；一个地方的文风和风尚统一了，才能写得入情入味；从而悟出要作我文，万不可类那种声色俱厉之道，亦不可沦那种轻靡浮艳之华。'卧虎'，重精神，重情感，重整体，重气韵，具体而单一，抽象而丰富，正是我求之而苦不能的啊！"① 贾平凹在另一篇文章《无题——〈心迹〉序》中亦谓这些石刻带给他的是前所未有的审美感受："面对卧牛卧虎的石雕，我傻呆了，心直跳。夜里做梦，净是些流动的线条和扭曲的团快。其作风的浪漫，造型的夸张，其寓于厚

---

① 贾平凹：《"卧虎"说——文外谈文之二》，载《平凹文论集》，青海人民出版社1985年版，第69页。

重的幽默,其寓于稳定的强劲的动和力,太使我羞愧于自己的肤浅和甜腻。"①

贾平凹选择以汉文化的雄浑、刚健之气扫荡当代文化的"轻靡浮艳"风气,在他看来,西汉自然、拙朴的文化更有利于治愈社会病症,回归自然以及人的本性,是医治现代人异化的良药。而他文学创作的艺术境界就是以卧虎的艺术所体现的大汉之风为目标,"以中国的传统的美的表现方法,真实地表达现代中国人的生活和情绪"②。文学历史演进到新时期这一新的转折点时,我们依然在"西方现代性"和"民族传统"两者之间寻找新时期文学的出路。深厚的古典艺术美学的滋养和对文学探索敏捷多变的艺术灵性,让贾平凹和一批"寻根派"作家坚守"民族化"的立场,他们认为在作品的境界、内涵上一定要借鉴西方现代意识,而形式上又坚持民族的,力图造就一种真正意义上的中西融合。

是以,《浮躁》的出现,并非宣告着贾平凹对现实主义传统的回归,反而是阶段性写作完成之后的告别,从《浮躁》开始,贾平凹就渐渐与主流文化意识形态相疏离。"我再也不可能还要以这种框架来构写我的作品了。换句话说,这种流行的近乎严格的写实方法对我来讲将有些不那么适宜,甚至大有了那么一种束缚。"③ 而他之所以有如此感受,其中一个很重要的内在影响因素就是"适性"与否的问题,贾平凹由陕南商州文化熏陶之下所形成的性情和文学西京的古典情趣都与那规范严谨的现实主义传统不合,他推崇"艺术家最高的目标在于表现他对人间宇宙的感应,发掘最动人的情趣,在存在之上建构他的意象世界"④。《浮躁》之后,贾平凹进行新的艺术突围,转向经营意象与意境,追求小说的象征意蕴和文化上的寓言意义,这其实是作

---

① 贾平凹:《无题——〈心迹〉序》,载《平凹文论集》,青海人民出版社1985年版,第41页。
② 贾平凹:《"卧虎"说——文外谈文之二》,载《平凹文论集》,青海人民出版社1985年版,第70页。
③ 贾平凹:《浮躁·序言之二》,人民文学出版社2007年版,第3页。
④ 贾平凹:《浮躁·序言之二》,人民文学出版社2007年版,第4页。

家发掘自我的个体书写、谋求建立自主的文化价值观念和话语体系。

贾平凹一直在寻求对于自我、对于世界的精神超越或解脱，因此无论《怀念狼》还是商州"系列"作品，贾平凹对汉文化的推崇实质都是在彰显一种雄浑的生命、质朴的文化。《怀念狼》就是怀念自然与人和谐共存的一种生态理想，那么当现代化日益渗透到当代农村，商州乡野狼的那份勃发的生命力还是否能够存在？《高老庄》《秦腔》已经回答了这个问题，古老民间文化的传承性在"现代化"的社会碰撞中出现了断裂。《秦腔》中的"失乡"是贾平凹对乡村凋落的一份悲哀与绝望，既然改变不了乡村文化在现代都市化进程中出现的深刻陷落，坐镇废都的作家以他的秦腔，为即将逝去的乡村竖立一座碑，保存一份美好记忆。

贾平凹的写作因其文化上的隐喻意义，包含了古老中国关于乡土、城市的切身体验、情感认同与理性思考，在某种程度上，贾平凹所建构的蕴含着东方审美范式的文学商州和西京，恰恰是由西方文化的强势压力催生的。面对废都的出现、土门的消亡、高老庄的退化、秦腔的衰落等等，他努力去探寻突围的路径，是回到原点去反思现代性，还是去探求传统文明的回归？作者的内心始终充满着矛盾和困惑，物质文明重压下精神的空虚令他越来越难接近自然生命的本源，他的执着求索无疑为我们做出了有益的启示。

三 地理空间、鬼魅叙事与文化秦岭的建构

作为一种文学形式，小说具有内在的地理学属性，尽管如此，文学作品不能简单地视为对某地区和地点的描述，许多时候是文学作品帮助其创造了这些地方。波科克说："小说的真实是一种超越简单事实的真实，这种真实可能超越或是包含了比日常生活所能体现的更多的真实。"[①] 从许多作家的叙事文本中，我们的确可以看到像马塞尔·普鲁斯特笔下的"贡布雷"、威廉·福克纳笔下的"杰弗生镇"、沈从

---

① [英]迈克·克朗：《文化地理学》，杨淑华、宋惠敏译，南京大学出版社2007年版，第41页。

文笔下的"湘西"、张爱玲笔下的"老上海",等等,这也验证了美国地理学者提出的地方感和地方力量的存在,作家所描摹的故乡是地理空间深刻作用于作者心灵之后的一种文学折射和镜像。"我就是秦岭里的人,生在那里,长在那里,至今在西安城里工作和写作了四十多年,西安城仍然是在秦岭下。话说:生在哪儿,就决定了你。所以,我的模样便这样,我的脾性便这样,今生也必然要写《山本》这样的书了。"① 面对故乡秦岭,贾平凹有着不得不说的冲动与责任,他要揭露那些潜藏于乡村深处的思想黑洞与人性裂变,《山本》的使命感也就在此。

贾平凹是中国当代最著名的作家之一,20世纪80年代,贾平凹就以一系列充满寻根意味与地域风情的商州小说闻名,他钩沉故乡史地,以"商州"古称取代了现行的"商洛"之名,刻意营造古朴、神秘的历史文化氛围,让商州成了外地人向往的世外桃源。贾平凹的家乡商州居于关中和陕南之间,是陕西、河南、湖北三省交界之地,而商州仅仅是秦岭的一个点,贾平凹的新作《山本》却是一部关于秦岭的"百科全书"。

《山本》写的是秦岭最大的镇子涡镇,我们借助小说中涡镇景观的描述来感受或领略涡潭、老皂角树、130庙、城隍院、安仁堂等物质文化景观建构出的地方,这些充满想象的描述使我们认识到了涡镇的独特风情,它们使不同的生活方式产生了意义,生活中那些物质的形式和具有象征性的形式产生于思想观念和价值观念中,形成一个地区特有的文化"精神"。希尔斯在《论传统》中提出这样一种看法,他认为一种"文化范型"如果持续三代人以上,便可以称之为或成为"传统"②。

老皂角树在涡镇存活了几百年,是涡镇的灵魂,"那颗老皂角树就长在中街十字路口,它最高大,站在白河黑河岸往镇子方向一看,首先就看到了,它一身上下都长了硬刺,没人能爬上去,上边的皂荚

---

① 贾平凹:《山本·后记》,第522页。
② [美] 爱德华·希尔斯:《论传统》,傅铿、吕乐译,上海人民出版社1991年版,第20页。

也没有人敢摘，到了冬季还密密麻麻挂着，凡是德行好的人经过，才可能自动掉下一个两个"①。所有人走过树下时，都抬头往上看，希望皂荚掉下来，那么涡镇人在潜意识中都希望自己是一个德行好的人，我们可以认为涡镇的老皂角树代表的涡镇之魂就是崇德，所谓"崇德"就是指行为合乎厚道，不欺的原则，并以义作为最终的标准，德的内容也就是指忠、信、义，德是指合乎这种要求的行为。以老皂角树为指涉对象的涡镇之魂，其象征意涵是原始的自然神灵崇拜，是以儒家文化为核心的文化理想，代表了一种文化精神与道德价值观，而树上的皂角砸碎了有洗涤的功能，隐喻涡镇人道德的净化与提升。

20世纪20年代是战乱的时期，除了冯玉祥的军队、秦岭游击队两股武装势力之外，还有土匪逛山、刀客等民间力量，从四面八方汇聚到涡镇这个特定的历史舞台上，灾难与战火依旧无情地蔓延，老皂角树代表的"忠、信、义"的文化精神与道德价值观，正随着时代的前进一步步陨落，涡镇惨烈的战争气息让人们对陌生的革命和乡土秩序的失序特别恐惧，以井宗秀为首的预备团（旅）在涡镇掀起了一阵腥风血雨，涡镇的涡潭就是革命的空间化、形象化的譬喻，以"黑"为主的整体文化氛围是对当时战乱年代城市居民心理的隐喻书写。

涡镇和《黑氏》《浮躁》原型的"一脚踏三省"的小镇白浪街建筑风格和人物风俗相似，白浪街最崇尚的颜色是黑白："门窗用土漆刷黑，凝重、锃亮，俨然如铁门钢窗，家里的一切家什，大到柜子、箱子，小到罐子、盆子，土漆使其光明如镜，到了正午，你一人在家，家里四面八方都是你。日子富裕的，墙壁要用白灰搪抹，即使再贫再寒，那屋脊一定是白灰抹的，这是江边人对小白蛇信奉的象征……黑白在这里和谐统一，黑白使这里显示着亮色。"② 在贾平凹的《白浪街》中，犹如历史活化石一般静止的商州白浪街，转而变为活泼泼的生命形式，与白浪街的质朴、自然、和谐、统一相比，《山本》小说中的涡镇是一个神秘莫测的地理区域，一个与官员和政府相疏离的世

---

① 贾平凹：《山本》，第3页。
② 贾平凹：《贾平凹文集》（第5卷），陕西人民出版社1998年版，第176页。

界，尽管在小说中，常有对涡镇全景的俯视，却似乎不能完全认清它，它仍旧显得黑暗、不祥和迷离。从商州的白浪街到秦岭的涡镇，贾平凹这位古代商州的踏访者变成了一个历史的幽灵。

涡镇黑色的城市景观与黑蝙蝠、猫头鹰、黑压压的预备团（旅）等人文景观组合在一起，形成神秘、威武、固若金汤的城镇意象，我们不能将涡镇仅仅看成是自身存在的事物，而应该将其理解为由它的市民感受到的城镇，神秘、威武、固若金汤的意象是大多数涡镇居民心中拥有的共同印象，无论我们建造城市的目的是什么，其明智的做法是着重于意象的物质清晰性，允许意蕴能够自由发展，在任何情况下，轮廓分明的城市景观都体现并加强了这种意蕴，后来，涡镇城市景观的改变或试图改变都走向了它的反面。

井宗秀为了实战的需要，试图改造涡镇的格局，他命人挖走了涡镇中心的老皂角树，拆了老县城的钟楼复原在涡镇，但作为城镇中心标志物的钟楼却因匠人的报复施了巫术，钟楼便有了邪气，从此，钟楼上只落灰林鸮、领角鸮、雕鸮、纵纹腹鸮等象征着卑污、丑恶、凶灾意象的鸟类。涡镇原来的街巷布落匀称、排列有序，井宗秀却要在这褊狭的格局里把所有街巷都改成半截，使其分而相连，隔而相通，续之又断，断之又续，既要堂而皇之，又要神秘莫测。试想，不协调、完全混乱的道路系统会加重空间的无序和结构的不均匀，这是城镇衰败的代表特征。

在小说结尾处，坚固的城池涡镇毁灭了，作为涡镇魂的老皂角树自杀了，涡镇成了没有灵魂的行尸走肉。以井宗秀为首的预备团（旅）在掌握巫术的周一山蛊惑下穷兵黩武、杀人如麻，保护涡镇一方平安的预备团（旅）到最后竟然横征暴敛、盲目扩建钟楼、鼓楼，成为严重的扰民者。小说的女主人公陆菊人在清晨的高台看到的景观意象已经喻示了涡镇的毁灭："天亮了，能看到130庙里的大殿和巨石上的亭子，能看到自杀成焦黑的老皂角树，能看到县政府和城隍院。而对面的屋檐下，店铺在卸下门板，挂上了招牌旗子，旗子是黑色的、三角的，上面写着白字，像是刀子，所有的旗子都挂上了,整条街上都发出仇恨,而同时有无数的烟囱在冒炊烟,像是魂在跑。"① 从传统的观点看,黑总是和恐怖、邪恶、神秘联系在一起,在与恐怖的感觉和邪恶的事物相联系方面,黑色甚至比黑暗更有效,因为它可以表示一切生命的终结:死亡。在小说结尾处,三角的黑旗子像是刀子,发出的是仇恨,无数的烟囱是魂灵在跑,构成了一幅虚构的、黑暗的地理景象,成了代表涡镇末日即将来临的神秘暗示。

秦岭,分为狭义上的秦岭和广义上的秦岭。狭义上的秦岭,仅限于陕西省南部、渭河与汉江之间的山地,东以灞河与丹江河谷为界,西止于嘉陵江。而广义上的秦岭,是横贯中国中部的东西走向山脉,西起甘肃省临潭县北部的白石山,向东经天水南部的麦积山进入陕西。在陕西与河南交界处分为三支,北支为崤山,中支为熊耳山,南支为伏牛山,长约1600千米,为黄河支流渭河与长江支流嘉陵江、汉水的分水岭,秦岭被尊为华夏文明的龙脉。

秦岭在陕西境内崇山峻岭拔地而起,奇崖清流,钟灵毓秀,耕地面积破碎,素有"七山二水一分田"之称,而环绕其间的丹江乃汉水之流,实属于南方长江流域,与北方的黄河流域有着截然不同的文化属性。秦岭丰富多变的山地景观给了贾平凹许许多多的玄思奇想,多少故事就从这些玄想中发展出来,不仅如此,他善于将各种自然物象转换成意象,巧妙地传达许多文字难以描述的东西。

《山本》不仅描绘了真实的地理历史现实,同时也通过空间想象幻化出一个神秘莫测,充满了鬼怪灵异事件的异域东方。在贾平凹的空间想象中,鬼魂与幽灵似乎时常笼罩着整个涡镇,涡镇人沿袭着古老而传统的民间习俗,他们向庙祝求符,获得神灵的保佑,驼背的老魏头可以与鬼魂打架,钟馗像驱鬼魂镇宅,透过小说中那层灵异的面纱,贾平凹在神秘的空间想象之下为我们描绘了一个濒临崩溃的传统宗法制和父权制的中国,有着深刻的现实内涵。

《山本》小说着眼于20世纪20年代发生在秦岭中的故事,书写那

---

① 贾平凹:《山本》,第503页。

段动荡岁月中的历史和错综复杂的人性，挖掘人与人、人与万物之间的感情。但作家却处处用伏笔，将你弹射到鬼魅的情境中去。楚人浪漫富有想象力，重巫信鬼神的风气对贾平凹的影响就是对神秘文化的浓厚兴趣，贾平凹所生活的秦岭山地本来就有特别多的神秘之事，因此很自然地进入他的小说之中。

"在秦岭深处的一座高山顶上，我见到了一个老人，他讲的是他父亲传给他的话，说是，那时候，山中军行不得鼓角，鼓角则疾风雨至。这或许就是《山本》弥漫的气息。"[1] 小说《山本》弥漫的就是浓厚的神秘气息和鬼魅色彩，贾平凹对巫鬼文化的热衷，对原始意象的探究，以及对动植物赋予的灵性，看似是志怪，实则是志人。

《山本》中井宗秀成为一方霸主，与陆菊人的三分胭脂地有很大的关系："陆菊人：那穴地是不是就灵验，这我不敢把话说满，可谁又能说它就不灵验呢？"[2] 井宗秀的发迹明显与带有神秘色彩的所谓风水宝地一说有关，周一山在安口下窑时能梦到将要发生的矿难、人事变迁，到预备团后能听懂鸟语、动物说话，预测吉凶，类似于"巫"者。还有井宗丞死时冥花的预兆，井宗秀被杀之前鼠患猖獗，这些例子足以看出在涡镇动物、植物都具有灵性，这正是中国传统的物我合一、天人合一思想。尽管小说中有些神秘现象过于暧昧难解，但这正是贾平凹认识、理解世界的一种方式，也是他崇尚秦岭自然之力的一种表现。

20世纪80年代末期以来，贾平凹对现实以外世界的兴趣与日俱增，从《废都》四个太阳的天文异象和四朵奇花的异事到《邵子神数》的传说，《白夜》中那个嗜爱剪纸的库老太太，"她的画在乡下常送人，谁有病，就剪一幅，一边剪还一边念口诀，一字不识的人却也出口成章像跳神一样，可那画挂在屋里就能治病的"[3]，其犹如巫医的角色和功能，神秘莫测。再如《高老庄》中石头的图画预言、《秦腔》

---

[1] 贾平凹：《山本·后记》，第525页。
[2] 贾平凹：《山本》，第75页。
[3] 贾平凹：《白夜》，第95页。

中疯子引生的神秘体验等等,更不必提《怀念狼》这样的作品,贾平凹的世界灵异漫漶、神鬼出没,但在贾平凹所理解的符号系统里,却是再自然不过的事。

有评论家认为"贾平凹的抒情写作就像古炉里擅剪纸花的蚕婆一样。在革命最黑暗恐怖的时刻,婆却每每灵光一现。她的剪纸不止是个人的寄托,也成为随缘施法,安抚众生的标志"①。《山本》中不仅陈先生、宽展师傅,而且秦岭上的动植物也被作者赋予有情的关照,他们都是作者在结构上开设的天窗,是贾平凹将自我之情融入对历史的思考中,给予残酷的历史以豁达情感的观照。所谓"世道荒唐过,飘零只有爱"②,而"山本"是情、是爱、是生命的初音、是永恒的存在,贾平凹试图通过《山本》来建构和表现一种恒久的、超脱于历史波澜、世事沧桑的终极理念。

小说临近结尾处关于陆菊人坐在井宗秀专门为她搭建的高台上似真似幻的那一处梦境描写,真切展示出的正是一种悲凉如水的人生况味。"眼看他起高楼,眼看他宴宾客,眼看他楼塌了。"《桃花扇》里樵夫的唱词是在为涡镇的英雄井宗秀做总结,贾平凹借着《山本》中井宗秀的故事在叩问:那么固若金汤的城池,那么繁华的景象,怎么就不由分说地都逝去了呢?贾平凹心中涌上的是黍离麦秀之悲。这样看来,由陆菊人偕同陈先生为《山本》作结,一种悲剧性苍凉意味的生成,就是无可置疑的一种文本事实。

贾平凹早期的小说,为我们展现了一幅极富灵韵的商州山地风景画,商州的自然地理环境、民俗风情构成了他小说中重要的意象。贾平凹说:"以前的作品,我总是在写商洛,其实商洛仅仅是秦岭的一个点,因为秦岭实在是太大了,大得如神,你可以感受与之相会,却无法清晰和把握。"③ "去过秦岭始崛的鸟鼠同穴山,这山名特别有意思;去过太白山;去过华山;去过从太白山到华山之间的七十二道峪;

---

① 王德威:《暴力叙事与抒情风格》,《南方文坛》2011年第4期。
② 贾平凹:《山本》,前勒口处所提诗的后两句。
③ 贾平凹:《山本·后记》,第522页。

自然也多次去过商洛境内的天竺山和商山。已经是不少的地方了,却只为秦岭的九牛一毛,我深深体会到一只鸟飞进树林子是什么状态,一棵草长在沟壑里是什么状况。"① 据贾平凹自己所说,他最早的创作构想,其实是试图完成一部以故乡秦岭为书写对象的草木记、动物记,然而贾平凹《山本》的根本题旨却很显然并不在此,那么问题是,作为"秦岭志"的《山本》又在何种意义上能够被指涉为"中国"?

贾平凹写作的地理与疆域主要是围绕着陕西城乡来展开的,而《山本》的写作则从商州、西安走出,转向其本源之地——秦岭,也是他脱离商洛走向秦岭,迈向更深层次的乡土中国的一个标志,贾平凹在书写中国新的山海经。《山本》小说借助麻县长之口,对秦岭在中国地理意义上的重要性,进行了恰切到位的评价,只有理解了这一点,我们才能够进一步理解作家为什么要在小说"题记"中给予秦岭如此之高的一种评价:"一条龙脉,横亘在那里,提携了黄河长江,统领着北方南方。这就是秦岭,中国最伟大的山。"② 麻县长说:"秦岭可是北阻风沙而成高荒,酿三水而积两原,调势气而立三都。无秦岭则无黄土高原、关中平原、江汉平原、汉江、泾渭二河及长安、成都、汉口不存。秦岭其功齐天,改变半个中国的生态格局哩。"③ 从地理上而言,秦岭是中国的脊梁,它不仅是生态中国的芯片,还是文化中国的根脉,蕴含着中国式文明与生命的密码,而从自然的秦岭到文学的秦岭,乃至文化的秦岭,正是贾平凹《山本》小说所要表达的意旨。

关于商州、关于秦岭,贾平凹的艺术想象,半得自形象记忆,半得自传统文学的陶染,他把二者揉在一起,令人感不到"生活"与"文学"的界限。《山本》中秦岭深处的涡镇,既没有原始情调的恣肆放纵,也没有深山大泽的原始神秘,有的只是构成小说血肉的体现秦岭地方文化特征的大量细节。对于作为一种文化形态的秦岭,作者着

---

① 贾平凹:《山本·后记》,第523页。
② 贾平凹:《山本·题记》。
③ 贾平凹:《山本》,第300页。

力强调的，仍是它的"自在状态"，他的兴趣仍然集中于那种文化的社会历史性质，贾平凹在这一点上仍然是"现代知识者"的文化思考与社会历史的统一。

贾平凹的《山本》中有世俗生活的气息，小说中被描写的人物生活状态，对待性爱的态度都以"自然"为依归，这里有作者的哲学意识与审美意识间的对应。在贾平凹笔下，集中体现着这种"文化"特质的是人性内容，而秦岭人物中，最具这种文化特征的，自然又是《山本》中的女性。她们的生活俨然已同"自然"相融合，贾平凹以如下尺度估量女人的价值："一个女子在自然派定那分义务上，如何完成她所负担的'义务'。"①"陆菊人这时忽然想开了，自己给爹当了一回女儿，现在再去给杨家的儿子当一回媳妇，这父女、夫妻原来都是一种搭配么，就像一张纸，贴在窗上了是窗纸，糊在墙上了是墙纸。"②"她没有想到到了杨家要改变杨家的日子，就像黑河白河从秦岭深山里择川道流下来一样，流过了，清洗着，滋养着，该改变的都改变了和正改变着。"③

陆菊人的性情合乎中国传统的文化思想、审美理想的艺术世界，是人的生活形态、人际关系的"自然"，陆菊人与井宗秀"发乎情止乎礼"的情感，是贾平凹对性爱描写越来越节制的结果，不妨比较一下贾平凹的《废都》和后来的《秦腔》《带灯》《老生》《极花》，你会惊异于期间发生的微妙变化，这里有作者对于自己的道德理想与审美理想的意味深长的修正，对文化价值尺度的未必自觉却因而更为"必然"的调整。

作者写陆菊人，更多是从地方风物、乡间民俗、日常生活的感受等方面来写，他试图以审美意识统一伦理意识，反复告诉你"美就是善"，倒也因此更透露出对于"善""恶"的真正关心。《山本》中陆菊人以及陆菊人背后的宗教和世俗救治，与井宗秀为代表的战争强权

---

① 沈从文：《月下小景·爱欲》，载《沈从文全集9》，北岳文艺出版社2002年版，第277页。
② 贾平凹：《山本》，第2页。
③ 贾平凹：《山本》，第3页。

第一章　文化空间、秦腔与互文叙事

形成大的冲突，这冲突是善与恶、美与丑的冲突。在事实上，贾平凹是以秩序的合否"自然"，道德律的宽严与否，解释善与恶、美与丑间的人性差异，在小说结尾，涡镇已经毁灭，各路英雄都已化为灰烬，井宗秀同涡镇在炮火的攻击下覆灭，与伴随着军事强权而来的自私、贪欲、人性恶的方面也灰飞烟灭，唯独陆菊人、陈先生和宽展师傅这几个人物继续活在秦岭，意味着美的东西、善的东西肯定会存在的。

深厚的古典艺术美学的滋养激励着贾平凹在其小说中表现为一种强有力的人格塑造的意图和实践，那就是努力创造出真正具有巨大精神能量的天人合一式的人物，比如《带灯》的带灯、《老生》的老唱师、《极花》的老老爷。而《山本》中的陆菊人也是这样的一个人物，陆菊人的形象给人以通体的澄澈感，是充满生命活力、人生气息的生命形式。小说中从胭脂地挖出的铜镜井宗秀送给了陆菊人，铜镜镜面的文字"内清质昭明光辉夫日月心忽而愿忠然而不泄"[①]与陆菊人的品性相对应，体现的是世俗世界的"德行"，呼应了涡镇的老皂角树代表的涡镇之魂"崇德"的原则。

但我们这个民族，在巨大压力下失去了它原来的型范，贾平凹所描述的文化形态，是人类至今仍然在顽强地企图重新找回自身发展过程中失落了的某种东西，这主要指人与自然的和谐，并力图重新以这种和谐作为全部生活的基础。早在《老生》中，作家用简单的结构对比自然的质朴与社会的复杂，用流畅的故事对比人世的变迁和山水的永恒。在《山本》中，贾平凹一半写人和，一半写天道，构成一个自足的想象性空间，《山本》小说为秦岭招魂，确立自然无争、美德充裕的历史法则，表现出贾平凹以历史再塑文明的野心。

秦岭山地气候条件复杂、自然景观多样，环境富于变幻，浓厚的西北气息被作家以文学地景的方式呈现在读者们的眼前，丰富了文学表达的内容。贾平凹用浸染了深厚原乡情愫的笔墨，去诠释自己对本地区民族徽章的记忆。秦岭作为地理景观已经潜移默化影响到了贾平

---

① 贾平凹:《山本》，第30页。

凹的价值取向和文学追求，现实地景的文学呈现成一个表征着的系统所形成的一个充满社会意义的空间。

中国现代作家写空间，其时空意识与古典诗人的大不同处，在于他们写封闭的世界，却是变化动荡的大世界之中的开放世界。而贾平凹在他的相当一部分乡土小说里，却力图体现存在于商州、秦岭世界自身中的时空感，复原人物的世界认识、世界想象，但贾平凹毕竟又有清醒的现实感，他有一种乡土作家罕见的文化自觉，不管是揭露那些潜藏于乡村深处的思想黑洞与人性人心，还是乡村社会的变迁，都是放在社会文化的语境中来察看。面对溃散的乡村、日渐消隐的历史往事，贾平凹关注乡村在现代性进程中的式微情状及其困境，追问现象背后的陈因，是什么导致了今日的乡土裂变？是什么让人性如此狰狞？

贾平凹的小说创作是寓言式的，剥离芜杂的生存表象袒露的是个体生存的真相。贾平凹的《山本》呈现出了一个艰辛沉重、意象丛生、鬼魅浮现的秦岭世界。《山本》中陆菊人和她的三分胭脂地，陈先生和他的安仁堂，宽展师傅和她的地藏王菩萨庙以及尺八，古墓里挖出的那枚铜镜，那只随同陆菊人陪嫁过来的黑猫，再加上类似于涡镇这一地名突出的象征意义，所有的这些所构成的也就是小说中的形而上哲思与宗教层面。贾平凹是以哲学、宗教使人物出离活生生的充满血肉的人生，人物哲人化，境界哲理化，但传统哲学、宗教也不能替代现代人对于人生的思考，贾平凹始终没有为自己的创作找到更有力的思想支点。

贾平凹所建构的蕴含着东方审美范式的文学商州和秦岭，不得不说是作家在努力做着将文学和地理相融合的一种尝试，是有选择地攫取文学地理景观意象以后，尽力做到文学写作的世故性和地理学写作的想象力的相容，并且提供了一个认知世界的途径和方法。贾平凹乡土小说的故事背景是指向商州、秦岭的，但故事内容的外延思考却是在商州、秦岭之外的，"秦岭"不单单是一个地理学意义概念，也是一个文化学意义概念，他将触角延伸至文明的原点与文化根脉的核心。

贾平凹创作的深远意义在于他的小说中的地理空间呈现出超越特定地理限制的普世价值，无论是意象丛生、鬼魅浮现的商州世界，还是苦难悲悯、奇谲冷峻的秦岭想象，都是密实的流年笔法下原始乡心的展露，作家最终的皈依之径，旨在通过这样一种充满思索的写作，为当下的城乡叙事提供了一种新的解释路径，亦是用纯净心灵和道德内观来为现代社会寻找一个疗救的方法。

第四节 "古典"传统与贾平凹小说的现代性

今天，城市化已经成为一种世界性的趋势。关于城市的研究也逐渐从地理的、历史的角度向生活在其中的人类个体、个体与城市的关系扩展，城与人呈现出一种奇妙的共生关系。每一个作家笔下都有一座独特的城，理查德·利罕认为："城市是都市生活加之于文学形式和文学形式加之于都市生活持续不断的双重建构。"① 因此，城市书写的文本呈现的城市，成为我们探知作者城市心理体验无限可能的意义阐释。

一　文化范型与古都的"古典"传统

新时期以来，当北京、上海等其他省份写城市的小说家不断崭露头角之时，陕西作家仍然坚守农村、乡土题材的阵地，尽管有些作家开始创作城市题材的作品，如麦甲、李天芳、晓雷、韩起、安黎、京夫、文兰等人，但大部分作家们所书写的城市仅仅是与农村生活形态相对的广义的城市，未能触及城市本身的文化特性。直到贾平凹的西安城市书写出现，这种状况才被改变。

贾平凹的城市书写总体上可以分为两大类：一类是历史纪实和知识考古式的城市书写。纪实类的城市书写主要体现在他的大量关于西安的散文文字中。贾平凹的另一类城市书写是作为小说叙事的西安记

---

① [美] 理查德·利罕：《文学中的城市：知识与文化的历史》，吴子枫、黄福海译，上海人民出版社2009年版，第4页。

忆和西安形象,在这些作品中,西安是小说的主题或重要元素。西安城一旦进入贾氏小说中,就被称为"西京",贾平凹说,这是为了显示文学的虚构性。

贾平凹"第一次来到西安的时候,是十三岁,作为中学生红卫兵串联的,背了粗麻绳捆着的铺盖卷儿,戴着草帽,一看到钟楼就惊骇了,当即草帽掉下来,险些被呼啸而来的汽车碾着"①。做了西安市的市民后,贾平凹长期在南院门居住,"在近晚的夕阳中驻脚南城楼下,听岁月腐蚀得并不完整的砖块缝里,一群蟋蟀在唱着一部繁乐,恍惚里就觉得哪一块砖是我吧,或者,我是蟋蟀的一只,夜夜在望着万里的长空,迎接着每一次新来的明月而欢歌了"②。贾平凹出身陕西南部丹凤县棣花乡,但是这座城浓郁的文化气息,很快就使他找到了心灵上的感应。

行为地理学近年来提出了感应空间和行为环境的概念,"通过对市民的空间感知调查描绘出市民心目中的主观城市形态,即城市意象,进而解释感知与现实的差异,解释市民在经验认知空间中多样化的行为"③。这里可以引用贾平凹的文字来说明:"当世界上的新型城市愈来愈变成了一堆水泥,我该怎样来叙说西安这座城呢?是的,没必要夸赞曾经是十三个王朝国都的历史,也不自得八水环绕的地理风水,承认中国的政治、经济、文化的中心已不在了这里,对于显赫的汉唐,它只能称为'废都',但可爱的是,时至今日,气派不倒的,风范依存的,在全世界的范围内最具古城魅力的,也只有西安了。"④ 这也验证了美国地理学者提出的地方感和地方的力量的存在,"西安"这两个字及其所指代的地方与很多人的亲身经历密切相连,形成具有丰富

---

① 贾平凹:《老西安·我是农民》,载《贾平凹作品》第17卷,译林出版社2012年版,第128页。

② 贾平凹:《西安这座城·做佛》,载《贾平凹作品》第19卷,译林出版社2012年版,第207页。

③ Tuan Yi-Fu, *American Cities: Symbolism, Imagery, and Perception*, In: Topophilia: A Study of Environmental Perception, Attitudes, and Values, Prentice-Hall, Inc., 1974, pp. 207–215.

④ 贾平凹:《西安这座城·做佛》,载《贾平凹作品》第19卷,译林出版社2012年版,第208页。

感染力的"文本"或"话语"。贾平凹以其敏锐的观察、生动的文字和形象的表达,在城市具象之上营造了"老西安"的意象。

希尔斯在《论传统》中提出这样一种看法,他认为一种"文化范型"如果持续三代人以上便可以称之为或成为"传统"。①当代的西安是古代长安所具有的辉煌时代衰变之后所剩下的残迹,人们对长安时期或"古典"文明的感知,是通过西安的现代形式实现的。西安城的"古典"传统伴随着历史变迁,已经成为西安最具有特色的一种"文化范型"。这种"文化范型"的储存、延续早已超过三代人,因而说"古典"就是西安的传统,这也就是为何在今天西安迈向全球化的过程中,"古典"被时时提及。"西安的街巷布置是整齐的井字形,威严而古板,店铺的字号,使你身处在现代却要时时提醒起古老的过去,尤其那些穿着黄的灰蓝的长袍的僧人,就得将思绪坠入遥远的岁月。"②西安城的"古典"传统让这座城市魅力无穷。

西安作为历史悠久的古都型城市所呈现出的"古典"传统文化氛围是贾平凹城市书写的重点,也是影响与塑造贾平凹对西安的城市想象和文化记忆的来源。而西安城"古典"传统的文化氛围,不仅仅是在那些保存完好的历史古迹博物馆中,更有那散落在民间生活的一部分,如古老的风俗习惯、方言中保存完好的上古古雅词语、历史悠久的古街道名称、颇具规模的古文物市场……所有的这些形成独特的城市风情。

《老西安》最有代表性,贾平凹在大量的历史事实和文字的点染中生动演绎了从晚清、民国直至1949年之后的城市演变轨迹。文物是历史的框架,民俗是历史的魂灵,作家俨然是一个民俗学家或地方志学者,娓娓讲述这座城市千百年的历史轶闻和风俗民情。每座城市都是从各式遗迹和景观中获得自己的"形象性",贾平凹准确抓住了这个城市特有的文化范型和历史品质。比如,"城墙"这一形象曾多次

---

① [美]爱德华·希尔斯:《论传统》,傅铿、吕乐译,上海人民出版社1991年版,第20页。
② 贾平凹:《老西安·我是农民》,载《贾平凹作品》第17卷,译林出版社2012年版,第149页。

在他的城市书写中出现,在现代的"城"中,屹然地竖立一座保存完整的"古城墙"成了贾平凹城市书写的常见镜头。"古城墙"作为"墙"的隐喻,代表了西安文化守成的难能可贵,然而因为古老,它又是中华民族厚重文化的象征,它所体现出的古典、深邃、厚重的城市意象,表达了贾平凹作为西安人对这座城市的热爱。

尽管《废都》《白夜》《土门》《高兴》所处理的议题大多是贾平凹所欣赏的文人及其奇人奇事,然其对城市的想象与文化记忆均来自西安"古典"的历史文化。《废都》字里行间弥漫的是一种陈旧且古典的传统情趣。小说在表达形式、叙事风格及情节内容上都有借鉴于《金瓶梅》《红楼梦》等传统小说之处,孟云房演说四大名人的事迹,有如冷子兴演说荣国府、庄之蝶与牛月清、唐宛儿、柳月、阿灿之间的关系及其性关系的描写修辞和"□□□□(以下作者删去××字)"的洁本形式,都让人想起《金瓶梅》的女性和性描写。

小说《废都》的主人公不像是现代知识分子,更像传统的风雅名士,庄之蝶唤起了古典时代的文化记忆。《白夜》的风格则是《废都》的延续,其人物形象的设定也充满古典性:虞白出身名门世家,善操古琴,俨然是一优雅的古典仕女。而宽哥身为一介警察,竟然也能欣赏古琴,大谈黄钟大吕等古传统乐理。《土门》的故事内容虽然较为贴近社会现实,然其中能治肝病的云林爷犹如传统小说常出现的神奇老人,而村长成义飞檐走壁、高超的偷盗功夫则近似于古典小说的侠盗英雄。还有那引之有据的关于仁厚村祖先及秦王阵鼓乐的古老历史,使得人物的情趣甚至是情感立场趋于古典色彩。

西安因古老的传统和极端的保守,成为东方活着的历史,贾平凹城市书写中描写了具有传统特色或历史典故的建筑或空间,人物就生活或穿梭于其中,恰如其分地彰显了西安城"古典"的传统。如《老西安》《废都》中都提到了"双仁府街水局巷"的历史典故,再如《废都》中尼姑慧明主持的清虚庵,建于唐朝,相传杨贵妃曾在此出家,令庄之蝶神往不已。

在贾平凹城市书写的小说中,无论是人物的社交活动还是日常活动多发生在古典、保守的私人空间，如《废都》中四大名人的府邸，《白夜》中虞白民俗博物馆的住处，体现出这个城市的品位和文化底蕴。如《废都》中通过柳月看到的庄之蝶家客厅，"靠门里墙上立了四页凤翔雕花屏风，屏风前是一张港式椭圆形黑木桌，两边各有两把高靠背黑木椅"①。庄之蝶家的书房"凡是有墙的地方都是顶了天花板高的书架。上两层摆满了高高低低粗粗细细的古董。柳月只认得西汉的瓦罐，东汉的陶粮仓、陶灶、陶茧壶，唐代的三彩马、彩俑。别的只看着是古瓶古碗佛头银盘，不知哪代古物。……桌下是一只青花大瓷缸，里边插实了长短书画卷轴。桌上是一块粗糙的城砖，砖上是一只厚重的青铜大香炉，炉旁立一尊唐代仕女"②。无论是庄严清幽的客厅，还是庄重典雅见奢华的书房，都融合了中国传统文化之精华，这既体现了古都中文化名人追求古朴传统的审美品位，也体现了西安城市私人空间的古典和传统。

千余年来，长安一步一步萎缩下来，特别是陕西入民国以来，兵连祸结，被视为落后保守的区域。经过了民国十五年的围城战争和民国十八年的饥馑，西安元气大伤。到了20世纪30年代，西安已经荒废沦落到规模如现今陕西的一个普通县城的大小，成为名副其实的废都，此衰势既成，便一发不可收拾。新中国成立五十年来虽积极地重新建设，但实在难以恢复王气，毕竟如今的城市规模小，城市的经济能力有限。改革开放后，辉煌的历史在支撑着西安人的心劲，他们将重振汉唐雄风的口号喊得震天响，但陕西在政治、经济、文化诸方面远远落后于国内其他省份，西安在新时期仍未能坐拥西北，雄视天下。

相对于汉唐盛世，今天的西安只能称为废都。"眼看他起高楼，眼看他宴宾客，眼看他楼塌了。"贾平凹认为《桃花扇》里樵夫的唱词是在为这个城做总结。遥想汉唐帝都时代长安的盛世繁荣，当代的西安人真是情何以堪哪！借着西安城市书写，贾平凹在叩问：那么丰富的文明，那么繁华的景象，怎么就不由分说地都逝去了呢？贾平凹

---

① 贾平凹，《废都》，第91页。
② 贾平凹，《废都》，第92页。

心中涌上的是黍离麦秀之悲。

《废都》《白夜》表现的是现代城市生活中传统文人的生活,但作家却处处用伏笔,将你弹射到古典的情境中去。在这个似是而非的情况下,任何身历其境的参与者,都会隐隐觉得一切是很像,但是又不太像,——有一种幽幽的鬼魅的感觉浮升了。在当代作家的写作尝试里,"招魂"是一个非常重要的母题。贾平凹在小说中所招的魂是"古典"传统的魂灵。

陈晓明认为:"如果要说《废都》之题旨,这里的都只具有一个地理空间的意义,并无实际的都市或城市的意义,它依然是乡村中国的放大形式,居住于其中的文人,也是庄之蝶这样的传统型的中国文人,并不是思想性的现代知识分子。因此,《废都》只是在文化意义上来说才成立,而文化,在贾平凹的观念中,那就只有中国传统文化。"[①] 这段话精辟地点出了文化层面上的《废都》之于贾平凹的意义。《废都》所勾连起来的是传统文化在当代命运这一主题。《废都》中四大名人的职业与身份所代表的传统文化:庄之蝶的文章、龚靖元的书法、汪希眠的国画以及阮知非的秦腔表演艺术,不是被时代潮流所淘汰,就是这些文化都成了商业买卖与消费性的商品,甚至他们自己也无意将其当成精神的粮食,而自甘将其置之于金钱游戏之中,鬻文卖画以获利。

《白夜》《土门》是《废都》这一主题的延续,夜郎、宽哥、成义的城市生存际遇,是古代精卫填海"知其不可为而为之"精神在现代世俗化城市的演绎。夜郎用以恶抗恶的方式检举宫长兴的贪污和腐败;宽哥为了摆脱生存困境愿以徒步黄河的悲壮方式宣扬他的道德理想;成义为了挽救仁厚村被城市吞并的命运,毅然去博物馆偷盗秦俑。所有这些无不是"古典"传统的美德在新小说中的成功复活,小说中人物的命运代表着"古典"传统的理想人格在现代都市的覆灭。

这种历史的悲情,贾平凹借小说投射了西京城里种种怪现象。曾

---

① 陈晓明:《中国当代文学主潮》,北京大学出版社 2009 年版,第 560 页。

经繁华的帝都,在 20 世纪 80 年代却成为五方杂处、怪力乱神的所在。小说开头写西京城里杨贵妃坟上的土长出四色的花妖,白天里出现了四个太阳,像个哲学家的奶牛、打通阴阳两界"鬼话连篇"的老太太,异象蔓延。小说《白夜》仍以西京为背景,废都的魅影依旧徘徊不去。死而复生,生而再亡的再生人,隐含阴阳两界的鬼魂匙,诡异的剪纸老太,特别是那一出出人神混一的目连戏唱本,将现实与魔幻表现得生动有形。《白夜》小说结尾在《精卫填海》的鬼戏里让冤死的鬼魂游离,《高兴》中最后五富作为一个孤魂野鬼在城市的夜空飘荡。不言而喻,贾平凹笔下的西京城充盈着怪诞诡异的城市意象。

昔日风光显赫的古都而今已王气黯然,风光不再,周敏于城墙上吹响的哀哀埙声中弥散着"满城的鬼比满城的人多"的衰败、死亡的气息,俨然一座文化与精神的废墟。而在这座废墟之中,庄之蝶与其女人们的淫声浪语、老太太的"鬼话"连篇、如泣如诉的幽怨埙声、收破烂老头的讽世歌谣与"收拾破烂啰——"的吆喝声,以及奶牛死后作成的鼓皮在风里呜呜如鬼叫如狼号的自鸣声,这几种声音都不断在文本中轮番登场,众声喧哗,岂不热闹,却也好不凄楚,共同交织出世纪末的靡靡哀歌。

改革开放后都市文化重又兴起,杂沓苟且的乱象随之而来。千年古都成了鬼怪盛行、精神颓废的渊薮。有论者指出:"百鬼狰狞的《废都》,与'八十年代'所塑造的美学风尚有巨大的差异","'鬼魅叙事'一个重要的向度,就是对抗、消解'社会主义现实主义'的叙述成规,以及其所推重的正气、崇高、雄浑的革命美学"。① 鬼魅叙事中浓烈的颓废意识,与当代文学主流的审美意识相异,也与以线性进化论为核心的现代性观念相悖。在这种历史前进的泛道德情绪下,颓废作为一种美学风格,似乎成为五四现代主潮的反面。《废都》概括出弥漫于世纪末华丽而颓废的情绪,但西京的倾颓在汉唐帝国式微时已经开始。这座城市所显现的历史的怅惘,才更令人触目惊心。

---

① 黄平:《"人"与"鬼"的纠葛——〈废都〉与八十年代"人的文学"》,《当代作家评论》2008 年第 2 期。

贾平凹以悲怆的情怀书写了传统文化在当代城市的颓败，人文精神的崩塌沉落，传达出世纪末的悲哀情绪，"颓废"之气也由此而生。与城市本身的"破废"景观融合在一起，共同构成"颓废"的城市意象。

二 "老西安"：传统中国的魂魄与象征

访古探今，振聋发聩的秦韵秦腔，是西安书写不尽的都城纪事。贾平凹的西安城市书写，力图诊断西安古城向现代都市转型之际紊乱的病理，勾勒世纪之交"八百里秦川"的兴亡纪事，把握上至西京四大名人、下至农民工日常生活的城市律动。更为重要的是展现了这座古城在新时期的城市风貌和乱象，以及主体对城市的感知、记忆和体验。

那被铜镜、墓石、古乐、碑林、老街巷所装点的西安城，作为千年古都、丝绸之路的起点，终于以自己的方式，走向了无可规避的现代时空。长期作为国都的西安，其以城墙为核心的建筑景观和空间格局，必然营造了深厚的封建政治和传统文化气氛。西安在现代化市政建设过程中，在传统帝都文化向近代商业文化、世俗文化的变异都是城市近代化的深层特征。古都西安在20世纪也面临西方现代性观念的冲击与挑战，西安因地域的褊狭、文化的保守，在现代化过程中依然固守着自己原有的城市品位和人文特色。西安要真正实现从传统的千年古都向现代之城的蜕变，牵涉"老西安""建筑文脉"的存续与断裂，西安居民文化心态的改变与调整。

文学中的城市，是被作者主观思想所叙述和呈现的一种意识形态式的存在，因此作者对城市空间的体验是主动建构的过程。代表"老西安"城市意象的旧城激发了作者的文化想象和历史记忆。贾平凹对城市空间特定层次的关注，体现了阅读者触摸到的城市是作者的经验重构、创新的城市。作者着意选取一些代代相传而今逐渐没落的街巷里弄，如《老西安》中东门里城根一带的鬼市、道观八仙庵、朱雀南路的旧货市场，河南流民聚居棚户区、没有公厕的尚贤路等。其中，《废都》唐宛儿租住的芦荡巷老式民居、《白夜》中的"保吉巷"，《土门》中云林爷、梅梅的农村老房,《高兴》中的"池头村"等等,是人们常说的"城中村"。贾平凹的西安城市书写对城市中小街巷道、"城中村"等区域情有独钟,却很少触及摩天大厦、霓虹灯、拥挤的街道、各式的娱乐场所等现代景观。

在《老西安》中,据贾平凹考证,"老西安"真有其事的小街巷道,与清末民初时期西安城区图一模一样,如尚德路、骡马市、端履门、竹笆市等,非常具有都城性,又有北方风味。可以推断,这些名称起源汉唐,最晚也该在明朝。这些小街巷道作为人物活动的空间和场景,不仅仅是作为情节背景而呈现出一种客观的地理场景,代表古老农业文明的土木砖石的小街巷道的存在,一方面表现了现代背景下老西安城市面貌的"古典"和保守;另一方面却镌刻着古城西安的城市记忆。在展现"老西安"旧城小街巷道"旧格调"的同时,旧城改造和新城扩建使一批新的城市景观迅速呈现,如《废都》中的歌舞厅,仿古街的修建,城河的疏浚,《白夜》的平仄堡宾馆,《土门》中城中村的改造,《高兴》中城市广场及大量高层楼宇的新建。现代工业文明的钢筋水泥拼接而成的新城,因缺乏长期的文化积淀的过程,没有成为作者表述城市的重点,而"老西安"许多已经消逝的建筑物和建筑空间往往镌刻着古城西安城市记忆,是保留古都西安独特的地域气质、城市变迁历史和文化记忆的载体。

因此,有些论者就认为,一向写惯了乡土小说的贾平凹,一旦写到了城市,似乎就把握不住了,把偌大的一个城市也写成了一个城不城、乡不乡的地方,就连写城市人的颓废,也都显得"土颓、土颓"的。① 许多论者也同意《废都》明显缺乏一种现代城市的气质和景观,吴亮认为:"我们只是被通知,故事的发生地点是一个被称为'西京'的古都,而今是一个衰败的、缺乏现代性的'大城镇',不符合于当今城市的文化情境。"② 许纪霖则谓:"有过城市阅历的读者都不难觉察到,书中的人物所置身的那种氛围,与其说是城市,不如说是小镇,

---

① 扎西多:《正襟危坐说〈废都〉》,《读书》1993 年第 12 期。
② 吴亮:《城镇、文人和旧小说》,《文艺争鸣》1993 年第 6 期。

或许更为精确地说是都市里的村庄。"① 这些说法的确指出了贾平凹的"城"并非现代化城市这一特性。

早在19世纪，马克思就准确地点出了中国城市的特征："亚细亚的历史是城市与乡村无差别的统一。"② 中国传统的城市本来就是从乡村转变而来，西安因地处西北内陆，不像上海、广州等沿海城市现代化和西化的速度那么快。而同为古都型城市的北京，尽管它还保有乡土中国的一丝特质，但因其为首都之故，其城市的建设和发展整体而言亦远远超过西安。是以，论乡土中国，西安其实比北京更具有代表性。且西安城为广大的农村所包围，城市所能扩张的腹地也只能是农村，等到农村为城市所吞并之后再进行改建，但农村本身所具有的乡土文化因子自然遗留在城市当中，难以在一时半刻之内消除，这从《土门》这部小说就可以得知。

西安城的"乡土味"，有城市文化本身实际的情况，当然也受贾平凹自身情感与文化立场的影响，一定程度上反映了作者对于现代化城市景观的距离感。因为作为西北第一大城的西安，即使它现代化的程度不如东南沿海城市，但并非没有现代化城市的一面，只是在作者的城市想象和文化记忆中选择了乡村式的一面来展现。

西安是传统的古都型城市，萦绕着历史的魅力、传统的魂灵、文化的底蕴，被很多文人作为民族传统文化的载体。西安保留了最完整的古迹和最淳朴的民风，见证古城久远的沧桑。大部分文人对西安情有独钟，是因为西安连着我们的根和血脉。"它（西安）区别于别的城市的，是无言的上帝把中国文化的印放置在西安，西安永远是中国文化魂魄的所在地了。"③ 这段文字透露着贾平凹对西安城中蕴藏了丰富的中国传统文化的自豪与自得之意，并很有意识地把"老西安"城视为中国传统文化的巨大象征。

---

① 许纪霖：《〈废都〉：虚妄的都市批判》，《读书》1993年第12期。
② ［德］卡尔·马克思：《资本主义生产以前的各种形式》，载《马克思恩格斯全集》第46卷，人民出版社1979年版，第480页。
③ 贾平凹：《西安这座城·做佛》，载《贾平凹作品》第19卷，译林出版社2012年版，第210页。

贾平凹的西安城市书写生动地表达出作者对城市的感受和理解。在很大程度上可以说,"老西安"的城市意象和地方感是由小说《废都》《白夜》《土门》《高兴》和一些散文名篇建立起来的。其中以《老西安》《西安这座城》《西安的城墙》最为闻名,包括那些在西安与商州之间相互推移的小说。

城市对于作家的意义远远不止于城市本身,其背后也反映出作家对于城市复杂暧昧的心态。事实上,贾平凹的乡土叙事里隐喻着对城市的思考,城市总是在他描写乡土的间隙浮出,例如,贾平凹的长篇小说《商州》《浮躁》《高老庄》里都有农村男子进城后返乡的经历。《废都》《白夜》《土门》被人称为"城市三部曲",《高兴》原名就是"城市生活"。其实贾平凹也是乡土叙事与城市叙事并行的作家。

贾平凹是用怀疑的眼光来打量城市,《废都》《白夜》揭露传统文化的溃败与批判现代城市文化的腐朽堕落,这座文化古城的人经历了传统文化与现代文明的冲突与断裂、精神信仰的茫然与困顿。商州作为城市书写的参照系,使得贾平凹对现代城市的肯定不可能是毫无保留的。《废都》中的"颓废",其具体所指毫无疑问就是,在市场经济大潮之中的商业与消费文化被冲刷得体无完肤的知识分子所体现的堕落,即便是如庄之蝶、子路之类都市中上流社会的人物,实际上也已经走向沉沦了。《土门》中,以城市肝病病人的日益增多来隐喻现代城市文化的种种弊端,小说将治疗的出路指向仁厚村,意味着代表传统的乡土与代表现代的城市二者结合就能互相救赎。神禾塬作为小说提出的一种憧憬,是理想居地,"神禾塬正在兴建一个新型的城乡区,它是城市,有完整的城市功能,却没有像西京的这样那样弊害,它是农村,但更没有农村的种种落后"[①],这就是神禾塬。但《土门》文本分裂暴露了"神禾塬"的虚妄面目,如今城市化是大趋势,对于现代人来说,人与土地之间的关系正在面临破裂和毁灭,故乡是回不去了,而城市又不是我们的精神家园,在现实中已找不到,作家引导我们来

---

① 贾平凹:《妊娠·土门》,载《贾平凹作品》第5卷,译林出版社2012年版,第262页。

到西安的"古典"时期。因此,贾平凹笔下的西安城,不单是行政区域划分上的西安,而是历史上与东都洛阳相对的"西京",充满了古老的传统文化氛围,从文本中"西京"这一名称的使用,就可意会贾平凹试图营造一种古都的历史文化氛围的用心。基于类似的文化心态,在城市书写中,贾平凹相当显著地放大了老西安"古典"的传统,对应地就规避了城市建设、经济发展等方面的迟滞、落后等方面的缺陷。

贾平凹笔下的西安城似乎在刻意规避都市的繁华与喧嚣,用他的文字构筑了一个有别于现代大都市,具有城市之形,却充满了拟古之风与东方奇观的"老西安"。这种"旧格调"是贯穿作家城市书写无处不在的一个"幽灵"。"招魂"写作令贾平凹的西安城市书写不断回到前现代西安的"古典"传统中。他是以一种背反式的方式,不断地质疑一种现代性的进步历史观。其所包含的前现代性与现代性的紧张关系也就凸显出来:古都知识分子对盛唐文化的无限追恋及对乡土生活、现代城市的双重拒斥,城市中物质的丰裕与现代人精神的颓废等等,都构成了一种亦幻亦虚的紧张关系。

贾平凹的城市书写是用文字和心灵直面城市,作为主体的人对于城市空间的建构,与自身的文化背景和生活经历息息相关。贾平凹对城市的体悟,反映出他对承载着几千年古老文化的"老西安"的所有爱与恨的纠结,道出了西安城的古与今、新与旧、传统与现代的矛盾和困惑。正如散文《西安这座城》中说的:"整个西安城,充溢着的是中国历史的古意,表现的是一种东方的神秘,囫囫囵囵是一个旧的文物,又鲜活活是一个新的象征。"①

由此可见,贾平凹的西安城市书写其实是汲取了许多传统文化的养分并将之转化而来,使得他的城市书写萦绕着挥之不去的传统气息。而那由保存完好的古城墙所框限出来的西安城,在文字中就成了一个独特的文化空间,在这些传统文化元素的组合之下呈现出西安深厚的历史感,仿佛一个时光倒流、错置的"老西安"。无论如何,贾平凹

---

① 贾平凹:《西安这座城·做佛》,载《贾平凹作品》第19卷,译林出版社2012年版,第209页。

在城市题材的开拓上是不容置疑的,尤其是他对于西安城"古典"传统与城市精神的掌握,值得后来欲书写城市的作家借鉴。谁说城市一定要千篇一律地书写现代性的城市景观?深刻把握住城市本身的文化特性,才是写作的关键。

三 "人与城"的互融共生与"异象"叙事

城市与文学似乎有着天然的联系,城市赋予文学重新想象和建构城市记忆的权力,而文学也记录城市特定空间场域背后所隐藏的多重异面。贾平凹是西北的一张文化名片,他的西安城市书写提供了西安这个文学地标,一个关于古典、记忆和历史的城市空间,这个空间与日常的、口语化的西安一道,完成了贾平凹文学中的城市建构。事实上,贾平凹利用时空拼贴和错位,书写城市意象和代际关系,在关注社会现实的同时呈现出先锋的品质,为当代中国城市书写提供了新的元素与观察维度。

贾平凹的新作《暂坐》延续了此前城市书写探索的主题,他曾经为西安这座城写下四部长篇小说——《废都》《白夜》《土门》《高兴》和一些散文名篇,贾平凹的写作不仅有地方性的呈现,还包含更具普遍意义的内涵,贾平凹的西安城市书写以现代西安城市生活为背景,他的城市叙述始终有着灰色的现实底色,小说人物映照着城市的历史,人物命运与城市历史互相镶嵌。他所写的 20 世纪末以来的西安城,却处处用许多与中国传统文化相关的元素,建造出一座属于他的"文学的西京"——城不城、乡不乡、古不古、今不今,是如此怪异却异常迷人。

西安因为其特殊的历史传统和历史命运,作者在小说中虽涉及了歌舞厅场景、时装模特队和无处不在的商业与消费文化,但小说着重表现的是西京城私人空间的文化品位和城市的文化底蕴。在前四部小说中,《废都》尤其重要,它不仅将当代西安城市文化与精神中的"古典"传统的文化特色淋漓尽致地展现出来,因此《废都》当之无愧是第一部最为详尽、完整的有关西安城市以及城市文化叙事的文学作品，甚至触动了人们对西京城的文化记忆与想象，在西安的城市文化研究中具有一定的价值。由于自身敏感的心灵与写作当时凄凉、萧瑟的情绪，贾平凹在觉悟之余，也透过城市中人的生存状态，写出了世纪末的西京城的文化与精神，一字以蔽之，曰之"废"，而西京城之所以为"废都"，是因为过去的盛世对照出现今的衰朽，对此贾平凹有相当深刻的感受，故以此作为其城市小说的切入点，并且试图从一城之"废"的地理意义扩大为一种"世纪末"的时代情绪。这一"废都"意识，虽然是贾平凹一家之言，但在当时的文化情境之下，却是相当具有代表性。《废都》中四大名人的荒唐行径，无论是色欲还是贪欲，都用最堕落的方式来寻求精神的慰藉，陷入一种尴尬的生存情境之中。知识分子不再是文化的巨人而沦落为精神的侏儒，"颓废"之气也由此而生，与城市本身"破废"景观共同构成了"废都"意识的内涵。

贾平凹的新作《暂坐》中作家羿光身上有庄之蝶的影子，他才华出众，谈吐风趣，是西京名人，羿光从成名开始城市商业文化的阴影早已覆盖其身，他的名字数度成为架上的商品供人消遣娱乐，《废都》中庄之蝶不甘被城市吞没的挣扎尽头，一种逆流而上叛逆精神在羿光的身上不复存在，取而代之的是文化达人老谋深算、谙于世故、进退自如。在混沌失序的城市生活中，文人和女性们的事业沉浮与情感悲歌，在作者平淡有致的叙事下透出一股与《废都》声气相通的悲凉与灰暗，贾平凹的心灵深处依然流淌着那种困惑、迷惘、颓败、荒芜和犹疑的意识流，他一直在寻求着对于自我、对于世界的精神超越或解脱。《暂坐》生动展现了社会转型期西京人的意识偏枯和生命颓败，他们一方面承受着历史积淀的重负，仍旧陶醉于历史的辉煌里；另一方面在生活失去公正、规则和理想幻灭、精神无所依托时苦闷、仿徨，甚至堕落。

此外，在城市空间景观的书写上，贾平凹也书写了几种并存的空间，商业物化的现代高层楼宇与城墙、鬼市、庵等具有传统特色的建筑或空间，作者借助空间的不可分割，将二者刻意并置，这种写法既表现了传统在当代环境中的存在,也强调了与之俱来的复杂性。城市本身呈现出并时的、多重编码的空间结构,犹如"多棱镜"意象,一切历史的、曾经被时间界定的事物在这奇异的、古典的多重空间中再现、变形、隐匿或重组,而作家处身其中,不仅自身以及自己的作品成为城市自动书写的一部分,他也面对物理空间和心理空间交错的建筑、古迹、广场、公园,更重要的是这些生动造型背后所隐藏的世界。

连绵的建筑和古迹包容了历史时间的因子,成为"当代"一词的某种象征手段。那么贾平凹在建构西京城市空间的同时,也将新时代作家的探索延展进集体潜意识的正文领域。小说里,西京城显然是一个古典的文化空间,贾平凹在这样一个旧文化阵营里,展现了文化秩序和自我原欲之间的撕扯、博弈以及人的毁灭。这里的"西京"是极具象征意义的文化空间,联结着古朴、传统、保守的文化秩序,贾平凹以其独有的现代意识,传达出了他对传统文化即将逝去的叹息与无奈。

21世纪初,当底层文学很多人还在关注"进城"的徘徊与挣扎时,贾平凹的小说《废都》《白夜》《土门》《高兴》以无比敏锐的笔触探索人"在"城中的生命状态及精神安放。贾平凹借着庄之蝶的精神颓败,其实写的是人和城和土地之间的关系,无论是《废都》里的庄之蝶还是《白夜》里的夜郎,他们在面对城市时都有一种悲凉之感,这与贾平凹自身于城市中所遭受的精神苦难相关,《废都》中奶牛的寓言化是贾平凹建构"废都"的一部分,奶牛以一个清醒的旁观者角度更能反映出社会转型期中精神危机无人幸免的悲凉境况。《白夜》同样充满了城市化的寓言,小说中的西京城如同书名所暗示的,是处于白天黑夜不分的混乱失序状态,还有演出时人鬼不分的目连戏不时在小说中穿插,繁华热闹的西京城不免透出一股森凉的鬼气,与人在城市生活中精神荒芜之感相呼应。《高兴》最后五富的死亡和刘高兴精神的失落,都表明了失去土地的农民无法在城市中找到归属,可以说是再次重申了庄之蝶、夜郎等人在城市无法着根的精神困境。

这一问题的症结应当跟贾平凹身为"农裔城籍"作家的情感认同与当时写作的心理状态相关,由于乡土文化制约着人们的思维及生存逻辑，致使一代代作家身体虽然"侨寓"在城市，精神却频频地回望着故乡。然而，这一状况其实在20世纪80年代中国全面改革开放后得以改变，随着城镇化的全面展开，中国的城市生存经验得到了全面的展示，作家们开始以"在者"的身份对其生存空间给予观照并形成鲜明的审美特征。贾平凹在西安已经生活了40多年，他对西安的熟稔如同对自己家一样，他不再是西安城的寄居者，而变成了真正的城里人。《暂坐》以城市女性为切入点书写西京故事，契合了女性"已成为衡量城市的'风向标'"的现实，城市女性的书写实际上代表了城市人对所在城市的整体性认知。① 贾平凹对城市以及伴随城市产生的一切物质存在都作了审美化审视，有效地构建了新的审美空间。《暂坐》以理性客观的姿态展现了"人与城"的互融共生及文化精神，充分彰显了"都市正文"实践的价值。

《废都》中代表"老西安"城市意象的旧城激发了作者文化想象和历史记忆，从作者刻意选择文白夹杂的仿传统白话小说的语言模式、人物形象的设定，以及老旧朴素的城市景观和氛围等，都充满一种"陈旧"的趣味，甚至是乡土社会的影子。但贾平凹的《暂坐》对西安新城区域情有独钟，暂坐茶庄是位于曲湖新区芙蓉路中段的一家茶庄，如果说老舍的"茶馆"仿佛一个向心式的巨大漩涡，将北京城安分守己的小人物裹挟进无法走出的乱世怪圈，那么贾平凹的茶庄则是一个主要的、向外开放的空间场景。小说中西京城新区密布大城市的符码，耀眼的霓虹灯，车水马龙的街面，一起制造城市的繁华，全面立体地展现了城市的审美空间，昂贵的中大国际商厦、豪华的香格里拉宾馆、摩天大楼、曲湖公园等成为城市普通的审美景观，城市成为一个独立的文化空间。

在新世纪以来的城市小说中，作家们倾心于城市中那些扑面而来的时尚气息，在遍是城市符码的环境中，人对物的拥抱正是人与城市互融的重要表现，生活在其中的人显示出初尝物质时的满足与兴奋，

---

① 蒋述卓、王斌：《城市的想象与呈现》，中国社会科学出版社2003年版，第30页。

日常生活在本质上离不开物质追求，自足而丰富的物质消费已成为人们合理的生存欲求，在新世纪的小说中，有不少都在试图重建这种物质生活的重要性。在小说《暂坐》中，就充满了各种世界名牌的表述，"西京十块玉"中几乎每个女子身穿手拿的东西，作者经常指出其品牌名称，品牌符号成为人物身份的重要表征，物质欲望直接转化为人物对时尚品牌和奢侈品的炫耀，小说中多次写到女子镜前穿衣的情景，以显示在物的加持下闪现出来的幸福感，金钱关系成为人在城市空间中日常生存状态的一种表征。

四 "异象"叙事与混沌美学

日常生活诗学的内在本质是人本主义的思想。在新世纪以来的很多小说中，作家们急速扩容日常生活，呈现各种庸常而又混沌的生存意绪，不再强调小说对社会历史宏大意义的建构，但是日常生活的荒诞与错位几乎无处不在。《废都》中贾平凹把西京想象成一片精神的废墟，而《暂坐》中的西京是被现代化工业严重污染的城市，"雾霾"意象传达的是西京人在现代城市的巨大不安、煎熬、恐惧，其中隐含了作者对这座城市的空间性焦虑，展现了城市作为主体对城市人文化观念及生命形态的影响。贾平凹对城市书写的先锋性继承了张爱玲对城市日常的书写，张爱玲对上海的书写展现了人与城的一体性，人自身要成为繁华城市的一部分，《暂坐》中人物的衣食住行是其城市生活方式的彰显，面对城市中的各个阶层的女性，书写"人与城市"互融共生的复杂性，探索新的审美空间中生命精神的发展历程，"人与城市"主体性的发现使城市的文化精神品格得以确立。当人注定要在城市中非人格化、片面性地生存时，人为建构一个诗意而完整的空间来修复和承载现实的不完美，作家在小说中塑造一个从未露面的活佛以承载其超越现实的理想，来传递救赎的声音。但是，现实生活告诉我们，任何一厢情愿的理想建构在世俗的日常中都会变得不堪一击，海若最终被纪委带走，茶庄爆炸，"西京十块玉"群龙无首，众姐妹们分崩离析。

鲜明的地域标识来自清晰生动的文学地理，贾平凹的倾心书写使西安成为他的重要文学名片和文学地理。在很大程度上可以说，西安的城市意象和地方感是由贾平凹城市题材小说和一些散文名篇建立起来的。因此，西安作为重要主题、背景或地理标识，贯穿在贾平凹的创作之中。西安城一旦进入贾氏小说中就被称为"西京"，从文本中，通过"西京"这一名称的使用，就可意会贾平凹试图营造一种古城的历史文化氛围的用心。文化是一个城市独特的印记，更是一座城市的根与魂。贾平凹常年浸淫其间，西安丰富的传统文化自然成了构架他的精神世界重要的文化因子，王畿之地的帝都气象和关中文化的雄浑质朴也带给贾平凹有别于商州山地文化的影响。因此，贾平凹笔下的西安，充满了古老的传统文化氛围，使得其西京小说有别于一般我们习惯上所认定的现代城市小说。

与同时代的城市文学作家相比，贾平凹的城市书写最能展现西安城市的古典传统，《废都》因其过于荒诞颓唐而逼出了生活中最无奈、最混乱、最绝望的真实，贾平凹的其他小说也是如此，他以非情节化的叙事，不着意于塑造典型人物，获取了一种更为抵近生活现场的真实感，在小说意境和审美风格上，实现了民族化，以中国传统文化为体，以西方现代小说艺术为用，重新熔铸小说技巧，开拓了民族性、现代性。

不过，若细究小说的内容，除了与现实社会相关的主干思想之外，小说中还有许多细碎的东西枝枝蔓蔓兀自伸展着，其中最引人注目的就是那些神秘莫测的"异象"，几乎每一部小说都见怪不怪地安插了许多奇人异士，如《废都》中能看见鬼的牛老太太、《白夜》中剪纸能治病的库老太太、《土门》中拥有神奇医术的云林爷……还有一些奇闻逸事，如《废都》中天空出现四个太阳的天文奇观、《白夜》中死后轮回再生的"再生人"、《土门》中成义以女手换肢而成为阴阳手……这些异象营造了一种特殊的氛围，有时形象化地表达人物的某种心理、情绪状态；有时则是观看事件的另一个视角，若同时具有特殊意涵，那么这时"异象"也就成了具有象征意义的"意象"。但更多的时候，这些"超现实"的异象是细碎的、作为一种存在的"现实"或"真实",安然、自在地错落于文本所构筑的、具有常态意义的"现实生活"中,弥漫成为一种背景气息,并不直接影响或介入整个故事的发展,而形成贾平凹作品中非常特殊的一种"味",开显了阔大、幽深、混茫的小说意境。

"混沌"是贾平凹个人化现实主义最重要的美学特征,就内容上而言,就是"驳杂";就技巧上来看,就是"朴拙",几乎是没有了技巧的技巧,因为生活本身就是如此混沌——"无序而来,苍茫而去,汤汤水水又黏黏糊糊"①。类似的观念从创作《废都》以来愈加鲜明,如《废都》后记中写道:"好的文章囫囵囵是一脉山,山不需要雕琢,也不需要机巧地在这儿让长一株白桦,那儿又该栽一棵兰草。"②《白夜》的后记中也提到小说就是像平常聊天一样的说话,"说平平常常的生活事,是不需要技巧,生活本身就是故事,故事里有它本身的技巧"③。因此从《废都》开始,贾平凹就尝试着把小说还原成"说话",如聊天一样自自然然、平平常常,没有明确的节制,甚至流于散漫的叙事,以此来呈现混沌的生活本身,与传统现实主义作品中结构分明、情节起伏有致、逻辑严谨的生活大相径庭。《废都》《暂坐》等小说就是混沌美学的极致之作,这些小说以平凡无奇、拉拉杂杂的日常琐事构成小说的内容,以充满细节的生活本身呈现出该时代的那种自然的生活状态。这背后有贾平凹自己的观念:"在我的文学观念中,小说情节和故事都可以虚构,而细节一定要真实,细节越真实情节越虚构,文章才能深刻,才有多义性。这是我的一种文学观,细节不真实,即使情节真有其事,读者都不会相信。"④

《废都》《暂坐》在写法上都借鉴古典文学传统,力图传达东方的味道,日常生活中的吃、喝、拉、撒、性成为小说最基本的表达内容,

---

① 贾平凹:《高老庄·后记》,人民文学出版社2018年版,第360页。
② 贾平凹:《废都·后记》,第359页。
③ 贾平凹:《白夜·后记》,第414页。
④ 贾平凹、韩鲁华:《贾平凹长篇小说〈秦腔〉访谈》,载《秦腔大评》,作家出版社2006年版,第597页。

像《金瓶梅》《红楼梦》一样，写的是那个时代的日常生活，贾平凹的城市题材小说写的都是普通人的日常生活，但在这些事上能建立起当代西安城内在真实的生活，能写出中国人、中国文化、中国社会里最富有意味的东西，它所传承的是《金瓶梅》《红楼梦》式的写实传统。"贾平凹复活了传统中人感受世界与人生的眼光和修辞……贾平凹的巨大影响很大程度上建立于这种对中国人基本生活感觉的重新确认和命名。"① 从这一点上说，它为当代城市文学写作开启了一种可能，贾平凹的初衷是有意展示这个晕眩时代的生活真相，写出一部珍贵的世情小说，在人的表现上，则有意概括西安乃至中国人的一种时代心态。鉴于西京在中国历史上的中心地位，作者坚持以文化传统来定义中国，所以过去与现在实际上通过"废都"这一隐喻交融于西京的血脉。

当贾平凹在《暂坐》中有意识地探索城市新变时，他精准地把握到新世纪新时代一种城市的感觉和一种城市的情绪，写出了城市人在新的文化空间内的生存以及由此形成的精神空间。正是在这个意义上，从《暂坐》开始，贾平凹完全跳脱传统乡土文化伦理限制，以城市语境和城市人物的共处构成了一幅相辅相成的图景，以现代商业文明的思维完成了人与城市"想象的共同体"的书写。贾平凹笔下城市的文化根性，超越了以往将城市异化、扁平化处理的书写模式，以现代性的审美眼光彰显了城市书写的先锋价值。

贾平凹的西京城市小说，以当代的西安城为背景，呈现出西安城独特的历史文化氛围，故其城市题材小说具有开创与突围之功。贾平凹的西京城市小说，乃借文学想象建构都市历史的一种有效手段，西安作为一种文化共同体，代表了乡土中国的国家与文化地位，成为中国文人的精神故乡，西安既作为真实的物理空间，又在文学上被建构成一种文本形象。

---

① 李敬泽：《庄之蝶论》，载《废都》，第6页。

第二章 关中民俗、秦腔与文化空间

对于作家来说，兴趣是行动的动力，陈忠实的写作之所以会表现民俗文化，他对民俗文化的兴趣是一个先在的条件。所以，考察陈忠实的写作与民俗文化的关系便不能不首先弄清楚在写作的意义上，陈忠实为什么会对民俗文化发生兴趣。

理解陈忠实对写作与民俗文化关系发生的兴趣，我们可以从高丙中先生的观点得到启示，从较为普遍的意义上，这是因为民俗"事实上构成了人的基本生活和群体的基本文化，任何人、任何群体在任何时代都具有充分的民俗。有生活的地方就有丰富的民俗"[①]。从民俗文艺学视角考察陈忠实的写作，我们就需要回到陈忠实独特而具体的本体世界，从历史的实际语境去理解作家的行为选择，寻找他在写作之时之所以对民俗发生兴趣的真正原因，从而为下一步审视陈忠实的写作和民俗文化的关系做好必要的铺垫。

第一节 民俗兴趣的发生与陈忠实的写作

陈忠实出生于西安市白鹿原南坡的村子里，高中落榜后，他开始了长达40多年的关中农村生活。然而，也正是这40多年的农村生活，为陈忠实的创作提供了丰富生动的素材，使他的创作植根于坚实厚重的三秦文化底蕴。"秦中自古帝王都"，自从唐末失去帝都的地位以

---

① 高丙中：《民俗文化和民俗生活》，中国社会科学出版社1994年版，第11页。

后，关中地区王土遗风犹存，而且从宋代起又受到儒家理学正统思想影响。清末关中大儒牛兆镰又对此进一步推进，儒家正统思想对关中民俗风情起到了至关重要的影响。关中地区的民俗亦然，俗话说："百里不同风，十里不同俗。"关中人在衣、食、住、行等方面形成了一些独特的民俗风景，最有代表性就是"关中十大怪"，即："面条像腰带、锅盔像锅盖、辣子是道菜、泡馍大碗卖、碗盆难分开、帕帕头上戴、房子半边盖、姑娘不对外、不坐蹲起来、唱戏吼起来。"① 这段民谚把关中地区最具代表性的民俗风情做了形象概括。

一 个人经验及文化背景的本原性诱发

陈忠实在写作长篇小说《白鹿原》之前，作家在小说中称自己的家乡为南原，也就是白鹿原。小说《白鹿原》是一部记述关中一个叫白鹿原的村子 50 年历史变迁的史诗，地理中的白鹿原是小说《白鹿原》的地域原型和故事主体。白鹿原在关中是属于面积较大、地貌奇特，又毗邻西安市区——历史文化积淀深厚而最负盛名的一个区域。小说《白鹿原》中对白鹿原的地形有多处描写，其中"对面的白鹿原刀裁似的平顶呈现出模糊的轮廓，自东而西旖旎横亘在眼前"② 的那段话，就是借书中人物鹿兆鹏之眼从横岭看白鹿原的逼真写照。白鹿原位于渭河南岸、秦岭山脉北麓的黄土原之一，白鹿原的总面积占蓝田的三分之二。蓝田自古为京兆之地，又是儒家关学派人物吕大钧、牛兆镰的家乡，蓝田成为关中乃至中原等地一些礼俗的发源地。文化历史悠久，蓝田人勤劳憨厚、热情好客、笃行信义、有浓厚的乡土观念。小说《白鹿原》是一幅散发着浓厚泥土气息的关中民间风情画，所使用的语言也是再地道不过的关中乡村方言。《白鹿原》的成功，其对读者所产生的魅力、吸引力，主要得益于关中民俗风情的魅力展示。

陈忠实十分注重从关中民俗风情中提炼小说题材和艺术构思，呈

---

① 张建忠：《陕西民俗采风：关中》，西安地图出版社 2000 年版，第 11 页。
② 陈忠实：《白鹿原》，人民文学出版社 1993 年版，第 391 页。

现出鲜明的民俗学取向。从民俗文艺学的视角来审视陈忠实的创作是一个很有意义的尝试。民俗作为一种文化、一个地区人们的一种集体无意识，对作家的创作有着潜移默化的影响，这种根深蒂固的对故土的依恋成为作家创作的原动力，那么民俗也成为作家文学创作的源泉。作家在表述乡村生活、民众心理的过程也就是对民俗文化的探索与描述。这不仅使文学与民俗成为一个相通的领域，同时也给文学创作带来了活力。社会心理学家也发现，故乡的生活和体验对人的一生都可能产生重大的影响，陕西作家大都来自农村，评论家李星则将他们称为"城籍农裔"作家。尽管陕西作家身处陕北、关中、陕南这三个文化版块，但这种文化心理的认同是一致的。

值得注意的是，陈忠实早年读的书主要是小说，几乎没有诗歌、戏剧和散文，更不用说文学理论、文艺批评以及历史、哲学等书籍了。这一点非常重要。诗歌和散文从某种意义上说，更多属于知识分子型作家的人格追求。陈忠实从一开始，就在潜意识里给自己定位为一个小说家。陈忠实早年的阅读视野塑造了他的文学理想，也塑造了他的文化心理和审美需求，在陈忠实这里，文化心理和审美需求最终凝结为一点，那就是乡村，乡村生活和乡村情结是陈忠实一生无法摆脱的梦魇。1982年7月，陈忠实结集出版了他的第一个短篇小说集《乡村》。陈忠实在阅读第一本小说——赵树理的《三里湾》的时候，曾经谈道："这本书把我有关农村生活记忆复活了，也是我第一次验证了自己关于乡村关于农民的印象和体验。如同看到自己和熟识的乡邻旧时生活的照片。这种复活和验证在幼小的心灵引起的惊讶、欣喜和浮动是带有本能性的。"[①] 在中篇小说《四妹子》的后记里，陈忠实也表达了自己对农民和农村世界的情感："农民在当代中国依然是一个庞大的世界。我是从这个世界里滚过来的。我出生于一个世代农民的家庭。进入社会后，我一直在农村做工作。……这样的生活阅历铸就了我创作的必然归属于农村题材。我自觉至今仍从属关中这个世界。

---

① 陈忠实：《我的文学生涯——陈忠实自述》，《小说评论》2003年第5期。

我能把自己在这个世界里的生活感受诉诸文字，再回传给这个世界，自以为是十分荣幸的事。"① 正是因为陈忠实几近固执的恋土情结，所以三秦大地的民间文化对陈忠实创作的影响是极大的。因为不同的地理环境制约着各自的风土人情，各地民间风俗的不同则保持了各地文学的差异。陈忠实的小说中拥有大量有关风俗民情、儒家文化的描写，具有浓艳的民俗文化色彩。

民俗文化对陈忠实的影响不仅表现在作家主体行为的选择上，也影响到作家的精神气质和审美需要。作家创造文学作品，作品中渗透着浓郁的地域文化特色，无论是环境、人物或其他因素，都是作家选择、加工、提炼的结果。没有作家自身的体验以及通过创作在灵魂中完成对这些经验的审美转化与提升，作品就不可能携带任何有关地域文化的信息。作家本人的地域文化素质，来自他的故乡、家园。那里的自然风光、风土人情、文化积淀等，时刻熏陶着作家，从而形成了地域文化心理素质。这种心理素质在陕西作家中表现为乡土依恋、乡土情结，它构成陕西作家地域文化心理素质的核心与基础。

二 时代风气的外在推动

除此之外，考察陈忠实创作所置身的历史环境，我们还可以知道20世纪80年代，中国学术界将民俗与文艺和学术加以连接的时代风气，作为一种有力的外在推动，也引发并鼓励了陈忠实的创作与民俗文化的具体结合。

从1978年开始，新时期文学经历了伤痕文学、反思文学、改革文学、寻根文学、先锋文学以及20世纪80年代末的新写实小说和新历史主义小说，制造了20世纪80年代文学界的一波未平一波又起的热闹场面。踩在潮流峰顶浪尖的众作家共同制造了中篇热。陈忠实也是在有了一系列中篇之后才有了构思长篇的创作冲动，最终面世的《白鹿原》皇皇巨著是作者经历了长时间的写作并经过反复修改润色才最

---

① 陈忠实：《四妹子》，中原农民出版社1995年版，第314—315页。

终定稿，陈忠实的史诗追求铸就了《白鹿原》的厚重和丰富。《白鹿原》的写作时间长达4年之久。经历了文坛风向的转变，最后以开放的现实主义文本面世。《白鹿原》小说的成功主要得益于对20世纪80年代文学尤其是文化寻根思潮的继承。

陈忠实在创作中篇小说《蓝袍先生》的时候，他触及蓝袍先生所在的古老的南原的时候，当作家撞开徐家镂刻着"读耕传家"的青砖门楼下的两扇黑漆木门的时候，陈忠实顿然感到对乡村社会认识的肤浅，尤其是1949年以前的中国乡村，作家要有意识地进入1949年以前的家乡，了解那个时代乡村的形态和秩序。恰在这一时间段，寻根文学的思潮在中国兴起，卡彭铁尔、马尔克斯等一批拉美作家纷纷远离欧美的现代派文学，把眼光转向自己生存的土地，并以集束手榴弹的方式震惊了世界。中国的"文化寻根"旗帜在20世纪80年代中期立起来，他们要用中国的民族文化与世界文学对话，要借本土文化的力量使中国文学走出困境。部分作家力图在对传统文化的反思中为文学的发展寻找出路。陈忠实对拉美作家的艺术探索深有同感，他要在自己所熟悉的渭河平原上对儒家文化做出新的开掘。从1982年开始，他试图对文化—国民性经典启蒙叙述范式进行跨越。经过一段时间的探索，他终于寻找到了属于自己的句子，这就是文化—心理结构视角的叙述形态。

陈忠实说："我过去遵从塑造性格说，我后来很信服心理结构说；我以为解析透一个人物的文化心理结构而且抓住不放，便会较为准确真实地抓住一个人物的生命轨迹。"[①] 至于如何解析人物的文化心理结构，他解释说："在中国文学中写出人物的文化心理结构，很重要的一点就是揭示出传统与现代的那种文化冲突。这种文化冲突造成了人物心理结构的、观念的改变，从而也就造成了原有的心理结构的平衡的被颠覆、被打破。一旦新的观念形成，就随之形成了一种新的心理结构、新的平衡。对于我们这个民族来说，既有传统的道德观、价值

---

① 陈忠实：《关于〈白鹿原〉与李星的对话》，载《陈忠实文集》第5卷，广州出版社2004年版，第391页。

观，也包括一些地方地域形成的民间风俗观念，它们跟当代文明、新的观念之间形成的冲突应该是深层的。"① 陈忠实在价值观念与道德认同上开始从主流文化中进行痛苦剥离，从而在某种程度上逃离了主流文化的干扰，使他的小说具有了较纯正的民间文化意蕴。寻根文学对民俗文化的发掘与表现，为20世纪90年代作家向民俗文化全面开掘架起了桥梁。

除此之外，20世纪80年代末兴起的文化热对当代文学的健康发展起到了极其重要的作用。作家们逐渐摆脱了单一的政治化视角，开始从文化的角度反思现实和人生；陈忠实也重新以现代的眼光来观照他心中的关中民俗世界。同时，他又自觉借鉴卡朋克、马尔克斯、米兰·昆德拉等大师的写作技法，将民族传统与现代性对接，在吸纳民族传统文化精华的基础上来表现现代人的思想和意识以及情绪，从而为自己的文学创作拓宽了道路。陈忠实在《白鹿原》的创作谈中一段话，可以看作他对文化寻根的深刻思考："一个重大的命题由开始产生到日趋激烈日趋深入，就是关于我们这个民族命运的思考，当我第一次系统审视近一个世纪以来这块土地上发生的一系列重大事件时，又促进了起初的那种思索进一步深化而且渐入理性境界……所有悲剧的发生都不是偶然的，都是这个民族从衰败走向复兴过程中的必然，这是一个生活演变的过程，也是历史演进的过程。"②

文化的自觉给陈忠实一个新的视野，让他重新审视关中地区根深蒂固的儒家的正统思想。对我们民族的过去和现在进行了反思，这种文化上的自觉给他的文学创作带来了新境界。因此在《白鹿原》中作为贯穿全篇中心的是白鹿原上人们的生存、劳作、婚姻、繁衍的生命过程。在"小说被认为是一个民族的秘史"的探索古老民族生存之谜的动机指引下，那些普通人的生老病死、婚丧嫁娶、民俗风情悠久而

---

① 陈忠实：《在自我反省中寻求艺术突破》，载《陈忠实文集》第7卷，广州出版社2004年版，第383—384页。
② 陈忠实：《关于〈白鹿原〉与李星的对话》，载《陈忠实文集》第5卷，广州出版社2004年版，第384页。

稳固，对一个民族更具有决定性的意义。

陈忠实的整体创作风格展现出关中地区质朴厚重的秦风，不过其前期作品较为平浅、单薄，至《白鹿原》的出现才能真正体现他对关中地域文化的深度开掘与探寻。其间，陈忠实的创作也经历了从"深入生活"进一步到"深入历史"、从"政治"视角转向"文化"视角的转变，《白鹿原》就是这一转变的成果，而转变的关键即在于文化心理机构学说启发下对关中历史文化的深入回掘，不仅有助于陈忠实小说人物形象、心理的塑造，亦提供了更多可资运用的写作素材，使得《白鹿原》洋溢着厚重的历史感和丰富的文化底蕴。更重要的是，对他而言，关中地区是中原民族的文明起源地、盛世王朝的心腹地带，以致他对民族、传统文化的理解是立足于关中，将关中视作整个乡土中国的缩影和投影，而关中所发展出来的农耕文化、儒家文化、宗法家族文化无非也就是构成他所认为的"我们这个民族"的文化心理的核心，因此陈忠实的《白鹿原》其实是立足于关中、白鹿原，借由这一地域文化心理来探索、思考民族的文化心理，这从其小说意象和人物形象的象征意涵与文化意蕴中即可得知。

第二节　秦腔与《白鹿原》的互文关系

在科技不发达的农业社会中，中国戏曲在老百姓的生活中起到至关重要的作用。美国传教士明恩溥认为："一般民众所有的一些历史智识，以及此种智识所维持着的一些民族的意识，是全部从说书先生、从大鼓书、从游方的戏剧班子得来的，而戏班子的贡献尤其是来得大。"[①] 因为在前现代社会的中国农村，戏曲可以说是独一无二的公共娱乐，几千年来，中国老百姓都将看戏当作娱乐，每逢村里的婚丧喜事、农闲节日，看戏是最好的消遣。生活在中国戏曲文化氛围中的作家，必然会受其影响。其实现代许多作家创作都与传统戏曲有着千丝

---

① 潘光旦：《中国伶人血缘之研究》，载《潘光旦文集·第二卷》，北京大学出版社1994年版，第89页。

万缕的联系,像鲁迅与绍兴戏,张爱玲、叶广芩与京戏,赵树理与山西上党梆子,白先勇与昆曲等。谈到陕西作家陈忠实,必然要涉及西北和三秦大地最为繁盛的民间艺术——秦腔。

一 关中民俗与秦腔情结

作为地方戏曲之一的秦腔,是以秦地的方言土语为语言基础而形成的。因此,秦腔与其他戏曲剧种相比,最大的区别在于,"地域因素和人文特点造就的人与人之间精神气质的迥异形成的音乐唱腔和表现题材的不同,即美学风格的差异"①。清朝焦循认为秦腔"其曲文俚质","其事多忠、孝、节、义,足以动人,其词直质,虽妇孺能解,其音慷慨,血气为之动荡"。② 由此可以看出,秦腔最大特点是自然畅快、深沉浑厚,慷慨激越。三秦大地上的农民之所以视秦腔如生命,是因为他们能从秦腔里寻找到慰藉心灵的良药,这就是血浓于水的秦腔情结,因而在秦地形成了"八百里秦川黄土飞扬,三千万人民吼叫秦腔,调一碗粘面喜气洋洋,没有辣子嘟嘟囔囔"的民俗景观。

秦腔属于民俗文化中的精神民俗,它是社会的物质生产方式和生活方式的独特表现形式之一。秦腔明清之后,在西北五省尤其是在关中风行,它的演出完全是民间自发的。在老百姓的心目中,甚至认为:"听了秦腔,酒肉不香。"秦腔在关中这块土地上,有着神圣不可动摇的根基。"每每村里过红白丧喜之事,那必是要包一台秦腔的;生儿以秦腔迎接,送葬以秦腔致哀;似乎这个人生的世界,就是秦腔的舞台。"③ 关中三千多万秦人沉醉在秦腔中,把它当作超越苦难生活的"圣歌",秦人在"吼秦腔"的酣畅淋漓的喊叫和宣泄中,使他们贫瘠艰苦生活得以为继。贾平凹在他的散文《秦腔》中对此有过精彩的陈述。他认为农民是世上最劳苦的人,尤其是三秦大地的农民更苦,他

---

① 何桑:《历轹进程中的秦腔艺术》,载李培直、杨志烈《秦腔探幽》,陕西旅游出版社2001年版,第124页。
② 焦循:《花部农谭》,载《陕西省戏剧志·西安市卷》,三秦出版社1998年版,第134页。
③ 贾平凹:《秦腔》,载《贾平凹散文》,人民文学出版社2005年版,第47页。

们生时落草在黄土炕上，死后被埋在黄土里，"秦腔是他们大苦中的大乐，当老牛木犁疙瘩绳，在田野已经累得筋疲力尽，立在犁沟里大喊大叫来一段秦腔，那心胸肺腑，关关节节的困乏便一尽儿涤荡净了"[①]。秦腔与关中人，要和西凤白酒、长线辣椒、大叶卷烟、牛羊肉泡馍一样成为生命的五要素。

秦腔作为民俗文化的重要组成部分，对陕西作家创作有着潜移默化的影响，陕西作家大都有秦腔情结，无论是1949年后的柳青、杜鹏程、王汶石，还是新时期的陈忠实、路遥、贾平凹，都难以割断与秦腔这种精神上的联系。关中自古就发达的秦腔给了陈忠实沁入骨髓的文化熏染。1942年，陈忠实出生在陕西省西安市白鹿原南坡的一个小村子里，是个典型的关中"愣娃"。在《愣娃歌》中生动地描述了关中"愣娃"的精神气韵，"苦乐都把秦腔喊"是关中愣娃的生动写照。陈忠实是很专业的秦腔票友，陈忠实说："如以时间而论，秦腔是我平生所看到的所有剧种中的第一个剧种，如就选择论，几十年过去，新老剧种或多或少都见识过一些，最后归根性的选择还是秦腔，或者说秦腔在我的关于戏剧欣赏的选择里，是不可动摇的。"[②] 陈忠实在创作之余，消遣的方式就是抽雪茄、吃泡馍、听秦腔、看球赛，他的小说《白鹿原》就是他听着秦腔写出来的。陈忠实在《寻找属于自己的句子》中承认对秦腔的着迷已难以中断，在他写《白鹿原》需要歇息时，便端一杯茶，点一支烟坐到前院，听那些百听不厌的、堪称经典的秦腔名角演唱的唱段。"有一位评论家在谈及《白》的语言时，说他在文字里能读出秦腔的旋律和节奏。我不知此话是否当真，如果真有这样的效果，却是我当年听秦腔时完全没有料想得到的意外补益。"[③]

二 秦腔与陈忠实小说的现代转换

在前现代的中国传统社会中，长辈教育儿孙的内容，大多都来源

---

① 贾平凹：《秦腔》，载《贾平凹散文》，人民文学出版社2005年版，第42页。
② 陈忠实：《惹眼的〈秦之声〉》，载《陈忠实·原下集》，上海人民出版社2002年版，第21页。
③ 陈忠实：《寻找自己的句子》，《小说评论》2009年第2期。

于戏曲。戏曲甚至超过了正宗的历史典籍，成为中国人的"集体无意识"。秦人的众多关于人生处世的教育都是通过秦腔来完成的，所以秦腔作为积淀在秦人生命中的"集体无意识"，完成了作家艺术气质的前期塑造。此外，秦腔不仅与八百里秦川浑厚莽阔的地理环境融为一体，更重要的是它契合了陕西作家的精神气质和审美需要，所以秦腔一直深受陕西作家的青睐。不可否认，厚重的长安文化确实推动了陕西当代小说史诗性的追求，这主要是作家成年之后有意为之的结果。而作为民俗文化一部分的秦腔在作家的成长中已经润物无声地进入他们的血脉。例如，秦腔给陈忠实和贾平凹艺术上的滋养。秦腔水乳交融地渗透到陈忠实小说中去，表现出异乎寻常的醇美和厚重。还有陈忠实小说中自觉的乡土意识，自尊和自强的文化精神，对关中儒家正统思想的认同，很大程度上是秦腔的馈赠。汪曾祺说："中国戏曲与文学——小说，有割不断的血缘关系。戏曲和文学不是要离婚，而是要复婚。"① 陈忠实小说和秦腔可以说是完成了文学和戏曲的"复婚"。在某种程度上，秦腔也影响了陈忠实的文化心态，以及小说的美学风格。

中国戏曲的曲目，集中表现的是"仁""义"两字，以戏文建立和传承的"仁""义"成为浸渍在中国人日常生活中的"集体无意识"。在这一点上，秦腔也不例外，秦腔的内容大多是忠孝节义。由此可见，秦腔在三秦大地填补甚至虚拟了"典籍历史"，有多少人甚至在"比附"着秦腔中的人物生活，不得而知。作家将戏曲诗化、写意的空间舞台，搬到小说中，转还了自己对历史和人生的感悟和思考。"秦中自古帝王都"，关中地区自古就有一套传统文化熏陶下的生活习俗，而且从宋代起明显地受到儒家正统思想影响。20世纪的中国，儒家正统思想所代表的传统文化走向没落，陈忠实利用小说《白鹿原》在追问，儒家文化有过那么辉煌的历史，怎么就不由分说地没落了？小说《白鹿原》是作家对时代、传统文化、现代性本身进程的合理性反思，这种反思体现在《白鹿原》中白嘉轩形象的塑造。

---

① 汪曾祺：《中国戏曲和小说的血缘关系》，载《晚翠文谈新编》，生活·读书·新知三联书店2002年版，第121页。

小说《白鹿原》中的白嘉轩是一个以仁义为准则、勤俭持家的封建族长，他以体现儒家思想的乡约治理白鹿村。在小说的叙述中，白嘉轩并没有受过传统文化典籍的正式教育，却与程朱理学的关中大儒朱先生有一种精神上的默契，是因为儒家正统思想对关中民俗风情起到了意义深远的影响。而秦腔与关中民俗风情息息相通。小说中多次提到白嘉轩吼着秦腔欢快地干活，那么在关中秦腔的文化氛围中，白嘉轩自觉形成了近乎先天的品格观念。小说中陈忠实对儒家文化的悼亡是通过朱先生、白嘉轩的人生遭际、精神困顿来表现的。小说中朱先生的穷途末路、白嘉轩的腰杆被砸断、气血蒙眼的宿命，都预示着儒家文化的衰落。

秦腔作为三秦大地与老百姓紧密相关的民俗文化，其热耳酸心、慷慨悲凉的美学风格渗入陈忠实的生命中去，并进而影响了他小说美学风格。小说《白鹿原》苍茫、凝重、悲壮的历史感，深沉的悲壮感，与关中地方浑厚深沉、慷慨激越、血泪交流的秦腔文化一脉相承。在小说《白鹿原》中，几乎所有人物的命运是悲壮的，行为是慷慨的，有秦腔的遗风。最有代表性的是黑娃一生的遭逢变故、白孝文命运的起伏沉降，读来都让人惊心动魄。作家充分发扬了秦腔慷慨激越、粗犷悲壮的风格，这一点也与秦腔崇尚情感的放纵、痛苦与狂喜交织的癫狂状态，具有深度的悲剧性情绪相一致。秦腔在陈忠实的作品中一直占有重要的份额，作家利用秦腔表达了一种浓郁的文化眷恋和乡愁。

三 秦腔与《白鹿原》"戏中戏"叙事

朱利安·克里斯蒂娃提出了"互文性"概念，他将文本称为"镶嵌物"。在陈忠实的小说《白鹿原》中，作家将老百姓熟悉的秦腔角色、情节、台词和曲调，嵌入他们的经验世界，从秦腔这个虚幻的舞台延伸到小说中的现实生活中去。那么，在小说《白鹿原》中，秦腔被嵌入小说文本中，陈忠实采用了或明显或隐含的"戏中戏"叙事结构。显然，小说成了秦腔文本的镜子，吸收和转化秦腔文本，二者相互参照，彼此牵连。

　　秦腔不仅是三秦大地重要娱乐形式，而且，地域的褊狭、封闭和老百姓人生经验的匮乏，使得秦腔构成了关中子弟接触与想象外面世界的基本方式，甚至影响了他们的审美旨趣、知识结构、思维方式。关中人在表述自我、评述人事和交际时，常常以秦腔媒介的方式进行。小说开头提到白嘉轩新娶的媳妇卫老三家姑娘时，将她比作《五典坡》中苦命的三姑娘王宝钏；将白嘉轩第六房媳妇胡氏称为秦腔《游龟山》中美貌无双的渔女胡凤莲。在第十三章白灵和鹿兆海亲吻时描述白灵的感受："她的身体难以自控地战栗不止，突然感到胸腔里发出一声轰响，就像在剧院里看着沉香挥斧劈开华山那一声巨响。"由此可以看出，关中人在评价人事、倾诉情感上，都乐于以秦腔作为传达的媒介，借助秦腔来言说和交流。此外，小说中还提到了一些秦腔剧社的名称和有名戏班的名角，如第六章提到冷先生在三意社看秦腔名角宋得民的《滚钉板》，第二十六章鹿子霖每天早晨吃一碗羊肉泡，晚上到三意社去欣赏秦腔等。

　　在小说《白鹿原》中，陈忠实还处处用秦腔戏中的人物、情节来比附小说中人物的命运遭遇。陈忠实的"戏中戏"叙事结构在小说的重要章节应用自如。《白鹿原》第十六章贺家坊"忙罢会"日，在本戏《葫芦峪》之前加演的折子戏《走南阳》正演得红火时，白孝文被田小娥拽进了砖瓦窑。秦腔《走南阳》轻佻迷色的气氛正好与田小娥勾引白孝文的情景呼应。恰在这时，白家遭抢。麻子红得知白嘉轩晌午要来看戏，有意将原来的演出改成白嘉轩喜欢的杨家将戏《金沙滩》，遭受土匪抢劫、被打断腰杆的白嘉轩与《金沙滩》中老将杨继业有相似的心境，经过金沙滩一役，老将军的儿子死、失大半，秦腔《金沙滩》将白鹿村遭土匪抢劫后弥漫的悲怆气氛推到高潮。

　　除了秦腔《走南阳》《金沙滩》之外，《辕门斩子》在推动小说情节发展方面起到了很大的作用。在小说第十七章中，白嘉轩到村子东头捉奸，遭受重创后晕倒在田小娥的窗前。鹿子霖利用秦腔《辕门斩子》传达了险恶用心："鹿子霖咬咬牙在心里说：'就是叫你转不开身躲不来脸，一丁点掩瞒的余地都不留。看你下来怎么办？我非得把你逼上'辕门'不结。"① 族长白嘉轩就像《辕门斩子》中的杨延昭一样，被逼上辕门斩子，他手执钢刷出演了一场秦腔《辕门斩子》。一个大义灭亲、恪守仁义的封建族长的形象也就呼之欲出。

秦腔作为西北五省最风靡的地方戏曲，在 20 世纪现代化的进程中，无可挽回地走向衰落。贾平凹说："文章所写的作为戏曲的秦腔，它的衰败是注定的——这是一种衰败中的挣扎，是生命透着凉气。"② 贾平凹让小说《秦腔》成为戏曲秦腔的挽歌和绝唱。陈忠实也有感于秦腔的衰落，2007 年写了短篇小说《李十三推磨》，表达了自己对李十三这样一位无欲无求沉醉于秦腔中剧作家最大的尊敬。李十三是碗碗腔秦腔剧本的第一位作家，他的戏本中许多剧目，都曾被各大地方剧种演出过。陈忠实有感于李十三经济的困顿，竟然落魄到为吃一碗面需得去推石磨的地步，即使这样也不容于世上，竟然被嘉庆爷一吓一气吐血而死，这是旧社会文人的悲哀，也是秦腔的可悲之处。陈忠实通过李十三的形象塑造传达了作家在现代语境下对秦腔命运的思考。

第三节 乡土、革命与《白鹿原》的道德怀旧

陈忠实是陕西关中土生土长的作家，地域文化对陈忠实文学风格的影响不容忽视。关中平原平坦、开阔的地貌和秦文化、农耕文化、儒家文化都从不同的层面影响着陈忠实的创作。无论是前期关涉农村改革的小说，还是后来写乡土历史的《白鹿原》，他始终关注农村的变化和农民的命运，坚持现实主义写作方法和理性的情感表达。陈忠实小说对道德精神、社会秩序的强调是他的一贯风格。

一 关中白鹿原：乡土中国的缩影与投影

20 世纪 80 年代以来，国内掀起了一股文化热，陈忠实在这股风

---

① 陈忠实：《白鹿原》，人民文学出版社 1997 年版，第 294 页。
② 贾平凹：《三月问答》，《美文》2005 年第 3 期。

潮之下大量阅读了一些优秀的文学作品和有关文艺、心理学说方面的书籍，在艺术上进一步打开自己。此时他才意识到仅仅关注现实生活远远不够，对白鹿原百年变迁的历史知道得太少了，必须重新思考这块土地的昨天和明天。认识到这一点，陈忠实的写作才真正有了一个质的飞跃，从单纯的政治视角逐步转向文化视角，由对新的农业政策和乡村体制在农民世界引发的变化，开始转移到人的心理和人的命运的思考，逐步脱离了柳青的影子而找到自己的文学个性。《四妹子》和《蓝袍先生》就是这一时期的实验之作，并获得了较大的反响。尤其是《蓝袍先生》，陈忠实首次对关中文化中的儒家传统进行了叩问与反思，标志着他的创作已从政治社会性的取材转向文化心理的探寻。更重要的是，长篇小说《白鹿原》的创作欲念是由《蓝袍先生》所触发，让陈忠实自觉地对民族命运这一命题有着日趋深入的思考。

为了写作《白鹿原》，陈忠实集中地阅读了一批地方文史资料，陈忠实对关中历史文化的理解得益于这些史志资料。因为文化是在历史的演变过程中形成的。讲述古代关中历史的《兴起与衰落》，给陈忠实认识近代关中的演变注入了活力和心理上的自信。除此之外，陈忠实花费了许多时间读蓝田、咸宁、长安三县的县志，这三个县在地理上成片联结包围着西安，白鹿原就横跨这三个县。陈忠实在了解白鹿原这块土地的历史文化的过程中，同时也掌握了解析小说人物心理结构的钥匙。因为县志展示了一方地域人文精神的演变历程，而《白鹿原》中的人物都浸透着属于这道原特有的文化精神。

小说《白鹿原》中所张扬的儒家文化精神可上溯到北宋张载所创立的关中儒学。朱先生在辛亥革命之后为白鹿村所撰写的《乡约》条文，实际上是宋代关中儒者"蓝田四吕"中的吕大忠、吕大钧、吕大临兄弟所合撰，《吕氏乡约》不仅在关中盛传，而且宋之后，成为中国重要的乡村自治制度，深刻地影响着中国人的文化心理结构。小说中白鹿原上的人们就是靠着这份"乡约"维持了稳定的生活秩序。《白鹿原》中那些重要人物的形象、心理结构和文化意象的灵感来自那些旧县志，陈忠实从县志上抄录的"乡约"不再是干死的条文，而呈现出生动与鲜活。因此,《白鹿原》闪烁着关中深厚的历史文化折光,是对"地方志的创造性阅读"。① 透过县志和其他文史资料,陈忠实掌握了关中文化的精髓,这也是《白鹿原》作为一地域文化作品所凝聚的民族文化的意义。

陈忠实在《白鹿原》小说扉页题上巴尔扎克的一句话:"小说被认为是一个民族的秘史。"我们就应该体认到《白鹿原》这部小说绝不是仅仅只写了关中地域的文化形态,而是中华民族文化心理的投影。《白鹿原》尤其适合以民族寓言的理论来解读,因为陈忠实想通过关中白鹿原上的一个村庄写出整个民族的精神和文化命运。陈忠实创作《白鹿原》就是"为了把《白鹿原》的人物和情节不仅仅是投放在这个原,而是投放到我们民族近现代以来的精神历程上去"②,因为关中地区自古以来就是帝王之都,是中华文明最早的发祥地之一,陈忠实对民族、民族文化的理解立足于关中,将关中视为整个乡土中国的缩影和投影。

"白鹿原"就是乡土中国在追求现代性过程中的隐喻,关中所发展出来的农耕文化、儒家文化、宗法家族文化中,儒家文化是至今存活得最积极的部分,小说倾注了作家对农民的深情和家国情怀。乡土中国其实就是构成陈忠实所认为的我们这个民族的文化心理的"深层结构",或曰"核心"。它具有根源性、稳定性,是"文化最具特色的部分,是民族文化之所以是该种或该类型文化的根源所在。倘若它没有或失去了独特性,民族文化也就没有特殊性,即不再是为本民族所特有的、与其他民族文化相区别的文化"③。

在小说《白鹿原》中,陈忠实从文化视角切入,深入关中历史文化肌理,对关中深厚的文化积淀乃至于民族传统文化的深入回掘,颇具文学寻根的意义。陈忠实将文学的根扎进关中地区深厚的"文化岩

---

① 王仲生:《民族秘史的叩问和构筑》,载《〈白鹿原〉评论集》,人民文学出版社2007年版,第56页。
② 陈忠实:《在自我反省中寻求艺术突破——与武汉大学文学博士李遇春的对话》,载《陈忠实文集(七)2001—2003》,第404页。
③ 李炳全:《文化心理学》,上海教育出版社2007年版,第226页。

层"时,他的创作也添加了犹如白鹿原地貌般厚重的文化底蕴。《白鹿原》是陈忠实地域书写和乡土关怀的集大成之作。同时,《白鹿原》50年来的风云变幻也演绎为一部磅礴的民族秘史,散发出雄浑厚重的史诗意蕴,展现了陈忠实对民族文化心理、传统文化价值的思索。

二 从祠堂到庙堂:宗法文化的剥离与回归

《白鹿原》在家族史的框架中演绎了一个时期的乡土、革命和民族史。不过同样是写革命,与过去的革命历史小说相比,《白鹿原》中除了国、共、匪三股武装势力之外,还有一个顽强的民间宗法家族力量。许子东在论《白鹿原》中指出:"这是在当代革命历史小说中,乡村宗法组织和传统儒家伦理第一次被描写为独立的,足以与国共双方并列抗衡的社会文化力量。"① 陈忠实以文化审美的视角较为真实地呈现了这一民间文化形态的样貌。《白鹿原》还原了关中乡土社会本来的面目。20世纪上半叶,白鹿原的民间宗族力量对人的规范已经产生松动、裂痕,如同被捣坏的祠堂、神主牌与《乡约》碑石。白鹿家族的两代人都必须面对原生的宗法文化和新生的革命潮流之间的冲撞,尤其是白鹿原上年轻的一代,他们都不约而同地从祠堂走向国、共之间的庙堂之争。

白孝文,祠堂文化的反叛者,从继任族长、败家子到县长,演绎了一个孝子、孽子与浪子回头的人生三部曲。严格的家教和传统文化的熏陶其实也搭建了人性封闭的牢笼,从孝子到孽子,"性"在白孝文的人生中扮演着关键的角色。其生命中压抑着的原欲在田小娥的性诱惑面前轰然倒塌,从此,加诸白孝文身上的宗法教条与仁义道德等规范不再具有约束力。白孝文骤然间沦落为纵欲、抛妻弃子、卖房卖地的败家子,甚至沦落到差点在土壕沟里饿死、吃舍饭的悲惨境地。他在最落魄的时候靠着鹿子霖的介绍加入国民党县保安大队,当他被提拔为保安团营长时,父亲终于重新认下他这个儿子。

---

① 许子东:《当代小说中的现代史——论〈红旗谱〉、〈灵旗〉、〈大年〉、〈白鹿原〉》,载陈炳良编《中国现代文学与自我——第四届现当代文学研讨会论文集》,第87页。

回乡祭祖的仪式对白孝文而言只是一种形式，意义也仅止于雪耻。目的是"以一个营长的辉煌彻底扫荡白鹿村村巷土壕和破窑里残存着的有关他的不光彩记忆"①。他说过："谁走不出这原谁一辈子没出息。"显然，白孝文所说的"这原"绝不是一个单纯的地理范畴，更指涉一种民族传统文化规范。走出白鹿原，亦不光是身体的空间移动，重要的是精神的剥离。白孝文对于这块养育他也曾经给予过他耻辱的土地及其所代表的宗法文化再无留恋之处。因为"他清醒地知道，这时代只有政治、争夺、倾轧、计算，这才是它的本性。道德是没有地位的。他要升官发财，就一定要和朱先生及他父亲所代表的文化和时代诀别"②。原始生命的放纵不仅使白孝文义无反顾地冲破了礼教，更使他人性中"恶"的一面发挥得淋漓尽致。为了走向人生更大的辉煌，白孝文枪杀了起义时稍有犹豫的张团长，独占了起义的功劳，窃取了新政权县长的座椅，稍后又迅速除掉了自己未来仕途可能的绊脚石黑娃。此时，白孝文已经抛弃了白家代代相传的立身纲纪，成为阴险凶残的政治杀手。

与白孝文的人生轨迹类似，黑娃的人生也经历了反叛祠堂文化和重新跪回祠堂的过程。黑娃从小不爱读书，天生是个野性人，性格刚烈而重情义。真正激发出他对祠堂文化的反叛意识而游离于宗法秩序之外的关键是他与田小娥之间的不伦之恋，正式宣告了他对祠堂文化的反叛。后来在鹿兆鹏的鼓吹之下，黑娃性格中的叛逆、反抗因子因革命的激情得到了宣泄和发挥，很快走上了革命之路，辗转于国、共、匪之间，开启了他日后漂泊流离的人生。

标志黑娃心境有所转变的是第二次他对婚姻的选择，透过高玉凤，黑娃在现实生活中找到了归宿。他拜朱先生为师，真诚地忏悔。他求学问是为修身做人而不为名利。漂泊半生的黑娃，在皈依了儒家文化之后，心甘情愿地跪回了祠堂里，以传统儒学重新结构自己的心理秩

---

① 陈忠实：《白鹿原》，人民文学出版社1993年版，第469页。
② 金春峰：《对深重的文化危机之忧思》，载《〈白鹿原〉评论集》，人民文学出版社2007年版，第249页。

序，洗心革面，彻底服膺于儒家的仁义修身之道。传统文化真的胜利了吗？对黑娃个人的回归而言的确如此。

但这种胜利能维持多久？黑娃已投身于复杂险恶的政治领域，又失去了以往的斗志和戒备，这使他陷入了危机四伏的境地。黑娃在人生的舞台上左右奔突，却始终找不到自己的位置，他越是抗争，越走向与其本意相背离的方向，归根结底，他始终挣脱不了传统文化心理的羁绊。黑娃的死说明，在充满权力斗争的环境中，儒家道统已经难在政治领域中起作用，儒家文化对社会之风的改造此时似乎已经面临束手无策的局面。陈忠实借由黑娃的回归与死亡，揭示了传统儒家文化自身面对现代社会的困境。

三 世变中的道德怀旧：儒家传统的反思与仁义精神的张扬

在《白鹿原》中，陈忠实是以人物的生命和精神历程的演变写出农耕、儒家、宗法文化交融而成的传统文化在现代社会所面临的种种冲击，从《蓝袍先生》到《白鹿原》，陈忠实从两种不同的角度对关中地区的儒家传统作了深入的剖析。其中最重要的莫过于朱先生、白嘉轩所指称白鹿精魂所象征的美善的仁义精神了，这是陈忠实在世变的过程中所着意凸显的。它结合了农耕文化和宗法家族文化，是民族文化的"根"，而这"根"深深扎于白鹿原之中。这一由儒家文化而来的道德价值观却是《白鹿原》带给读者最耀眼的一股精神力量，也是陈忠实对人性最美好的一种期待。小说中埋藏于白鹿原土壤中的白鹿状植物所代表的白鹿精魂就是一个象征。我们也可体会到作者其实是将这一美善的仁义精神从地域性的文化心理扩大为一种属于全民族的普世价值，试图在人物的精神和生命历程的演变中对当代社会予以启示。是以"白鹿原"在陈忠实的笔下有了内涵的转化，从一个地理名词、空间概念升华成民族文化精神的象征。

陈忠实在《白鹿原》中所描绘的仁义精神是对关中传统儒家文化的肯定、继承与回归，在笔者看来更是一种道德精神的怀旧。他笔下的"仁义精神"是儒家文化经过数千年封建统治改造，与宗法制乡土社会结合后的民间儒家精神，已非原始的孔孟或是张载的儒家。白家庭院的对联"耕织传家久，经书济世长"就是小农经济与儒家经典的共同铸造。这一古老的道德精神对社会变迁有一种天然的对抗性，但它确实曾经存在于过去的乡土生活中，可惜在时代的前进中逐渐失落了。《白鹿原》中借由刻画朱先生和白嘉轩在变乱的社会中对仁义精神的坚守，表明任何强加于白鹿原这片土地上的外力，都是过眼云烟，只有朱先生、白嘉轩的"仁义精神"，才会永远存在。陈忠实的确是以儒家文化、精神作为最后的依归，在人物身上寄寓了我们民族传统文化优秀的部分和人格理想。

至于陈忠实对这一道德精神何以如此怀旧，有其世变的背景。自1978年实行改革开放政策之后，乡土文化不断受到现代商业文化的冲击，造成一股重利轻义的风气和道德溃散的危机。并于1990年代末变本加厉，令作家们在肯定改革开放所带来的物质生活的改善的同时，也渐渐对市场经济和商品观念所导致的负面风气产生危机与忧患意识。因此，知识分子在商品与市场经济的冲击中展开了关于人文精神危机的讨论。《白鹿原》写的虽然是共和国成立之前的历史，亦不无与现实对话的意图，这现实就是陈忠实创作以来对当代政治革命与经济改革的观察与体会。陈忠实对"仁义"这一传统儒家文化、道德精神的张扬，无疑是一次惹人注目的道德怀旧，《白鹿原》中白鹿精灵在当代的复现对于那失落的人文精神就具有不同寻常的意义，或许这也可以说是陈忠实对90年代之文学与社会的一点贡献吧。历史不断前进，却要以精神的失落与道德溃散的危机为代价，这是历史与道德的悖反，陈忠实的道德怀旧就是在历史与道德悖反的世变框架中形成的。

总之，仁义的白鹿村如何被现代性话语包围、肢解、重组，朱先生、白嘉轩孤傲的形象如何演变为一曲历史的挽歌，陈忠实实际上也是通过《白鹿原》对在时代洪流中行将解体的传统乡土社会与文化做最后的回顾与哀悼。白鹿两家两代人的悲欢离合远远超出了儒家文化仁义道德的解释范畴，现代社会的崛起也就是儒家文化渐行渐远的历史，仁义精神或者克己复礼逐渐成为怀旧的谈资。那么，传统与儒家文化如何面对自身在现代社会的困境？至少道德精神的重振或许是一种可能。"白鹿"所代表的仁义精神在当代仍旧具有超越时空的特性，在世变中依然有其存在的价值，这是白鹿在当代复现的意义，也是陈忠实的关中文化寻根带给读者最大的启示，且就他个人的创作而言，这无疑具有总结性的意义。

第四节 《白鹿原》中的文化空间与女性

空间理论最早解释为由长度、宽度、高度表现的物质存在形式，空间理论既有物质属性，也有精神属性，如我们所熟知的家庭空间、政治空间、宗族空间。可以说空间理论显现在人们日常生活的各个层面。通过空间理论研究《白鹿原》中的女性，可以使研究成果更加立体化、具体化。

空间，即与时间相对的一种物质客观的存在形式，开始它是一个地理概念，一般词典上揭示为物质存在的一种客观形式，由长度、宽度、高度等因素表现出来，是物质存在的广延性和伸张性的表现，空间是我们经验可以感知的具体存在的本体。空间理论自20世纪中期以来，逐渐进入人们的视角，空间理论创始人列斐伏尔认为空间不是简单意味着的几何和传统地理学的概念，而是一个社会关系的重组和社会秩序建构的过程。随着1945年美国学者约赛夫·弗兰克《现代小说中的空间形式》的发表，空间叙事理论正式诞生。在文中约赛夫·弗兰克通过对"空间"的重新定义与分类，突出了空间理论在文学创作中的地位，指出在文学作品中有语言就存在空间、故事情节的物理空间和读者的接受空间等。在其之后，亨利·列斐伏尔、福柯、加斯东·巴什拉等学者分别通过《空间的生产》《论其他空间》《空间诗学》等著作推动了空间批评理论的发展，其中成就最为突出者当属加布里尔·佐伦，他在《走向叙事空间理论》中明确提出了一个迄今为止最为全面、最具深度的空间叙事模型。而20世纪末迈克·克朗进一步深化了对空间理论的阐释，他对"空间"的理解完全了超越了前辈提出的"物质"维度和"精神"维度，使之提升到"意识形态"的层次，进而在将空间理论融于对经典文本的分析过程中，深入思索权力、意识形态和人性在特定空间中的运作博弈。这样一来，我们就可以对文本中的空间进行多元解读，进而获得新的理解和阐释，特别是对于经典文本的再解读具有重要价值。

一 《白鹿原》中女性空间的具体呈现

在《白鹿原》一书中，处处能够体现出空间处所营造出的气氛，祠堂和乡约就是《白鹿原》中的一个文化空间。而白鹿原中的男人作为乡约势力的主要构成，他们规定着人们该去做什么，如何生活，形成了一种无形的空间。陈忠实曾说，女性的历史是被压抑、被扭曲、被物化的历史，女人在强大的男权文化的统治和遮蔽中，也逐渐将这种外在的强制性的规定内在化、心理化，从而心甘情愿地扮演社会为她们规定的角色，女性的悲剧结局，可以说是她们生下来命中注定的。所谓三纲五常、夫为妻纲，就是当时的女人生下来被灌输的，无论贫富贵贱。可以说，那时候的女人就是在男权社会为她们构造出的这个空间里生存着，种种规矩之下，已经把女性死死的压制住了，她们只能按照规定来进行自己的生活。可以说这种空间是无形的空间，是杀人的空间。她们没有自己的选择，在这样的空间里，或许选择了反抗，也可能选择了顺从，但终究离不开悲剧结局。

《白鹿原》中的女性，长期处在社会的底层，她们没有属于自己的空间，而在被整个环境下大力压制，没有话语权，没有自主权利。本节将分析女性在家庭空间、宗族社会空间、革命政治空间中的空间占有状态，总结其在这三个空间中的生存状态与特征。那时候的女性，言行举止遵循"三从四德"的规范，过着父母之命的包办婚姻，为夫家生儿育女，做一个好妻子、好儿媳。在家庭中，女人的空间无外乎厨房和庭院，再就是炕上，几乎没有什么其他的活动，其中最具代表性的女人，当属白嘉轩的妻子仙草。在初到白家时，早晨起来给白嘉轩和公公白秉德做了油泼面，她因此获得了白家对她的初步认可。随后她便开始了为白家传宗接代，在生下孝文、孝武、孝义三个孩子之后，隔了一年多一点，她又坐月子了，这已经是她第八次坐月子了。仙草对生孩子既没有恐惧也没有痛苦，并且能够准确地把握临产日期，这出于一种司空见惯，对于自己已经成为生育机器，而成了一种习惯，就像上厕所一样平常。这还不包括二儿子和三儿子中间，每年一个或者三年两个稀稠地生下过的三男一女，只不过这四个小生命都夭折了①。

按现在来说，怀孕了需要静养，仙草挺着肚子仍在擀面，在井台上舀水、纺线、织布、染布。这还不是最绝的，有一天正在织布，仙草觉得要生产了，她自己咬断了脐带，生下了白灵，这对于一个女人来说是何等的勇气。白鹿原上后来发生了大瘟疫，仙草得了瘟疫，不断地上吐下泻，但是仍然像往常一样招呼归来的白嘉轩："给你下面吧。"② 在给白嘉轩交代了自己死后棺材不要厚板后，每天一日三晌地给白嘉轩和鹿三做饭，到自己死时还在想着如何把家操持好，仙草接受了自己的宿命——厨房，庭院和炕上成了她待得最多的三处空间。

还有一位女性同样是悲剧的结局，那就是冷秋月了，作为冷家而言，冷家的两位女儿，和白家、鹿家结了亲，但作为姐姐的冷秋月和妹妹冷秋水截然不同，妹妹冷秋水我们暂且不提。她的婚姻是由冷先生一手包办起来的，鹿兆鹏作为在当时一个有思想的新青年，在婚后勉强在家住了三四天就进了城，留下的就是孤零零独守空房的冷秋月，就这样长达一年的时间，她没有再见过鹿兆鹏，渴望鹿兆鹏回到二人的厢房里。甚至她认为新婚之夜的时候毫无感觉，在进入时仿佛他得了疟疾一样颤抖起来，这就为冷秋月守活寡、独处埋下了伏笔。就这样她独处在自己的厢房里，静静等待着丈夫的归来。

由于自己独处在冷清的厢房中，她的思维空间悄然产生了变化，她梦见和兆鹏新婚之夜的"颤抖"，随后发现她不光梦见和兆鹏"颤抖"，弟弟兆海、黑娃，甚至是自己的阿公鹿子霖，乱七八糟的梦境

---

① 陈忠实：《白鹿原》，人民文学出版社 1993 年版，第 75 页。
② 陈忠实：《白鹿原》，人民文学出版社 1993 年版，第 457 页。

频繁出现。即使丈夫回到了白鹿村，成立了小学担任校长，她手足无措地坐在炕边，面对做梦都颤抖的兆鹏，却说不出话也抬不起头。每当日落时，他都会谎称自己去开会，晚上住在学校，留下了孤独的冷秋月独处。但真正开启了死亡之门的是鹿子霖喝醉了酒，把儿媳妇当成了自己的老婆，由此开启了欲望开关，她竟然要勾引鹿子霖，就这样她患上了淫病，一丝不挂地躺在炕上自己解决。冷先生毒哑了她之后，不再喊叫，不再疯狂，不再纺线织布，连扫院做饭也不干，三天两天不进一口饭食，只是爬到水缸前舀凉水，之后日渐消瘦，形如骷髅，冬至那天死在了自家的炕上。

从以上这两位女性可以看出，女性的生存空间，不外乎庭院中纺线织布，厨房里舀水做面，再就是炕上，为夫家传宗接代，所不同的是，冷秋月人在炕上，却没有得到她想要的，家庭中的女性被挤压在这三个狭小的空间里。从几位女性的生存空间看来，均反映出了她们的生活境遇，在白鹿原上，旧的乡约和新思想的碰撞，也就注定了这二人最终的悲剧。仙草生活的这几处空间正是由于作为传统女性被规定的空间，而冷秋月则是因为鹿兆鹏受到的新思想，和自己思维意识中的传统观念相冲突，在这样的大背景下，女性的生存空间只有被规定的几处，年复一年、日复一日地过着单调而乏味的生活，直到死去。

宗族社会，顾名思义就是自己所在的这个家族、宗族社会的形成，源于西周时期的分封制和宗法制，所谓"封建亲戚，以蕃屏周"。① 通过分封土地，维护王朝统治，家族中构成等级森严的制度，在这个制度之下，家庭成员各司其职，以维系整个家庭的兴旺发达。白鹿原宗族社会主要体现在乡约和祠堂中，乡约即在乡里定下共同遵守的规矩，凡同约者，德业相劝，过失相归，礼俗相交，患难相恤。② 通过这样一套制度规劝村民们奉公守法，同样地，对于女性而言这也是一种规范，规定了她们哪里该去，哪里不该去。什么事情该做，什么事情不该做，在文化上对女性的活动进行限制，而在此基础上形成了"乡

---

① 左丘明《左传》将将士们的土地分给亲戚功臣，在自己的土地上建立邦国。
② 参见《宋史吕大防传》，现代教育出版社 2011 年版，第 5 页。

约"这样一种规训的职责。白嘉轩在街巷走着，看到了白满仓的妻子坐在自家的门前给自己的孩子喂奶，白嘉轩看到之后，第二天就在众人议事的祠堂里将此事作以通报，白满仓万分羞愧，回家之后就给自己的妻子两个耳光，从此之后，女人喂奶只能被囚在自己的屋子里。在现代农村看来十分平常的一件事，在旧社会是被认为十分有伤风化、伤风败俗。而祠堂作为农村的象征，用来祭祀祖先，也是举办婚丧寿喜的场所。作为女人来说，祠堂是她们不能进入的，唯一进过祠堂的女人田小娥还是受惩罚。田小娥和白狗蛋两人，因为淫乱而受罚，村里的老人们在祠堂里用刺刷惩罚她不守妇道，将她的身体抽得稀烂，而作为族长夫人的仙草，也是不能够进入祠堂的。

　　清末至建国之后的历史长河里，中国历经了几次革命战争，女性通过革命，从原有的空间逃离，奔向新的世界。郭举人的小妾田小娥，便是一种反叛，和白鹿原其他的女人一样，三顿饭由她做好，晚上提尿盆，早上再倒掉。剩下的时间就是她待在她自己的房间里，在这里她还有一个极其不堪的事儿，泡阴枣，长期忍受这样的痛苦后，她开始了反抗，把三颗枣放进了尿盆里，因为和黑娃媾和被发现，她被郭举人休了。黑娃来到了田家，把田小娥娶走，但是黑娃带着田小娥来到父亲鹿三身边时，鹿三却没有接纳，反而说这样的女人你不能要，留下了就会招祸，被父亲鹿三赶出了家门，住进了他五块大洋买下的窑洞，她和黑娃在这个窑洞里开始了全新的生活，用她自己的话说，"我不嫌瞎也不嫌烂，我吃糠咽菜都愿意"。是啊，郭举人的家比起这破窑洞那是好得很多了，可是之前田小娥在的空间里如同狗一般的生活，在这个窑洞里，她真正地过上了人的生活。在窑洞里的这些日子，他和田小娥分工明确，黑娃外出做工，田小娥在家纳鞋底，过着惬意的生活。

　　还有一位女性从之前的生存空间所逃离，那就是白嘉轩的女儿白灵。白灵生在白家这个原生家庭中，也经历过裹脚、旧式书院，学习过四书五经、三从四德，但她心中要去城里念书的想法从未放弃，即使白嘉轩告诉她，你的书已经读够了，该跟你妈学针线活了。在她即将以后成为在庭院里摆弄针线活的传统女性时,她和父亲据理力争,甚至是以死相逼,最终她去城里上了学。而在她返回白鹿原后,向父母亲讲述她在城里上学时参加游行,开会演讲,演文明戏,这些都是她来到城里以后,在新式学堂接受了新的思想而产生的变化。她脱离了白鹿原上千千万万个像自己的母亲仙草一样——一生做饭纺线织布,了此一生的生活。但是作为她的父亲,白嘉轩怎么能让她这样"闹"下去,一天早上,白嘉轩将白灵锁在小厦屋中,说要等王村的婆家来把白灵带走,所幸的是白灵逃了出去,逃跑时留下了一行字,表达了其革命的决心,从此踏上了革命的道路,在城里的女子教会学校教书。白灵和田小娥,可以说是白鹿原中的异类人物,她们在之前的空间中受到压迫,选择了反叛到新的生活空间。

二 《白鹿原》中女性空间形成原因

中国是一个以儒家思想为主导的国家,汉武帝时,开始罢黜百家,独尊儒术,这标志着儒家思想正式被官方确立为主导思想,生活在这一时期的女性是生不逢时的,宗法制度的男尊女卑,重视伦理道德,在《白鹿原》中有着淋漓尽致的表现。《孔雀东南飞》中刘兰芝的悲剧就是源于这种压制,偏执顽固的焦母,以及趋炎附势的哥哥,在这般双重压制之下,她不得已自挂东南枝①,和焦仲卿殉情而死。到了宋代,程朱理学的兴起,主张存天理灭人欲,更是把儒家思想对人们思想上的禁锢达到了新的高度。

《白鹿原》中男权意识更加浓烈,自然而然地成了男性的附属品和牺牲品。从古至今的中国社会,长期以来,都遵从男尊女卑,女人的空间就是自己的一亩三分地——庭院,厨房,炕上,这可以说是最为真实的写照了。在自己未出嫁时待在自己的闺房中;出嫁之后,在夫家的庭院、厨房和炕上,换句话说就是,换了一个地方继续着同样的生活。

---

① 选自《孔雀东南飞》:府吏闻此事,心知长别离,徘徊树庭前,自挂东南枝。

在农村，大多数女人只能接受和执行社会为她们规定的角色，这样，她们就渐渐在无意识的情况下失去了女性的自我意识，最终在不知不觉中沦为男人的牺牲品。在"存天理，灭人欲"①的关中平原，生活着一代又一代的传统型女性。她们从小就受到封建伦理思想的熏陶，不自觉地建构起符合这个社会标准的价值意识，并以此规范着自身的言行。在她们的世界里根本就没有两情相悦的爱，婚姻对她们来说就是生孩子、过日子。在女性从小到大接受的教育里，无非女子无才便是德，男耕女织，三从四德，在这样的思想灌输之下，女人早已麻木不仁，早就没有了自我意识，如果把白灵换成冷秋月，或许她真的就成为一生待在自己的小家里，直到死亡的人。旧社会的农村有很多女人没有文化，没有接受过系统的教育，女性由于自我意识的缺失，一味地顺从，在这样的想法的指引下，她们无法走出现有的空间，无法被解放出来。

《白鹿原》能在一定程度上反映出当时的社会现实，以实现真正的女性解放。《白鹿原》一书中所叙述的女性，几乎都是以凄惨的结局死去，她们生活在水深火热之中，在男权和族权的统治之下，在女人就是窗户纸、价值等于一匹骡驹的意识下生存。从仙草这个角色我们可以看出，在她嫁进白家后，便一心一意地操持家务，生儿育女，她完全沦为了生育机器。冷秋月作为鹿兆鹏的原配妻子，她在自家的厢房中静静地等待着丈夫的归来，希望能和丈夫行夫妻之实，但她最终也没能和鹿兆鹏行房。在她人生的最后时刻，患上了淫病，在床上结束了自己短暂的一生。

在这两位女性角色身上，我们不难看出，在当时社会中女性生活之艰难，她们的生存空间受到前所未有的挑战。她们的家庭地位低下，遵从父母之命，媒妁之言，很少有人关心她们真正想要什么。于是乎她们麻木地徘徊于自己经常出没的空间，年复一年、日复一日地重复着同样的生活，直到死去。造成女性生活悲惨遭遇的一个重要原因就

---

① 黎靖德：《朱子语类》，中华书局1986年版。

是男权社会，在这样的一个男权社会的统治之下，女性毫无生存地位可言。

在白鹿原，男权社会的代表就是以朱先生为首的乡约势力，乡约规定了该做什么、不该做什么，朱先生说乡约是规定人们怎么过日子的，顾名思义，白鹿原上的人，就要按照乡约的规定来做事生活，男人代表着一切，他们是旧社会农村中权力的象征。男权社会的压迫，让女人们的生存空间变得狭小，男权制度下的压迫成为一道沉重的枷锁，把女性压得喘不过气，自然而然地也就迷失了自我，活在这样一个充满了道德绑架的空间中，男人控制住了女人的一切，其最主要的特征就是，否定女性作为独立的个体，把男人的思想强加给女性，统治和剥削女性的劳动力，控制两性共同生育的孩子，肉体上限制女性，阻止女性的活动。

第三章 "生存美学"、秦腔与新乡土书写

《主角》是陈彦继《装台》之后的又一部力作，体现着小说与戏曲融合的方式、可能和极限，讲述了传统戏剧舞台上女主角的戏路人生，并获得"第十届茅盾文学奖"。在小说《主角》中，以舞台人物为中心，陈彦塑造了忆秦娥这一主角形象，旁及百余与戏曲相关的人物的命运变化，展现了一代秦腔名伶忆秦娥逐步"走向"舞台中央的成长过程，陈彦塑造的主角忆秦娥是统摄舞台艺术形象的灵魂人物，是作家通过书写个人来反映整个时代的发展变化，《主角》就诞生在这个文化复兴、回应寻找文化之根不同阶段的出走—回归的过程。忆秦娥既是传统艺术秦腔培养和塑造的最好的主角，同时也让秦腔在不断改变、调整、适应的社会变迁中走向了一种新的形式。

第一节 "生存美学"与陈彦的"庄周"之道

陈彦的家乡位于秦岭南部的商洛（镇安），商洛地处陕西东南部，是八百里秦川的门户，被秦岭深山包围，境内崇山峻岭拔地而起，奇崖清流，钟灵毓秀，而环绕其间的丹江乃汉水支流，属于南方长江流域，与北方的黄河流域有着截然不同的文化属性。商洛同时位于秦楚豫三地交会处，民间文化保存得相对丰富。在陈彦自觉的努力之下，商州地域文化与他的文学创作之间形成了紧密的结合，无论是具体的内容取材，还是抽象的文化、精神上对作家文学风格的影响，他的作品都有浓郁的商州文化的特色。在第二代作家中，就属陈彦小说的地

域特色最为强烈，地域化的自觉最早，商州的地域文化因子也成为他的文学和精神世界不可或缺的重要因素。

一　商州文化特性的影响

商州地域文化对陈彦的影响，既有自然地理环境，也有历史文化的部分。从关中平原往南走，进入陕西的东南部商州，沿途单调的平原景观逐渐有了明显的起伏纵深，这里是八百里秦川的门户，但不属于关中，而归于陕南，是两者之间的过渡地带。尽管如此，商州的地貌仍然有着陕南山地的特点，耕地面积破碎，素有"七山二水一分田"之称，与北方的黄河流域有着截然不同的文化属性。商州丰富多变的山地景观给了陈彦许许多多的玄思奇想，多少故事就是从这些玄想中发展出来。不仅如此，他善于将各种自然物象转换成意象，巧妙地传达许多文字难以描述的东西。且20世纪90年代之后的城市、城乡题材中他对人与土地、自然之间关系的思考，归根究底还得追溯到故乡丰富的自然资源带给他的陶冶。山的崎岖嶙峋与富蕴多变，熏陶出他敏感细腻的心灵、丰富的想象与灵动的思维，其文字的美学风格也有着山乡水地的清新灵秀，与陕北、关中作家的质朴平实形成鲜明的对比。三秦作家之中，就属贾平凹最有灵气悟性，于文学的探索也最为敏捷多变，如在"写实"与"写意"之间游离、转换的尝试，小说的语言叙事与情节结构的新变和多方出入于佛、道、释及民间神秘文化之间……其"多转移、多成效"的写作特性也被视为"鬼才"。陈彦也是如此，然正由于其才思敏捷，不仅多转移、多成效，亦"多产量"，这使得他的某些作品虽有奇思巧意却缺乏内容思想上的沉淀而为论者所惋惜，是其美中不足之处。是故，就整体的美学风格而言，较之陕北、关中的"苦实型"作家偏向于阳刚的、厚重、平实的审美追求，陈彦多了一分灵动、阴柔的奇秀之气，这是商州文化深植在他精神中难以磨灭的天性。其次，商州因其"秦头楚尾"的地理位置，文化上本身就带有秦楚文化融合的色彩。对此，贾平凹则是相当有自觉意识。他曾言："我是陕西的商州人，商州现属西北地，历史上却归之为楚界,我的天资里有粗犷的成分,也有性灵派里的东西,我警惕了顺着性灵派的路子走去而渐巧渐小,我也明白我如何地发展我的粗犷苍茫,粗犷苍茫里的灵动那是必然的。"粗犷苍茫来自秦文化的雄,性灵派里的东西则源自楚文化的秀,二者俱是天赋秉性,贾平凹称其为"雄中有韵,秀中有骨"。

贾平凹说:"我老家商洛山区秦楚交界处,巫术、魔法民间多的是,小时候就听、看过那些东西,来到西安后,到处碰到这样的奇人奇闻逸事特多,而且我自己也爱这些,佛、道、禅、气功、周易、算卦、相面,我也有一套呢。"[①] 贾平凹出生于商州的山区,商州是连接楚豫与秦晋的主要通道,由此沟通着两大文化体系:秦文化和楚文化,从而形成两种文化的交融。而商州受楚文化的影响更深,楚地山水的幽邃神秘形成楚文化的巫风神气。《商州志》记载有:"汉高祖发巴蜀伐三秦,迁巴蜀七姓居商洛,其蜀多猎山伐木,深有楚风。"可见,中国的巫术于楚为盛。同时,商州地处秦岭腹地,山高沟深,层峦叠嶂,长年云雾缭绕,奇禽怪兽出没,阴森可怕,容易产生巫鬼故事和传说。商州有奇妙无比的八景十观、广泛存在的深厚巫文化意识,以及由此演变而来的丰富的民间习俗,这一切构成了商州文化浓郁的神秘感。贾平凹在《求缺集》中也说过:"商州是生我养我的地方,那是一片相当偏僻、贫困的山地,但异常美丽,其山川走势,流水脉向,历史传说,民间故事,乃至天上飞的,地上跑的,构成了极丰富的、独特的神秘天地。"[②] 他的很多作品中都有对巫风楚俗的描写,比如在《秦腔》《古炉》《高老庄》等一些小说中都写到了一种"通说"现象,即写到了乡村中鬼神附体、用巫术驱鬼等现象。

自然界中的动植物是作家们建构超验世界的重要组成部分。爱德华·泰勒提出:"万物是有灵的。"中国古代志怪小说中也记载着类型丰富、形象生动的精怪,而这些精怪就是自然界动植物的化身。贾平凹的作品中随处可见这些有灵的自然万物,比如《废都》中会思考的

---

① 郜元宝、张冉冉:《贾平凹研究资料》,天津人民出版社2005年版,第22页。
② 贾平凹:《求缺集》,陕西人民出版社1995年版,第76页。

牛，《商州初录》中有灵性的桃木楔，《怀念狼》中会变身还能幻化成人形的狼，《古堡》中能变形的麝，《老生》里会说话的猫等，都是作家在想象视野中构建的神秘形象，特别是作家一直坚持天人合一的哲学观念，营造了一个个亦真亦幻的神秘世界。

陈彦以一级编剧著称，近年来也致力于小说创作。对于戏剧和小说两种不同的文学体裁，陈彦驾轻就熟，长篇小说《装台》和《主角》的成就，可以说是陈彦"源于生活"的艺术创造，是其"戏曲生活"向小说艺术的自觉渗入。在一定程度上说明了陈彦由剧作家向小说家的转型的成功。陈彦的小说风貌独特，体现了他对小说与戏剧的独特理解。小说《主角》围绕"秦腔皇后"忆秦娥在剧团成长成才的演艺生涯故事展开，延续了陈彦作为剧作家的某些惯性，有着与戏曲秦腔互文性的写作特色。陈彦在小说中加入秦腔的形式很多元，戏曲活动在小说中得到大量呈现，唱词原文被广泛引入，设置隐喻性的小说人物，将小说中的人物与戏曲经典文本形成互文对照，小说中异质的文学体裁，使《主角》内涵丰富、结构特别。从实际效果来看，互文性写作赋予了《主角》显著的特色，这与作家的身份认同有很大的关系，但也暗含着某些有待深入分析的问题。

商洛丰富多变的山地景观给了陈彦许许多多的玄思奇想，陈彦的《主角》就是用民间的传统艺术诉说"变与不变"，忆秦娥用自己的方式生存，在快乐和苦难的双重考验中实践的"生存美学"，实现了自我欲望最大化。在《主角》中，作者通过对秦腔戏曲的大量转换和运用，开启了"戏中戏"小说的全新模式。作品中大量出现的秦腔戏曲剧作与主角忆秦娥人生轨迹的巧妙呼应，忆秦娥所演绎的《白蛇传》《游西湖》等剧作，与其个人遭遇亦相同。忆秦娥从最开始走出秦岭选择秦腔，置身于城市中，到最终回归秦岭继续唱起秦腔，其间部分人物，亦难脱盛衰交替、起伏无定之命运，是陈彦在《主角》中致敬传统与民间的方式。忆秦娥一直是与乡土、民间若即若离的，这种内心的"望乡"书写恰是转型中国"传统与现代"最典型的一个缩影。忆秦娥个人命运之"起""落"，乃历史与时间推移使然，与秦腔境遇相呼应，此间秦腔之兴衰，与忆秦娥之命运起落并无不同，亦即浦安迪所论之以"小天地"影托"整体的大天地"之意。

陈彦正是在继承了中国传统天人合一哲学的基础上，坚信万物有灵的观点。天人合一就是指自然万物间的和谐统一关系，"中国传统文化的深层内涵，总是在追求、执着于自然宇宙与社会人生、自然与人工的亲和、合一境界。"① 作者以天地人整体的视角，用秦岭山里通灵的动植物映照战争历史与人事纠葛，在万物有灵的观照下，将人物命运与自然紧密结合，为我们营造了一个神秘的秦岭。

方克强在《文学人类学批评》中指出："在原始思维中，梦的实质是灵魂的活动。同时，灵魂是不可见的，神灵也是不可见的，它们只有在想象与梦境中才会被赋予具体的形式。"② 荣格认为，梦可以表现出必然的真理、哲学的见解，可以表现出幻觉、狂想、回忆、计划，可以表现出对将来的预测和非理性的经验，甚至还可以表现出心灵感应的幻象。陈彦的很多作品中都有对梦境的描述，对于梦境的描绘，可以说已成为其文本神秘色彩建构的一种非常重要的手段。在他的作品里，梦境经常与预兆、启示联系在一起，与人物潜意识的心理紧密相关。在他的《装台》《主角》等作品中，就屡次出现虚幻的、隐喻现实的梦境。

二 陈彦小说中的"传统"因素

陈彦对民间的阐释是通过儒释道这一载体而实现的，且在结合了商州民间文化、楚文化的神秘思维后，其写作更加充斥了玄虚的、哲理性的思考，在忆秦娥内心深处，技艺修习的要诀合乎"佝偻承蜩"的庄周之道，激励着自我不断朝艺术巅峰前行。"每一个女性身上，都有一个完美的女性等着去恢复本真。所以可能的方案就不仅是'解放'，不仅是自我创造，还有拒绝——拒绝外界加给自己的身份。"③

---

① 朱立元：《天人合一：中华审美文化之魂》，上海文艺出版社1998年版，第5页。
② 方克强：《文学人类学批评》，上海社会科学院出版社1992年版，第138页。
③ 李晓林：《审美主义——从尼采到福柯》，社会科学文献出版社2005年版，第230页。

第三章 "生存美学"、秦腔与新乡土书写

她每天穿着色调单一的练功服，走着与时代渐行渐远的身法步，演唱着日益孤立的老腔。忆秦娥拒绝了其他身份，只想释放出自己作为一个秦腔演员的"自我创造"，技艺的根本进境在于"主体"之修成，不在技巧之娴熟，她认为只有艺术是纯粹的、快乐的，沉浸在秦腔的表演中才能忘记烦恼，当她处于事业的巅峰却经历了舞台坍塌、丈夫背叛、儿子痴傻、事业下滑时，希图于梵音禅语中觅得精神的平静与安稳，仍然没有放弃她所坚守的艺术，正如西塞罗所言："经历长期曲折的磨练和陶怡，在快乐和苦难的双重考验中，才能真正地体会和掌握到人生的审美艺术。"而"秦腔"又与传统和民间有着千丝万缕的关联。唯其如此，方能把事干大、干成器。这个"生存之道"，恰好与古代庄子的"养生""葆真"寓意相近，"为善无近名，为恶无近刑，缘督以为经，可以保身，可以全生，可以养亲，可以尽年"的庄子思想，正是追求自身的满足，完全注重个人天性的施展。

忆秦娥所演绎之《白蛇传》《游西湖》等剧作，是生离死别、男欢女爱、悲欣交集。而在戏外，其个人遭际亦与此同。主角看似美好、光鲜、耀眼，常常也是上演着与台上的《牡丹亭》《西厢记》《红楼梦》一样荣辱无常、生死未卜的百味人生。忆秦娥虽无意于做"主角"，但"时势"将她推成"主角"，也教她历遍起落、兴废、沉浮。亦集中体现于忆秦娥个人生活及技艺修习之中，忆秦娥精神之根本依托，扎根于时代精神之中。小说中描写秦八娃老师买了一本《庄子》送给她……秦老师走后，她就一直在翻这本书，并且跟背台词一样，先把"佝偻承蜩"背了下来，背着背着，她突然从驼背翁练捕蝉的专心致志中，体悟到了一种过去不曾明白的东西。① "佝偻承蜩"出自《庄子·达生》："仲尼适楚，出于林中，见佝偻者承蜩，犹掇之也。"② 意为做事情专心，全神贯注，方能成功。但忆秦娥终究不曾全然抛却尘缘，只求一己之生命安顿，不过是从另一个侧面强化了个人现实担当的复杂性。而其最为重要的技艺修习，则明显受益于道家（尤其是

---

① 陈彦：《主角》，作家出版社 2018 年版，第 581 页。
② 庄周：《庄子·达生》，民主与建设出版社 2018 年版，第 311 页。

庄子），可谓"内""外"兼修，"儒""道"会通。把戏曲血管中流淌的公理、道义、人伦、价值，输送到观众的心田。用历史兴衰、世态炎凉、人情冷暖的故事，进行布道、娱乐以及人格培养，她才是中华民族哼唱精神和恒常价值的承载者和传播者。

对秦腔戏曲的热爱，也成为她离开家乡后的精神信仰，忆秦娥对艺术的追求还表现在对欲望的克制上，正如她对艺术的要求一样，是绝对的排他性，"完美的灵魂来自于求知，灵魂只有朝向唯一真实的来源，才能摆脱肉体的束缚，回归真实的世界"[1]。"任何一个存在于此的身体当然是自然给予的，是父母生育和基因遗传的，但同时也是文化塑造的，是历史和社会的结果，因此，身体是自然与文化的双重产物，而且是一个始终更新的作品。"[2] 灵魂因为"附上了一个尘世的肉体"而"葬在了这个叫做身体的坟墓里"[3]。民间传统是不容亵渎的，陈彦在塑造忆秦娥时，有意把她塑造成一个脱离现实，只活在秦腔中的人物，忆秦娥是被赋予了真善美、执着、奋斗等美好品质的正面艺术形象的化身，通过庄周之精神来远离身体之谱系，附着灵魂之世界，这一世界是传统戏曲——秦腔给予的，而秦腔来自民间，民间是它的"根"。这就构成了生存美学—秦腔戏曲—民间的一个回环，看似"痴傻"的忆秦娥，实则是传统艺术在对抗现代文明时的一种坚守，是对现代文明冲击下逐渐式微的传统艺术的一种致敬。其在作品结尾处重返省秦，以充分发挥技艺代际传承的责任，又与忠、孝、仁、义四位老艺人当年的行为相照应。个人作为"历史中间物"之责任担当，意义即在于此。苟存忠、裘存义、古存孝、周存仁四位秦腔老艺人身上散发的质朴精神，代表着作家对古老秦腔艺术精髓的坚守，寄托着陈彦建设质朴而美好的社会精神家园的祈愿。

商州文化的多元性除了秦楚文化的融合外，由于其位居边地，学术文化思想不像关中一样有着深厚、稳定的儒学传统，而是兼融儒、

---

[1] ［古希腊］柏拉图：《柏拉图文艺对话集》，人民文学出版社1963年版，第126页。
[2] 彭富春：《哲学美学导论》，人民出版社2005年版，第136页。
[3] ［古希腊］柏拉图：《柏拉图文艺对话集》，人民文学出版社1963年版，第126页。

释、道，尤其是佛、道思想，《主角》思想观念之多元融通，表现在对秦腔及大历史之"常"与"变"的洞察，亦集中体现于忆秦娥技艺修习之中。忆秦娥精神之根本依托，有着统摄古典与现代传统的多样可能。其个人命运之精进，约略相通于儒家之经世观念，近乎儒家所论之三不朽。忆秦娥经由个人对秦腔艺术精神赓续发展的卓越贡献，希图于佛门之中觅得内心之安宁。但忆秦娥终究不曾全然抛却尘缘，而其最为重要的技艺修习，则明显受益于道家（尤其是庄子），可谓"内""外"兼修，"儒""道"会通。更兼于陈彦的个性和兴趣，且在结合商州民间文化、楚文化的神秘思维后，其写作陷于玄虚的、哲理性的思考，以及对意象的浑融、多义性、模糊性的追求，作品虚实交错，既写实又重意象，整体而言，兼融了关中秦地的古朴质拙和陕南楚文化的神秘幽美。

象征与意象在贾平凹的创作历程中，是受到格外关注的。纵观贾平凹走过的神秘主义创作历程，我们不难发现，贾平凹进行了神秘主义创作的多种尝试，在尝试当中，贾平凹将虚实相生的象征手法与意象叙事发挥得淋漓尽致，对神秘氛围的渲染、神秘意蕴的表达起到了重要作用，这使他的作品弥漫着一层神秘色彩，产生了动人的效果。

贾平凹参悟修道，虚实关系是他着力去把握的。他的作品中出现了越来越多的神秘意象。作者似乎更愿意务虚、谈禅、说道、论民间鬼神，以神秘来烘托氛围，将历史的虚与实、传统的虚与实、神秘的虚与实，真真假假地写来，将现实与虚幻之间的张力发挥得淋漓尽致，以虚实相生的象征手法，串联起一个个瑰丽神秘的故事，并在作品中力求达到与所描写的现实水乳交融。纵观他的整个创作历程，他对虚实相生手法的运用也经历了一个从点到面、从局部到整体、从最初的实验到渐趋于成熟的过程。在商州系列作品中，包括《黑氏》《远山野情》直至《古堡》《浮躁》等作品，贾平凹的神秘主义创作主要是直接以民间神秘文化为内容来建构故事情节，遵循写实的创作手法，还处在一种"见山是山，见水是水"的境界；到了《太白山记》，贾平凹开始总结自己的神秘主义创作，开始尝试以虚为实的手法，这种努力到了《废都》中更变成了以神秘的叙事来建构一个在现实世界之外的虚幻世界，并借以表达对世界的神秘性把握，这是进入了一种"见山不是山，见水不是水"的境界；直到在《秦腔》当中，贾平凹的神秘主义创作愈发成熟，他将神秘文化的内容放置于真实的现实世界之中，让它以原本的面目出现，同时又虚实相生，水乳交融，在一虚一实当中，不仅是神秘文化，整个乡村的文化传统都鲜活起来，这时候，贾平凹的神秘主义叙事达到了"见山还是山，见水还是水"的境界。

贾平凹曾说："如果在分析人性中弥漫中国传统中天人合一的浑然之气，意象氤氲，那是我的兴趣所在。"① "如何将西方的抽象融入东方的意象，有丰富的事实又有深刻的看法，在诱惑着我也在煎熬着我。"② 可以说，贾平凹一直坚持意象叙事，他从传统文化的母体里择取意象，以营造意象世界来表现主观精神，表现他对人生世界的体验和感悟，形成了他独特的感知世界的方式。他运用意象叙事经历了一个成熟的过程，从一开始的局部意象叙事，比如《古堡》中的千年古木"九仙树"被作为"风脉神树"，象征着落后、迷信的国民思想；人见人爱的大熊猫，被作为封闭、退化的象征；袋里装一片有女子经血的纸片作为护身符，这一意象反复出现，表现封建遗存。《浮躁》中的州河发几次水"都是有一定讲究的"，它成为人民斗争浪潮和金狗命运的神秘象征等，到选择一个意象作为整体意象建构的核心，这个具有统领作用的核心意象，使作品中具体的人、事、物成为一个完整的整体，作品成为一种整体象征，比如"废都"作为一个核心意象就统摄着四株花、四个太阳，拾破烂的老头、牛月清的母亲，埙及埙音等意象，这些意象因它而联结成一个整体，构成了一个意象群落。

忆秦娥作为四十年时代变化的贯穿性人物，个人命运乃高度历史性的，其起落、沉浮均在时代的巨大力量之基本范围，忆秦娥对外界事物的有意疏离，对秦腔艺术的极致追求，是庄周思想的一种外化。

---

① 贾平凹：《病相报告》，广州出版社2007年版，第166页。
② 贾平凹：《病相报告》，广州出版社2007年版，第172页。

是故，忆秦娥之命运遭际及其观念之变，表征的乃秉有社会责任感和担当意识，其与社会历史内在关系之要义小说与中国古代传统的融通，儒释道三家的登场，是要表达一个更深层次的思考：忆秦娥不仅是秦腔四十年间赓续与发展的关键人物，其意义乃扎根于现时代，又融通历史的多元思想，其中忆秦娥代表的出世之道和惩恶扬善的道教审判，积极入世者的心态或者宁静自由的出世心态，在民间都有存在的合理性，"戏"与"梦"，"梦"又何尝不是现实人生之映衬？《主角》亦在忆秦娥精神转型之际以数番梦境"反向"阐发生命之义理，亦是其统合多种审美表现方式之重要表征。忆秦娥反观自身戏曲生涯之起伏，终于领会到忠、孝、仁、义四位师父教其技艺的根本用心处，所谓加入儒释道的笔法，则是民间原始的文化遗留物之象征。但陈彦更侧重于布道和惩恶扬善的正义感，陈彦所传递的是他对民间的挚恋。

第二节　秦腔与《主角》的戏里戏外关系

秦腔作为西北的传统戏曲，同样也是国家级非物质文化遗产之一，需要我们用一定的方式了解它、留住它，陈彦的小说《主角》对"了解它、留住它"做了极大的贡献，在中国传统文化中，戏剧有着宣扬世间公平正义，抨击社会黑暗，抒发底层人民对美好生活的向往，可在当下社会，生活节奏越来越快，慢生活更是一种奢求，在网络媒体的不断冲击，传统戏曲生存境遇越来越差，戏曲从业人员越来越少，《主角》这本书的出现将即将消逝的传统文化凸显出来，确实是"一阕浩浩乎生命气象的人间大音"，"一段照亮吾土吾民文化精神的'大说'"。[①]

一　对"戏人"生存处境的揭示

陈彦小说创作始终扎根于西京城中，汲取着优厚秦地文化滋养，体悟世间百态，又融入自己在戏剧团数十年的人生经验，以平实质朴

---

① 胡适：《文学进化观念与戏剧改良》，《新青年》1918年第5期。

的笔触描摹"戏人"们的生活图景,在现实主义的传统观照当下,为我们呈现了全新的叙述空间。围绕着"戏人"们俗世生活与戏剧空间的撕裂,为我们展现了戏台边的蝼蚁与舞台上的众生相。从城乡对立中的迷失、家庭关系中的矛盾与隔膜、现实与戏的交错三个维度来分析"戏人"生存处境的艰难与困顿。正是因为秦腔这一民族传统戏曲的"外部"场域的存在,使陈彦获得了观照现实主义文学的独特视角,正是在戏曲和文学的往返之间,作家发现了重构现实主义美学的方法。

《主角》作者不仅将秦腔融入书中人物的生活,同时又运用秦腔达到一定的修辞目的,心思非常巧妙,他将秦腔演员在一定时代的经历写得时而催人泪下,时而荡气回肠,令人感叹不已。《主角》将传统戏曲的伦理意识和道德观念渗透到小说叙述中,延续并实践着现实主义文学的教谕功能,同时,小说又以朴素细腻的写实性笔法,将僵硬机械的教谕转换和再造为艺术和审美的化育。小说主线分明,用近七十万字的篇幅、四十余年的时间跨度,讲述了忆秦娥一步步成为"秦腔皇后"的故事,这是故事的主体。全书形象地描绘了改革开放四十年期间一位秦腔名伶的成长史和奋斗史,刻画了一代名伶的心路历程,表达了在成为主角的道路上,必定会遭人怨又惹人爱,在艺人一生的演绎中,不仅要抵制利益诱惑,也要在艺术道路上一直精益求精。

"秦腔"是小说叙民族文化的表征。小说以秦腔之历史性和空间性/超地域性维度,搭建联系着大历史和小历史的文化桥梁,使处于世俗、日常、生活、情感和艺术中的人物具有了历史、时代和文化相融合的宏大视域。秦腔戏曲及其所代表的"传统民族文化",既作为一种当代文学创作的思想和美学资源借助,也被作为一种文化精神内质的外显,回应了当下文学如何思考、介入和表现现实的迫切要求,并提供了一种富有新意的现实主义文学创作范式。

秦腔作为整个故事的主题线,每个人物都是围绕着他们所热爱的秦腔书写属于他们的故事,即使不是生于秦腔,也要死于秦腔,即使因为秦腔的落寞而落寞，也依然热爱秦腔。小说中各类人围绕着秦腔过其人生，进入秦腔这一行也许不是因为热爱，但入了这行，必定是护着一行，做好一行。不只是主角忆秦娥，还包括忆秦娥身边的各种"伯乐"，他们都为秦腔奋斗，为秦腔献身。忆秦娥与秦腔可以说是互相成就的关系，忆秦娥需要借着秦腔走向舞台展示自己，秦腔需要被忆秦娥带上舞台宣扬自己。

早在1964年2月，全国范围内掀起大演现代戏热潮，自此传统戏一律禁演，忆秦娥就是那时被舅舅带进剧团的。在那时，秦腔的传统剧目被批判，并且新编的剧目也要符合"三突出"原则，全国的秦腔剧团都在火热的练习现代戏，现代戏与老戏在基本功要求上有很大的不同，因此忆秦娥因为种种原因，对老戏有着颇深的研究。忆秦娥其实不像《霸王别姬》中的程蝶衣是为戏而生的，从某种程度来说，她很大程度上是赶鸭子上架，但这鸭子却赶得好，赶得绝，硬生生地赶出了个"秦腔皇后"。"能成为舞台主角者无非三种人：一是确有盖世艺术天分，'锥处囊中'，锋利无比，其锐自出者；二是能吃得人下苦，练就'惊天艺'，方为'人上人'者；三是寻情钻眼、拐弯抹角而'登高一呼'、偶露峥嵘者。"

在忆秦娥之前，她经历了两个名字，首先是易招弟，她的姐姐叫易来弟，字字都在写着"弟"，这是父母赐予的。第二个名字是易秦娥，是舅舅胡三元取的，这时改名是为了让她进剧团，也就是说，第二个名字是为了学习秦腔而改的。而忆秦娥这个名字，是在她小火的时候，前辈们给她改的，看起来，也确实是更贴近秦腔名伶了。三个名字、三种身份，也是距离秦腔皇后的距离，越来越近。从放羊娃，到辛苦练功的烧火丫头，再到远近闻名的秦腔主角。新中国成立后，因为一些传统剧目的问题，关于是否禁戏展开了讨论，在1957年后，政治激进主义的不断加重，现代戏变成了主流；而老戏，彻底被关在箱子里。书中忆秦娥的崭露头角，正是因为老戏解封。在之前大家都演现代戏时，忆秦娥并没有优势，不论是长相还是嗓子，再加上舅舅胡三元被抓，她的生活更不好过，成了帮厨。而她的机遇，正是在此时。老戏解封了，她的师父仁、义、忠、孝作为传统老戏人可以走到人前了，他们在之前被斥为牛鬼蛇神，他们或看大门，或当食堂主管，或是打杂，总的来说，他们都在剧团等待着自己可以再一次发光，因为有了他们的帮助，忆秦娥在老戏上无人可敌，老戏更加注重基本功，并且有很多只有老戏有而新戏没有的东西，例如耍火棍、吹火等等，这让忆秦娥有了十足的优势，在几位老戏骨的精心调教下，忆秦娥的基本功没话说，并在老戏重排时，有了优势，让大家都看到了她，她可以耍火棍，可以跑圆场时像飘移，这都是其他人做不到的，这使得她在当地出了名，并且还去各个地方演出，自此忆秦娥和秦腔就火遍了大江南北。

二 秦腔与《主角》小说的现代转换

关于爱情，因为秦腔，她经历了三段痛苦的情感。忆秦娥是一个能吃苦的人，俗话说，"吃得苦中苦，方为人上人"，正因为她经历了是是非非，无论什么情况，都做好自己的事，所以，她可以在县剧团崭露头角，得到了封潇潇的爱慕，但缘分终究是让他们走不到一起，因为她出色的演出被省里看到，所以不久便调去了省上，这一段未被表白的感情便无疾而终了。第二段是刘红兵，与他的相遇也是因为忆秦娥四处演出，书中说："看了《杨排风》，没酒没肉也精神，看了忆秦娥，不吃不喝能上坡。"由此看来，忆秦娥的技艺之高，《杨排风》之精彩，"看戏，本来好像是上年岁人的事，结果，宁州剧团在那里创造了奇迹：竟然把大量年轻观众吸引进了剧场。都说，宁州出了个大美人忆秦娥，看一眼，一个月都不用吃饭了"。这之中，就包括刘红兵，他是个风光的人，看起来天不怕地不怕，一直追随忆秦娥到省剧团，用自己的关系和人脉使得忆秦娥在省剧团的日子更好过，于是她被刘红兵所打动，想要为他生儿育女，甚至在正红火时放弃了事业，退居二线，一心想要相夫教子，但世事不如她所愿，刘红兵纵然爱他，但依旧管不住自己。第三位，是一位画家，忆秦娥本以为自己遇上了可以精进自己艺术的精神导师，不料遇到的其实是地狱十八层的鬼，使她迷失自我，失去孩子，这是她并未预料到的，这个"魔鬼"做的所有事令她发疯、令她作呕。"一生追求奇绝巧，日循舞台绕三遭。不懂世外咋喧闹，只愁戏里缺妙招。唱戏让我从羊肠小道走出山坳、走进堂庙，北方称奇、南方夸妙，漂洋过海、妖娆花俏，万人倾倒、一路笑傲；唱戏也让我失去心爱的羊羔、苦水浸泡、泪水洗淘、血肉自残、备受煎熬、成也撕咬、败也掷矛、功也刮削、过也吐槽、身心疲惫似枯蒿。"[1] 这应该是忆秦娥最真实的样子，也是秦腔对她最本质的影响。

胡三元是将忆秦娥带入秦腔世界的人，他也是秦腔中的重要角色，秦腔演出的成功与否都由他来掌握，秦腔也让他只有他的世界。胡三元是剧团敲鼓的，这种鼓叫作司鼓，"七分场子三分唱""一台锣鼓半台戏"，这几句俗语虽然略显夸张，但也充分地展现了乐队伴奏的重要性，鼓点的激昂或低沉，都决定着一台戏的节奏，整体演出是否成功，都与司鼓有着密不可分的关系。戏剧舞台表演中，司鼓是关键中的关键，演员争角儿，最要紧的就是跟司鼓师傅搞好关系，司鼓师傅想让你唱好，鼓点就会配合你的唱腔和动作；司鼓师傅有意见，轻则演员要去配合鼓点，重则节奏打乱戏就成不了了。胡三元可以说是一生都围绕着秦腔中的鼓，视敲鼓如生命。他敲鼓的技艺高超，附近七八个县找不下他这个手艺，这使得他性格桀骜不驯，性子颇直，所以得罪了不少人，他以为他只要敲好鼓，就不会有什么事，但一些仇与恨，总是在不经意间就来了。大祭时敲鼓，被人带走，拘留了四个月。又因为后来想要出风头，失误致人死亡，又被批斗，被关了四年，按理来说，过失杀人，只要剧团有人给说些好话、开证明，就不用坐牢，可是他在剧团树敌无数，甚至不将团长放在眼里，这使得没有人愿意替他证明，可是他热爱秦腔，纵使在劳改所，都会勤于练习，不忘手艺。

他一生犯过很多错，与胡彩香在一起便为一错，但是他在秦腔上甚至可以被称为"鼓痴"，把人生敲得支离破碎也在所不惜。他会将

---

[1] 陈彦：《主角》，作家出版社2018年版，第881页。

自己的鼓和鼓槌擦上一遍又一遍，非常爱惜。因为对鼓的痴迷，成就了他，也因为对鼓的痴迷，差点没了命，到头来，只得在困顿潦倒中度过。敲了一辈子鼓，也一辈子孑然一身，老了还是选择了回乡做了个老艺人。你说他真的十恶不赦吗？当然不，他在胡彩香和米兰争角时，没有因为和胡彩香的关系而乱敲，不论是正义所然还是对自己事业的信仰，他都是令人尊重的。尽管他的鼓已经敲得登峰造极，炉火纯青，但是他依然要求自己在敲鼓时不能出一点差错，也不允许别人在敲鼓时出现一丝懈怠。秦腔能探入生命的深层，胡三元一生宁折不弯，其沧桑的坎坷的生命经历中有对秦腔的热爱，也是秦腔这样的民间戏曲浇灌了他这样"坚挺"的性格，性格背后又彰显着身后的传统内涵。

仁、义、忠、孝四位老人代表着老戏，他们将自己融入秦腔，甚至到了"人戏不分"的境界，他们对秦腔有自己的执念，而秦腔也让他们有了自己的人生价值。尽管在当时老戏被禁演，但是四位老人依然秉持初心，始终放不下自己热爱的秦腔，在自己年事已高的时候，找到了一个看似不起眼的忆秦娥，只是在灶房帮厨的忆秦娥，当然在当时，她还叫作易青娥。他们被人们嘲笑，他们眼睁睁地看着新人在舞台上演着火热的现代戏，却什么都做不来，他们本是台前人，却因为戏剧的发展而经历了曲折。随着以阶级斗争为纲不断加剧，将戏剧舞台简单等同于宣传阵地的惯性思维，导致众多公式化、概念化的作品充斥舞台，也导致戏剧表现力和舞台生命力的严重萎缩。这种"左"的创作思潮的影响，在"文革"前期逐步掀起"高潮"，戏剧大批判的势头开始翻滚，以至于一些戏剧被极度拔高封为"革命样板戏"，享受到至高无上的殊荣，它们背后掩盖的却是戏剧界从创作到队伍甚至到个体人身的万木肃杀、百花凋零。他们几个老戏人的代表进劳改的进劳改，关牛棚的关牛棚，无一例外，这恐怕是大多数老戏人的下场。苟存忠曾经的"花旦"名震四方，却被安排看大门，古存孝一个"不可多得活戏库"只能演小折子戏艰难度日，周存仁一个曾经秦腔武行的大名角，也被安排在剧院看大门，而裘存义一个精通于古装戏服道具的,只能做管理伙食的"裘伙管"。

直至整个中国社会政治经济文化的转型与开放,社会变革深刻而有力地进行,社会的文化环境和观念环境才开始日渐走向宽松和谐,戏剧生态也发生了巨大的变化,作者以"1978年农历六月初六晒霉日"为引,告诉读者四位老人有别于以往的变化,如:"就在六月六晒霉后,大家才慢慢传开,说苟存忠在老戏红火的时候,可是个了不得的人物,还是当年'存字派'的大名角儿呢。他能唱小旦、小花旦、闺阁旦,还能演武旦、刀马旦,是'文武不挡的大男旦'呢。"明确的时间交代,展现了"文革"后一派百废待兴的景象,老戏终于盼来解禁的消息!四大老艺人激动不已,失而复得的机会尤显珍贵,老戏服被从箱子里拿出来,虽然是布满尘土和霉潮味,但是这对四位老戏人来说,是想都不敢想的。他们积极排练戏曲,培养新人,他们可以又一次从厨房、大门口走到戏剧舞台上了,虽然得到大家重新的认可有点慢,但是,功夫不负有心人,经历各种困难,他们还是重新在舞台上大显身手。

对于他们来说,秦腔早已成为信仰,他们努力地找寻自己在秦腔的一席之地,四大老艺人这一先抑后扬的故事线,隐喻失去戏台的他们,终于旧梦重圆,人生迎来久违的春天。可惜,谁也不曾预料,此番旧梦,竟有人以献祭生命的悲壮之举,为自己的艺术生涯画上句号。重登戏台的老艺人苟存忠,好不容易盼到老戏解禁,为给观众奉献一台精彩的秦腔吹火,耗尽所有气力,最终倒在一生挚爱的戏台,再难站起谢幕。一代"文武不挡的大男旦"就此陨落,用生命在演戏是他们的态度,也是这些老艺人传授的真正东西。

纵使老戏的重生让他们重新有了自己的价值,但毕竟时代变化太大了,古存孝作为导演在省剧团没有一点威严,他导的戏可是曾经唱红大江南北的,可是不可多得的"活戏库"!他执着于老式的导戏方式,但没有人愿意听;他坚持自己年代的仪式,但没有人看,只能作罢,只能承认自己已经不是主流了,这是老戏人的一般下场方式,看起来没有尊严,一点也不与时俱进,和变化万千的世界反着走,但只有他们自己知道，压抑了几十年的戏骨到头来还是派不上用场，能怎么样呢？只能看着新的来，老的退，最后的最后，看不到身影，与戏骨一起埋入土里。

秦腔作为整个小说的主线，无论是氛围的烘托还是人物性格的描写，一个看似平常的排练、看似不起眼的表演，都有举足轻重的作用。整篇小说从头到尾都在围绕女主角忆秦娥踏入秦腔这一行的沉沉浮浮展开，当然，也不乏对周围配角的描述，而主角忆秦娥在一生中遇到所有好的坏的都与秦腔有关。秦腔促使忆秦娥成为忆秦娥，"名角儿就像锥子，即使藏在布袋子里，也是会漏出尖尖，藏不住的"。一出《打焦赞》、一本《白蛇传》，让她一鸣惊人，一下站到了舞台中央，成了"角儿"，从此拉开了"秦腔皇后"步步登天的艺术生涯。然而，在这个过程中，却没有那么顺利，舅舅在剧团的遭遇使她处于水深火热之中。在一次排练《洪湖赤卫队》时，舅舅因为误杀了人，彻底离开了剧团，没有舅舅傍身的忆秦娥自此成为烧火丫头，这使得她在剧团里的日子更不好过。这里，胡三元因对这次演出太过于重视，发生了意外，本想以这次演出立功，却没想到离秦腔更远，这一次，是忆秦娥的第一道坎。

第二次是老戏的"复出"，让烧火丫头又一次重见天日，忆秦娥因为被人嫌弃所以自己搬到了灶房门口住，并且练起了功。这一练功让苟存忠发现了她，并且要收她为徒，周围人把这当笑话讲，但没有想到苟存忠有两把刷子，是为师傅把忆秦娥教得很好，利用独一无二的老戏基本功优势，顺利地排练出了《打焦赞》，后来老戏彻底翻盘，忆秦娥整装待发，经历种种困难，忆秦娥终于到了她没想到的位置，又一次回到了正轨，这是忆秦娥人生的转机。后来因为排练了《杨排风》，进行下乡、巡演，彻底小火了一把，也带动了四位师傅以及他的舅舅重新回到了秦腔舞台上。戏一部接着一部，她又因为演了《白蛇传》发生了人生中的一段感情，虽然无疾而终，但也收获了很多。《白蛇传》在各地巡演，而在这期间，他的师傅苟老师在演《杀生》这场戏时，永远地倒在了舞台上，他练了半辈子的吹火，而《杀生》

这场戏中要连喷三十六口"连珠火",最后精疲力竭,倒下了。想必他也是死而无憾,倒在了他最热爱的地方,但这对于忆秦娥来说,是一个很大的打击,也是这件事,使得她真正地认识了秦腔,也因为《白蛇传》的走红,她被调到了省剧团,自此就开始她"秦腔皇后"的道路。秦腔给予小说的不只是主线,更像是另一个主角,忆秦娥成为主角,秦腔也就成了主角,忆秦娥被世人铭记,也是因为秦腔的精彩,两者是相辅相成的。

忆秦娥是从"乡土"出身的,而且小说中大部分的人物都是出自"乡土",他们说着土话,唱着老戏腔,看似在城市里,其实依旧有着"乡土气息",陈彦的乡土情结也许就体现在这里。他没有大篇幅地描写乡土社会场景,看起来像是仅仅在写忆秦娥在秦腔之路的所见所闻所感,但其实在很多地方都有着对乡土的描写,其中一个就是戏曲。传统意义上的乡土也许就是农村、田地,不同于城市的世界,但从另一个角度看,乡土也是民间——民间思想、民间特征……陈彦在书中描写的忆秦娥对秦腔有着极致的追求,是传统的"儒释道"思想,自古以来,中国民间所追求的各种处世之道、惩恶扬善、因果轮回都是这种思想的具体表现和想法。不论是忆秦娥、刘红兵都依着"儒释道"处事,或追求极致,或寻求原谅。

而小说中人物与"儒释道"的种种关系,也与秦腔戏曲有着关系。《白娘子》中的人情与佛法、《杨排风》中的舍身为国、《游西湖》中的惩恶扬善,都与之相关,不仅仅是"老庄之道",还有阎罗王、牛头马面、黑白无常……这些思想自古以来影响着中国百姓,为民间生存输出思想。书中不止一次地提到这些,运用戏曲,传递出民间这种"鬼神"崇拜,陈彦虽说没有直接书写民间,但是他在书写民间文化,通过秦腔,来传递这种民间文化;通过戏曲,来传递生老病死、悲欢离合,正如前有《游西湖》阴间小鬼惩恶扬善,后有忆秦娥做梦被抓去见阎王,起承转合,诉的都是民间疾苦。陈彦的这本书经常出现秦腔唱词与剧本内容,将秦腔深入小说中,让秦腔戏本中的乡土最原始的图腾将小说填充。

秦腔对一个人性格的养成起了至关重要的作用，秦腔中的一颦一笑、一顿一步都对演员产生巨大的影响。书中最典型的就是苟存忠——一个做了一辈子旦角的男人，他举手投足间都有股媚劲，翘着兰花指，会给自己擦粉抹脂，嗓子一调，张口就来。但是他从出生就是这样吗？当然不是，这是秦腔赋予他的，作为一名常年以旦角为本的演员，他早已与角色融为一体，或许他认为自己就是戏里的主角，所以举手投足间，都带着戏里的影子，他早已成为戏中人。第二个便是胡三元，他的性格部分中的孤傲、桀骜不驯，一部分原因还是出于他自己在秦腔演出中的重要性，他认为自己在剧团甚至整个县都是不可替代的，除了他，没有人能敲出这么优秀的鼓声。虽说也确实如此，但过于自负的人总会栽跟头，纵使你的的确确是最强的，但是有时候，有的人总会降低标准，只是因为看不惯你，哪有什么不可替代？做人不知分寸，即使你再有能力，也成不了大事。秦腔对剧中人产生了很大的作用，它可能会把他变成她，也可能会把普通人变疯魔。

"眼看他起高楼，眼看他宴宾客，眼看他楼塌了。"陈彦在描述每个人物的命运时，也在描述秦腔的命运，乃至整个中国戏曲的命运。历史兴衰，代代更迭，面对生死存亡，一辈一辈的老艺人用自己的力量护住戏曲，让这位古老的美人得以存活，是一代代新生力量让戏曲得以梳妆打扮，以最美的姿态再度登场，正是这些或许生计尚无保证的伶人、这些令人尊重的艺术家们，让戏曲这门古老的艺术能够源远流长。"就目前戏曲的生存状态来看，危机确实是极其严重的。据统计，全国现有剧种357个，国营或集体性质的剧团有2800多个，然而，能够正常演出的剧种不到100个，一年中能演出50场戏以上的剧团不到1000个。许多剧团被戏称为'天下第一团'，意为政府为了不使一些剧种消亡，出钱只养一个代表该剧种的剧团。有些剧团即使每年演到100场以上，也不能说明该剧团的生存能力，因为大部分场次的上座率只有三四成，而且票价较低。从成本核算上来说，是演一场亏一场，之所以要演出100场以上，是由于政府的硬性规定，不演到规定的场次，则不给剧团经费。因此，大部分剧团的演出费用是由政府承担的。"①

三 恒常价值的不断坚守

在传统文化后继无人的境遇下，陈彦先生写出这本书，让我们仿佛看到了一台又一台精彩壮丽的秦腔大戏。斗志昂扬的《打焦赞》、温柔细腻的《白蛇传》、生死壮阔的《游西湖》……一出出传统的秦腔戏让我们看到了秦腔可以在中国戏曲舞台中央屹立不倒、流传久远；《狐仙劫》《梨花雨》等原创剧目又展示了秦腔在当代得以延续的新生力量，这让作为新一代的年轻人更加了解秦腔，它看似离我们很远，但其实离我们很近。

"八百里秦川尘土飞扬，三千万老陕齐吼秦腔。"观众看戏热情高，几代剧团人以"振兴秦腔"为使命，20世纪七八十年代可谓秦腔的辉煌时期，但之后一路下沉。省秦剧团不得已，朝流行歌舞团转型。此番境况威逼的不仅是秦腔的发展，还有唱戏人的个体生存："唱戏这行，在巨大的时尚文化冲击下，的确是日渐萎靡了。尤其是在城市，几乎很少能听到秦腔的声音了。忆秦娥他们即使唱堂会，也更多是奔波在乡村的路途上。有时一跑半夜，出一个场子，唱好几板唱，也就挣人两三百块钱，给忆秦娥还是高的。不过贴补家用，还算没有把日子弄得太捉襟见肘。"传统与流行的碰撞，现实与理想的对峙，清贫与暴富的对比，此时的秦腔被时代洪流挤下"主角"之位，众人皆迷茫，谁也不知未来在何处。

《主角》"是透过民间的镜像来关照历史、现实与传统，不是置身事外，而是在戏曲搭建中被'激发'的民间，在日渐衰微的乡土中寻找永久留存的遗留物"②。对于那一声声秦腔：时光如刀，流年如画。多少年以后，当它在我们耳边响起，回忆如昨。只是，沉浮兴衰，在

---

① 吴合利：《也谈戏曲的出路》，《大舞台》2007年第4期。
② 杜睿：《乡土中国与民间戏曲的互文——陈彦小说〈主角〉新论》，《中国现代文学研究丛刊》2020年第11期。

周而复始的岁月里慢慢搁浅,在匆匆忙忙的行走中依依淡去。然而秦腔之所以是秦腔,是因为它那最简朴的呈现——卧鱼,水袖,吹火;传统之所以是传统,是因为它千百年来的不加雕饰,朴实无华。当灯光取代了伶人的一颦一簇,当技巧替代了内心最动人的情感时,秦腔就不是秦腔了,传统也不再是传统了。一代代人想要挽留过去,却忘记了曾经的戏里油腔,小令无常不是为了迎合,而是为了让上至庙堂,下至引车卖浆者之流都能在一声声秦腔里体验到人生百态。

作者曾在接受采访时就说过:"秦腔从来就不是独立于社会之外的什么'纯艺术',它从诞生之日起,就裹挟了社会的方方面面。""互联网时代对古老秦腔的挑战,甚至是摧毁性的。但也正是这个互联网时代,使秦腔的传播,达到了前所未有的程度。"在这个时代,纷纷扰扰,秦腔却依旧守朴、守拙、守静、守道,小说《主角》只是一个载体,载着古老的秦腔,载着流动的血脉。"是对民族戏曲的存货与拓展潜能有了更加乐观的认知与提升。"① 对于读者来说,更是一种对了解传统戏曲的升华。作者在文章中用较多的笔墨书写了当时的社会环境,主要还是集中在城市,"不同于贾平凹对故土的直白,而是以一个从秦岭山区走出来,最终回归到秦岭山区的一代秦腔主角来表达一种乡土情怀"②。他看似一直在书写城市,其实更深层次是在书写乡土,虽说是城市,但还原原本本地保留着乡土文化,通过书写忆秦娥置于乡土、民间、城市,来书写乡土价值,城市与乡土的交融,构成了当代陕西的"新乡土"书写,书中的主角从走出秦岭走向秦腔,又到最后在秦岭中唱响秦腔。

"新乡土"书写本身来自20世纪的70—90年代的作家,因为出生农村,后来又因改革开放,恢复高考等一系列原因向城市靠拢,又因为本身骨子里对乡土的热爱,出来的作品都是有异于乡土小说的"新乡土"写作,比如李娟、舒飞廉、沈书枝、邓安庆等作家的写作,

---

① 陈彦:《说秦腔》,上海文艺出版社2017年版,第127页。
② 杜睿:《乡土中国与民间戏曲的互文——陈彦小说〈主角〉新论》,《中国现代文学研究丛刊》2020年第11期。

回到乡村风俗礼仪、人伦风尚的呈现，分享着来自乡村的魅力。新乡土小说的出现是必然的，社会的变革总是会带走一些东西，而处于变革中的人是分裂又统一的，他们身上总是蕴含着变革前后的东西，这是独有的宝藏，让他们拥有别人没有的感受与乡愁。陈彦的小说与之不同的地方就在于他大篇幅写在城市，但从语言描写、人物描写中，始终脱离不了乡土，人物也都是从乡土中来到乡土中去，形成一种新的乡土小说。戏曲也是陈彦描写乡土的另一方面，在《主角》中，主角忆秦娥，以及书中出现的各种戏本，《杨排风》《白蛇传》《游西湖》等都是出自传统民间，透过这些戏剧来传递"乡土"之情，秦腔与乡土互相贯通，在小说中，又是以一种看似无、实则有的形式，通过戏曲传递出作者的乡土之情。所以，作者通过描写乡土人物唱乡土故事的形式，来写出看似无、实则有的新乡土小说，这对于当今城市化飞速发展的时代是很有参考意义的。

通过对《主角》的分析，我们了解到了秦腔的表现形式以及在小说中的作用，透过宏大的故事，看到了秦腔在这四十年的变化。从三个部分分析《主角》与秦腔的关系。首先是人物。从小人物到主角，从老戏主角到行业新秀，从传统到现代多元化碰撞，这都是书中所展现的内容，它给我们展示忆秦娥成长的同时，也赋予我们对秦腔的敬佩。其次是秦腔的作用，千百年来，它所传诵的都是民生所想，生与死，盛与衰，存或亡，不变的始终是它的豪迈与高昂，它是有情绪的，它宣泄，它痛苦，它始终无拘无束。忆秦娥却是拘束的，"捂嘴笑"等形容她的词，都在说她的单纯内向，"能吃苦、理解差、进戏慢"是对她的评价，"乖、笨、实"也是对她的评价，但就是这样一个人，却成为秦腔皇后。最后就是这本书运用秦腔的价值与意义，即宣扬与传承，是将秦腔带到年轻人的世界中，让我们永远记住这样古老的戏曲。戏曲传承在现在是重中之重，我们每个人都有这样的责任与义务去宣传它、欣赏它，正如书中所说："山高水长的摩崖，千秋万代的狐冢。百折不挠的催打，生生不息的勃发。"这也许就是作者想要传达的。

第三节 《主角》的文化精神与史诗传统

在现实主义创作方法的影响下,《主角》一书真实地再现了近半个世纪的中国社会现实,塑造了诸多令人印象深刻的人物。在陈彦的笔下,不管其对某位人物的着墨多少,读者们都能感受到人物的鲜活,而这种鲜活的感受正是由于熟悉的气息,而因此产生的强烈亲切感。在其创作的小说《主角》一书中,陈彦作为一位专业戏曲编剧为我们展示了舞台前后以及剧团内部种种我们作为圈外人所无法了解的情况。纵观全书,很少有人能够做到"内自省",有追名逐利最终身败名裂者,有浑浑噩噩最终一事无成者,有忘却初心随波逐流者,即使是陈彦倾尽心力的主角忆秦娥也不能够做到"打破冥顽须悟空",直至在经历种种起落后方才意识到这一点。芸芸众生在"你方唱罢我登场"的闹剧中尽显蝇营狗苟的世态。但在世事浊流的裹挟之下,仍然有一批不忘初心勇于承担的人,正是他们维系了日趋衰弱的传统文化,继承了中国传统知识分子的历史责任与社会担当,以"为往圣继绝学,为万世开太平"的姿态推动着历史与社会的不断发展进步。

《主角》中形形色色的人物和他们的人生轨迹共同构筑了这部小说宏大的历史观,各种角色如同溪流注入河流一样在陈彦的笔下共同构成了其小说的历史叙事,每个角色或多或少,或自觉或不自觉地共同推动着历史的齿轮向前发展,最终形成一种如江河奔流般无法阻挡的时代潮流,真实地再现了我国近半个世纪波澜壮阔的社会发展趋势,为我国现实主义创作添上了浓墨重彩的一笔。

历史是由从古至今以来人类的活动所形成的,因此我们每个个体都是历史的参与者与见证者。但由于人类文化活动的缤纷复杂,人们往往从其中提炼出一种普遍的、具有代表性的合力,即文化精神。

一 陕西文学的史诗传统与《主角》

陕西是一个拥有着悠久历史文化底蕴的地区,是中华文化重要的发源地之一。长安及其邻近的关中地区长久以来便是中国的政治文化中心,这种得天独厚的历史条件,使得陕西文人对于历史产生了"究天人之际,通古今之变"这种宏大的历史观。在当代陕西长篇小说的创作中,这种历史观仍然影响着陕西的作家创作,譬如杜鹏程的《保卫延安》、柳青的《创业史》,它们所具有的那种鲜明的史诗感,我们能够感受到作品背后作家的那种宏大的历史观以及历史传承。杜鹏程亲身参与了小说所写的那场战役,塑造出彭德怀将军等人的英雄形象。其写作的目的则在于歌颂无产阶级革命家的历史功勋,表达他对这些革命英雄烈士的崇高热爱之情。冯雪峰盛赞:"这部作品,大家将会承认,是够得上称为它所描写的这一次具有伟大历史意义的有名的一部英雄战争的史诗的。或者,从更高的要求说,从这部作品还可以加工的意义上来说,也总可以是这样的英雄史诗的一部初稿。它的英雄史诗的基础是已经确定了的。"这是当代小说最早被评论家以史诗的角度评论的作品。柳青的《创业史》写作的题旨则在于:"小说要向读者回答的是:中国农村为什么会发生社会主义革命和这次的革命是怎样进行的。回答要通过一个村庄的各阶级人物在合作化运动中的行动思想和心理的变化过程表现出来。这个主题思想和题材范围的统一,构成了这部小说的具体内容。"小说就以社会主义新人梁生宝为英雄典型,讲述一个英雄如何在反动阵营的阻挠之下,通过重重难关而不断成长的故事。《创业史》被评论家视为深刻而广阔地反映农村社会主义革命道路的史诗性的长篇小说。杜鹏程、柳青也以这两部小说奠定了陕西文学传统之一的史诗情结。

新时期之后,由于文学环境的开放、自由和多元的发展,作家的艺术目标和追求不再像过去一样以"史诗性"为最高标准,但在某些作家身上仍旧得到延续,新时期的文学蓬勃发展也开始呼唤"史诗"的出现,这从长篇小说的国家最高奖项"茅盾文学奖"的评奖倾向就可窥知某些评论家对"史诗性"的重视。不同的是,"史"的内容较大程度地挣脱了官方宏大叙事的钳制,而有较多作家个人主观的体悟和深刻的思索,加以多元的文学思潮的冲击,作家在"诗"的部分有更多突出的表现，作家个人的素质也成为主导其史诗性作品内涵的主要因素。就新时期的陕西作家来说，他们受到前辈柳青和杜鹏程的影响，除此之外，还有一个不可忽视的传统，那就是关中地域本身"重史"的传统。发源于关中地区的《诗经》有关于周代的历史及其祖先传统的篇什，汉代的司马迁和班固有伟大的史传著作，都是中国文学传统中史传传统的重要组成部分，路遥、陈忠实、京夫、高建群的长篇小说都具备了史诗性的特点，对史诗的追求意识相当鲜明。路遥曾说："我决定要写一部规模很大的书。在我的想象中，未来的这部书如果不是此生我最满意的作品，也起码应该是规模最大的作品，作品的框架已经确定：三部，六卷，一百万字，作品的时间跨度从一九七五年初到一九八五年初，为求全景式反映中国近十年间城乡社会生活的巨大历史性变迁。人物可能要近百人左右。"① 最后完成了《平凡的世界》。陈忠实则在小说扉页引用了"小说是一个民族的秘史"这句话，表明他的写作目的是与他对民族精神的理解、探索和思考相关的。高建群在《最后一个匈奴》的后记也说："本书旨在描述中国一块特殊地域的世纪史，因为具有史诗性质，所以他力图尊重历史史实并使笔下脉络清晰，因为它同时具有传奇的性质，所以作者在择材中对传说给予了相当的重视，其重视程度甚至超过了对碑载文化的重视。"

这些作家接续了陕西的史传传统，但他们作品的史诗性内涵较之过去社会主义/革命现实主义统领之下的史诗性长篇小说已经有所转变，是在史诗的基本框架之内将过去的史诗性内涵予以作家个人的转化，但还是属于比较正式中规中矩的史诗性长篇小说。其中，陈忠实是新时期之后陕西史传传统的重要代表，因为在他前后虽然陕西有不少作家的长篇小说都追求史诗性，但其总体艺术性成就难以超越《白鹿原》，其艺术成就获得众多评论家的首肯，不仅是陕西文坛，也是中国新时期以来史诗性长篇难得的佳作，堪称1990年代最重要的一部史诗性的长篇小说。

---

① 路遥：《早晨从中午开始——〈平凡的世界〉创作随笔》，载《路遥文集》，陕西人民出版社1993年版，第6页。

此外，有部分的陕西作家，他们的长篇小说对史诗的写作却产生较为明显的消解作用，甚至是不追求史诗的反史诗姿态。贾平凹就是其中的代表，他的长篇小说在陕西作家当中数量最丰，但其创作的追求却在一定程度游离于陕西文学的史诗传统之外，两者之间的关系颇为微妙，然而，虽然路遥、陈忠实、贾平凹、高建群在"史诗性"这一点上有不同的写作倾向，但就某些方面而言是一致的，那就是对官方宏大历史叙事的回避，转而深入"民间"，陈彦的创作也不例外。这里的"民间"，其概念来自陈思和有关民间的论述。所谓的"民间"是与国家相对的概念，它是在官方权力体制掌控之下又保有一点独立性的文化空间，基本上是以农民为主体，且"过去与国家权力中心相对应的民间往往是通过家族、宗族的形态来体现的，文化价值是以集体记忆的符号来表现，具有较稳定的历史价值"。

陈彦作为陕西近年来崭露头角的作家，其创作也不可避免地受到这种史传传统的影响，在他最新出版的长篇小说《主角》更是延续了这种史诗感。陈彦截取了近半个世纪的时间跨度，在纷纭缭乱的历史现实中抽离出社会历史发展的主线，从而形成一种总体性的叙述。但是与《创业史》《白鹿原》和《平凡的世界》叙述主体分散到一类人的"群像"描写所不同的是，《主角》中的叙述主体是相当集中的，陈彦将叙述视角放到忆秦娥的身上，从细微之处着力，通过对历史进程中小人物的生命体验着笔，在宏大与微小的强烈对比之下，《主角》通过对恢宏历史下的个体生命体验进行讴歌，呈现出喷薄迸发的生命活力。且陈彦在《主角》当中提供了关于中国城市和乡村的广阔生活场景以及复杂的人际关系和纠葛，叙述发生的场景是以忆秦娥所处的空间位置而发生变化的，陈彦通过对忆秦娥生命历程的叙述，来为我们揭示其作品背后所试图传递的史诗感。在创作手法上，陈彦继承了现实主义创作传统，在其特有的历史叙事框架下，陈彦对形形色色的人物形象做了生动的描写，对真实客观的历史现实进行了真实的再现，这一点符合现实主义创作的基本原则。

陈忠实的《白鹿原》将纪人与纪史融为一体，由人物的文化心理结构入手，透过人物的心理秩序、结构随着时代社会的变化不断进行剥离、颠覆与再造的过程来透视这段历史，每个人物都是一个文化视角，以多重的视角共同映照出作家所掌握到的时代本质、历史的全貌和他对民族精神的理解。与陈忠实叙述者的分散于小说中的诸多人物不同，《主角》中的人物与叙述者有着相当程度的重合。小说中叙述者多次通过忆秦娥、秦八娃、四位存字辈老艺人等角色之口来阐释中国传统文化的精髓，以及熔铸了儒释道等传统文化所形成的深厚的文化底蕴，这样我们这个民族的故事便通过这些秦腔艺人的故事而得以传述，而这些秦腔艺人的故事又通过忆秦娥的从艺经历得到讲述，这样便在忆秦娥的身上体现出了个人和民族的双重性特点，在某种程度而言，《主角》中忆秦娥的故事也就是我们这个民族的故事。在大部分原始史诗中，史诗的主角必须是集中地展现了一个民族的文化性格和精神的人物。在作家高度的艺术概括力之下被熔铸成一体，较之过去"史"胜于"诗"的阶级革命斗争史诗更为成功。

《主角》总共分为上、中、下三部。其中小说上部主要叙述了忆青娥（当时的忆秦娥）从山村进入宁州剧团并在宁州剧团拜师习艺，习到一身真本事后，最终通过《白蛇传》显露头角、名震一时，最终被省秦剧团挖走的故事。中部主要描写了忆秦娥在省秦剧团的生活经历，同时也将故事的叙述推向高潮。但作者在第二部的结尾时用一场演出事故将其营造的氛围强行压下来，为下部忆秦娥的转变留下伏笔。下部则主要对忆秦娥思想的转变进行了充分的描写，在经历离婚丧子等一系列打击之后，终于悟出"大音希声，大象无形"的道理，从而完成了角色形象的进一步升华。正是《主角》一书以宏大的历史视野作为创作指导，以超级叙述者的口吻通过主人公忆秦娥对小说中各个角色的串联，使得人物个人的成长轨迹同整个社会历史发展趋势结合起来，共同体现出一种恢宏的整体性特征。小说中各色人物的兴衰际遇、起废沉浮以及背后秦腔起起落落的历程都刻上了鲜明的时代烙印。从这些对《主角》创作理念的阐释中就可以感受到作者本人的史诗意识，似乎打从一开始就决定了《主角》这部小说的史诗格局，这点与陕西前辈作家柳青、杜鹏程的史诗写作是一脉相承的。

由于秦腔这种艺术形式本身就产生于民间，因此相对于话剧歌剧等阳春白雪的表演形式不同，秦腔本身就是一种下里巴人的艺术表现形式。而作为以秦腔编剧的身份进行跨界创作的陈彦而言，其创作的作品中基本都是从底层小人物的身上着眼，以小人物的生活经历进行文学创作。在陈彦看来，戏曲是草根艺术，从骨子里就应为"弱势群体发言"。他在自身的创作经历中认为："有人说，我总在为小人物立传，我觉得，一切强势的东西，还需要你锦上添花？我的写作，就尽量为那些无助的人，舔一舔伤口，找一点温暖与亮色，尤其是寻找一点奢侈的爱。"在他先前所创作的《迟开的玫瑰》《西京故事》《装台》中，分别选取了贫困大学生乔雪梅、进城务工的罗天福一家、装台工刁顺子等底层小人物为作品主人公。即使是在以交通大学西迁为创作背景下的《大树西迁》中，作者也在一批知识分子中重点赞美了出身底层的大学生的奋斗精神以及对卖鸡蛋大嫂身上所显现出的人性进行讴歌。

在《主角》一书中，陈彦沿袭了他坚持为小人物"立传"的创作传统，突出"民间"及其文化形态，所谓的"民间"是在官方权力体制掌控之下又保有一点独立性的文化空间，基本上是以农民为主体，文化价值是以集体记忆的符号来表现，具有较稳定的历史价值。小说主人公忆秦娥原本是九岩沟的放羊女，在自身努力的前提下，能够及时把握各种机遇，从而成长为一代"秦腔皇后"。在小说《主角》中大放异彩的人物基本上都是那些小人物，譬如与主人公出身同源的胡三元，在身怀一身敲鼓绝技的同时，也鲜明地带有出身底层草莽的一种江湖气息。这种江湖气息在胡三元身上底层小人物的那种敢爱敢恨的品质中得到了淋漓尽致的体现，在胡三元处理与胡彩香的情感纠葛时，他身上的那种率真的性格得到了充分的显现，集中体现了一个民族的文化性格和精神的人物，陈彦的这种"为小人物立传"写作原则正好是他个人心性的体现，也与秦腔这种草根艺术以及陈彦作为秦腔编剧所承担的社会责任密不可分。

自"五四新文学"以来,中国文学大大加强了文学与社会现实的联系,随后又因马克思主义理论以及左翼作家联盟的成立,广大作家纷纷以反映底层普通劳动人民的生活为主题进行文本创作,作家的描写对象进一步下移到广大底层人民的身上。陈彦继承了这一发展趋势,在他的作品中,基本上都是选取底层人物的视角进行创作,例如《西京故事》中的主人公罗天福,《装台》中的刁顺子都是出身于底层的草根。《主角》也延续了陈彦这种为底层小人物发声的写作模式,在历史叙事的框架当中,陈彦将叙述焦点主要集中在忆秦娥身上,以其成长轨迹串联起从"文革"期间到改革开放,再到进入21世纪以来我国社会历史变迁当中一系列的历史事件,以一种由下而上的视角来对其进行叙述,从人生细微之处着笔来阐释历史发展的宏大趋势,通过极小的事件影射其背后所暗藏的庞大暗流,在一小一大的两极对比之下使人们产生一种对于宏大历史的敬畏之心。主人公忆秦娥是出身九岩沟的牧羊女,在自身努力和种种因缘际会之下成长为一代"秦腔皇后"。在小说最后,陈彦通过一阙《忆秦娥·主角》对主人公的一生经历做了精确的总结。而作品中对于方言以及都市俚语的广泛使用,也使得本书的草根味更加浓厚。

陈彦在其小说《主角》中塑造了许多令人印象深刻的人物。譬如视唱戏为生命的忆秦娥,在各种环境中不断的修炼自身,终成一代秦腔名伶。尽管这种"内自省"的动机是在周遭环境的压力之下才产生,从而缺乏一种自主性,但这种人物性格的缺陷却也从另一方面使忆秦娥这一人物更加饱满真实。忆秦娥还有一种鲜明的性格特征——"傻",这是陈彦在书中多次提到过的,从宁州剧团到省秦剧团,再到进入中南海为领导做汇报表演,甚至在最终的百老汇舞台上,忆秦娥的这种"傻"其实更多地体现出一种对于自身生命的反省,能够在日益浮躁的社会中使自己沉淀下来,任凭周遭环境如何变化,始终如一地坚守着自己的初心。秦腔编剧秦八娃则给人一种不出世的高人的印象,忆秦娥每一次突破的背后往往隐现秦八娃的身影,秦八娃作为民间草根艺术的大家,并不像常人一般的追逐功名利禄,经常以冷眼旁观的态度观察着身边的一切，而对于自己认可的忆秦娥则显示出强烈的关怀。他的身上也体现出一种静态，但这种静态和忆秦娥身上所体现出的静态不同，忆秦娥身上所体现出的静态是她与生俱来就带有的一种人物性格，而秦八娃身上所体现出的静态则是一种历经人生沧桑后的平静，是他后天所形成的一种人格。但他们并非道德完人，行事作风也有许多地方是值得批判的，读者不难看出，是他们所接受的文化和教育对思想的形塑。

较之过去的革命英雄史诗，陈彦已经不再集中于"高大全"式的英雄典型的塑造，因为《主角》确实有陈彦赞扬的理性的人格，作家就是要写我们这个民族发展过程中一直传下来的、存在于我们民族精神世界里的最优秀的东西，要把它集中体现出来。但他们并非道德完人，行事作风也有许多地方是值得商榷的。以上种种都能见出陈彦对于历史独特而深刻的史识和史思，这也使得《主角》的史诗性内涵除了发现历史进程的重大变化这一最基本的定义之外，有更多丰富的东西值得探讨。且对陕西文学传统而言，《主角》既延续了史诗传统，同时也树立了史诗性长篇小说的成熟典范，可谓进一步丰富深化了陕西文学的史诗写作传统。

二 陈彦小说《主角》中的文化精神

北宋大儒张载在《横渠语录》中写道："为天地立心，为生民立命，为往圣继绝学，为万世开太平。"这四句话充分阐释了我国古代知识分子的历史担当传统。在中国古代，历史学家往往被称为"刀笔吏"，这也反映出我国古代传统知识分子的历史担当传统。唐代的刘知几在其著作《史通》中提到史家三长，即史才、史学、史识，在这三者当中，刘知几又认为史识是一个历史学家应当具备的最重要的品质。自从春秋孔子以来，中国古代知识分子敢为天下先的勇气一脉相承。"孔曰成仁，孟曰成义。""路漫漫其修远兮，吾将上下而求索。""安得广厦千万间，大庇天下寒士俱欢颜。""先天下之忧而忧，后天下之乐而乐。""天下兴亡，匹夫有责。"无一不体现出中国古代知识分子的社会责任感。直至近代鲁迅先生又在其杂文《中国人失去自信力了吗》中写道："我们从古以来，就有埋头苦干的人，有拼命硬干的人，有为民请命的人，有舍生求法的人……虽是等于为帝王将相作家谱的所谓'正史'，也往往掩不住他们的光耀，这就是中国的脊梁。"

从古到今，我国知识分子的历史担当传统从未中断。虽然经历了多次打压和磨难之后，那一丝微弱的烛火却愈发明亮耀眼。陈彦的《主角》一书也充分体现了这一历史传统。在小说中"忠、孝、仁、义"四位存字辈秦腔老艺人和秦八娃的身上，读者们都能够感受到我国古代传统知识分子的形象，"忠、孝、仁、义"四位老艺人与忆秦娥的关系可以简要用两个字概括——传承，忆秦娥继承了"忠孝仁义"四位老艺人的衣钵象征着以四位老艺人为代表的传统文化得到了传承，以至于后来忆秦娥在关于其养女宋雨的培养上也扮演了相同的角色，忆秦娥相当于一位承前启后的人物，她在继承前人优秀的传统文化上，又将自身所继承的传统寄托到宋雨身上，从而完成了自身角色的转变及其所承担的历史责任。

贾平凹的《秦腔》与陈彦的《主角》都是涉及秦腔，《秦腔》是以清风街的夏氏家族为书写对象，写传统的乡土文明（如夏家四兄弟的名字"仁、义、礼、智"所代表的传统伦理、家族形式、秦腔所代表的传统民间文化）和农村如何在时代的变化中逐渐消失凋零，在写作手法上采取一种非常琐碎、日常的细节化描写，这种细致的乡村风俗画在《高老庄》中就已经实验过，到了《秦腔》则是这种叙事方式极致的展现。因为小说所写的空间只有一条清风街，时间前后不过一年多，却密密实实地谱写了四五十万字，从作为表情达意的对话语言到书中所描绘的日常生活琐事都洋溢着浓厚的秦地风情。且书中所描写的生活就像流水一样缓缓漫流，一点一点地将乡村世相原原本本、仔仔细细呈现出来。众多人物轮番过场，你一言我一语，将鸡毛蒜皮之事通通纳进小说叙事中，完全是一种农民的思维和语言，将书面语与口说语言、普通汉语和地域方言熔铸在一起，达到生动、厚实的效果。

这种密实的流年式的写法直接挑战了读者的阅读习惯，但对贾平凹而言，农村文化形态就展现于琐碎的日常生活之中，因此唯有这种写法才能将建立在血缘、伦理根基上那种黏糊、混沌的土性文化完整呈现出来。而《秦腔》之所以动人，不仅是因为贾平凹面对1990年代农村处境的深切关怀，更是因为《秦腔》是一本游子的记忆之书，汇聚了贾平凹对生活19年的故乡的文化记忆与乡土经验，小说中很多人事物都有原型，"清风街里的人人事事，棣花街上都能寻着根根蔓蔓"。"村相"暴露的书写背后有沉重的对于失去故乡记忆、对于背叛、遗弃乡土的恐惧。

《秦腔》在叙事视角的设置上亦别具匠心。作者以疯子引生作为主要的叙事视角，利用其疯癫的特性经常让他用一种超现实、神秘荒诞的方式（如变成某个虫子、蜘蛛、螳螂、花草、老鼠等）自由灵活地出入于各种在场与不在场的事件中，把所有细节和故事都串联起来，既是故事的当事者，又常常是一个全知全能的旁观者。而《主角》的"忆秦娥"这三个字也能够体现陈彦赋予这位角色的期待，"忆秦娥"本为词牌名，最早见于唐代李白的《忆秦娥·箫声咽》，"忆"为追忆，缅怀以往之意，"秦"字则有暗合秦腔与秦人的意思，"秦娥"本为古代秦国秦穆公嬴任好的女儿弄玉，好吹箫，后嫁给仙人萧史。当"忆秦娥"三个字组合在一起时，陈彦就已经对这位角色坎坷的人生命运和其所承担的历史责任做出了暗示。而秦八娃作为一名民间知识分子，之所以成为秦腔编剧的大家，则是因为他自始至终都没有离开过养育他的那一方水土。尽管他创作的作品内容不突出、形式不新颖，但是由于他能够准确地把握民族传统文化的深层走向，这使得他的作品获得了强大的生命活力。

小说以秦腔作为创作背景，试图打通传统与现实的融合，从而更进一步地延续我国古代知识分子的历史担当传统。中国传统文化历经五千余的发展而生生不息，孔子始启文脉，魏晋时期以儒学为代表的传统文化在此期间面临着严重的打击，佛道两派的思想于当时大行其道，但是儒家思想并未消亡，而是与佛道两派的思想相互交融，玄学的产生便是强有力的例证。两宋时期张载、朱熹等大儒们进一步发展了儒学，使得儒学的发展上升到一个新的高度——理学。两宋的儒者在着重对儒家经典中义理的充实和阐明的同时，也极注意儒家义理在现实生活中的经世致用，以求达到《中庸》中所说的"致广大而尽精微"、《庄子》中所说的"内圣外王"的境界。两宋时期，中国传统文化的发展达到顶峰，所取得的成就不仅超过了先前隋、唐，即使是其以后的元、明、清也是难以匹敌的。明清鼎革之际，黄宗羲、顾炎武、王夫之重新举起"经世致用"的旗帜，从而使中国以儒家思想为代表的传统文化又获得了一定的继承和发展。

  以儒、道两家思想为代表，中国传统文化分别形成了"入世"和"出世"两种不同的价值取向，与儒家思想主张"修身齐家治国平天下"的"入世"不同，道家则主张"清静无为"的"出世"。中国古代的知识分子几乎都逃不脱这两种看似矛盾的价值取向。在《主角》一书中，忆秦娥在经历塌台事故、儿子痴傻、丈夫跑路等一系列的打击下，选择在莲花庵出家的举动与这种"入世""出世"的传统文化价值取向传统不无关系，在九岩沟的老家中忆秦娥对母亲吐露出自己想去莲花庵出家的想法时，其背后的动机正是先前生活对她的摧残。在莲花庵修行的时日中，忆秦娥寻得了自身内心的平静。"她就是要给自己赎罪，给孩子赎罪。"其出家的目的便是消除自己的罪恶感。在住持打算为忆秦娥剃度之时，忆秦娥还是没有想好到底要不要遁入空门，而主持也似乎看透了这一点对她进行劝解道，"这个庵堂一直有个规矩，就是只收留真正无路可走的人"，进一步对忆秦娥指点出，"修行是一辈子的事：吃饭、走路、说话、做事，都是修行。唱戏，更是一种大修行，是渡人渡己的修行"。在住持的点拨之下，忆秦娥终于克服了自己内心深处的梦魇，对于唱戏这个行业有了更进一步的认识，也明确自己身上所担负的责任与命运，对在后面忆秦娥事业的成功以及整个秦腔行业的复兴埋下了基调。

  人们在顺风顺水的时候往往意气风发，颇有"包举宇内，囊括四海"之意，在这般的行为动机的刺激之下形成儒家所主张的"入世"

举动，而在人们经历重大挫折变故后，于心灰意冷之际往往会采取道家所主张的"出世"举动来寻求内心的宁静。中国传统文化在"入世"与"出世"的一进一退之间形成连绵不绝的发展趋势，从而使得我们的传统文化能够在相对独立的环境中自主发展。但是近代以来西方文化的侵入渐渐地破坏了这一传统，在小说中，秦腔的衰弱也在暗示着传统文化在当下的颓势。因为整个传统文化不景气，以忆秦娥为代表的传统文化的继承者们的生活日益窘迫，于小说中便是沦落到在秦腔茶舍"走穴"这一无奈之举，这与陈忠实的《白鹿原》、贾平凹的《秦腔》以"乡土"来透视中国的传统不同。陈忠实的小说创作细致地展示了儒家文化和农业文化的过去，《白鹿原》中对于乡村宗法社会中儒家传统的优秀的一面的张扬，实际上也是对在时代洪流中行将解体的传统乡土社会与文化做最后的回顾与哀悼。然而民族的命运该何去何从？传统与儒家文化如何面对自身在现代社会的困境？至少道德精神的重振或许是一种可能，这是白鹿在当代复现的意义。尽管朱先生与白嘉轩所处的时代背景跟当下时代完全不同，但作为抽象的精神财富，就像小说中家族故事里的门风对后代的影响一样，《白鹿原》要留给世人的也是一种精神财富，无论世事如何多变，有些文化精神仍具有超越时空的特性，在世变中依然有其存在的价值。是以，《白鹿原》对历史文化人性道德的反思，最后都指向了文化的溃败与道德精神的重振，这是关中文化寻根带给读者最大的启示，且就他个人的小说创作而言，无疑具有总结性意义。陈彦的《主角》则是从"民间"来对传统进行透视。在现代性话语中，"民间"所指涉或关联的民众葆有最可贵的、恒常的自由自在精神、反抗意志、生命本然状态和最高道德价值。陈彦正是站在"民间"的视角上，消解了《白鹿原》以及《秦腔》在"乡土"之下的城乡二元对立、传统与现实相冲突的矛盾。不同于《白鹿原》当中作者所显露出的那种对于传统消逝的惋惜，以及《秦腔》中那种无能为力的惋惜和深深的无力感，贾平凹的《秦腔》是传统民间文化的代表，借由它的逐渐没落传达了故乡及其所代表的乡土文化之废。而《主角》则试图将城市与乡村、传统与现实有机结合起来,从而跨越在"乡土"视角之下城乡二元对立的鸿沟,勾连起传统与现实的交融。在《主角》当中,无论是穷乡僻壤的乡村,车水马龙的现代化都市,人言鼎沸的乡下集市,还是庄严肃穆的中南海,这种传统的城乡二元对立结构性矛盾都在以秦腔为代表的"传统"的交融之下被消释了。相对于《白鹿原》《秦腔》之类的对于"传统"消逝的"挽歌"不同,《主角》一书则在回首"传统"的同时,也将目光投射到未来。当小说末尾省秦剧团在百老汇舞台上的成功演出及紧随其后所造成的轰动来看,陈彦对于传统文化的再次复兴抱有十分强烈的信心与期待。

三 《主角》与中国文化传承

自"五四新文化运动"以及西方思潮在中国的广泛传播以来,中西方文化形成了激烈的对峙。而"一战"后的悲惨情景也促使着人们对西方文化进行重新思考。这一时期李大钊将东西方两种不同的文化分别比作"静的文明"和"动的文明",认为东西方文明之间虽然存在着诸多差异,但"互有长短"。章士钊则认为东西方的文化是互为基础的,文化的精髓是相通的,均应"斟酌调和"。1922 年梁漱溟在其出版的《东西文化及其哲学》中提出,人类生活的问题可以分成人与自然、人与人、人与精神三个阶段,分别对应了以西方、中国和印度为代表的三种文化精神。其在书中指出东西方文化无所谓孰优孰劣,却有对于人类社会发展"合宜不合宜"的问题,从而进一步认为不应妄自菲薄,应"拣择批评的重新把中国人态度拿出来"。

在《主角》一书的后记当中,陈彦也显露出了对于传统文化在当下的困顿现实的担忧。他写道:"戏曲行的萎缩、衰退,有时代挤压的原因,更有从业者已无'大匠'生命形态有关。"从而进一步指出传统文化从业者们"都跟了社会现实,虚头巴脑,投机钻营、制造轰动、讨巧卖乖"的社会现实。在小说中当写道 20 世纪 90 年代到 21 世纪初时,整个戏曲行业纷纷追逐商品化浪潮,成立诸如模特队、歌舞团等来迎合市场经济,坚持传统戏剧演出的从业者们却日益穷困潦倒。

陈彦在书中写道："唱戏这行，在巨大的时尚文化冲击下，的确是日渐萎靡了。"也算是发出一声对于现实无可奈何的感叹。整个市场对于传统戏曲的接受度逐渐缩小，"尤其是在城市，几乎很少能够听到秦腔的声音了"。当初在乡村还存有些许市场的秦腔演出，在近年来也逐步销声匿迹了。贾平凹的《秦腔》也是如此，如今的清风街年轻的一辈都不爱秦腔了，他们喜欢的是陈星用吉他弹唱的流行歌曲。即使夏中星调任县剧团团长，提出了秦腔振兴的计划，组织秦腔县剧团到处下乡巡演，却一场比一场冷清，夏天智出借展览的马勺脸谱也在一场纷争中毁坏数个。且剧团终究不过是夏中星的政治跳板，他高升离开后，县剧团也迅速没落，许多演员沦落为唱婚葬礼等红白喜事的乐人。年老色衰的秦腔名角王老师，最大的心愿就是能录下自己唱的秦腔，请人整理出版这些影音资料，求托于夏风不成，最关键的原因是"没有市场"。夏天智想要出版《秦腔脸谱集》也只能自费，但这部书却乏人问津，最大的功用不过就是在夏天智死后入棺时当枕头用，曾经与农民的生活生命联系在一起的秦腔，似乎也随着土地农民的消失而失去了它的价值。夏天智的死代表着秦腔的终结，而白雪替夏天智送终时葬礼上所唱的秦腔无疑也是为传统文化送终所唱的最后一曲挽歌。在商品经济和市场化的冲击之下，整个社会风气日益浮躁，人们变得目光短浅、急功近利。许多传统文化行业的从业者们选择投身到商品经济的浪潮当中，从而造成当下传统文化行业人才储备日益萎缩的局面。循环往复之下，终成一种恶性循环。

　　陈彦在小说中以毛娃和宋雨两个结局完全不同的角色显示了他对这种情况的担忧和对未来传统文化行业再次兴起的憧憬。毛娃出生于秦腔世家，爷爷是名动三秦的大武旦，奶奶是"响遏陕甘"的"刀马旦"，父母也是戏曲行业的从业者，一家人将全部的期望都放在毛娃的身上，打小毛娃就在父亲的督促下"夏练三伏，冬练三九"，数十年如一日地练习秦腔基本功。当忆秦娥看到毛父体罚毛娃从而进行劝解时，毛父那一段"我们这样的家庭，还能教出什么样的人物来。……咱祖祖辈辈都唱了戏，认得的人，也都是唱戏圈子的，你还想干啥？……既然让娃入这行，就得给他把底子打好，让他将来吃一碗硬扎饭"，也显露出当下传统行业从业者的无奈。但是毛娃本就没有进行秦腔表演的心思，而来自父亲的威逼和整个家庭的压力，使他产生了强烈的逆反心理，最终选择在练功场悬梁自尽来表明自己的决心。而宋雨则是在忆秦娥的潜移默化之下从内心深处热爱着秦腔，忆秦娥深知戏曲行业从业者所付出的辛苦，不只一次地对宋雨进行劝说，但依旧没有改变宋雨的决心，最终宋雨的《梨花雨》一炮而红，也显示出陈彦对于戏曲行业甚至整个传统文化行业再次复兴的信心与憧憬。

在陈彦的笔下，东方和西方处于一个平等的话语体系当中，在描述忆秦娥的面貌时，引用当地报纸的报道"在电影院刚刚演完《罗马假日》后，地区报社记者竟然说，易青娥是奥黛丽·赫本的翻版了"，以及在"六匹狼"为忆秦娥所写的诗中，不仅把忆秦娥与西施、王昭君、貂蝉和杨玉环相比，更是称赞她"带着西方奥黛丽·赫本的鼻子、眼睛和嘴/带着古巴女排'黑珍珠'刘易斯的翘臀"。当省秦剧团在百老汇的演出取得轰动时，"两场演出……华人观众能占到五分之一，其余还都是老外。并且在演出完后，五次谢幕，时间长达十六七分钟。第二天，美国多家媒体，都报道了中国最古老剧种秦腔，在百老汇的演出盛况。忆秦娥的剧照，甚至都有媒体是用整版推出的"。这样的描写无疑是东方与西方在平等的话语体系之下形成的。中国文化在西方的眼中不再是殖民者眼中遥远神秘的异域风情，而是跨越时空的、具有普世性文化精神。陈彦是以秦腔编剧的身份创作了《主角》一书，因此在小说中，秦腔这一古老的剧种被描述成社会接受面十分广泛的艺术而受到各种专业人士与非专业人士、普通民众与社会高层的接受和认可。中国文化被构建成一个可以被大多数人认同的、有其内在连贯性和逻辑性的叙述结构和意义结构，从而对中国文化主体性地位进行了更加生动具体的阐释。我们可以感受到在小说中，中国文化那种跨越时空的稳定的、具有普世性价值的生命力，其在历史发展的波涛之中奋力前行，突破社会变迁的迷雾，在不停的发展变化中打破传统与现实、民族与世界的桎梏，散发出更加具有生命渗透力的力量。至此，小说已经突破了近代以来相对保守的文化反思的局限，重新建构起了中国文化的主体性地位。

《主角》以忆秦娥近半个世纪的成长轨迹为线索，向广大读者描述了自改革开放以来中国社会波澜壮阔的历史进程，勾勒出一幅传统与现实共在、挑战与机遇共存的时代画卷。在日新月异的当今社会中，传统文化如何能才能够应对来自当下时代的剧烈变迁所造成的严重挑战？这是陈彦碰触到的当前整体社会大环境背景下的文化继承与创新问题。他以"主角"忆秦娥的人生成长为明线，在风云际会的社会整体大环境下，通过对忆秦娥的人生轨迹的描写，向我们展示忆秦娥是如何从山村的一个放羊姑娘成长为声名大噪的"角儿"，完成自身的"涅槃"。暗线则是描绘半个多世纪以来以秦腔为代表的传统文化如何在现今商品化的浪潮中进一步完善和发展自己，成为承载我们这个民族历史记忆的重要工具。

显然，这一富有地域色彩的"秦腔"，除了作为一种声音的艺术之外，由于它本源于乡土民间，与秦地农民的生活密切相关，故成为秦地农民共有的文化记忆。对陈彦而言自然也是如此，因此陈彦的《主角》之所以要以秦腔名角为名，以秦腔作为贯串小说最重要的声音素材，是因为秦腔汇聚了他对故土的情感与记忆，秦腔在小说中也成为传统民间文化的代表，透过这样的描写，读者就能体会到秦腔如何代表秦人之声构成了他们的生活和生命。

《主角》是在陈彦特有的历史观念指导下写成的，在恢宏的历史叙事中，陈彦将叙述的视野进行集中，最终汇集到一条主线上来。通过讲述在宏大历史背景下小人物的个体生命体验，对在历史当中的小人物身上所散发的生命活力进行讴歌，为长篇小说创作的史诗性、总体性提供了一种新颖的角度。陈彦在《主角》中对我国传统文化进行总结时，跳出了传统城乡二元结构的对立，显示出了与陈忠实、贾平凹等前辈们不同的惆怅心境，在对传统文化进行反思的同时，也对传统文化的再次复兴充满信心。进一步来说，陈彦在《主角》中更是消解了东西方文化在话语权上的不平等，推动了近代以来中国文化主体性构建的历史进程。

第四节　精神原乡与新乡土书写

西安作为与乡下农村相对的西北第一大城，它给了贾平凹不同于商州山地的生活和文化体验，强烈的城乡对比、文化反差与城市生活所赋予的现代意识促使贾平凹以一个异乡游子的视角回望着生养他的商州山地，于是一篇篇以商州为背景、充满商州风情的小说就完成于西安，体现了鲁迅所谓的带有"侨寓"性质的乡土文学。许子东则认为，贾平凹写于1980年代初的一系列寻根作品是"乡下人进城后重新看乡村"。诚然如此，他所描绘的美丽的商州山地其实预设了一个外地（尤其是城市读者）的阅读心理，刻意营造了一个远离城市文明、仿佛桃花源式、古风犹存、充满诗意的奇异美地，受到广大读者的喜爱。

一　秦腔与《主角》的"戏中戏"互文叙事

而同样出生于秦岭山区，陈彦小说却自始至终是以"城里"的视角观照与写作，秦腔主角出生于秦岭山区、最终回归到秦岭，表达了一种乡土情怀，通过戏曲这一传统形式把乡土与民间隐藏在其中。而儒释道精神与中国古代传统戏曲又是相互关联的，忆秦娥经历了人生的一系列变故后最终顿悟：唱戏，亦是一种"布道"，是"度己度人"的"大修行"。小说中的人物印证了秦腔戏曲中众多情节，忆秦娥这个角色，在很大程度上是在戏与人生的互文对照中塑造起来的。《主角》将戏曲文本与小说人物相关联，用排演一个接一个的秦腔经典曲目完成情节衔接和故事叙述，构成"戏中戏"互文性结构，成为《主角》的最大特色。这种"以戏入文"的互文性写作方式，使戏曲人物与小说人物同气连枝，彼此对照。比如忆秦娥这个角色，她用唱功实力崭露头角的破蒙戏《打焦赞》，戏里的杨排风和戏外的忆秦娥都是烧火丫头，凭借自身本领脱颖而出。用《白蛇传》来写忆秦娥与封潇潇的恋爱，同时又借戏曲唱词、动作、神情来表情达意。除了引用传统戏曲文本，陈彦还虚构了几部戏曲"互文本"来完成戏与人生对照的互文性写作。例如，《同心结》歌颂平凡而伟大的母爱，戏与人生的分界线已经不甚分明。陈彦借助戏曲，于戏里戏外的虚实互动中，形成戏曲与忆秦娥命运的互文对照。

美国学者查尔斯认为："中国的鬼魂民间文学更多的带有传统的特色，而西方的鬼魂民间文学则注入了较多的时代精神。"[①] 文化禁忌和习俗的记录，巫术仪式的描写，民间丧葬文化场面的记述以及鬼神观念的表达都是新时期具有神秘色彩小说的组成部分。这种现象是作家将不同地域的传统文化和民间信仰放置到小说中的文学行为，也是民间百姓宗教信仰习俗浓厚的体现。贾平凹就用他丰沛的才力给我们塑造了一个神秘莫测的商州世界，让我们重新体会到了商州这一片土地上古老的楚汉文化的意蕴。

自1919年以来，中国文学在启蒙主义的大旗下，一直宣扬科学与理性，摒弃封建与迷信。但是过度的祛魅也导致了长期以来文学表现手法的僵硬和单一。叙述平淡、想象贫乏、说教味较浓、缺乏浪漫的特质，都是文学缺乏创造力的表现。不可否认，理性的思维对于文学的发展至关重要，但非理性和直观性思维也同样不可缺。非理性思维是相对于理性思维而言的，包括理性思维之外的一切精神因素，如直觉、幻觉、情感和灵感等。它同时也指反对理性哲学的各种非理性思潮，如意志论、直觉论、相对主义和神秘主义。非理性思维强调事物之间的神秘联系，认为一切事物都是相互联系并且可以相互沟通、转化的。通过非理性思维，作家可以直观地去观察和感受世界，可以展开自己丰富的联想，把各种事物相联合，在作品中表现光怪陆离的世界。历史的经验告诉我们，文学的局面仅仅依靠客观的写实模式是难以维持的，在现实主义之外，还应有多种文学表现形式与之共存。

---

① ［美］查尔斯：《鬼魂：中国民间神秘信仰》，湖南文艺出版社1991年版，第95页。

特别是对包括蕴含在神秘文化当中的神话、巫术、风水、占卜、奇风异俗等审美情趣的文化资源的运用，无疑给文坛带来了新的生机和活力。

什克洛夫斯基在《作为技巧的艺术》中首次提出"陌生化"的概念。他认为，艺术的目的是传达人们对客观事物和现象的直接感觉和经验，艺术的技巧是使事物变得陌生，在于"以复杂的形式增加感知的困难，延长感知的过程，因为在艺术中感知过程本身就是目的，必须予以延长"①。神秘主义营造的神秘性就是陌生化的一种表现。鬼神形象是作家在人物形象的启发之下构思的神秘形象。神秘情节是作家将普通的文学情节加以创造性改变而成的，其自身的神秘性和曲折性给读者带来全新的阅读感觉，将读者与作品之间的距离扩大，实现情节和距离的双重神秘，具有强烈暗示意味和预言色彩的神秘情节也产生了荒诞、诡异的感觉。中国古代的志怪小说，拍案惊奇中扑朔迷离的情节，《聊斋志异》中此起彼伏的鬼魂故事，新时期以来神秘要素复归后的怪异故事，诡谲的氛围，古老的神秘文化……都是用陌生化的手法建构文本、构思情节的体现。从正常的感觉中抽离，那么神秘主义作品中体现出的则是"深层的陌生化"，它是超出普通的新鲜感和感知距离的文学创作。贾平凹深受中国古代志怪小说的影响，在作品中添加了大量的神秘色彩，增强了文本阅读深层的陌生化。

可读性是一部小说非常重要的特性之一，它强调作品应该具有吸引力、感染力和艺术魅力。神秘具有不可言说性，是一种深层次的心理体验。从读者的接受角度讲，神秘再现了想象的本质，相比于其他现实主义作品，读者可穿破写实的显浅层面，从变幻莫测的描写中来想象人类世界的无限广袤性。对于小说来说，文本的可读性至关重要，小说需要一种魔力，一种能把读者的注意力、想象力吸引过来的魔力。只有具有价值的、能吸引人的作品才能受到读者的欢迎。特别是对于一本长篇小说来说，文本是否具有极强的可读性尤为重要；否则，洋洋几十万言，

---

① 徐岱:《小说叙事学》，商务印书馆2010年版，第50页。

读者是很难有耐心从头至尾把它看完的。而"神秘事象的运用无疑是一个上佳的选择，因为它的陌生化效应所激起的魔力是其他手段无法比拟的，它激发着读者去探究和解释它"①。贾平凹的作品能够一直受到读者的欢迎，长盛不衰，这与他坚持书写商州的神秘文化密切相关。比如这些神秘事项是许多读者，特别是久居城市的读者所没有看到过和听说过的，读者会不由自主地跟随作者的描写去展开想象。神秘事项的出现，一方面使小说的精彩性大为增强，激发了读者的好奇心和阅读兴趣；另一方面，从审美的角度来说，这些与神话、宗教、巫术等密切相关的古老神秘文化，因其不同于日常事务的超验性特征，其中所蕴含的新奇、瑰丽的特质给读者带来了另类的审美阅读体验。正如有的学者指出的那样："神秘作为一个审美范畴，它能给人一种朦胧、含蓄、深邃的美学感受；而它作为一种认识论的范畴，则意味着认识的有限，同时也表达了认识欲望的无限；它能调动读者丰富的想象，产生对彼岸世界的追慕，从而超越了小说狭小的时空界限。"②

英国人类学家爱德华·泰勒认为，人们的语言、文化最终在长期发展演变过程中构成"文化遗留物"③，并形成了万物有灵，即"相信所有生物的灵魂在肉体死亡或消失之后仍能继续存在；相信各种神灵可以升格，进入威力强大的诸神行列。神灵和人又是相通的，人可以引起神灵的高兴或者不悦"。戏曲是乡土中国最受欢迎的艺术形式，而通过戏曲传递的原始遗留物以及天道轮回的宿命因果恰好是普通百姓最为津津乐道的。《红楼梦》就有著名的《恨无常》一曲，"喜荣华正好，恨无常又到"。鲁迅在《无常》一文中也用到"鬼卒、鬼王，

---

① 曹茂兰：《神秘文化在新时期小说中的复归》，硕士学位论文，苏州大学，2004年，第28页。

② 张学军：《中国当代小说流派史》，山东大学出版社2000年版，第267页。

③ 文化遗留物是由爱德华·泰勒在《原始文化》中提出的"遗留物"一说，"在那些帮助我们按迹探求世界文化的实际进程的证据中，有一广泛的事实阶梯。我认为可用'遗留'（Survival）这个术语来标示这些事实。仪式、习俗、观点等从一个初级文化阶段转移到另一个较晚的阶段，它们是初级文化阶段的生动的见证或活的文献"。他声称文化是泛人类野蛮过去的结果，文化的发展可以由一些"遗留物"来继承和传递。

还有活无常"①。做了恶事要下地狱，这是民间对恶人的一种原始审判。《周易·坤·文言》云："积善之家必有余庆，积不善之家必有余殃。"②而陈彦在《主角》中不止一次提到了阴曹地府与阎王、牛头马面。在忆秦娥因舞台坍塌事件被阎王招了去，她的孩子刘忆意外死亡之后，她又一次到阴间接受审判，"醒过来之前，她一直在做着一个噩梦，梦见自己让人用铁链子拴着手脚，拉到了一个似曾相识的地方。她猛然想起，就是那次演出塌台，死了几个孩子后，那场噩梦中的地方。依然还是牛头马面把她拉着……"③"鬼"与阴间的判官是民间的集体想象，是根植在民间百姓心中的信仰。在古代戏曲中就有对"鬼神"的崇拜，陈彦通过一出出戏曲和梦境把现实中无法实现的惩恶扬善得以实现，而在《主角》中，《杨排风》中舍身为国的入世情怀，《游西湖》中在阴间惩恶扬善的道教，《白蛇传》中的人情与佛法……整部小说并没有直接书写乡土，但却如小说中秦八娃所说："戏曲天生就是草根艺术，你的一切发展都不能离开这个根性。"④ 陈彦写传统艺术，写文化遗留物，都通过戏曲传递情感。《装台》《主角》都围绕秦腔戏曲而作，可以说他开创了新戏曲小说之先河，每一个人物都是戏曲中的人物，都能在戏曲中找到自己的命运轨迹。《装台》结尾以《人面桃花》唱词昭示刁顺子的个人命运："花树荣枯鬼难当，命运好赖大裁量。只道人世太吊诡，说无常时偏有常。"⑤ 而《主角》中每一个人物都是戏曲里逃不掉的众生，"主角是聚光灯下一奇妙；主角是满台平庸一阶高；主角是一语定下乾坤貌；主角是手起刀落万鬼销；主角是生命长河一孤岛；主角是舞台生涯一浮漂；主角是一路斜坡走陡峭；主角是一生甘苦难嚎啕"⑥。

秦腔作为中国传统艺术，其故事原型皆来自民间，整部小说处于

---

① 鲁迅：《朝花夕拾》，载《鲁迅全集》第 2 卷，同心出版社 2014 年版，第 122 页。
② 孙振声：《易经入门》，文化艺术出版社 2004 年版，第 43 页。
③ 陈彦：《主角》，作家出版社 2018 年版，第 843 页。
④ 陈彦：《主角》，作家出版社 2018 年版，第 766 页。
⑤ 陈彦：《装台》，作家出版社 2020 年版，第 427 页。
⑥ 陈彦：《主角》，作家出版社 2018 年版，第 881 页。

戏曲与故事的融合汇通之中，不仅书中大量写入秦腔唱词和剧本内容，甚至忆秦娥①的名字和人生轨迹也是戏曲中的词牌名与唱词。因此在陈彦的小说《主角》中，乡土的隐退是在戏曲中显现的另一种形式，构成与戏曲的互文。陈彦在《主角·后记》中说道："拉美的土地，必然生长出拉美的故事，而中国的土地也应该生长出适合中国人阅读和欣赏的文学来。"② 整部小说仿佛有一条主线贯穿着，秦岭，是整部小说的"魂"。作者陈彦的故乡在陕西商洛镇安，位于秦岭南麓，与鄂豫两省交界，商洛因秦头楚尾的地理位置，文化本身就带有秦楚文化融合的色彩，交杂着秦楚豫三种文化，既有巫鬼图腾，也有祭祀信仰，陈彦身处城市来写城市，商洛成为一面镜子，从中看出其中的花与月来，身在城市写商洛，城市生活同样是他回头审视商洛故乡的镜子，作家只有在他们重返精神故乡时，才能在两种文明的反差中找到其描写的视点。

二 戏曲激发的"民间"与新乡土书写

第一次是主角儿的出场——"1976 年 6 月 5 日的黄昏时分，一代秦腔名伶忆秦娥，跟着她舅——一个著名的秦腔鼓师，从秦岭深处的九岩沟走了出来。"③ 与最后一次主角儿的退场——"忆秦娥突然那么想回她的九岩沟，她就坐班车回去了。"④ 二者形成首尾呼应，一个人的故乡就是他的"根"。在乡土中国中，文化是依赖象征体系和个人的记忆而维护着的社会共同经验，"这样说来，每个人的'当前'，不但包括他个人'过去'的投影，而且还是整个民族的'过去'的投影"⑤。相比贾平凹立足于商州的远山野情的创作，陈忠实依托乡约的儒家文化，陈彦则是站在商洛和西安回望乡土，他的《装台》《主角》

---

① 忆秦娥，出自词牌名，最早见于《忆秦娥·箫声咽》词。有李白《忆秦娥·箫声咽》、李清照《忆秦娥·临高阁》等。
② 陈彦：《主角》，作家出版社 2018 年版，第 898 页。
③ 陈彦：《主角》，作家出版社 2018 年版，第 7 页。
④ 陈彦：《主角》，作家出版社 2018 年版，第 883 页。
⑤ 费孝通：《乡土中国》，北京大学出版社 2012 年版，第 48 页。

都是一种新乡土小说的全新阐释。

柳青写作态度的真诚和其对农村改革的深切关注,以及对农村生活生动、真实的细节描绘……使《创业史》成为陕西文学现实主义写作的典范,使现实主义长期以来都在陕西文学中占有主流地位,路遥、陈忠实、贾平凹、陈彦等人都与柳青的现实主义传统继承关系相当密切。陈忠实在柳青的基础上加以深化,成为这一主流文学传统在新时期文学发展中的中坚人物。至于贾平凹,由于商州地域文化所陶养的个性气质和个人情趣,以及进城求学过程中所接触的新知识之故,其对以黄土文化为基底的主流传统的写作风格不那么适应,很早就脱离了柳青的影响。陈彦的写作,是在柳青的现实主义之上有所继承和发展,但又有很大的不同。在小说结尾处忆秦娥又一次从九岩沟回去,是一种返璞和回归,秦腔蕴含着农民对乡村宗教、民间信仰既有无意识的继承,还有对乡土文化传统的自觉坚守。现代乡村的城市化进程逐渐削弱与遮蔽了文化的地域性,留守在乡村的人越来越少,但是文化遗留物、民间的原始信仰与习俗始终存在。

贾平凹说:"当社会、时代与个人命运在某一节点上交叉了,写出了个人命运的故事也就是社会、时代命运的故事。"贾平凹40多年来的创作历程一直关注着社会,《浮躁》以"改革""寻根"为旗帜;《废都》以"知识分子"为主题,书写当代士大夫的精神困境;《高老庄》《秦腔》关注当代乡土社会的变迁。贾平凹一直坚持用自己的创作揭示社会历史现实,体现了一个作家的责任与担当。作家走遍秦岭,将秦岭山川角落中的记忆碎片拼凑起来,复原了现代历史中秦岭的真实生活图景。在整个中国大动荡的背景下,秦岭腹地的涡镇也被卷入时代纷争的旋涡之中,秦岭游击队、土匪山贼、国民党的军队和保安队、预备旅,这些武装力量及其带来的战争硝烟都汇聚到了涡镇这个小小的地方,一场接一场错综复杂的武装冲突轮番上阵,一幕幕怵目惊心的历史与人性大戏接连上演,让我们看到了作为芸芸众生的底层民众在历史漩流中的挣扎与苦难。对历史的沉重和生命的无奈的书写也包含着对现实的思索,并映照着未来。

贾平凹深谙秦岭这块土地的传统文化，尽情展现这块土地的奇风异俗，秉持着万物有灵、天人合一的哲学观念，为我们营造了一个神秘的秦岭。贾平凹是一位极有才气的作家，随着他不断地创作实践，他的写作手法越来越娴熟，特别是在《山本》中，他坚持使用虚实相生的创作手法，使现实中有着神秘的异化色彩，神秘中又有真实的生活的描绘，形成亦虚亦实、亦真亦幻的境界，并把生活中的碎片连缀起来，构成意象，串联着行文的叙事结构，凝聚意义，营造神秘气氛。贾平凹以其独特的感知方式，构建了自己的艺术世界。他的神秘主义书写具有深厚的价值意义，首先体现了民间信仰的遗韵，继承了民间传统文化，并拓宽了文学思维空间；其次具有深刻的审美价值，书写神秘主义无疑造成了"陌生化"的效果，增强了小说的可读性；最后，在他的小说中，绝大多数都做到了现实世界和神秘世界的融会贯通，作者不是逃避现实去建构自己的世界，而是以自己独特的感知方式表达了对现实的关注。

面对中国社会现代化进程的不断加快，贾平凹身处其中，其创作鲜明地体现出了矛盾性与复杂性。我们不难发现，在描绘特殊年代时，他本身渴望理性的回归，然而他在描述到理性逐渐恢复、外来群体进入城市时，又体现出诸多不适，这就隐含着贾平凹在描绘群体性生存状态时所体现的矛盾性；这种矛盾性也展现出他创作立场的复杂性。贾平凹农民出身，在观照世界时难免带有农民意识，在《商州》《土门》等作品中他积极用农民视角审视农村城镇以及反思城市化，从《我是农民》中也可窥见他深入骨髓的农民意识，贾平凹也是自觉地认同农民这一身份；同时，多年的文化教育以及创作经历使得他具有知识分子的立场角度，在面对社会转型期的人文精神大讨论时，凭借《废都》，贾平凹敏锐地指出了这一时期知识分子群体内心的困顿与痛苦。在一定意义上，贾平凹自身的矛盾性与复杂性彰显了他对群体生存状况的深切关注与复杂姿态。

文学即人学，贾平凹以人本主义的姿态，塑造了一个个源于生活而又高于生活的人物形象，通过记叙这些鲜活的人物形象的生命历程，他并不是以上帝的视角居高临下来俯视这些人物的悲欢离合，而是

"以人为出发点和最终归宿"的眼光,以平等的姿态进行叙述,客观睿智,同时又饱含深情,这些要素使得小说真实而又意蕴丰厚,存在多种解读的可能性。

"成功的作家都有一个自己的文化记忆,他的原乡。莫言的高密东北乡,陈忠实的关中,贾平凹的商州,王安忆的上海,他们都有自己的原乡,自己的根据地……"① 在《主角》中,陈彦设置的秦岭九岩沟与之前的乡土作家不同的是他们更侧重勾勒原乡的场景,而陈彦的九岩沟却是一种精神还乡,"《主角》的现实主义,不是那种摹写式的追求'客观'效果的现实主义,亦非建立在主客间距和二元关系基础上的批判性现实主义,而是带有强烈主观性、抒情性和理想情怀的现实主义,这种现实主义试图从中国文化的特殊性中开掘普遍性,是一种以权执行和总体性叙述重建'文化中国'主体的文化政治实践"②,是透过民间的镜像来观照中国历史、现实与传统,是在戏曲搭建中被"激发"的民间,这大概是陈彦致敬传统与乡土的书写表达,"也是对民族戏曲的存货与拓展潜能有了更加乐观的认知与提升"。

---

① 雷达、张继红:《文体、传统与当下缺失——当代长篇小说求问录》,《文艺争鸣》2012年第7期。
② 王金胜:《现实主义总体性重建与文化中国想象——论陈彦〈主角〉兼及〈白鹿原〉》,《中国当代文学研究》2019年第4期。

第四章　戏曲文化、批评范式与文化认同

作为一种地方戏，秦腔是民族性和地方性的文化表演形式。包括秦腔在内的民风民俗构成了西北地区地域文化的粗犷性、淳扑性、自然性的共同特征。秦腔蕴涵着社会历史的内容，是中国文化的精髓，负载着丰厚的精神内涵，是西北地区文化的表征。由于秦腔的很多剧目，集中体现的是人间的情、义两字，以戏文建立和传承的秦腔精神，成为浸渍在西北人民大众文化和日常生活中的"集体无意识"。秦腔反映了西北人民敦厚、勤劳、勇敢的民风，耿直爽朗、慷慨好义的性格，形成了比较宜于表现各种情绪变化的板腔体音乐体制。在漫长的历史进程中，秦腔艺人逐渐创造出一套比较完整的表演技巧，对后来形成的戏曲以不同影响。

第一节　传统戏曲与现代小说批评范式的建构

20世纪80年代中期关于文学批评理论方法的变革成为理论界关注的热点。文学批评变革发韧的契机是对于传统批评模式的反省：一是传统批评模式的僵化，二是批评理论、方法的单调。当代文学批评范式经历了从意识形态批评、后现代主义批评到文化研究的嬗变。"文化研究"经由意识形态批评、后现代主义批评而实现的辩证综合过程的结果，与中国当代文学的文化处境相关。因此，"文化研究"不仅具备"跨学科"的广度，同时具备总体性视野与一种正向的、综合的力量的性质，文化研究是包含传统戏曲与现代小说批评的，他们

之间是一种共存共荣的交叉互补的依存关系。

本著作的绪论及前三章在对秦腔与当代西部文学进行有重点、有层次的专题个案分析基础上，初步建构相对宏观的戏曲与文学互文批评体系，为进一步构建成熟、完善的现代小说研究理论体系进行尝试性探索，积累研究经验。传统戏曲与现代小说之间的批评范式有三类，一是"戏中戏"互文叙事，二是现代性转还批评，三是"写意"批评。

一　"戏中戏"互文叙事

当前各学科交叉发展和各领域知识融通的趋势日益加强，打破传统的学科专业壁垒推动文史哲深度融通。在传统戏曲与现代小说的关联中，两者既显示出各自的艺术个性，有着不同的文化姿态和命运，同时又相互影响，呈现一定程度上的融合和贯通。"互文性"研究方法的运用，为传统戏曲与现代小说关系的研究寻找到新的突破口。20世纪80年代以来互文性作为一种有效的文学批评方法被广泛运用于各时期的各体文学研究并呈日渐繁荣之势，这一研究方法给文学与戏曲的研究带来了新的生机。调整以往文本研究将对象视为封闭主体的固定思路，正视文本意义的开放性，目前互文性理论在传统戏曲与现代小说研究领域也开始得到一定程度运用。

现代小说中主动、有意地利用、模拟戏曲材料，主要是指小说以一个全新故事的框架按主题表达、情节建构、审美趣味的需要来选择、改造戏曲名作，使之成为小说叙述的有机组成部分。朱利安·克里斯蒂娃提出了"互文性"这一概念，他将文本称作"镶嵌物"，任何一个文本都是一种互文，都是对过去文本的重新组织。显然，小说成为了戏曲文本的镜子，吸收和转化戏曲文本。戏曲文本内容介入小说叙事，相关的戏曲元素融入小说创作中，形成多元的戏曲叙事，形成类似"戏中戏"的互文叙事，运用戏曲唱词来揭示人物性格及心理，暗示情节发展及人物命运。

"戏中戏"本是戏剧学的概念，这里指在小说叙事中穿插戏曲曲目、唱词等相关内容。穿插在小说叙事中的戏曲名段和唱词是作家有意识选择的，运用"戏中戏"互文叙事的小说可谓早已有之，《红楼梦》第十八回元妃省亲所点《豪宴》《乞巧》《仙缘》《离魂》四出戏，即暗示贾府之败、元妃之死、甄宝玉送玉、黛玉之死，脂砚斋认为这四出戏暗伏全书四大关目。又如第二十九回贾母在清虚观打醮拈戏，分别为《白蛇记》《满床笏》《南柯梦》，这三出戏则寓示贾家由兴到盛再到衰的三个阶段。由此可见，戏曲文本起到暗示、映照小说文本的作用，《红楼梦》所选戏曲文本与小说文本构成某种互文性。

在科技不发达的农业社会中，中国戏曲在老百姓的生活中起到至关重要的作用。它是大家喜闻乐见的一种娱乐方式，同时也是树立道德价值体系的重要源泉，老百姓获得历史文化知识的主要渠道。生活在中国戏曲文化氛围中的作家，必然会受其影响。其实现代许多作家创作都与传统戏曲有着千丝万缕的联系，像鲁迅与绍兴戏，张爱玲、叶广芩与京戏，赵树理与山西上党梆子，白先勇与昆曲等。谈到当代作家陈忠实、贾平凹、陈彦，必然要涉及西北和三秦大地最为繁盛的民间艺术——秦腔。相对而言，当代西北作家运用秦腔戏曲元素进行创作的独特价值还没有得到充分的重视。事实上，当代西北作家大量小说由秦腔入手，可以看到作者关于人性、人生的独特体悟，作家借秦腔展现现代人对于中国传统文化的认知，思考秦腔在历史进程以及当下的复杂意义。当代西北作家创作中秦腔元素的运用丰富了作品的文化意蕴，赋予作品以独特的艺术魅力，成为一种重要的叙事策略。

秦腔作为西北地区文化空间建构的主体，体现着大众化的特点，贾平凹巧妙地借鉴了读者对秦腔的熟知与认同，"召唤"着读者进入文本接受语境。因此，作者在小说中不断地插入秦腔戏文，使得小说文本与秦腔内容建立起了互文关系，创造出了别具一格的叙事模式。在当代西北作家的创作中，他们将老百姓熟悉的秦腔角色、情节、台词和曲调，嵌入到他们的经验世界，从秦腔这个虚幻的舞台延伸到小说中的现实生活中去。那么，在小说中，秦腔被嵌入到小说文本中，作家们采用或明显或隐含的"戏中戏"叙事结构。显然，小说成为了秦腔文本的镜子，吸收和转化秦腔文本，二者相互参照，彼此牵连。

秦腔不仅是西北大地重要娱乐形式，而且，由于地域的褊狭、封闭和老百姓人生经验的匮乏，使得秦腔构成了西北人们接触与想象外面世界的基本方式，甚至影响了他们的审美旨趣、知识结构、思维方式。西北人在表述自我、评述人事和交际时，常常以秦腔媒介的方式进行。而与贾平凹同样出生于秦岭山区的陈彦，他的小说《主角》中的忆秦娥出生于秦岭山区最终回归到秦岭来表达一种乡土情怀，通过戏曲这一传统形式把乡土与民间隐藏在其中。小说中人物印证了秦腔戏曲中众多情节，忆秦娥这个角色，在很大程度上是在戏与人生的互文对照中塑造起来的。《主角》将戏曲文本与小说人物相关联，用排演一个接一个的秦腔经典曲目完成情节衔接和故事叙述，构成"戏中戏"互文性结构，成为《主角》的最大特色。这种"以戏入文"的互文性写作方式，使戏曲人物与小说人物同气连枝，彼此对照，同时又借戏曲唱词、动作、神情来表情达意。除了引用传统戏曲文本，陈彦还虚构了几部戏曲"互文本"来完成戏与人生对照的互文性写作。陈彦借助戏曲，于戏里戏外的虚实互动中，形成戏曲与忆秦娥命运的互文对照。

二 现代性转还批评

文学与戏曲关系的发生的条件有两个，一是共同生存的文化环境，一是二者互相缺少的素质。当代西北作家利用戏曲诗化、写意的空间舞台，转还了自己对现代性的感悟和思考。

中国传统戏曲名作经过几千年的历史沉淀，在记忆中已经是一个故事原型，一种历史积淀，而戏曲名作与现代作家创作的遇合，正是要完成对历史的复制、转移或颠覆。20世纪的中国社会，无疑充满了戏剧性的变迁。清代以来流行的戏曲如《桃花扇》《长生殿》等都表现家国的兴亡与悲欢。满清覆亡后曾经的贵族遮掩不住对没落命运的哀伤，他们的家国哀、人生恨在感伤主义的戏曲中得到了很好的呼应。因此，他们"以曲为史"，通过戏曲来感怀国家兴亡、人生遭际，亦把"人生如戏"的感受发挥到了淋漓尽致的地步。在以抒情为主流的戏曲梦幻般艺术思维的激发下，作家利用戏曲叙事的架构来书写家国的兴亡、一己的悲欢，从而寄托自我之幽微情感。

现代作家利用戏曲诗化、写意的空间舞台，转还了自己对现代性的感悟和思考。当代西北作家借用秦腔的故事在追问，曾经有过那么辉煌的历史，那么繁华的盛世景观，怎么就不由分说地逝去了。作家们悼亡的不只是对家国或个人的伤痛，而是对时代、文明和时间本身进程的合理性的反思。作家们都是受戏曲情境的激发引起创作的，他们对"现代"情境里的时间和空间形式的转还，有着非常敏锐的感触。汤显祖的名剧《牡丹亭》还有一个名字叫《还魂记》，当代西北作家借着秦腔戏曲名作把时间此岸的问题转接到时间彼岸的那个"过去"上。去遥想过去的种种风花雪月，随着秦腔板胡音乐响起，作家想起曾经的繁华和过往的文明，突然哑声了。

陈忠实小说和秦腔可以说是完成了文学和戏曲的"复婚"，在某种程度上，秦腔也影响了陈忠实的文化心态，以及小说的美学风格。秦腔在三秦大地填补甚至虚拟了"典籍历史"，作家将戏曲诗化、写意的空间舞台，搬到小说中，转还了自己对历史和人生的感悟和思考。在秦腔名作和作家们的小说之间，二者的差异正说明了作家对于现代性的感悟。戏曲之所以吸引作家们，除了戏曲的艺术魅力之外，恐怕更在于来自他们对生活的感悟和对人生的思考。在当代西北作家的创作中，常常需要"演戏"，展现了一种"戏梦人生"的人生观，通过"演戏"，人们还可以获得在惯常的人生中所不可能有的体验，"演戏"正是对残缺人生的一种有效心理补偿。也从侧面体现出了作家潜在的心理特质，这种意识在不同时期、不同类型的作品中反复出现。

戏曲在中国的流传依然根深蒂固，深得人心。将传统戏曲融入小说创作，吸收和转化戏曲文本，并非西北作家所独有。中国古典小说和近代通俗小说，都与戏曲文化密切相关。明清小说《金瓶梅》《醒世姻缘传》《红楼梦》《海上花列传》等，无不以戏入文。其中尤以《红楼梦》的戏曲描写最为引人注目。作家们深切感悟到传统戏曲中蕴藏着人生的真义，在数千年的积淀流转中，戏曲成为整个民族的

"集体无意识"。"听戏"不仅是中国人的生活常态,其间传递的价值观更是成为中国人文化血液的一部分而世代相传,现代生活是传统戏曲在某种意义上的延伸。

汪曾祺说:"中国戏曲与文学—小说,有割不断的血缘关系",在传统戏曲与现代小说的关联中,呈现一定程度上的融合和贯通,在戏曲写意、诗化的艺术思维的激发下,作家结合自己的人生感悟和创作实践,将戏曲文化与小说创作融合在一起。两者既显示出各自的艺术个性,又相互影响,有着不同的文化姿态和命运。在当代西北作家的笔下,戏曲成为观照传统与现代、历史与现实的视角之一。"历史"与"日常"的相互交融,从而使小说既在历史的脉络里,又能关照当下的现实生活,达到"出奇制胜"的效果。作家们承担起对诸多中国现代性问题的叩问,嫁接戏曲名作,融时代精神于戏曲情韵之中,使现代小说真正与古典戏曲相融通。作家们有意站在历史的纵深处观照现实生活,促成现代生活与传统戏曲的耦合,小说在与传统戏曲对话和互动中观照中国文化的历史性与现代性,这是一种颇具现代意识的故事改良和文化再造。

20世纪以来,多位作家受到戏曲情境的激发,他们的创作与戏曲之间有着难以割舍的血缘关系。比如白先勇痴迷于昆曲,叶广芩醉心于京剧,还有陈忠实、贾平凹与秦腔之间千丝万缕的联系等等。他们都将写作视野聚焦于传统戏曲的欣赏与认同上,他们的创作都深受传统戏曲艺术的滋养。世代传承的戏曲文化以及明清小说尤其是《红楼梦》的戏曲艺术传统成为作家们共同的老师。白先勇曾表示就以戏点题这一个手法来说,其小说《游园惊梦》无疑是继承了《红楼梦》的传统。无论是张爱玲、白先勇还是当代西北作家的创作,在追求戏曲与小说共融共生的旅途上,他们都毫不例外地成了"历史的中间物"。

三 "写意"批评

"写意",本为中国画传统画法之一,与"工笔"相对,是用豪放、简练、洒脱的笔墨描绘物象的形神,表现深邃的意境。而在作文中，指不求细密地描述对象、仅用简练的文字勾勒出对象的形神，以抒发作者胸臆。在秦腔的舞台表演上常有虚实结合的表现，秦腔脸谱中的"红忠、黑直、粉奸、金神、杂奇"用颜色平涂的脸谱本身就是虚实结合的产物：颜色是实，所寓意的忠贞奸恶是虚，反过来讲，现实生活中的忠奸正邪是实，而映射在戏曲中的红脸白脸是虚，舞台上的刺绣、骑马坐标都是演员用生动形象的表演让观众产生无尽的想象的，这种虚实结合的手法作者在作品中也是运用自如。

与西方古典戏剧舞台的写实性原则不同，中国传统戏剧舞台讲究的是虚拟性，这也在一定程度上影响到了人们对于人生的认知，观众感受到的就是虚虚实实的"逢场作戏"，西方的戏剧家将舞台当作相对固定的空间，创造出戏剧需要的规定情景，人物间的一切纠葛都放到这个特定场景中来表现、发展和解决。而在中国古代以及大量现代的戏曲舞台上，通过表演示意给观众的，场景和时间的变化是通过演员的唱词与道白，时空可以随意变换。中国传统戏剧是在有限的时空内表现无限的时空，造成了人物对中国传统戏曲的不同观感与体验，用虚拟的手法处理舞台时空与现实生活时空之间的关系。

戏曲秦腔不仅使当代西北作家的创作充满浓郁的戏曲文化魅力，同时也为转换传统戏曲资源，融合现代小说提供了一种借鉴。当代西北作家在创作时借鉴秦腔戏曲舞台的演出特征，其删繁就简，以少胜多，与西方戏剧有很大的不同。如运用舞台的写意性来虚写情节，运用小动作、道具来揭示人物情感及心理。戏曲的舞台布景不同于西方是不受时空限制，讲求留白，不强调要如实还原，往往一桌两椅就能变换出各种空间。戏曲的这种写意性特征可以给观众留下丰富的想象空间。同样，作小说也需留有空白，如严独鹤所说："讲到作小说，却须'书外有书'。有许多妙文，都用虚写，不必和盘托出，才有佳趣。"当代西北作家在小说创作的过程中注重情节的虚写，借鉴戏曲的做法，从而使得小说简洁精妙又韵味无穷。应该说，当代西北作家在小说创作中融入戏曲叙事，使得小说生动通俗，引人入胜。

小说《秦腔》借鉴传统戏曲塑造人物"角色行当"化的手法，按照戏曲秦腔富有概括力和有代表性的类型人物形象——生、旦、净、丑来塑造小说《秦腔》中的人物。"州河岸县剧团,近十年间一名旦。白雪著美名,年纪未弱冠。态惊鸿,貌落雁,月作眉,雪呈靥,杨柳腰,芙蓉面,颜色赛过桃花瓣。"白雪是以美的型态出现在文本中,就连面貌也几乎纯是神情,"白雪就打了灯笼在前边走,脚步碎碎的,两个屁股蛋子拧着。"应当有一种光艳的伶人飘渺的感觉,意境很美。从体态和气质上来说,白雪是集秦腔中旦角的神韵、古代淑女的气派于一身,《秦腔》正是以白雪之美象征着传统艺术之美,白雪的遭遇隐喻式地表达了乡土中国传统艺术之美的终结。

可以说,是秦腔戏文引导小说文本穿越到另一个历史时代,秦腔、昔日繁盛、今日凄凉,与主人公白雪的情感和命运巧妙地构成了一曲赋格式的复调,这种复杂的对应关系,正好与小说"废乡"的主题呼应。在《秦腔》小说里,生活以其存在在表演,生活就是戏曲本身,这是唱出的小说。然而秦腔之所以是秦腔,是因为它那最简朴的呈现——卧鱼,水袖,吹火;传统之所以是传统,是因为它千百年来的不加雕饰,朴实无华。当灯光取代了伶人的一颦一簇,当技巧替代了内心最动人的情感时,秦腔就不是秦腔了,传统也不再是传统了。一代代人想要挽留过去,却忘记了曾经的戏里油腔,小令无常不是为了迎合,而是为了让上至庙堂,下至引车卖浆者之流都能在一声声秦腔里体验到人生百态。象征与意象在贾平凹的创作历程中,是受到格外关注的,贾平凹将虚实相生的象征手法与意象叙事发挥的淋漓尽致,对神秘氛围的渲染、神秘意蕴的表达起到了重要作用,使他的作品弥漫着一层神秘色彩,产生了动人的效果。

在戏曲表演中,人物佩戴或使用各种道具,这些道具不仅可以作为角色的衬托饰物,还是一种写意性的表演符号,如手绢、扇子、翅子、假须、马鞭、翎子、令箭等。有的还发展成为重要的表演技巧,这些表演技巧多是为了表现人物的性格和内心活动而设置,如手绢功、扇子功、翅子功、翎子功、髯口功等。陈彦小说《主角》中忆秦娥在老戏上无人可敌,老戏更加注重基本功,并且有很多只有老戏有而新戏没有的东西，例如耍火棍、吹火等等，这让忆秦娥有了十足的优势，在几位老戏骨的精心调教下，忆秦娥的基本功是没话说，并在老戏重排时，有了优势，让大家都看到了她，她可以耍火棍，可以跑圆场时像飘移，这都是其他人做不到的，这使得她在当地出了名，并且还去各个地方演出，自此忆秦娥和秦腔就火遍大江南北。忆秦娥作为四十年时代变化的贯穿性人物，个人命运乃是高度历史性的，其起落、沉浮，均在时代的巨大力量之基本范围，"戏"与"梦"同，"梦"又何尝不是现实人生之映衬？《主角》亦在忆秦娥精神转型之际以数番梦境"反向"阐发生命之义理，亦是其统合多种审美表现方式之重要表征。忆秦娥反观自身戏曲生涯之起伏，终于领会到忠、孝、仁、义四位师父教其技艺的根本用心处。当然，戏曲叙事的融入增强了当代西北作家小说的表现力，比如，人物生动传神、富有表演性，情节曲折跌宕、富于戏剧性，这些都为现代小说融合、转换传统戏曲资源提供了良好借鉴。

秦腔与当代西北作家创作关系的研究具有大视野，不只针对单篇、单部小说进行局部的微观讨论，是对秦腔与中国西部文学的整体的、宏观的研究，符合本土戏曲与文学自身实际的批评理论体系、具有参考价值的操作范式均已建立。

文学批评必须要改变二元对立的思维模式，树立开放的多元主义观念。传统文学批评受制于固有的批评思路和批评视野，所以，用发展的眼光来看待传统戏曲与现代小说之间种种新现象，以历史性与当下性相融合的批评价值取向来引领文学批评走向更高的境地。

第二节　传统戏曲与现代小说的互文与置换

戏曲文化在中国的历史源远流长，在科学技术不发达的前现代社会中，戏曲文化在民众生活中起到至关重要的作用。美国传教士明恩溥认为："戏曲可以说是中国独一无二的公共娱乐；戏曲之于中国人，好比运动之于英国人，或斗牛之于西班牙人。数百年来，中国老百姓将看戏当作了第一娱乐需求,婚丧喜事,农闲节日,茶余饭后,看戏是最大的去处。"① 明恩溥还指出了戏曲的作用在于:"除了士大夫阶级会看书,也会造假历史以外,一般民众所有的一些历史智识,以及此种智识所维持着的一些民族的意识,是全部从说书先生、从大鼓书、从游方的戏剧班子得来的,而戏班子的贡献尤其是来得大,因为一样叙述一件故事,终究是'读不如讲,讲不如演'。"② 张爱玲在她的散文《洋人看京戏及其他》中指出,戏曲就像看不见的纤维,组成了我们民族活生生的过去,泄露着我们民族的"集体无意识"。戏曲成为我们民族"集体无意识"的一部分原因可能是一种文化惯性的习得,或者说是传统文化的浸淫浸润的结果。

一 作家对戏曲文化的路向选择与文化认同

20世纪上半叶,实际上是真正的戏曲时代,不只是从事戏曲工作的人,普通老百姓也都受到戏曲文化的熏陶。影响作家艺术素养的因素有很多,诸如环境、文化、作家的个性心理等,生活在中国传统戏曲文化氛围中的作家,也必然会受其影响。中国现代作家大都经受过"五四"启蒙思想的影响,胡适、鲁迅、傅斯年等纷纷撰文批判中国戏曲文化。胡适在《文学进化观念与戏剧改良》一文中将戏曲的"大团圆"称为中国人的"团圆的迷信",认为是"中国人思想薄弱的铁证"。③ 鲁迅也指出中国文人创作"必令'生旦当场团圆'才肯放手",是"瞒和骗的文艺"。④ 他还认为这是国民劣根性的表现之一。这些作家基于启蒙主义立场的考虑,在文学上必然不会认同戏曲文化的价值观和艺术表现形式。

---

① 潘光旦:《中国伶人血缘之研究》,载《潘光旦文集·第二卷》,北京大学出版社1994年版,第91页。

② 潘光旦:《中国伶人血缘之研究》,载《潘光旦文集·第二卷》,北京大学出版社1994年版,第89页。

③ 胡适:《文学进化观念与戏剧改良》,载《胡适文集2》,北京大学出版社1998年版,第123页。

④ 鲁迅:《论睁了眼睛看》,载《鲁迅全集1》,人民文学出版社1981年版,第241页。

"五四新文化运动"落潮后,中国的知识分子从激进抨击儒家文化转向对传统文化的反思与建构。在对待戏曲文化的态度上,部分作家不再执着于启蒙视角的揭露和批判,反而对传统文化表现出更多的眷恋和沉醉。张爱玲、白先勇、叶广芩等作家,因其显赫的贵族出身,和远离"五四"启蒙话语的时代原因,他们不再执着于精英视角的文化批判,而把视野放在作为传统文化核心戏曲的欣赏与认同上。张爱玲处在上海20世纪三四十年代的洋场都市文化的语境中,她对戏曲由衷地热爱,无论是京戏、平剧、申曲、昆曲,甚至蹦蹦戏她都喜欢,她的散文中有十余篇谈到戏,在她的笔下,戏曲总蕴含着"到底是中国"的哪一份"亲"。张爱玲从关注女性生存状态的立场批判戏曲"大团圆"模式,但她对于戏曲所承载的中国味和人间味是沉醉的,她对戏曲"大团圆"模式并没有完全否定,她认为其中正蕴含着中国特有的世故人情,有一种"浑朴含蓄"的好处。

叶广芩的家族小说创作起始于20世纪90年代,经历了80年代的"文化热"和"寻根热",逐渐形成了自己的价值观念和美学风格。从当代创作整体趋向来看,叶广芩近期的小说创作属于宏大叙事解体后的微观历史叙述。叶广芩的写作意义在于把自己熟知的满洲贵族文化写活写透了。戏曲文化,特别是京戏是这套文化中的重要组成部分,因为满族世家多属于"京剧世家",京戏对叶广芩的影响是潜移默化的。纵观叶广芩的家族系列小说,几乎篇篇都会出现戏曲、古玩、中药这些意象,尤其是京戏,在她的家族小说中占有很大的比重,甚至影响了叶广芩创作小说的整体构思。叶广芩对戏曲文化的迷恋和陶醉,说明启蒙主义的整体叙事已然解体,文学创作进入了价值多元的时代。

戏曲作为我们民族"集体无意识"的一部分,每个人都无法逃遁其对自己文化构成的控制和影响,但作家在写作中可以根据自己的文化立场来批判或认同戏曲文化,倡导生活应该是什么或生活怎么样。

二 戏性:戏人书写的戏剧化特征

20世纪的中国社会,无疑充满了戏剧性的变迁。在历史的风云际会、文化嬗变和家族的兴衰荣辱的故事中,没落的贵族显得尤为惊慌失措和刻骨铭心。清代以来流行的戏曲如《桃花扇》《长生殿》等都表现家国的兴亡与悲欢。满清覆亡后,曾经的贵族遮掩不住对没落命运的哀伤,他们的家国哀、人生恨在感伤主义的戏曲中得到了很好的呼应。因此,他们"以曲为史",通过戏曲来感怀国家兴亡、人生遭际,亦把"人生如戏"的感受发挥到淋漓尽致的地步。有过类似创伤记忆的作家在创作中,将自己家世、生命的情境投射在小说中人物、场景上。弗洛伊德认为:"任何的文学创作都是作家面对那个生命中不可还原、原始的创痛的场景,那个大的黑洞时,借用艺术的媒介来召唤或理解,转移或升华过去的创伤。"① 在以抒情为主流的戏曲梦幻般艺术思维的激发下,作家利用戏曲叙事的架构来书写家国的兴亡、一己的悲欢,从而寄托自我之幽微情感。中国传统戏曲名作经过几千年的历史沉淀,在记忆中已经是一个故事原型、一种历史积淀,而传统戏曲与现代作家创作的遇合,正是要完成对历史的复制、转移或颠覆。

现代作家利用戏曲诗化、写意的空间舞台,转还了自己对现代性的感悟和思考。叶广芩的家族小说有对以往贵族生活逝去的感伤和无奈,也有对满族文化逝去的不安。叶广芩借用京戏的故事在追问,满清曾经有过那么辉煌的历史,那么繁华的盛世景观,怎么就不由分说地逝去了?叶广芩悼亡的不只是对家国或个人的伤痛,也是对时代、文明和时间本身进程的合理性的反思。叶广芩在她的创作谈中说,她只是拾掇起"历史的旋回碎片",从这一点上讲,叶广芩家族小说带有京味文学的特征。

白先勇的创作与叶广芩有异曲同工之妙,都是受戏曲情境的激发引起创作的,他们对"现代"情境里的时间和空间形式的转还,有着非常敏锐的感触。汤显祖的名剧《牡丹亭》还有一个名字叫"还魂记",白先勇借着《游园惊梦》把时间此岸的问题转接到时间彼岸的

---

① 王德威:《抒情传统与中国现代性》,生活·读书·新知三联书店2010年版,第206页。

那个"过去"上,也就是把现代的文本嫁接到那个三百多年以前的剧作上,去遥想过去的种种风花雪月。《游园惊梦》中随着音乐响起,钱夫人想起曾经的繁华和唯一一次感情的"惊艳",突然哑声了;与《牡丹亭》中杜丽娘大团圆的结局对比的是《游园惊梦》中钱夫人晚景的凄凉。白先勇借小说《游园惊梦》对国共内战后流落到台北的国民党"最后的贵族"的生存状态做自我反省和讽刺。在昆曲《游园惊梦》和白先勇的小说间,二者结局的差异正说明了白先勇对于现代性的感悟。

在戏曲表演中,演员的唱、念、做、打都有一套程式,它不是空洞的肢体运动,程式里的一招一式都是表现力。同理,一部好的文学作品,为了经受住时间的淘洗,必须有比美的形式更深刻的东西,正如一朵花需要它的根,没有根就不能长久生存。一方面,文学作品要能够超越现实的限制,进入创造性的领域;另一方面,文学作品的诗意方面取决于其反映和呈现永恒真实思想的能力。叶广芩善于用诗意给生命中的失望作注释,以拉开文学作品与现实生活的审美距离。她的小说以冲和平淡为底色,在淳朴的生活背后往往透着悲剧的内里,四季交替与生命阶段的回环往复暗含着不自知的希望,这些"反差的美感"给小说带来了隽永的诗意。荷尔德林说:"充满劳绩,但人诗意地,栖居在这片大地之上。"① 虽然每个"人"(非诗人)的栖居"充满劳绩"与诗意格格不入,但凡人能知道诗意并保持对诗意的关注,便无不有"诗人之心"。这意味着在"充满劳绩"的生活之上,意识到诗意与非诗意的差别,才能达到一定程度的转折,"但人诗意地,栖居在这片大地上"。诗意从来不是缥缈的,而是扎实地根植于"大地上"。许多评论者认为叶广芩的小说充满着诗意,这种诗意不是建立一个美好的生活幻象,而是结结实实地扎根在"充满劳绩"的生活中,在人心对诗意的期望与现实的反差中塑造出一种悲喜交错的文本美学特征。

---

① [德]马丁·海德格尔:《海德格尔选集》,孙周兴选编,上海三联书店1996年版,第467页。

中国戏曲在创作上具有圆形的思维模式。姚文放先生曾指出我国戏剧创作有三个逻辑圆圈:"不工——工——不工","天籁——人籁——天籁","无书——有书——无书"。当然,创作者的圆形思维并不意味着逻辑上的简单重复,而是具有返璞归真、回归自然的内在底蕴。创作者的圆形思维在戏曲的剧本中表现为叙事模式上回环的结构,即以虚幻的团圆来补偿现实的破碎,历史故事中的梦境、冥报,告诉我们灵魂如何在转世之前在人间中旅行,然后回忆它在虚境中看到的永恒的形式。夏志清说:"中国旧戏不自觉地粗陋地表现了人生一切饥渴和挫折中所内藏的苍凉意味。"由此看出,悲凉感是中国戏曲固有的特征。传统戏曲向来喜欢热闹、喧嚣、排场,观众与戏曲交流的疏离效果,使这种热闹、喧嚣、排场的真实性受到怀疑,呈现出虚假与滑稽来,悲凉感由此而生。张爱玲在《洋人看京戏及其他》中说"锣鼓喧天中,略带点凄寂的况味"。因此,在张爱玲、叶广芩的小说中,才会大量借用戏曲传达人生的悲凉感。张爱玲小说中的白流苏、葛薇龙、霓喜、王佳芝,叶广芩家族小说中的大格格金舜锦、莫姜、母亲"盘儿"等女性,都具有戏曲中"青衣"或"花旦"的神韵,她们天生会作戏。当这些女子被推上爱情的战场,她们无师自通地上演了一曲曲欲擒故纵的戏码,却无法摆脱宿命一般的悲剧命运。张爱玲在散文《华丽缘》中对戏曲及其代表的中国人的婚姻生活多了些反讽和批判,戏中的男主角"有朝一日功成名就,奉旨完婚的时候,自会一路娶过来,决不会漏掉她一个。从前的男人是没有负心的必要的"①。在这样"大团圆"的结局中,所谓的"爱情"实际上是残破不堪的。

小说中主动、有意地利用、模拟戏曲材料,主要是指小说以一个全新故事的框架按主题表达、情节建构、审美趣味的需要来选择、改造戏曲名作,使之成为小说叙述的有机组成部分。朱利安·克里斯蒂娃提出了"互文性"这一概念,将文本称作"镶嵌物",任何一个文

---

① 张爱玲:《〈传奇〉再版自序》,载《张爱玲典藏全集6》,哈尔滨出版社2003年版,第144页。

本都是一种互文,都是对过去文本的重新组织。显然,小说成了戏曲文本的镜子,吸收和转化戏曲文本。在这方面,明清小说《金瓶梅》《醒世姻缘传》《儒林外史》《红楼梦》《海上花列传》等,无不着笔于戏曲描写,采用"戏中戏"的叙事结构。尤其是《红楼梦》的戏曲描写,最引人注目。20世纪的现当代作家在这方面做得比较突出的是张爱玲、白先勇和叶广芩。在他们的小说中,作家将耳熟能详的戏曲角色、情节、台词和曲调,嵌入他们的经验世界,从戏曲这个虚幻的舞台延伸到小说中的现实生活中去。

三 戏曲曲目与小说的互文

叶广芩家族小说《采桑子》中的《谁翻乐府凄凉曲》《风也萧萧》两篇都是整篇以京戏《锁麟囊》和《金钱豹》来勾连和转喻大格格金舜锦、五儿子金舜锗人生命运的悲欢离合。除此之外,《采桑子》常会有意识地在情节叙述中安排点戏、看戏、唱戏、评戏等活动,有目的地引入戏曲的剧目、曲文、人物、情节等材料,以预示小说的结局,推动情节发展,揭示人物性格。在与北平警察署长太太的较量中,瓜尔佳母亲通过点戏表达了对亲家母的鄙视,维护了满族贵胄身份。老四和母亲对兄弟相残事件的评述是以戏曲《金钱豹》的相关情节来类比。老四不敢碰黑不黑、灰不灰的茶碗,是受了京戏《乌盆记》的影响。

叶广芩近期的小说都在情节叙述中,利用戏曲名作中的人物、情节、曲词来表情达意、揭示主题、推动情节发展。从外部看,这八部小说有一个共同的特点,都以京戏曲目命名,除小说《三岔口》《玉堂春》之外,六部小说都是一开头便用戏文里的唱词作为引言,并使之成为贯穿全篇的中心意旨和情感基调。例如小说《豆汁记》中:"人生在天地间原有俊丑,富与贵贫与贱何必忧愁。……穷人自有穷人本,有道是我人贫志不贫。"既是京戏《豆汁记》中金玉奴的唱段,也是小说《豆汁记》中莫姜人生的写照。而京戏《盗御马》中窦尔敦的唱词:"将酒宴摆至在聚义厅上,某要与众贤弟叙一叙衷肠。"和京戏《逍遥津》中的汉献帝的唱段："汉献帝（二黄导板）：父子们在宫院伤心落泪，想起了朝中事好不伤悲。我恨奸贼把孤的牙根咬碎，……欺寡人好一似猫鼠相随。"在小说《盗御马》和《逍遥津》中成为全篇的中心意旨，同时也为小说定下了情感基调。除了京戏戏文作为小说的引言外，作者还处处用京戏中的人物、情节来比附小说中人物的命运遭遇。小说《盗御马》将已经流逝知青生活的血色浪漫写得大开大合，宛如窦尔敦那般义薄云天、慷慨悲壮。在整个故事中，窦尔敦的唱词始终贯穿其中。小说《逍遥津》中引用京戏《逍遥津》中的唱词，这段唱词反映了汉献帝凄楚、哀伤而又激愤异常的心理活动，正对应了小说中七舅爷父子的人生悲剧。因此，京戏曲目与叶广芩的近期小说形成了水乳交融的互文关系。

而其他几篇小说，只是从京戏曲目中取其一点，如小说《状元媒》只是选取京戏《状元媒》中状元做媒的这一点，描写了中国历史上的最后一个状元给"我"的父母做媒的传奇故事。小说《大登殿》也只是借用京戏《大登殿》中女人的名分问题来做文章。而小说《三岔口》，主要写父亲和表兄小连三十年代在江西人生三岔口各自选择不同道路的故事，是用京戏曲目《三岔口》题目的寓意，难怪叶广芩独具匠心地把小说命名为"三岔口"了。

张爱玲也常以传统戏曲名作为其小说名称，她的早期的作品《霸王别姬》就借用了著名的京戏选段名，将带有男权意识的戏曲改变为探讨女性生存处境的文本。她的代表作《金锁记》也将同名戏曲中代表团圆的"金锁"，异变为"黄金的枷锁"。她的小说《鸿鸾禧》采用的也是戏曲名，张爱玲却将一出大团圆的吉祥戏，涂改为借一场婚礼的筹办，透视了千疮百孔的婚姻和家庭关系。张爱玲写于1944年的小说《连环套》，将窦尔敦不断落入环环相扣陷阱的连环套变为女主角霓喜，从一个男人到又一个男人的"连环套"。张爱玲用戏曲为她的小说搭台布景，让"历史"与"现代"、"旧"与"新"交融与对话，展开互文式的写作。张爱玲是有意识、有目的地选择、剪裁、熔铸戏曲材料为她的小说主题表达、情节设置、人物刻画服务的。

中国小说和戏曲的共同性不仅仅都具备叙事性,更重要的是它们具有共同的艺术精神,它们都追求虚实相生、追求突破时空限制的象征意蕴。传统戏曲进入小说,并非现代作家独创,因为戏曲经历了上千年的历史,逐渐成为一种写意、空灵、诗化和美的艺术,这与中国文化追求写意和诗化有很大的关系。中国古代小说和民国时期通俗小说,都与戏曲文化有着密切联系。因此汪曾祺说:"中国戏曲与文学—小说,有割不断的血缘关系。戏曲和文学不是要离婚,而是要复婚。"[①] 清初李渔参照前人与自己的戏曲创作原则提出了"无声戏"的概念,指的就是小说在故事设置与情节安排方面与戏曲有着精神上的相通。李渔"无声戏"的创作观念促发了当时及其后白话小说对"戏性"的追求。在戏曲写意、诗化的艺术思维的激发下,作家结合自己的人生感悟和创作实践,将戏曲文化与小说创作融合在一起。

现代作家在吸纳、借鉴戏曲艺术方面的有意识性与目的性。戏曲能够表达下层老百姓的疾苦和期冀,受到了民间的普遍欢迎。现代作家对戏曲在民众中的影响力深有体会,因此在创作中自觉地将触角伸至戏曲形式,同时又使其承担起对诸多中国现代性问题的叩问、求解。许多作家创作都与传统戏曲有着千丝万缕的联系,除了前面提到的张爱玲、叶广芩与京戏、白先勇与昆曲外,还有鲁迅与绍兴戏,赵树理与山西上党梆子,陈忠实、贾平凹与秦腔等,因此戏曲在现代作家创作中的地位不容忽视。

传统戏曲进入现代小说,就成为现代作家观照中国历史性与现代性的绝佳视角之一。张爱玲将戏曲作为她观察中国的最佳视角之一,并将对戏曲的思考渗透到她的创作和生命里去。张爱玲在1944年以"传奇"为自己的小说集命名,"传奇"一词在明代以后,成为以演唱南曲为主的长篇戏曲的专称。张爱玲的"传奇"并不完全等同于"戏曲",却无疑承载了戏曲的精髓。她的"传奇"写作是有意将戏曲作为写作背景和对话对象,从而使她的作品既在历史的脉络里,又能关

---

① 汪曾祺:《中国戏曲和小说的血缘关系》,载《晚翠文谈新编》,生活·读书·新知三联书店2002年版,第121页。

照当下的现实生活,达到"出奇制胜"的效果。

张爱玲在《小团圆》第九章中,描述九莉在乡下看戏的场景,张爱玲不断地点出台上与台下、戏曲与日常生活之间界限的模糊和冲突,九莉不用看也知晓最终"大团圆"的套式:"这些人(指女人)都是数学上的一个点,只有地位,没有长度阔度。"《小团圆》中九莉经过乡间观戏的体悟,最终做出了自己的选择,主动退出了与邵之雍以及小康之间的情感纠葛。于是,张爱玲以自己的生命来完成对戏曲"大团圆"中女性悲剧命运的反抗。张爱玲认为戏曲是照进"今天"的"另一个年代的阳光"①,是中国的"历史"与"日常"的交相辉映,也是观照"中国"及其"传统"与"现代"的视角之一。

四 戏是现实生活的独特兑现

叶广芩对京戏的迷恋和陶醉是她利用戏曲反观当代社会的一种方式,她对戏曲符号背后价值观念的深切认同,与现实构成潜在对话。中国传统戏曲的曲目,集中体现的是情、义两字,这是戏曲的精髓。叶广芩近期家族小说中的莫姜和母亲是最能体现这种神韵的人物,叶广芩小说《豆汁记》中莫姜的温柔敦厚和对叶家的情深意切、以德报怨,《状元媒》《大登殿》中"我"的母亲盘儿对气节执着坚守与求证,都令我们现代人叹为观止。叶广芩对像莫姜、母亲这样抱残守缺的人物赞赏有加,是作家对戏曲中清芳高贵的传统文化人格精神的肯定与赞美,对今日欲望化的世界具有疏离的意义,不仅说明了人物身上寄托了作家的审美理想,也负载了她的价值取向。

叶广芩写满清没落贵族,是将自身与人物融为一体的,她对底层人物,当然也包括没落贵族子弟,更多的是理解、欣赏,对他们的生活更多的是缅怀、留恋。所以《豆汁记》中的义仆莫姜,在鲁迅那里肯定是对"奴性"的批判,在老舍那里可能是对其愚昧的同情,在邓友梅那里可能是对其厨艺的"把玩"及其人生处境的滑稽对比。而在

---

① 张爱玲:《华丽缘》,载《张爱玲典藏全集4》,哈尔滨出版社2003年版,第143页。

叶广芩这里，却是对其一生忠义的肯定与欣赏，甚至将这种"义行"抬高到贵族气质以及绅士风度的高度。"存在的就是合理的"，身居其中描述其文化的必然性与合理性，而不站在"山外"与"岸边"去体现其应然性和拯救意识，这就是"当下"和"在场"——"当下"和"在场"原本并不那么玄奥，也是其历史人类学所倡导的"内生"视角的体现。这就可以避免启蒙主义的精英意识的缺陷，这也是叶广芩小说对我们的现代启示之一。

现代作家在小说创作中嫁接戏曲名作的做法，是一种具有现代意识的文化再造和故事改良，寄托了作家对传统文化的重新体认和文化自觉。但这样做的弊端在于他们过多耽溺于戏曲文化不能自拔，对戏曲文化中陈陈相因的民族劣根性缺乏应有的批判力度。他们的文化突围顶多是像张爱玲一样，在性别上反叛中国戏曲文化中男尊女卑的男权社会；除此之外，再也衍生不出新的文化内涵。

回头来看，中国戏曲文化对中国人精神生活的影响怎么评价也不为过。中国大地上遍地的"关帝庙"，大多不是来源于《三国志》，而是来源于由《三国演义》而衍生的各种地方戏曲。在"前网络时代"，尽管这些戏曲演义填补甚至虚拟了"典籍历史"，但多少人在"比附"着戏曲中的人物生活，就像当今的青少年将虚拟的网络当作现实，不得而知。但在我们每个人的记忆中，爷爷奶奶教育儿孙的内容，大多来源于戏曲（包括各种说唱文学），这一点却是事实。从"寻根文学"的角度讲，叶广芩开宗明义地用京戏曲目名称来命名自己的小说，正是挖掘出了中国文化的核心。尽管这种"比附"戏曲的生活，有时令人感动、敬佩，有时令人觉得可笑、滑稽。在关于文化的上百种定义中，有一种定义说："文化是人们自己制造出来，而将自己悬于其上的价值之网。"从这个角度讲，那些曾经沉迷于京戏中，生活于京戏中的满清没落贵族，他们的精神世界乃至价值观念不过是更多地被"京戏"所缠绕而已。甚至我们可以合理推想，慈禧太后是否在用"京戏"治国，这也绝非一个不可能有所发现的可笑的研究课题。因为人是环境的产物，每个人都"不可能拔着自己的头发离开地球"。

第三节　论叶广芩《豆汁记》的戏曲文化意蕴

本著作从宏观角度以秦腔与当代西北作家的创作关系为主体研究对象进行全面考察。本节涉及作家叶广芩与京剧的关系，由于京剧与秦腔有着同宗同源的关系，叶广芩是北京人，现在居住于陕西省西安市，叶广芩是受秦腔戏曲情境的激发引起创作的，但满族世家多属于"京剧世家"，叶广芩以京剧戏名为题的小说创作与她的满洲贵族出身有很大的关系，因此将叶广芩放在秦腔戏曲的大范畴下来讨论。

从2007年到2009年，叶广芩创作了《逍遥津》《盗御马》《豆汁记》《小放牛》《状元媒》《大登殿》《三岔口》《玉堂春》八部小说，它们以传统戏曲名作为其小说标题，从内容到形式，从语言到人物，都散发着与传统戏曲暗合的韵致。叶广芩近期的小说创作，让古老的戏曲文化在新世纪焕发出异样的光彩，由此也引发了人们对戏曲文化的重新思考。这就是：对于中国的一般民众来说，戏曲传递给他们以知识，填补了他们失范的价值观和对超越自身的有限的生活之外的想象。

一　莫姜的豆汁人生：从容淡定、宠辱不惊

《豆汁记》是以满清末世贵族生活为背景创作的小说，有着鲜明的"京味"意识。王一川认为："京味文学的特质在于，它是一种回瞥到的故都北京的地缘文化景观，是定位于故都北京，定时于它的现代衰颓时段，借助具体的北京人情风俗，通过回瞥方式去体验到的一种地缘文化景观。"叶广芩的《豆汁记》是从京剧《豆汁记》中的豆汁切入的，别具一格的抒写使得她的小说有着独特的文化意蕴。

《豆汁记》中的女主角莫姜有着复杂的身世经历，莫姜原来姓他他拉，是满清最后的一批宫女，溥仪退位时，她流落在京城，冻死之际，被父亲拣回了家里。作者通过当时的"我"——一个小姑娘的视角，描写了莫姜后半生在叶家生活的故事。叶广芩的文风平实优雅，

寥寥几行，一股老北京的生活气息就能扑面而来。捧起书本，读着那缓缓的文字，就像文中用锯末熬豆汁一样，在温软缓续的节奏中，一点一点品尝着那个时代的美食和人生的真谛。叶广芩的《豆汁记》里面有不少篇幅讲到饮食和烹饪。里面写的菜式和偶露峥嵘的烹食手法，基本上是满族口味的，如老北京的醋焖肉、樱桃肉、核桃酪、奶酥饽饽、流着油的炸三角、糖醋活鱼、白皮松熏的肠、桂花酸梅汤、鸽肉包……而这么多好吃好看的菜式里面，单挑了上不得台面的北京传统小吃豆汁做小说标题，蕴含着"大羹必有淡味，至宝必有瑕秽，大简必有不好，良工必有不巧"的道理，布衣暖菜根香，也寓意着恬淡平静的百姓日子才是最弥足珍贵、最舒服养人的。

豆汁起于什么时代？确切年代现在已经无法查证了，大概起源于清代乾隆年间。说来也偶然，那时有一家做绿豆粉的粉房，剩下的汁液没有及时倒掉，时值夏天，次日就"馊"了，有人尝了少许，酸中还有些甘甜味咸，于是"豆汁"产生了。京城兴起一股"豆汁"风，后来，传入宫中，乾隆得食，颇为嘉许，便在乾隆十八年十一月下旬，招募了两三名师傅派到御膳房当差。后来晚清的慈禧也最爱喝豆汁。上有所嗜，皇族、王公、大臣也效而食之。但豆汁风行的基础还是在民间，旧时京城有沿街叫卖绿豆汁的小贩。当时东直门四眼井胡同一家粉房出的豆汁最好。豆汁不单是百姓的钟爱，它属于整个北京和整个京城的老少爷们儿，北京的文人墨客同样染上了豆汁之瘾。老北京文人最会喝豆汁的莫过于老舍先生，老舍先生爱喝豆汁，喝豆汁喝出了感情，曾自封为"喝豆汁的脑袋"。后来，老舍先生的夫人胡絜青先生，也曾经用豆汁款待外国友人，来测一测他们对北京、对老舍先生的诚心。最会写豆汁的应是梁实秋先生，他在散文中这样写道："豆汁之妙，一在酸，酸中带着馊腐的怪味；二在烫，只能吸溜着喝，越喝越烫，最后是满头大汗。"真真正正道出了豆汁的精髓。

豆汁本是北京民间的寻常食品，因与剧情有关遂被构成京剧《豆汁记》的戏名，京剧《豆汁记》中的豆汁何指？当然就是北京一地特有的大众化风味小吃。虽其身价不高，不登大雅之堂，但从民俗饮食文化和地方风情上来说倒颇有其特色。有咏北京风味小吃的《竹枝词》曰："皆云此味太新鲜，其色灰绿其味酸。咸菜细绿须放辣，喝时最好泡焦圈。"豆汁的风味很特殊，非老北京和久居此地者多喝不惯，难云有什么美的滋味可品，故曰："太新鲜"。

京剧《豆汁记》旧时亦称《鸿鸾禧》，故事源出于明代冯梦龙编辑的《喻世明言》（卷 2）中，刊行于明代天启年间。讲的是穷书生莫稽因冻饿僵倒于雪地，幸得善良少女金玉奴施舍豆汁解救的故事。在叶广芩的小说《豆汁记》中，京剧《豆汁记》金玉奴棒打薄情郎那出戏一直穿插在这个故事里，成了叶广芩结构小说的枢纽，这个枢纽连接着事件、人物，是叶广芩串接故事的引线。《豆汁记》中金玉奴唱词"人生在天地间原有丑俊，富与贵贫与贱何必忧愁。……穷人自有穷人本，有道是我人贫志不贫"是这个故事的主人翁莫姜一生的写照。

京剧《豆汁记》里的金玉奴在风雪天为自己捡了个丈夫，在同样恶劣的天气里父亲为我们捡回个莫姜。戏里善良少女金玉奴施舍豆汁解救因冻饿僵倒于雪地穷书生莫稽，小说中"我"的母亲用一碗吃剩的豆汁来打发莫姜，二者何其相似，不同的是，当金玉奴从雪中扶起冻饿昏倒的莫稽，并以一碗豆汁相赠时，莫稽先是狼吞虎咽地喝完豆汁，然后发现筷子上犹沾残余，于是横筷于唇，吮吸殆尽！这样一个大辱斯文的细节，恰是这外表斯文、心底龌龊的人物的鲜明写照。而小说中"莫姜双手接过了那碗温吞的、面目甚不清爽的豆汁，认真地谢过了，背过身静悄悄地吃着，没有一点儿声响。从背影看，她吃得很斯文，绝不像父亲说的'从中午就没有吃饭'。我想起了戏台上《豆汁记》里穷途潦倒的莫稽，一碗豆汁喝得热烈而张扬，吸引了全场观众的眼球。同是落魄之人，同是姓莫的，这个莫姜怎就拿捏得这般沉稳，这般矜持？"① 从喝豆汁这样的一个细节可以看出二人性格的差别。为以后的情节发展做了伏笔。京剧《豆汁记》中前半部莫稽虽

---

① 叶广芩：《豆汁记》，《小说月报》2008 年第 5 期。

然落魄,但有书卷气,是一个英俊书生。戏里正是透过书卷气的表象,去揭示人物虽穷愁潦倒却不失贪婪的性格核心,从而和后面"发达变心"形成对照。而小说中,脸上有巨大的狰狞恐怖伤疤的莫姜对施舍半碗冷豆汁于她的叶家,却用平静的爱和精湛的厨艺反馈了这家人二十年。同是落魄之人,同是姓莫的,人格的高下可见一斑。

京剧《豆汁记》中豆汁一碗,可透视出金玉奴的淳朴、天真、善良的本性。又可拷问和鞭挞莫稽为人不义,泯灭良心的丑恶灵魂,对比鲜明,在民间不失喻世的感染力。小说中叶家的半碗冷豆汁救了莫姜,避免她沦落街头,莫姜以善良和包容的仁爱之心,接纳了又赌又嫖又凶残的男人刘成贵,而在三年自然灾害时期,如果没有东直门外那个国营的粉坊,没有刘成贵和那些随时供应的豆汁,不知叶家那年迈的父亲能否熬过那段艰难的岁月。不知是叶家的豆汁救了莫姜,还是刘成贵的豆汁救了叶家。在这里我想起了莫姜的话:过日子,能说谁养活谁呀?莫姜从敬懿太妃的宫女,到叶赫那拉一支显赫家庭的厨师,再到安静地伺候着那个把自己脸上划出一道长长刀疤的赌棍加大烟鬼的丈夫。一路上,宠辱不惊,从容淡定。像莫姜那样善良如湖水,安静如山峰的女人,我们可以从她身上领略到深厚的中国传统文化底蕴。

二 作家的豆汁情怀:贵族精神与平民精神的完美结合

在《豆汁记》中,叶广芩笔下的北京是充满了高雅雍容气度的帝王之都;她笔下的女性莫姜也体现出高贵典雅、温柔敦厚的理想化特征。在小说中为了凸显莫姜的贵族气质,作者特别设计了一个朝阳门外南营房低微出身、第三房填房的特殊身份的"我"的母亲作为莫姜形象的对照。用"我"的母亲的精明,小家出身的心计,来反衬莫姜的大度和温柔敦厚。莫姜的个性是内敛、沉静、内心澄澈的,她淡定、从容,世事洞明,对人生给她的任何结果,都平静地接受,没有任何一点消沉颓废,怨天尤人,别人有恩于她,哪怕是半碗冷豆汁,她也用平静的爱和精湛的厨艺反馈了这家人二十年。有人有愧于她,甚至刺伤女人最宝贵的脸，她一声叹息一把泪就原谅对方，并再救对方于危难之中。如果只用一个词来形容莫姜，那就是"高贵"。叶广芩以充满温情的笔调和浓浓的眷恋为我们塑造了这个贵族出身的莫姜，莫姜的高尚人格正是我们这个势利的社会所缺乏的。从小说中保留的满洲贵族的饮食文化、礼仪、古玩字画中，可以看出作家对有文化、有品位的人的生活的赞赏与向往，反映出作家对深厚根基和源远流长的中华传统文化的肯定与怀念。小说《豆汁记》中，莫姜形象的塑造，正是作家对不流俗、清芳高贵的人格精神肯定与赞美，显示出一种精神上的高贵性，体现出精神贵族的特色。这种高贵精神对今日欲望化的世界具有疏离的意义，作为一种文学精神，它自有一种清凉和芬芳的意义存在。

旗人曹雪芹"陋室空堂，当年笏满床，衰草枯杨，曾为歌舞场"①。一曲红楼，最先唱出了满族世家"忽喇喇似大厦倾"的时代哀音。今日，满族作家叶广芩，又翻家族凄凉曲，以她那天潢贵胄叶赫那拉家族的显赫身世，用她那支温婉有致之笔，给我们娓娓道来一个个涂满家族文化背景色彩的钟鸣鼎食的满族世家，在时代暴风雨中衰微没落的经历，也写出了曾锦衣玉食的贵族子弟，被时代大潮裹挟前行的复杂心态和歪斜步履。在小说《豆汁记》中，皇上的三大爷是给驴钉掌的，卖火烧的是爱新觉罗，正黄旗。岁月的风雨就这样一层一层地剥蚀掉了贵族世家的尊荣与体面，让他们从不知柴米为何物的神仙日子，回到了为红盐白米操劳的烟火人间。昔日的贵族已经融入民间的百姓生活中去了。在小说《豆汁记》中，作者选择最具有特色的北京小吃豆汁，除了北京别处绝对没有这东西，除了老北京人别人也没有这口福喝。可以说豆汁表现着北京人对生活、对世事的积极态度和达观性情，《豆汁记》为我们展开了一幅多姿多彩的市民生活风俗画卷，读来饶有韵味，回味无穷。满族的贵族气质经过时代风雨的洗礼已经融入民间，这种贵族气和劳动人民性格中的闪光的一面已经完

---

① 曹雪芹：《红楼梦》，人民文学出版社1974年版，第五回。

美地结合在一起了。我们从中感受到女作家的温良与爱心,领悟到埋藏于作品深处的贵族意识,实际上已幻化为一种俯视天下大众的情怀,或说成为超越于作品之上的写作姿态。在人类精神的精华层面上讲,贵族精神与平民精神从根本上应该是相通的、统一的,而不是互相对立互相背离的。女作家王安忆在分析小说《约翰·克利斯朵夫》时曾精辟地论述法国平民精神与贵族精神的关系:"这种平民精神是以贵族精神作底的,所以它有一种永远不会堕落的性质,再难,再挣扎,也总是立着。"① 说到底,平民精神与贵族精神它们共同凝结为一种优秀的向上的民族精神,这是一个民族的生机和希望所在,也是一种优秀的人类精神。《豆汁记》中莫姜的人格魅力应该也在于此吧。

---

① 引自周燕芬《叶广芩:安置灵魂的一种写作》,《小说评论》1998 年第 4 期。

第五章　形式转换、艺术创新与经典改编

《白鹿原》思想意蕴丰富深邃，闪烁着中原地区深厚的历史文化的折光，艺术创造恢宏大气，是对地方志的创造性阅读，堪称中国当代文学精品。自问世以来它就备受关注，颇具文学寻根的意义，成为各种舞台、声像艺术的文学蓝本，一部《白鹿原》中，50年来关中农村的风云变化铺演为一部磅礴的民族秘史，散发出雄浑厚重的史诗意蕴，它的深度与高度至今仍然是其他作家难以望其项背的。

第一节　从小说到戏剧：《白鹿原》形式转换与意义重构

《白鹿原》多年来陆续被改编为长篇秦腔、连播、陶塑、连环画、话剧、方言广播剧、舞剧、影视等多种艺术形式，是地域书写与乡土关怀的集大成之作。迄今为止，在众多的艺术改编中，《白鹿原》的三次戏剧改编成绩较为突出，引起了巨大的反响，演出效果良好，影响较大。它们分别是：2000年由丁金龙改编、西安市秦腔一团演出的现代秦腔戏《白鹿原》；2006年由林兆华导演、北京人民艺术剧院演出的话剧《白鹿原》；2007年由首都师范大学音乐学院主创的现代交响舞剧《白鹿原》。三次改编体现了小说本身所具有的重要价值和持久影响，陈忠实深入关中历史文化机理，以文化的角度塑造人物心理、意象与重构革命、家族历史，给人一种关中深厚的文化积淀相应的厚重之感，颇能体现文学寻根的内涵。同时也从不同角度丰富了《白鹿原》的文化内涵和审美意蕴，《白鹿原》中对于乡村宗法社会中儒家

传统的优秀一面的张扬，实际上也是对在时代洪流中行将解体的传统乡土社会与文化做最后的回顾与哀悼。不同形式的艺术改编拓宽了它在不同艺术领域的接受视域，不同程度地丰富了经典文本的传播方式和传播途径。

一 文化创造与艺术创新

不同的传播媒介所运用的表现手法不同，因而所得到的效果和作用也不同。小说的戏剧改编，就是将具有形象性、叙事性、语言艺术特性较强的小说类文学经典作品改编为可视可听的戏剧形式，将书本中的文字描写通过二次创作和改编，转换成了一幕幕影像镜头和动作等。实际上是以小说文本为素材而进行的二度创作，其关键在于小说要素与戏剧要素之间的形式转换。小说所运用的表现手法常常为语言描写、动作描写、外貌描写、心理描写、环境描写，通过这一系列的描写以及文字这种文化传播载体，可以给予读者更多的想象空间，使不同的人对于同一部作品有不同的人物形象理解，也使读者能够感受到作者深厚的文化造诣，领略文字所带来的独特魅力。经典文学作品这种文化传播媒介是最原始、最具典型性的一种媒介，也是运用和传播最广泛的一种方式。小说《白鹿原》全书共有三十四章节，通过生动的文字表达，展开了一幅渭河平原上雄浑壮阔的历史画卷，令读者深刻感受到关中平原的风土人情和历史变迁。

小说以文字为媒介，具有抽象性、间接性；随着科技的不断进步，文化的传播方式也越来越多，不同的传播媒介所运用的表现手法不同，而戏剧依据表演、念白，具有具象性、直接性，这种传播媒介达到了快速、便捷且通过视觉画面和声音等来吸引观众，具体的人物形象、具体的声音表达，以及情节的环环相扣，使得我们对人物和历史背景有了更具像的感受。因而所得到的效果和作用也不同。小说可用有限的文字表现无限的时空和丰富的思想，《白鹿原》要留给世人的是一种精神财富，无论世事如何多变，有些文化精神仍旧具有超越时空的特性。《白鹿原》在叙事上可以多条线索并置推动情节发展，现实主义、魔幻象征手法交替应用，在人物形象的刻画上有充分的描写和烘托。戏剧则不然，为了快速、便捷且通过视觉画面和声音等来吸引观众，它要求在短时间内表现完整的故事和激烈的戏剧冲突，以及情节的环环相扣，这些使得我们对人物和历史背景有了更具像的感受。在情节设置上追求线索单纯，以求主题鲜明，大大增强了代入感和人物形象的真实性。刻画人物的主要方式是自报家门，人物动作和情节也为观众展现了典型的陕西农民生活原生态的农村生活景象。因此，对于戏剧改编而言，戏剧中的生活环境真实地还原了关中所特有的地理风貌，使得观众真切地观看到了陕西特有的生活环境和生活习俗，且运用戏剧所特有的背景音乐和气氛渲染，人物形象更加突出，给观众留下更加深刻的印象。但是，小说思想内涵的丰富性与戏剧舞台时空的有限性之间形成了难以调和的矛盾，同一事物的不同媒介呈现的关键就是受众有所不同，因此也拥有着不同的特性。这要求改编者必须依据不同的艺术形式和艺术创造规律，戏剧是舞台艺术，需要更多地迎合人民大众的审美取向，可适当对于原著进行内容上的增删、重组和再造，但对于钟爱书本阅读的读者来说，戏剧始终无法和原著相媲美。①

由于秦腔戏、话剧以及舞剧是不同的艺术形式，对小说的改编一定是以原著为基础和核心的，它们在创作原则、艺术表现以及审美追求上也都有各自的特点，在这样的历史时期和文化环境下，利用最先进的技术，通过表现手段对小说进行二次阐释和创作，使其大众化、视觉化、精美化，既要符合当代社会大众的审美需求，又有利于文学作品的推广普及。所以在将小说《白鹿原》转换为戏剧文本时，既要遵守戏剧艺术的创作规律，又要考虑到不同表现形式的戏剧在艺术创作上的不同要求。清代戏剧理论家李渔提出"结构第一"（这里所谓的"结构"含有命意、构思和布局）、"立主脑"（即选取戏剧的主要人物和中心情节）、"减头绪"（删减与主题无关或关系不大的情节、线索和人物）等戏曲创作原则，揭示了戏曲创作的一般规律，同时也

---

① 何胜莉：《视觉文化时代的传统危机——以〈白鹿原〉为例》，《中华文化论坛》2016年第5期。

为《白鹿原》的艺术形式转换提供了切实可行的创作方法和启示。要改编成功必须做到如下几点：

一是要正确体现原著的思想内涵和价值取向；

二是要尊重原著的时代背景和文化底蕴；

三是要尊重原著主要人物的形象塑造。①

改编只要遵循上述三条原则，其他的改动只要合理即可。在情节安排上，可以抓主要情节，忽略甚至删除对故事发展没有影响和推动作用的情节。其次文学作品可以通过大量的文字去描绘一个人的内心活动和人物形象，而戏剧是通过视觉和听觉来向观众传达信息，在无法增加对白的基础之上，可以巧妙地设计一些新的故事情节，来增强人物形象。同时，改编之后戏剧的叙事结构最好是层层递进的因果结构，这样才能引起观众的观影欲望。

《白鹿原》的秦腔戏、话剧以及舞剧的形势转换，关键在于"立主脑"和"减头绪"。《白鹿原》虚构了一个白鹿家族，以白鹿为姓的子弟们在以白鹿为名的舞台上、在家族史的框架中演绎了一个时期的乡土、革命和民族史，现代秦腔戏主要围绕白鹿两家争夺风水宝地展开，并从中体会宗法制农村社会的文化景观。话剧《白鹿原》基本表现了原著的艺术风貌，成为小说《白鹿原》的缩写本，是将把白鹿原上50年间的沧桑巨变完整地保存并演绎出来。舞剧《白鹿原》主要以田小娥与黑娃和白孝文之间的情感纠葛为主线，田小娥以一薄命肉身实在难敌庞大的儒教宗法体系，追情逐爱不成，反倒成了祠堂文化的牺牲品，并由此引发对于儒家传统文化的深刻反思。在戏剧冲突设置上，秦腔戏《白鹿原》是"在小说诸多的矛盾冲突中，仅保留了白嘉轩与鹿子霖两个地主之间的矛盾冲突。这是宗法制时期中国农村普遍而又恒常的'窝里斗'，不是政治上经济上的纷争，而是家族内部权威和势力的明争暗斗，主要表现为人格力量的对照和精神境界的较量"②。话剧

---

① 贝西西：《文学经典改编的难度——以〈白鹿原〉为例》，《长江文艺评论》2017年第4期。

② 邹言九：《刻画显示民族精神的鲜活人物——读秦腔〈白鹿原〉》，《湘潭师范学院学报》2002年第6期。

《白鹿原》的戏剧冲突不够集中，但对田小娥与黑娃之间的爱情、封建宗法制度的抗争、白嘉轩鹿子霖争夺风水宝地、革命的"风搅雪"与耕读传家的传统文化等方面的矛盾冲突都有呈现。舞剧《白鹿原》因艺术形式的限制，其戏剧冲突则主要通过出逃、拒小娥、梦幻婚礼、祈雨、戏楼、小娥之死等场景来表现。

《白鹿原》的戏剧改编在一般情况下必然会引发意义的重构。对于像《白鹿原》这样思想意蕴丰富、线索交错复杂的长篇经典而言，艺术形式的转换必然会引发小说思想意蕴的重构。从思想文化内涵来看，小说《白鹿原》至少有三重意蕴：一是白鹿两家三代人的家族史，儒家文化和农业文化的过去；二是从清末到新中国成立50年间的民族命运的发展史，从祠堂到庙堂，系宗法文化的回归；三是民族文化环境中的文化人格，是对乡村宗法社会中儒家传统的优秀的一面的张扬。第一重意蕴属宗族层面，第二重属于社会、历史斗争层面，第三重属于文化层面。《白鹿原》的精神核心在于对在时代洪流中行将解体的传统乡土社会与文化做最后的回顾与哀悼，传统与儒家文化如何面对自身在现代社会的困境？至少道德精神的重振是一种可能。若想将小说的主旨和精髓呈现在戏剧舞台上，则必须将三个层面的内容交错穿插融于一体。尽管三个戏剧版本的《白鹿原》都在不同层面忠实了原著，但戏剧的创作规律却要求线索单一、冲突集中，所以戏剧的局限性决定了它不可能完全体现原著的精髓。如秦腔戏在白鹿两家家族斗争史层面、舞剧在田小娥被礼教文化所损害的爱情与人性等层面忠实了原著，而话剧则展示了20世纪前50年风云变幻的时代风貌，全景式地观照小说文本，在史诗性气韵营造、情节设置、人物刻画等方面都忠实了原著。但是，三剧对于人物的精神刻画、白鹿精魂意象的深层意蕴、民族文化的深层心理等方面的阐释都不够深入，如秦腔戏《白鹿原》删除了象征"白鹿精魂"的关中大儒朱先生形象，使全剧缺少了精神内涵；舞剧《白鹿原》剔除了原著的社会历史层面和家族斗争层面，使社会背景层面的表述不够；话剧《白鹿原》虽然在情节上相较完整，却因面面俱到，没有矛盾冲突阐述，不够集中激烈，缺少细致入微的生活细节。这些都影响了对于原著精髓的传达,《白鹿原》对历史、文化、人性、道德的反思,最后都指向了文化的溃败和道德精神的重振,这是关中文化寻根带给读者最大的启示。这与改编者的接受度有关,更与小说思想内涵的丰富性以及戏剧的时空有限性息息相关。

二 经典改编:意义空间与文化价值

就艺术转换的价值而言,改编的最高境界不是复制、翻译文学作品,而是创作出一个有观赏价值的艺术作品和文化产品。秦腔戏《白鹿原》的艺术创新主要体现在对原著纷繁线索和丰厚文化意蕴的集中处理上。整部剧,在一条时间线上串联,相比原著更有条理性,开头介绍白鹿两家,通过情节的改编和设置,塑造好剧中核心人物的基本形象,为后续的故事推动、事件爆发埋下伏笔。中间部分,包括革命爆发,黑娃和田小娥的故事,闹饥荒,闹瘟疫等等,基本上完整地展现了那个时代背景下,关中地区从婚、丧、嫁、娶,到生、老、病、死的完整画面,也体现了白鹿村的白鹿精魂。同时,剧中为了重塑白嘉轩的人物形象,在开始的时候增加了白嘉轩被绑架,后续被全村凑钱救命,以及对待石头以德报怨的故事情节,先给白嘉轩打上一个好人、好族长的烙印。然后在后续的情节中删掉了白嘉轩借兔娃给三娃孝义媳妇生子的情节,整体上向观众展现的是一个深明大义、胸怀宽广、不乘人之危的正人君子的形象。在这样的一个光环之下,他仅有的那些传统固执的观念所带来的负面影响就显得微不足道了。在这样的情节安排之下,更能明显地对比出白嘉轩和鹿子霖截然不同的性格。同时对于"白鹿精魂"白灵的刻画也有一定创新,欣然安排她道出:"我要白鹿一样,神驰山川,降福人民,走遍祖国大地。"[①] 此外,朴实、粗犷、豪放的秦腔唱段也是秦腔《白鹿原》的创新之处,颇具抒情性和感染力。

---

① 丁金龙、丁爱军:《白鹿原——根据陈忠实同名小说改编》,《剧本》2001年第4期。

话剧《白鹿原》的艺术创新主要表现在舞美的艺术创新和方言演出的形式创新，以及原生态民间音乐的运用中。"传统话剧的基本叙事手段是情节的发生、发展、高潮及结局，而推动情节发展的要素主要是人物的对话和动作。而布景及服饰道具等承担的则是确定时间、地点、时代、环境的作用，它们是叙事的手段之一……而在话剧《白鹿原》中，黄土高原的布景和群众演员及其地方剧表演，而构成了戏剧叙述的基本要素之一，它们与角色演员的话语、动作一样都是叙述的主体、叙述的要件和基本手段。"① 话剧《白鹿原》讲述了白鹿两家世代的恩怨情仇，在拍摄上运用多层次表达的方式，从莽莽黄土原，到黑色牌坊，到棕黄色的祠堂，展现出一种历史沧桑感，就像歌词里的四个字——白鹿莽原。同时人物服装颜色的搭配也特别突出，主要为红蓝等，与环境形成强烈的反差。田小娥的红棉袄，由内而外地透露着内心的一股激情与热血，白灵蓝色的校服，体现着她蓝精灵一般的灵动性格。② 话剧还使用了华阴老腔和秦腔，原生态的民间音乐奠定了整台话剧的苍凉、悲怆、粗犷的审美基调。流动的乐章以及人物的穿行，展现了白鹿原上的斗转星移、苍凉世事，构成了强烈的艺术冲击力。话剧白鹿原的艺术创新还表现在拒绝琐细，只给大印象的演出定位，为改编史诗性艺术作品提供了一种可供参考的经验。

舞剧《白鹿原》的艺术创新主要体现在强烈浓郁的抒情氛围和独具特色的关中地域风格上。舞剧将原著中象征神性灵力与人性理念交织而成的白鹿形象作为整个剧作的结构意象，传说中的白鹿带来鲜活的生命力，具有疗愈、去除恶物害兽等解除各种苦难的灵力，序曲以白鹿的嘶鸣开端，舞台上100多个男女狂奔起舞的舞蹈场面和震撼人心的音乐旋律，奠定了整部舞剧的史诗性氛围。舞剧以诗意般的白鹿场景，赋予了白鹿不同的意义和精神寄托，白鹿成为某种理想与文化精神的借代词，在诗意氛围下，以小娥优美的回首为结尾，烘托了神

---

① 李星：《话剧叙事艺术的出新》，《当代戏剧》2006年第5期。
② 张娟：《论电视剧〈白鹿原〉的改编策略》，《电视研究》2018年第15期。

灵白鹿在人间的化身，女主人公追求美好生活的愿望和向往，极具写意和抒情性。舞剧在舞蹈和音乐的编创上极具地域特色。舞剧《白鹿原》在音乐风格上，宏大的交响乐与丝竹管弦相映生辉，民族性与古典型重合，现代风格与传统地方音乐恰当融合，令人回味无穷，音乐主题、和声语言、对位上体现出浓郁的民族风味。在舞蹈风格上，以民族舞为主，采集挖掘陕西民间原生态歌舞的精华，对其进行变形和发展，关中地域风情展示了古原上男人们古朴苍劲的求雨舞蹈与女人们轻盈柔美的"泥屐舞"场景，显现了人们祈盼神灵保佑和对美好生活的向往，增强了舞剧的田园气息和陕西风味。

经典的魅力不在于束之高阁，而在于传播，以期最大限度地阐发、探寻经典的文化意义和审美意义。《白鹿原》对原著的改编，给我们后续文学作品的改编指明了道路，也为后续文学作品的创作燃起一座灯塔。激发了后续作家的创作灵感和思路，同时给同类型的影视剧改编提供了思想借鉴和拍摄经验，其成功的改编经验可以促进戏剧改编高质量化进程，加快行业的发展。当然一定有爱惜艺术论者，对文学经典的肢解和戏仿感到痛心疾首，但在戏剧消费市场不景气的背景下，新媒体的发展也需要更多好的艺术形式来推动和支持，改编者能够在坚守艺术规律和追求票房收入之间找到很好的制衡点，给观众带来正能量且文化内涵深厚的优秀作品；能够将小说和剧本的本质性转换与当下大众通俗娱乐审美心理相契合，都是十分难能可贵的。作为小说文本的另一种存在形式，戏剧《白鹿原》以其独特的表现方式和艺术魅力，冲击影响甚至刷新了受众原有的文化认知和审美意识。

首先，改编拓宽了文学经典的阐释空间和传播渠道。《白鹿原》这部长篇小说在文学史上有重要的意义，为读者展现出了一幅20世纪初陕西渭河平原上生动而又壮阔的历史画卷，让我们感受到了在这片古老的土地上，浓厚的关中风情，革命时期旧体制、旧思想和新思潮的种种矛盾。戏剧对原著进行了适度的二次创作，突出与强化了主要情节和人物，并改写了部分情节与人物命运。有助于我们了解陕西关中独特又浓厚的乡土情结，以及白鹿村千百年祖祖辈辈的宗祠文化，也让我们知晓了乡村传统的儒家文化为主体的重要性。文学的文本意义是一个不断生成的意义空间，不同的艺术形式的《白鹿原》丰富了原著的文化内涵。同时，戏剧所依赖的视听媒介与纸质媒介相比，更能显示其娱乐性和市场化，因而更容易引起普通受众的兴趣，舞台剧以视听盛宴的传播方式拓宽了《白鹿原》的接受群体。

其次，改编丰富了受众的审美感知，打开了民俗审美的艺术新境界。戏剧的改编或多或少都会给观众带来先入为主的体验，当观众乐于接受这种戏剧呈现方式时，很大程度上会影响许多作家的创作以及审美判断，因此对戏剧《白鹿原》和原著对比的研究有着很强的现实意义。艺术的主要功能是给人提供艺术美感和审美愉悦。作为综合性舞台艺术的戏剧《白鹿原》之美学价值，就在于它将氤氲在文本内的审美意蕴转变为可供观赏的审美画面。剧中用大量的镜头展现了当地的民俗文化——婚丧嫁娶，生老病死，花轿，祠堂，大碗，宽面，油泼辣子，白鹿村，四合院，火炕，镇妖塔等等，真实地还原了当地的风土人情；同时千沟万壑的地貌、草原、秀丽的山川，再现了关中的地理风貌，拉近了与观众的距离。相较原著，影视剧通过这样的试听方式，把原著中没有描绘的关中景象做了大量的展现，也是改编非常成功的地方之一。

老腔艺人的憨厚质朴的形象与高亢雄浑的原生态唱腔融为一体，定格为黄土高原的苍凉、恢宏之美。黄土高坡、祠堂、羊群、房间摆设等舞台道具，精巧地流露出物质民俗的质感和美感，求雨、祈福、吃面、祭祖等一幅幅关中图景，建构起丰富细致的民俗审美画卷，真实典型地再现了陕西关中独特的地域美学色彩。最后，《白鹿原》的戏剧改编还为未来经典文本的影视剧改编提供了有益的经验。小说面对的是读者，作者可以更多地表达个人的主观感受，揭露社会现实和人性的美与恶，甚至会提及一些历史问题，更加现实、真实地反映生活。戏剧的受众是观众，这种传播媒介具有更多的文化引导作用和政治文化功能，有着一定的文化启蒙作用，也是大众文化品质的代表，可以引导大众正确积极地了解社会和历史。戏剧还具有一定的商业文化倾向，需要更多地迎合人民大众的审美取向。对于改编者而言，触摸并改造在广大受众中有极大影响力和认可度的文学经典，忠实于小说与戏剧或影视创作独特的审美规律，以此为基础寻求原著与改编在美学特征、审美个性上的契合点。

无论是秦腔戏、话剧版，还是舞剧版的《白鹿原》，作为一件艺术品，它们都是优秀的、成功的。但作为一个文学经典的阐释文本，它们均有遗憾和可挑剔之处。同时表现文学作品里的风土人情、地理风貌，对于镜头、视角、剪辑等拍摄方面的要求也是很高的。最重要的是，要站在当前时代背景之下，站在观众的审美立场，从媒介，从观看体验上去做文章，了解大众审美，只有观众乐意看、喜欢看，所做的一系列改编才有意义。① 如对原著思想精髓的挖掘、人物形象的塑造增删、戏剧冲突的改动、场景的营造等方面都存在一定程度的不足，但它们既已产生，无论它们是否具有经典性，改编后的戏剧也是更加重感情、轻色情的，原著中关于色情的描写都是直白露骨的，包括郭举人家王相和李相说的"四香""四硬"的荤段子，狗蛋在田小娥屋子外面编的顺口溜等都做了删减，将人物情感细腻化处理，通过一些细节表达父女、夫妻之间的那种情感关系，使得观众更加容易接受。② 当然改编也有不足之处，不过在如此庞大的剧作工程中，这点瑕疵又算得了什么呢？戏剧《白鹿原》与原著都是具有欣赏价值的对照性研究文本，在推动现当代文学名著的戏剧改编、推动戏剧事业的发展方面，无疑具有相当重要的实践意义。正如普里斯特利所言："无论这个世界的开端是怎样的，它的终结将是光荣的和天堂式的，远远超出我们现在可能的想象之外。"③《白鹿原》的戏剧创作亦是如此。

---

① 蔄飞：《中国诗情和意境的电视化开掘——评电视剧〈白鹿原〉》，《声屏世界》2018年第5期。
② 郑晓玲：《接受美学视域下的〈白鹿原〉电视改编》，《美与时代》（下）2018年。
③ ［美］卡尔·贝克尔：《启蒙时代哲学家的天城》，何兆武译，江苏教育出版社2005年版，第101页。

第二节　从小说到电视剧:《平凡的世界》形式转换与意义重构

　　《平凡的世界》作为一部现实主义小说，同时也是一部宏大的家族史，讲述了1975年到1985年这十年间中国西北农村的历史进程和翻天覆地的变化，以孙少平、孙少安两兄弟的生活情境为中心，表现了平凡人在大社会历史进程中不断探索、永不放弃的精神，刻画了生活在社会底层的农民大众的普通形象，在艰难曲折的路程中看到了光明的到来。可以说小说是通过复杂又清晰的人物关系，从日常生活与社会环境的冲突，展示了平凡人在历史大潮流的冲击中的艰难困苦和其心中的霁月光风。

　　《平凡的世界》是路遥耗时6年所著，1986年12月一经出版，就获得了社会各界的关注。同时，这部近100万字的长篇小说也于1991年3月获得"第三届茅盾文学奖"，并被评为"百年百种优秀中国文学图书"，被称为历届"茅盾文学奖"获奖作品中影响力最大的一本小说。此外，小说于2019年入选"新中国70年70部长篇小说典藏"，但是外界也对小说产生了截然不同的声音，除了普通读者的强烈追捧外，学术界研究者也争议不断。不过20年来，《平凡的世界》一直得到众多读者的青睐，所以它的影响力和学术价值仍不可忽视。

　　电视剧《平凡的世界》的创作过程也是困难重重，其从版权购买、创作剧本以及拍摄制作，到2015年全国两会期间进行宣传播出，为时9年才圆满收官。2006年，上海源存影业有限公司获得了小说《平凡的世界》的电影、电视剧改编权，2008年，电视剧第一稿剧本创作完成。2009年，电视剧《平凡的世界》被列入"上海市重大影视创作项目"，创作团队编剧辗转多批，反复打磨，历时6年，最终才完成了这56集的剧本。2014年3月，该剧在陕西省榆林正式开机，由毛卫宁执导，王雷、佟丽娅、袁弘、李小萌等出演，同年7月剧组杀青。同年，电视剧《平凡的世界》初剪完成前10集样片，并陆续递交相关部门审核。此时创作期已有8年，8年的修改打磨、厚积薄发，终于呈现出一部厚重的史诗，一部集思想、艺术、观赏于一体的作品。2015年2月26日在北京卫视、东方卫视黄金档同步首播，电视剧播出后，一路披荆斩棘、勇猛高歌，取得了很好的社会反响，受到各界的广泛关注，被认为其承载了艺术性的期待，同时也被赋予了传递正确观念的重要社会意义，尤其是习近平总书记在参加2015年两会上海代表团讨论时，深情回忆了与路遥当年曾同住一个窑洞。

电视剧改编需结合小说传达一定的教育意义与审美意义，随着社会的快速发展、人民日益增长的美好生活需要，人民大众对精神生活的要求也越来越高，因此，想要完美传达其意义，有赖于创作者们披肝沥胆、大胆创新的改编。由于电视剧的改编和小说很多差别，如表现手法以及创作的理解差异，这就使得小说的创作个体性和电视剧的创作集体性有很大的不同。特别是电视剧在改编过程中，为了视听手段达到叙事的需要、为了符合当代受众文化意识以及对当前社会体制等的改变要求，会对小说当中一些个别情节和人物进行合理且有效地结合与增删，这样才能使电视剧以最高的完成度展示在观众面前。

同时，电视剧《平凡的世界》作为艺术再加工，是对于现实文化的弘扬，故事中表现的儒家的弘毅精神、勇于担当的入世精神和尊老爱幼的孝悌精神，在其中得到了很好的表现。在第28届中国电视金鹰奖、第30届飞天奖、第21届白玉兰奖、第13届金熊猫奖、第7届金牛奖、第19届华鼎奖等众多奖项中，该剧荣获多项重量级大奖便是最为有力的佐证。

本节就以路遥小说《平凡的世界》的2015年电视剧改编版为研究对象，首先，在对其原著小说进行系统梳理后，查阅相关文献、影像资料，对创作者的创作背景以及创作经历来深入挖掘电视剧表达的精神。其次，针对其中人物的塑造，包括删除的人物、人物戏份的增减以及原著人物的再创作进行论证。再次，通过电视剧增减的情节、叙事主体的重构以及采用的表现手法，如如何运用台词方言、旁白、服饰等技巧方法，特别是如何用人物语言台词的变化来达到剧情推进作用。最后,通过受众的热议以及电视剧的反响等,最终研究新版电视剧《平凡的世界》的改编给我们带来的启示和影响。

目前,学术界对于新版电视剧《平凡的世界》的研究仍然有很大的空白,研究多集中于期刊、报纸、杂志,但这类文献篇幅较少,研究比较浅显。明确提出《平凡的世界》电视剧的改编的有王娇雪的《〈平凡的世界〉电视剧改编的研究》,它主要依据原著与两版电视剧之间情节改编、电视剧中人物的形象再创作以及原著转化为电视剧的视听化差异和电视剧改编,带给我们思考。王佳蕙的《从小说到电视剧——2015版电视剧〈平凡的世界〉改编及影像呈现》,主要立足于新版电视剧《平凡的世界》中叙事元素的重塑、声画影视的呈现以及电视剧对我们的启示。

一　《平凡的世界》电视剧中人物的变化

将小说原著中的人物形象搬上银幕,是改编电视剧的一个重要环节,甚至可以说电视剧改编成功与否的一个重要标准就是人物形象的改编塑造得是否成功。人物是小说的灵魂,如果没有人物的活灵活现,那么电视剧必然不会给观众留下深刻印象。电视剧《平凡的世界》是由同名小说改编完成的,创作者想要高完成度做好作品,就需要对小说原著进行删改。小说因为不受篇幅限制而可以叙事方式、精神传达多线并行,但是电视剧因为集数受限,再加上其他外在客观因素(如经费、社会体制等)的影响,并不能囊括小说所有人物和情节。

《平凡的世界》作为一部百万字长篇小说,演绎了中国近十年的城乡社会历史发展,涵盖了各种性格迥异的人物形象。小说中,以孙氏兄弟为主要叙事线索,其他人物围绕主线推进故事情节的发展。其中惟妙惟肖地呈现了城乡生活的各种小人物,如好吃懒做又满口"组织"的孙玉亭;游手好闲又没有责任心的王满银;朴实勤劳又无私付出的孙玉厚;做事认真但自私自利的双水村"一把手"田福堂等,正是这些人物不同的性格,才给小说故事增添了光彩。

本节将结合原著小说的人物形象塑造,针对电视剧人物改编进行研究，分析其创作者是如何将小说人物的形象、性格、行为、思想等融合处理的。消失的金波，是此次电视剧改编中最受受众反响质疑的一个人物，同时，所有和金波有关系的情节都被删除了，包括其在原著小说中让读者津津乐道的那段凄美的爱情故事。小说中金波一直都是活在世俗里的理想者，性格开朗，处事圆滑，却是爱的最纯粹的人。金波是金俊海的儿子，也是孙少平的挚友，长相出众的金波也是一个极讲义气的人。如果问高中时期对少平影响最大的人物是谁，必然是金波无疑了。金波是整部《平凡的世界》里最可爱的男孩，是个真真正正、地地道道的男孩。他不像孙氏兄弟那么沉重，不像高干子弟顾养民那么有距离，也不像田润生那么孱弱羞怯。金波的所作所为，都是正当年纪的男孩子会做出的事情，他少年时为最好的哥们儿打架，青年时因为恋爱被部队开除，然后怀着无人可解的痛苦和悲伤步入成年。

当整个黄土高原的男女都因为现实和命运陷入无尽的挣扎和抗争时，只有金波一直随着自己的心在生活，他身上有一种青春的朝气和生命力，还有一种侠气和浪漫主义，让这个角色更加生动。虽然说田晓霞也是一个浪漫人物，但她太理想化，太崇高，太完美，并且乍然离世，似乎并不属于人间，跟读者反而没有亲近之感。而金波的不完美，反而增加了他的真实性，对于他在乎的家人、朋友，他会把对方牢牢地放在心上，极尽细致和妥帖之能事。在少平穷困潦倒之时，他请少平吃饭，为维护敏感自尊的少平，他特意把整洁体面的工作服换成了邋遢的衣服。而对于他不在乎的人，无论对方的家境有多好，地位有多高，他都不会放在眼里。金波的外表跟女孩子一样漂亮，性格活泼机灵，可是内心又那么刚正、倔强，有几分邪性，反而让人觉得他更可爱，值得亲近。作为观众而言，少了金波无疑是一个遗憾。

除了金波之外，需要我们关注的人物还有原著小说中孙氏兄弟的母亲，以及田福军的儿子田晓晨。首先，电视剧对于孙氏兄弟母亲这一人物的删除处理，是完全可行的。在原著中，孙氏兄弟母亲是典型的传统农村妇女形象，主要情节是做饭、照顾婆婆，为全家操劳，基本不参与家庭大的决策，删除之后对故事情节没有影响。同时，这也使得孙玉厚这一父亲形象更加立体，孙家日子惨淡，父亲一人拉扯几个孩子长大殊为不易。其次，电视剧删除了田福军的儿子田晓晨，让田晓霞成为独女，在其后剧情发展中溺水殒命，增添了田福军家庭的悲惨，也衬托了田福军顾全大局、忘我工作时的伟大。小说改编电视剧需要的是"应有尽有"，并非"一应俱全"，因此，在创作者明确小说主线以及主题精神的前提下进行删改是合情合理的。这样处理之后，不仅满足了电视剧创作要求，也可以使主线更加明确。

由于电视剧和小说艺术形式的差异、时代的不同、受众的差异，改编成功的关键要素之一就是改编者在改编原著小说时情节取舍是否得当。上文已经提到，电视剧《平凡的世界》保留了叙事主线，而有选择地删改了一些次要的情节和人物，这样可以推动剧情发展，最大程度上发挥电视剧情节的矛盾冲突性、戏剧性优势。电视剧《平凡的世界》将孙少安这一人物朴实的农民形象做了提升，增加了其"主角光环"。原著中的孙少安作为一个典型的农民，因为家里穷，没法上学，小小年纪就回家务农，养自己的奶奶，供弟弟妹妹上学，连白面都不舍得吃；因为家里穷，无法和自己喜欢的润叶结婚，也间接导致了润叶的悲剧人生。少安视野的局限性是显而易见的，一直在付出，真正得到的却很少，他一生最幸运的事情也许就是在错过润叶之后可以和秀莲这样优秀的女人结婚，这个女人为了她和少安的家操劳一生，最后罹患肺痨。总的来讲，原著中的孙少安是个典型的乡村能人，是个好后生，但也是个平凡的后生。

电视剧中，孙少安化身成为"全村的希望"。争水源、炸山打坝、划分自留地、建砖厂帮扶全村人，电视剧在这些方面为了凸显少安的"不平凡"，在他的成功之路还增加了一些助力，如少安重建砖厂的时候，胡永合答应的贷款因为其朋友被告而要求返回，少安不是直接给周县长打电话，而是去找田福堂，请求他给周县长打电话帮助自己贷款，从而引出了田福堂排挤少安争村支书的职务的"乌龙"事件。再比如关于孙少安和父亲孙玉厚分家一事，原著中篇幅甚短，但电视剧为了将少安甘愿自己吃苦受累的形象更加细腻地表现出来，做了不少细节的刻画。先是妻子秀莲几次提出分家，少安没有同意，同时，少安本来不同意箍新窑，他为扩大砖厂，照顾全村的困难户，便对秀莲撒谎说拿钱箍窑。最后，体恤少安的老父亲孙玉厚逼少安分家，矛盾的少安这才倔强而痛苦地同意了分家。在田福堂和金俊山主持的分家上，少安直到妻子冲出去喊着"不分家了"才感情爆发。最终，少安分家是由于其砖窑出现问题，为了避免连累父亲。

电视剧中真的有太多放大孙少安形象的戏份，甚至很多不是他做的事情也安排在了他的身上。他是润叶的梦中情人，是最年轻的生产队长，是村中大小矛盾的和事佬，是生产责任制的领路羊。很多情节的展现都把他塑造成了一种时代英雄。突出人物优秀品质本没有错，但是过度英雄化主角，会给观众带来不切实际之感。而原著中对少平这个角色的诠释是深刻的，把他那种对外面世界的向往和对故土留恋的感情书写得淋漓尽致，但是电视剧的着重点是孙少安，减少了少平的戏份，厚此薄彼，那么孙少平的现实主义与浪漫情怀自然没有很好地表达出来。原著中的少平是个内心极其强大的男人，也是个热爱读书、尊老爱幼的年轻人。即使他在物质上从未富有，但从他的身上，最能看到尊严完整的样子。但在电视剧中，他与二爸二妈吵架并要拿铲子埋他二爸孙玉亭这段，原著是没有的，我们无法知悉剧组拍这段戏的真正用意，仅猜测或许是表达二爸二妈的懒惰，为后面剧情的发展作铺垫。但不管出于何种原因，这段剧情一定程度上丑化了孙少平的形象，无礼、傲慢、狭隘等缺点在少平身上发挥得淋漓尽致，与小说中"心系广阔世界"的少平品格相悖。当然，电视剧也为少平增加了一段有趣的戏份，就是孙少平的脸受伤后，他在住院时开始写书，写他自己的故事。他苦于写不出一个华丽开头，在金秀削苹果理论的开导下，决定写一个朴实的开头，闭上眼，《平凡的世界》的开头出现，1975年那纷纷扬扬的大雪，然后是他自己走进操场去领那两个黑面馍馍，终点成了起点。这样的设定，真的很让人惊喜。当然，对比孙氏兄弟，少安更为典型化，就是一个普普通通的农民。首先，少安一辈子都没有离开过双水村，作为主线，更加容易将城镇化过程中农民复杂而矛盾的生活状态和情感变化完整表现出来。其次，少安"不平凡"的奋斗精神更加契合电视剧所传达的主题意义。再次，少安在剧中所表现出来的需求更符合现实，经济基础决定上层建筑；反观少平，抹去理想主义光环，人物形象就不够丰满了，给人的感觉难以理解。

另外，与孙少安的农村改革、孙少平的在外拼搏不同的是，田福军这一人物应该是寄托作者在政治经济改革方面美好的愿望。这可以说是一个理想人物，在原西县当县革委会副主任时，他就关心百姓疾苦，发誓要让原西县的百姓从吃黑面馍馍到吃黄面馍馍，再到吃白面馍馍，为此他从百姓实际出发，而不是从政治教条出发，大胆提出搞生产责任制，敢于和"一把手"对着干。后来得罪领导被"挂"了起来，贬为防疫站站长，但很快又被省领导器重，一跃升为地区行署专员、地委副书记，原来刁难他的领导反倒成了他的部下，所有这些委实让人大呼过瘾。而且在后来黄原大桥倒塌之后，他敢于大义灭亲，带自己"不小心"受贿的妻子去纪委自首，也实属难得。但即便是这样一个大公无私的人，在电视剧中依旧增加了孙少安不顾润叶父亲田福堂的反对，打电话询问田福军是否支持他和润叶在一起，而当时田福军在原西县受到当权派排挤，需要得到李向前父亲李登云的支持，可以说田福军为了自己的仕途没有同意少安和润叶在一起。当然，这一段也可以理解为田福军也需要保住官职，才能更好地为百姓谋福利，也凸显了平凡的人对于选择困境的无奈。无论是哪一种理解，我都认为这一段的增加非常细腻，这在故事情节上显得更加波折，同时还弥补了小说原著"价值观太正"的"缺点"。小说探讨人性，人性的特点就是不确定性，电视剧的这种处理反而使得人物更加逼真。

润生这一人物形象的改编，据该剧编剧温豪杰回应表示，电视剧里的润生实际上是金波和润生的合体。至于让他俩在电视剧中"合体"的原因，温豪杰也有所解释，他认为金波和润生都是少平的好友，但是金波的故事线在前部，润生则为后来的剧情起到了很大的推进作用。如果按照原著拍摄，两个人物的故事会很零散，没有一个好的贯穿性。对这两个人物而言，都是一种损失，如果把这两个人物合并到一个人身上，那么这个角色将发挥很大的作用，用编剧的原话讲就是："大家都会在润生这个角色身上看到金波，金波的戏存在于这个人物身上。"作为田福堂的儿子，润生的人生轨迹以自我意识为转移的少之又少，从小受姐姐田润叶的照顾，毕业后被安排在学校教书，后又跟着姐夫开车，看似顺风顺水的人生，舵盘却不在自己手中。而姐姐婚姻的不幸，也给他造成了很大影响，同样如果不是姐姐的遭遇让他意识觉醒而正视这些问题，那么对于郝红梅的凄苦境遇，也许他不会有情感体验的满足和内心意识的充实。金波、润生的合并，必然存在的问题就是，两人性格迥异，金波性格开朗、刚正；反观润生性格木讷、不爱说话，与金波的性格少有相似之处，甚至可以说二者在性格方面有不可调和的矛盾。我们知道在小说中，金波、润生、少平是发小，又是高中同窗，金波虽然在少平高中时期对其影响较大，但在后半部分情节中，缺少完整的情节主线，反而使润生和郝红梅的情节失色很多。而电视剧将金二锤在越战中耳聋的设定嫁接过来，备受伤害的润生和寡妇郝红梅的相互依偎感更加立体。如此一来，电视剧情节的矛盾冲突性、戏剧性优势最大程度地被表现出来，"合体"在某种程度上有了一定的合理性。

二 《平凡的世界》电视剧改编策略

电视剧不同于小说可以描绘各种丰富的情节、恢宏的场面和形色各异的人物，由于成本的限制会删减一些非必要的人物。删去金波和孙氏兄弟母亲会让孙氏兄弟的奋斗之路愈加困难，更有利于突出主人公的不幸和艰难。还有一点在于，金波的存在不太符合努力、奋斗的故事主线和社会价值，他更多的是对于爱情的追逐。但电视剧让人百思不得其解的是关于外星人这段却没做删改，在小说中外星人的模样与剧中略显国际范儿的外星人存有外形上的出入——"这人两只眼睛很大，没有鼻子，嘴是一条缝。手臂、大腿都有，膝盖也能弯曲，戴一副像是铝制成的眼镜，身上有许多毛。脚部类似驴和山羊那样的蹄子。"通过查找资料，原来对于这一段情节，导演毛卫宁在改编创作时也一度举棋不定，无法揣度作者这一段的用意何在，在他看来也许是路遥创作时，想用一种超现实的方式，来和晓霞进行对话，因此将这一段保留了下来。而这一点也许是小说中这句"生活总是美好的，生命在其间又是如此短促；既然活着，就应该好好地活"给导演的启发吧。

电视剧的大结局相较于小说也发生了很大的变化，小说中结局是孙少安继续办砖厂，而秀莲却得了癌症；孙少平则因为在煤矿救徒弟受伤导致毁容，出院后又放弃了金秀和在城市工作的机会，最终还是回到了煤矿工作。电视剧的结局却是和和美美的团圆场面，身患重病的秀莲和少安一起回家过年，整个双水村都是一片祥和，电视剧改编通常会迎合观众的喜爱和审美情趣，而这一设置就更容易让观众接受。

一种方言存在于某一地域文化中，是这一地区文化的总体表象，方言已同具体的生活现象交织在一起，当和某一艺术表达的特定视角吻合时，它是无法从生活现象的状态中分离出去的。因为在艺术创作中，作家所面临的一面是作品所表现的有限的具体生活；另一面是世间包罗万象的一切，作者总是想在作品的有限空间去尽可能地通向无限的社会，尽可能地传达出作品全方位的信息，尽可能地给观众留下深刻理解剧情发展和人物性格的重要线索，表达出悠远的意味和深刻的境界。那么人物语言的特性无疑是一个信息含量最大的传递媒介，我们从人物的语言表达中可以窥视人们文化的心理层次，如地方习俗、服装、信仰和个人行为等整体表现模式，这些都成为不同群体成员认同的因素。而在所有认同的因素中，语言是人们最基本、最普遍的地域文化认同。因此，电视剧《平凡的世界》在人物的语言台词上下了很大的工夫，特别是部分方言的使用，是观众有目共睹的。

一方水土养一方人，一方人说一方话。方言对于外地人来说叫方言，对于当地人来说，叫乡音，方言是一种有温度的语言，一口流利标准的普通话是我们作为中国人的自信，但不遗忘方言是我们骨子里和土地的一种羁绊。电视剧里呈现的有趣、有特色的方言往往让人印象深刻，有的甚至成了点睛之笔，一个角色凭借一两句方言就展现了这个人物的很多信息，对于角色来说是非常鲜明、直接的表达。可以说，方言是最具有当地特色的文化符号之一，例如电影《火锅英雄》中的重庆话、电视剧《武林外传》中佟湘玉的陕西方言等无一不向大众传播了这个地域的文化特色。

随着互联网的兴起，地域文化的传播进入了新的阶段。信息的丰富和传播渠道的便捷大大促进了大众对于不同地域文化的了解，提高了包括方言在内的地域文化的整体影响力。人们只要足不出户，就能够很容易地在互联网上接触并了解到一门新的方言及其趣味性，自媒体的发展更是加速了这一过程。《平凡的世界》故事发生地以陕北农村的场景居多，分散在陕北的村子、县城以及省城，路遥将陕北方言很恰当地与故事环境相结合，从人物塑造的口头禅等方面结合语境，为其作品的表达增添了不一样的光彩。以剧中的少安为例，他作为陕北一名地地道道的农民，相对于外出闯荡的少平、当了人民教师的润叶，其陕北口音无疑要比这些角色更浓一些。其次，方言在一定程度上可以增加喜剧色彩，比如少安对秀莲说"我捶你"，秀莲嗔道"你捶死我也要住新窑"，这样的语言处理，让观众实在忍俊不禁。再比如剧中其他人也会使用"我"（音ě）、"干甚"①、"婆姨"②、"后生"③等诸如此类的日常频繁用语，这样的处理整体感观，让人觉得更"接地气"，更贴近普通大众的日常生活。也充分证明运用方言的表达，可以让电视剧作品更为生动、更富有生活气息。

但是相反，也正是方言的运用不彻底，让不少观众诟病演员不专业、"说话不洋不土"。这一点，需要解释的是关于电视剧中方言的使用，国家广电总局实际上曾通过官方网站重申"限制方言令"，里面指出"除地方戏曲片外，电视剧应以普通话为主，一般情况下不得使用方言和不标准普通话；重大革命和历史题材电视剧、少儿题材电视

---

① 干什么的意思。
② "婆姨"为陕北、山西一带方言，陕北地区主要指妇女，山西一带主要指妻子。
③ 青年人，后辈，一般指年轻小伙子。

剧及宣传教育专题电视片等一律要使用普通话；电视剧中出现的领袖人物的语言要使用普通话"。

由此我们可以看出，电视剧《平凡的世界》采用部分方言这一尝试，是创作人倾注了很多心血在里面的。既想要保留地方特色，又要兼顾保障成片的审查顺利通过，着实不易。另外，这部剧的定位是面向全国观众的，如果完全使用方言，那么势必会减少受众。就像前些年有一首红极一时的说唱歌曲《明天不上班》，因为歌词过于直白，反而引起很大争议，也引起了部分不懂四川方言观众的反感。因此，电视剧《平凡的世界》这样处理方言，是完全有道理的。小说《平凡的世界》实际上是一部展示芸芸众生日常生活的画卷，各条支线将人物的命运以及故事发展的轨迹串联起来，将亲情、友情、爱情等叙事主题同时推进。此外，增加一些风俗民情的小插曲，以丰富小说的趣味性，而电视剧同原著小说相对比，省去了很多小的支线，保留了孙少安和孙少平的奋斗历程两大主线。其中最大的一个变动当属小说里的主角应该是孙少平，作者在他身上耗费的笔墨应该说占了60%以上，他是整个故事的主线。而电视剧里应该是以孙少安为第一条主线，孙少平次之。即便带有感情色彩去看剧，我们发现其最多可算是双主角，这样做可能是为了过政审，少安作为一个农民，在改革开放后日子越过越好，而少平选择的生活道路在现在人看来并不美好，少安表现出来的形象更加正面，更加符合社会主义价值观的宣传。

《平凡的世界》电视剧中除了孙少安和孙少平的奋斗历程，大量的篇幅都放在了爱情这一话题上。人是感情的动物，如果没有爱情的人生，那是多么枯燥和乏味，爱情在弗洛伊德的眼里是性本能，就是人天生所追逐的东西，不管你是否愿意，你有这样的需求，而且时刻等待被满足。原著小说在叙述爱情之外，以孙、田、金三个家族命运为中心，描写了从"文革"后期到改革开放初期农民生活变化。由于国家政策的变化，农民不再集体公社化劳动，也没有了阶级运动，农民从之前懒散干活只为赚工分到包产到户积极干活，使得社会生产力大幅提高，人民生活水平也越来越好。与此同时，人民思想也变得开放，不再局限于同阶级之间的交往。而孙少安更是从一个温饱问题都难以解决的农民，成长到带领村里人发家致富办砖厂的小领导。首先是社会大背景下国家政策的开放让他有机会置办砖厂，其次也离不开他吃苦耐劳的精神和敢闯敢拼的勇气以及思想的前瞻性。

在原著小说创作的时代，关于爱情的表达探讨与当今社会是有所区别的。所以电视剧在改编工作中，为了极大程度地满足观众的猎奇心理，将原著中人物角色对待感情的隐忍和含蓄释放了出来，就在爱情的主题上加大了篇幅，希望可以吸引观众们的注意力。比如少安在看到田润叶写给他的表白信时，他应该是夹杂着激动、紧张、渴望、兴奋、忧虑等情绪，小说可以通过大量细腻的文字来表现少安内心的波澜起伏，然而电视剧却不行，过多的旁白容易淡化人物表演的作用，从而难以引发观众的情感共鸣。而令人欣喜的是，剧组在此处的改编非常到位，一个眼神、一个"吃信纸"的动作立刻让人物情感变得丰富起来，丝毫不亚于原著细腻的文字表达，少安的复杂情绪也在这一举一动之间深入人心。

此外，还有电视剧对女性角色对于爱情定义的改编。原著里的田润叶对少安的爱情是浓烈但含蓄，两人的感情走到最后，润叶只是一个人静静地在原西河边伤心流泪，心口不一地祝福着自己的少安哥。而电视剧中，父亲为了让少安死心，加入了给全村发喜糖告诉别人润叶要结婚的情节，润叶果断地找到少安，告诉他事实真相，并和少安一起打算收回喜糖，而在少安的婚礼上，润叶带着礼物参加婚礼，但是却坐到秀莲身边说今天是来抢少安的，甚至到最后润叶知道势难挽回后，执意和少安结为兄妹，为这段感情画上了结局。这几处情节的改编，增加了电视剧的观赏性，也强化了人物角色形象。

而另外一位女性形象就是田晓霞了，原著小说中的田晓霞第一次出场是和少平在她家相遇，田晓霞的形象是一个见过"大世面"的人，又洋又俊、穿戴漂亮。电视剧中的田晓霞则是大大方方、干脆利落，穿着军外套首次出现在观众的视野中。另外，电视剧中田晓霞对于爱情的处理，不像小说中那样通过日常生活点滴而顺理成章，而是将她对少平炙热的感情表现得很明显。晓霞在大雨中和少平互相表明心迹,去煤矿上跟少平热烈相拥,这样的处理,符合当前时代年轻人的价值观。大胆且热烈的表达爱情,与最终悲痛的结局形成很强的冲击,情绪的渲染恰到好处。

三 《平凡的世界》电视剧改编的意义

在当今社会,人们的物质越来越丰富,但是生活节奏也越来越快。所以对于内心深处的精神需求极度匮乏,这就要求我们创作者,不能只想着投资和收益、流量和火爆。想要做出有深度的作品,就需要深入挖掘生活,经得起时间的考验,才是有意义的作品、有价值的作品。

从价值取向来说,小说改编电视剧除了有助于传承文化,同时也是再创造,试图挖掘出作者当时所处的年代没有想表现或者没预料到的内容,时代不同,一代又一代人的价值取向自然也会有所差异,譬如《渴望》《大宅门》《闯关东》《走西口》等电视剧反映的是特定的历史时代。但是因为时代的更迭,如今几乎没人去看《渴望》,青年人也不热衷于看《大宅门》等这样具有家国情怀的创业史。再比如琼瑶的经典言情作品《又见一帘幽梦》中有一句广为人知的台词,费云帆对绿萍说:"没错,你失去了一条腿,可她也失去了半条命跟她的爱情。"当年打动过很多人的一句话,现在年轻人看来,其三观简直匪夷所思。我也问过家里年幼的孩子,问他们喜欢看哪一版《西游记》,得到的是一个答案:张纪中版。这就如同路遥创作《平凡的世界》那个年代的爱情观跟现在年轻人对待爱情的方式是有非常大的差别的。这也就意味着电视剧的创作者在改编小说的时候,需要向电视剧《平凡的世界》一样,创造性地增加一些新时代的审美和理念。

从创作方面来说,改革开放以来,电视业也在不停变革。电视剧成为重中之重,但是"收视率是万恶之源"似乎不仅是媒体的魔咒,也成了电视剧的魔咒。为了追求收视率,很多创作人已经没有了初心,投资人大多也是利欲熏心,这让电视剧包含的思想价值、文化内涵和教育意义、审美意义都变得无关紧要。比如电视剧《亮剑》之后,突然涌现的"抗日神剧"无时无刻不在挑战着观众包容的底线，这使得电视剧拍摄水准的滑坡几乎是雪崩性的。以致近几年偶尔出现《红高粱》《老农民》等电视剧，观众们直呼"良心剧"。电视剧《平凡的世界》在这崩坏式的洪水猛流中堪称"清流"，它秉承了创作的初心，为业界模范行伍增添了少有的光彩。

在当今这个信息时代，无论是官方的社交媒体还是自媒体，对于电视剧的传播极具裨益。它们拉近了主创团队和观众的距离，增加了很多电视剧演员与观众线上的互动。比如人们可以从微博上看到各种各样的新闻，而这样的平台就为电视剧宣传提供了渠道。这些微博的内容包括演员们的幕后花絮、电视剧的精彩预告、幕后工作者的采访、演员直播等。电视剧的热播，不只依赖电视剧方的大力宣传，还要靠剧中主演们在微博上与观众的互动。主演们的宣传推广，使电视剧频频登上热搜，极大地提升了电视剧的热度，让更多的人知道这部电视剧，喜欢这部电视剧，所以需要我们正确宣传、引导，这样才能全方位地给社会传递正能量。

电视剧是娱乐、思想价值和艺术三者的统一。因此，有人会因为电视剧《平凡的世界》而买一本书去细细咀嚼，有人会因为作者路遥而欣然前往他的家乡领略风土人情，有人会因为电视剧里的人物精神而有所感悟，也有人在艺术的创作上豁然开朗。电视剧《平凡的世界》的传播性带动小说的普及，也在潜移默化当中影响观众的价值观和世界观。观众通过电视剧可以了解到不曾去过的地方风貌，不曾接触过的人物身份，不曾体验过的人生经历。看作者所创造的世界观以及分享其想象出来的新世界，正是这种差距，或许与人们的生活并不相符，但让更多人看到了不向命运低头的孙少安；看到了向往外面世界、勇敢善良的孙少平；看到了为了爱情坚定无畏、挑战命运的田润叶；看到了舍生取义、落落大方的田晓霞。正是他们的存在让我们可以体会到更多的乐趣，也让我们对历史、对人性的种种产生深刻的理解和思索。

比如少安6岁开始帮着家里劳作，干得一手好农活，这个男人能吃苦也不怕吃苦，13岁辍学主动回乡务农帮扶父亲和家里，这个男人对家庭有责任有担当。18岁当选一队生产队长且连年全票当选，这个男人在队里有威望，23岁成为村中与田福堂、金俊武齐名的人物，这个男人虽然年纪轻却成熟老练。孙少安务农十来年，家里光景依然烂包，但没有颓废放弃，依然极有心气地供弟弟妹妹上学，要把家中光景过好。结局的孙少安是成功的，但他失去了润叶，后来也失去了秀莲，多少美好的东西消失和毁灭了，世界还像什么事也没有发生一样，是的，生活在继续着。可是，生活中的每一个人却在不断地失去自己最珍贵的东西。

生活是苦难和幸福的交织，这是一幅岁月的画卷，里面尽是平凡的世界。在这些电视剧中人物的身上，我们看到了很多感动，看到了很多那个历史年代人们所拥有的美好的品质，也激励着今天的我们。生活永远是幸福的，人的苦难却时时在发生。有最好的世界吗？也许最好的就是平凡的世界，那里有责任，有爱情，有人生悲喜，也有生活起落。我们知道影视作品都是根据小说改编而成的，优秀的影视作品必然离不开好的文字作品的支撑，小说改编成电视剧的剧本，其实是把这两种文学形式做了对比。小说是语言的艺术，基本上是靠叙述者，也就是小说作者主观叙述。但电视剧，相对是一种客观的讲解，它是像生活一样呈现在观众的面前。因此，创作的篇幅、情节、语言、客观限制（社会体制）、成本、受众等各方面都会形成差异，自然也会成为电视剧改编需要注意的问题。

小说《平凡的世界》改编为电视剧，总体来说是成功的。从篇幅上讲，小说是多视角、多方位、全面地去再现生活，或者说去讲述故事，所以它的变化比较多，灵活性比较好。当把小说变成剧本的时候，我们要充分考虑到长度，也就是要对原来的小说进行裁剪，因此电视剧创作者提炼出奋斗和爱情的主题，并且根据它去做故事的裁剪和人物的重塑，如删除了金波、孙氏兄弟母亲以及田福军的儿子田晓晨；重置了少安、少平的叙事主线，对晓霞、润叶的人物性格的扩展，无一不是遵循了这一点。

从情节方面讲，强化原作中的情节性和冲突性，以满足电视剧的戏剧性需要。小说比较自由，而且小说的欣赏点也比较多，如哲理、文笔、风格等等。反观电视剧，最重要的两点就是故事性和戏剧冲突。创作者需要想方设法地从原小说当中把属于情节性的、属于冲突性的东西提炼出来，给观众以审美上的享受。因此，无论是少平埋孙玉亭的情节、润叶在少安婚礼上想要抢亲的情节，还是放大润叶和晓霞二者的爱情观，都是为了满足电视剧的这一需要。

从语言方面讲，创作者要根据电视剧观众的欣赏习惯，对原作进行视听化的改造。首先方言在艺术作品里，可以突出主人公的性格，其次根据创作者以及人民群众的审美意识采用方言，可以拉近与观众的距离，而且农民说普通话这样的场景，在现实生活中并不真实。在电视剧中，有的演员因为方言备受好评，有的演员因为方言掌握不够火候而被观众诟病。因此，演员对于方言的把握也是一难题，此外，在小说里我们会有大量的心理描写，甚至有大量的议论回忆、作者春秋笔法式的论调。但电视剧里这些都没法实现，观众需要看到的是把它变成了看得见、听得见，因此，合理运用画外音的方式是有必要的。

从客观方面讲，有些东西在小说里能够写，但在电视剧里却不能表现，小说在审查上相对宽松。要是把小说中很多敏感的东西表现出来，那么在审查上势必会有风险，这可能就是电视剧删除金波情节的原因之一。

从成本方面讲，一部小说写得再复杂，它的成本是有限的，因此也是可控的。但一部电视剧，需要一大群人把它演出来、拍出来、剪辑之后呈现出来，而这里面所需要的投资是巨大的。因此，电视剧创作者对于成本方面也是有所考量的，无关剧情发展的人物、非必要呈现的插曲故事可以作为删改的依据之一。

从受众方面讲，电视剧创作者花费巨额的投资去拍摄和呈现，这种投资是需要回收的，需要回收的资金，需要赚钱，那么就需要更多的观众喜欢最终呈现的作品。所以，电视剧改编需要最通俗、最大众化的形式，需要照顾到不同的受众，用爱情题材去吸引年轻人、用年代的苦难感吸引上一代人、用农村现实题材去吸引农村受众、用电视剧中人物的精神面貌吸引整体观众,等等。

在20世纪,电视剧的创作领域人才稀少,技术也不尽如人意,但是依旧有诸如《辘轳·女人和井》之类的农村经典作品流传于世。现如今,我国经济空前发展,电视技术也飞速发展,这就要求电视剧创作者要在新的创作环境中,静下心来,去感受、去创作触动心灵的作品。可以说电视剧《平凡的世界》在初心上做到了,也为新世纪农村题材的电视剧改编的各个方面交出了一份令人值得学习、借鉴以及反思的参考作品。

近几年像《平凡的世界》这样具有文学价值的作品被搬上大荧幕的少之又少,在这个物欲横流、娱乐至上的时代,现实主义题材的作品被表现私人生活的作品所排挤替代。"流量"似乎成了这个时代的标志,很多投资人也多数关心电视剧能否带来利润收益,电视剧《平凡的世界》的成功,无疑是对当今这个信息快速发展、人们精神物质匮乏的时代发出的一次振聋发聩的钟声,也为以后这种形式的电视剧提供了参考素材。虽然我们知道任何改编的电视剧都无法完美契合读者心中的想象,毕竟一千个读者心中有一千个哈姆雷特,哪怕大方向没有问题,一些细节的处理也会让观众心中产生"不是我心里的少平",或者"演得不像",或者"旁白太生硬"之类的想法。但电视剧和原著本来就是不同的个体,评判标准自然也不一样,它是一次艰巨的、全方位的再创作,只要我们当前社会还有不断付出努力的奋斗者,就永远可以将"平凡"的精神延续下去。这样的话,无论是生活在那个时代的人,还是现代的人都能对它产生共鸣,就像电视剧《平凡的世界》编剧温豪杰所说的:"无论你处于社会的哪个层面,只要是用自己的双手来创造自己的生活,这种平凡的状态都应得到尊重。"

第三节 从小说到电视剧:《装台》形式转换与意义重构

陈彦现任中国戏剧家协会分党组书记、驻会副主席,具有多年舞台剧编剧的经验。在谈及戏曲与文学的创作时，陈彦认为"从本质上讲，编剧和小说创作不至于完全分离开，无非是形式的不同而已。电视剧追求吸引眼球，小说也是要追求读者喜爱的；当然小说追求人性的深度，以及思想的深刻性，电视剧由于受众群的原因，在某些方面有所欠缺。虽然小说有小说的规律，剧作有剧作的规律，但其内在的互补性是不容忽视的"。这对于他进行跨界创作不失为一种优势。"舞台剧创作，更是一种高度的浓缩，小说还是应该向舞台剧借鉴的。好的舞台剧，思考的深度和写作技巧，很多小说不一定能达到。同样，很多优秀小说的精神深度与广度，舞台剧也望尘莫及。"①

陈彦先是在舞台剧《西京故事》的基础之上创作出了《西京故事》这一优秀的长篇小说，其后又创作出了以舞台表演幕后的装台人为主角的小说《装台》。有了以上两本小说的成功经验，陈彦在2015年开始着手创作他的第三本小说《主角》，在经历了两年多的笔耕不辍，《主角》取得了重大的成功，并最终斩获了"第十届茅盾文学奖"。作为一位优秀的秦腔编剧，他在近三十年的工作经验中获取了进行文学创作的深厚经验，正是在这种现实生活经验的启发下，他萌生了小说创作的想法，试图从专业人士的角度出发，以不同于戏剧剧本的文学载体小说来抒发自身的生活经验以及阐释对于以秦腔为代表的中国传统文化的想法。作为以剧作家身份进行跨界创作的陈彦，为传统的小说创作领域带来了不同以往的声音，提供了诸多真知灼见。毫无疑问，以秦腔作为代表的中国传统文化，在现代化的冲击之下已经渐趋衰落。然而经过数千年发展的传统文化历经风雨而从未消失，向我们展示了其强大的生命活力和存在的合理性。

小说文本的电视剧改编，让同一部作品通过两种不同的艺术形式展现在人们面前，是当下一个普遍的文化现象，许多文学名著都被改编为电视、电影。当前最为引人注目的是陈彦小说《装台》及其同名电视剧，《装台》在2015年10月首次出版。小说主要讲述了一群吃苦

---

① 舒晋瑜：《陈彦：我希望写出文化传承和发展的根脉》，《中华读书报》2018年4月25日。

耐劳的农民工兄弟们在西京人刁顺子的带领下进入西京城里打拼装台事业的故事，小说以主人公刁顺子在亲情与爱情中的矛盾冲突为主要线索，刻画了这样一群体人物背后鲜为人知的酸甜苦辣。故事内容的丰富精彩，使得小说深受广大读者们的支持与喜爱，2020年《装台》小说改编为电视剧版《装台》，在全国又掀起股热潮，赢得了广大观众的喜爱与好评。

目前学术界对小说与电视剧两种传播媒介的对比研究主要集中在二者的异同及相互影响方面，本节在前人研究基础上，以《装台》为例，通过分析小说与电视剧在叙事内容、叙事手法、故事基调等方面的异同之处，探究两种传播媒介表现不同的原因，从而发掘电视剧创作者改编的策略，并为小说到电视剧的改编研究，提供一些基础的案例。

一 《装台》小说与电视剧文本改编的表现

电视剧和小说是两种不同的传播形式，其表现也大有不同。我们以《装台》为例，发现二者在主要故事内容、文化元素、人物的表现与形象塑造、叙事策略方面都有各自的特色。电视剧与小说是两种不同的艺术形式，将二者进行简单对比可以发现，小说通过文字的魅力表达出刁顺子的悲剧，电视剧创作者在后期的改编与创造中加入了符合大众的思考与感觉，从而使故事内容变得含有都市喜剧的成分，成为悲中带喜的风格。

《装台》小说与电视剧故事的开端引入和结局不同。小说起始首先讲述刁顺子带蔡素芬回家后激怒刁菊花的激烈矛盾场面，而电视剧则开端引入刁顺子和他的装台伙计们正观赏俄罗斯美女舞会；小说的结局悲惨且与起始相呼应，刁菊花再次砸碎花盆，刁顺子这次领的不再是蔡素芬而是周桂荣母女。电视剧结局与小说相反，刁顺子与蔡素芬再次牵手重逢，三皮之争就此结束，整个场面幸福圆满，结局大快人心。

《装台》小说故事起始就指向了一个悲剧，一个极为泼辣残暴的刁菊花，一个窝囊只会生闷气的刁顺子，一个处处劝阻抹平的蔡素芬，一个后文惨遭菊花毒手的断腿狗，故事开端的引入率先把家庭不和谐气氛留给读者。在小说中是这样描述刁菊花的无礼、蛮横与狂野的示威："接回老婆那天，大女儿菊花指桑骂槐地在楼上骂了半天，还把一盆黄澄澄的秋菊盆景故意从楼口踢翻。"[①] 在小说中正熟睡的断腿狗的反应是："汪汪叫着，跑回房里，去寻找自己唯一的保护伞刁顺子去了。"[②] 蔡素芬的反应是："用被子捂住头哭了起来。"[③] 刁菊花的父亲刁顺子便只能嘀咕："惯得实在没样子了，狗东西！"[④]《装台》电视剧开场展现的是朴实的装台兄弟们、欢乐的装台幕后氛围，充满了"闹剧"处。开场就为观众展现了故事中一批有活力的勤劳装台人们，电视剧的开始确立了本不同于小说的幽默积极的故事基调。小说把苦、累、悲贯穿始终，电视剧有苦、有累、有悲却升华于最后的美好结局，解开一个又一个美丽的误会。如在电视剧结局，蔡素芬的出现且与刁顺子的牵手流泪，感动了观众，达到了群体共鸣与期望。小说在故事结尾则带有一定的悲剧色彩，刁顺子最终没有摆脱刁菊花的狂暴与折磨，但他选择接受现实。在小说结尾，作者这样描述刁顺子："好在顺子已经习惯了，什么他也改变不了，但他认卯。"[⑤] 周桂荣和她的女儿丽丽回来时，刁菊花又十分警觉询问："是不是又找了女人。"[⑥] "顺子点了点头，那是一种很肯定的点头，肯定得没有留出丝毫商量的缝隙。"[⑦] "菊花气得扬起手，就把一个花盆掀翻在地了。"[⑧] 小说结尾的刁菊花并没有像电视剧的刁菊花一样，与刁顺子和蔡素芬达成共识后，出现一个完美的结局；蔡素芬与刁顺子分道扬镳后，三皮和刁顺子寻找未果，刁顺子也没有如愿以偿地再找回蔡素芬，从此后者没有了音

---

① 陈彦：《装台》，作家出版社2020年版，第1页。
② 陈彦：《装台》，作家出版社2020年版，第1页。
③ 陈彦：《装台》，作家出版社2020年版，第2页。
④ 陈彦：《装台》，作家出版社2020年版，第1页。
⑤ 陈彦：《装台》，作家出版社2020年版，第427页。
⑥ 陈彦：《装台》，作家出版社2020年版，第427页。
⑦ 陈彦：《装台》，作家出版社2020年版，第427页。
⑧ 陈彦：《装台》，作家出版社2020年版，第427页。

信，成为遗憾的悲剧。

《装台》小说与电视剧在故事编排与取舍方面不同。电视剧从小说的第 13 章开始引入，而把 13 章前的故事进行重新的整合和编排，把原小说要交代的人物内容和经历都部分淡化或杂糅进电视剧的后面故事中。在小说《装台》第 13 章中讲述的是刁顺子一行人在寇铁的介绍带领下，为《金秋田野颂歌》晚会进行装台，但后来才发现这个晚会就是一场骗局。电视剧《装台》则以《金秋田野颂歌》晚会故事为原型，分成了两个故事：第一个故事是电视剧的第 1 集的开端；第二个故事是电视剧第 12 集的故事，两次铁扣结局也是和小说原型寇铁较为相似的。电视剧第 1 集的故事开头就展现了刁顺子的装台队伍的一行人和铁扣，演出结束后人才两空的骗局才败露，这和小说故事结尾较为相似。电视剧第 12 集开始出现的铁扣介绍的装台任务才较为完整地展现了小说第 13 章到第 15 章提及装台内容。

文中的蔡素芬与刁顺子的爱情相遇，虽然电视剧与小说描述的两人相遇大致相同，但在两人故事的描述和递进上给出了不同的故事编排。例如在小说文本描述中，把蔡素芬与刁顺子的相遇进行了详细的叙事："顺子第一次见蔡素芬，是在离他家不远的劳务市场。……顺子只多看了一眼，蔡素芬就把他黏上了。"① 这里交代了蔡素芬与刁顺子两人相遇的基本原因，"顺子装了一夜台，头昏脑涨地骑着三轮车回家，脑子稍恍惚了一下，车轮就端直碰到了迎面而来的蔡素芬身上，幸亏他刹车及时，没有把蔡素芬撞倒"②。这段交代了两人因为何种原因而相遇以及事发的过程。"顺子从车上下来，连连给人家道歉着。蔡素芬还是一连声地说没事，他就多看了这个女人几眼。也许就是这几眼看出了麻烦，以后每经过这里，都要用目光搜寻一番。一旦不见这个女人，他甚至会觉得失落……直到确实觅不出人来，才快快离去。不过大多数时候，他都能碰上这双热辣辣的眼睛。"③ 小说文本该段提

---

① 陈彦：《装台》，作家出版社 2020 年版，第 31 页。
② 陈彦：《装台》，作家出版社 2020 年版，第 31 页。
③ 陈彦：《装台》，作家出版社 2020 年版，第 31 页。

及了在刁顺子撞到蔡素芬后的内心变化,由事情的惊慌失措到对人的朝思暮想,两人的缘分因此而没有断绝。"他已经知道这个女人叫蔡素芬了,并且死了丈夫,她是一个人来西京城打工的。"① 后来两人有更进一步的交流和了解,刁顺子知道了蔡素芬的基本信息。小说客观提及了蔡素芬为何看上了刁顺子的内心想法和自己的前夫的历史遭遇,而电视剧的《装台》则是通过刁顺子和蔡素芬两人的对话来侧面向观众交代他们相遇的经历。电视剧中第1集蔡素芬说道:"我跟你认识,是你的三轮车碰了我,我没碰你的瓷儿。"刁顺子又说:"咱就算个路遇。"简短的对话让观众明白了两人的来历和关系。电视剧第13集34分21秒到35分25秒菊花看到三皮和蔡素芬的场景,加上自己又怀孕了,便要求蔡素芬向自己的父亲刁顺子交代自己的过去,蔡素芬才向刁顺子以自述的形式进行交代:"我以前的男人,因为我杀的人。"用三皮的出现、菊花的发现来引出蔡素芬自述她的前夫历史。

小说原本出现的文化元素在电视剧改编的移植上得到良好的保留,并且通过电视剧表现更加出色。"小说《装台》故事发生的地点在西京,电视剧保留了小说的地点,以西安为背景,同时涵盖了陕西的美食、建筑和戏曲等特色元素。"② 小说的文化元素内容在电视剧中得到了很好的保留,甚至通过电视剧的二度创作再次润色,小说中提及的故事发生地是西安,这在电视剧里很好地还原了。

小说中提及了秦腔戏曲和美食,在剧中都进行了展示。戏曲元素在书中甚至表现了出来,电视剧也在相应的故事情节中加入了小说相应的戏曲桥段,并留足镜头进行展示。在美食上,凉皮、肉夹馍、裤带面等众多美食也在二次创作的电视剧中很好地加入并丰富了电视剧的西安文化内容。小说还在方言上做了保留和运用,如在刁顺子骂菊花不讲道理还肆意挑起矛盾赶蔡素芬时标志性的"啥东西",在刁顺子说墩子时的"狗贼",在刁顺子说寇铁"哈怂"等,都很好地保留

---

① 陈彦:《装台》,作家出版社2020年版,第31页。
② 张淼:《现实向浪漫的温情回归——〈装台〉与其影视改编研究》,《名作欣赏》2021年第7期。

了西安人的方言特色。在《装台》的电视剧中,刁顺子扮演者张嘉益也很好地复刻了"哈怂""啥东西"等方言名词。在普通话的语调中保留了方言的基本特征,也向观众展现了一个地地道道的西安人。

《装台》小说在其中写了很多秦腔的文本供广大读者理解和认识,但根本上是静态的描述,电视剧《装台》的二次改编保留了戏曲,并且用声音、光线、演员、舞台甚至在场观众,来生动、动态立体地表现出这些戏曲的现实魅力。跳出文本的抽象化和不具体,用视听语言的展示形式来更好地表达戏曲深厚的文化韵味。小说中提及的《清风亭》和《人面桃花》都在电视剧中完整地呈现给了观众们,通过视听语言优势更加具体地展现出来,让观众和读者更好地理解戏曲的内涵与魅力,以及舞台背后相关人员的努力与艰辛。

人物是小说和电视剧的重要组成部分,人物的各自特色形成了剧中各式各样的联系和故事。电视剧与小说的人物(角色)增替差异,小说角色人物在电视剧上出现了不同的变化,电视剧与小说在人物形象的塑造上有所不同。人物形象在电视剧本身的创作中,需要对原著的人物形象分析,保留必要的人物形象与性格,进行合理的二度创作,整部电视剧的角色比小说原著角色在人物关系联系上更加整体、紧密、丰富。

电视剧与小说的人物(角色)增替差异。小说中常出现的人物主要有:刁顺子装台队伍出现的人物为:大吊、猴子、墩子、三皮等;刁顺子家庭出现的人物为:刁菊花、韩梅、蔡素芬等;其他人物为:瞿团长、寇铁、朱老师、谭道贵等;其他角色为断腿狗、蚂蚁等;他们均出现在小说的故事情节中。电视剧《装台》的人物与其他角色却有相应的改动或增替,如大吊更名为大雀,墩子更名为墩墩,小说原文的断腿狗更名为小黑,寇铁更名为铁扣,朱老师更名为窦老师,疤子叔更名为八叔(别称"疤叔"),谭道贵更名为谭道厚等。角色上有所取舍,电视剧中新增加了转转、油饼、二代、丹姐、老姚、熊娃、八嫂等角色,油饼、转转丰富了装台队伍的具体人物形象;二代辅助电视剧刁菊花改编的剧情需要;丹姐是明星代表与刁顺子互动,为了突出顺子的能力出众和人缘较好;熊娃是电视剧中新增的关爱残障人士的代表;八嫂是辅助电视剧八叔改编的剧情需要;老姚的出现及发生的装台问题让观众看到铁主任离不开刁顺子的装台队伍;等等,他们各自在剧中代表不同群体,且有各自的生活圈子,却出现在同一剧中,互相产生一定交集,使得电视剧提升角色上的丰富性。

电视剧与小说在人物形象塑造上有所不同。一方面人物形象在电视剧本身的创作中,需要编剧对原著人物形象了解透彻,保留必要的人物形象与性格,进行合理的二度创造。在人物的形象塑造上对原本的小说的改编要控制在合理的界限之内,才能保证大众可以接受改编后的内容,这是在新的创作的同时,要忠实原著的前提下对小说人物形象的再认识。

例如电视剧中的刁菊花和小说原著具有显著的艺术变动与改动。小说中"陈彦在写刁菊花这个人物时,虽然给予了她一定程度的人道主义,但是整体上还是在揭示她性格中野蛮的一面"[1]。"如果完全遵从原著把刁菊花形象还原,那普通观众势必大部分都难以接受这样一个残忍的人物。"[2] 小说中刁菊花因为自小父母离异,造成自幼缺少母爱。其父亲刁顺子为人卑微低下,让人觉得活得窝囊,自己的面容又稍有丑陋,将至三十岁却迟迟找不到对象,故逐渐自卑和三观扭曲,在小说中,刁菊花做事心狠手辣且好吃懒做等特点都给人极为深刻的印象。蚂蚁被菊花用开水烫死,卧室钻出的蟑螂被她肢解,还静静观其生死变化。因为生气与怨恨,对断腿狗进行残忍虐杀。"她便顺手操起韩梅桌上的水果刀,一下从狗背上扎了进去……她飞起一脚把断腿狗踢翻,并在它身上狠狠踩了几下,叫好了的狗就毙命了。她看见,那条断腿,是被她踩出了白花花的骨茬的。"[3] 文中提道:"今天自己在处死这条断腿狗时,心里竟然连一点害怕的感觉都没有了,并且还觉得很快活,很过瘾,很兴奋。"[4] 狗死的快乐已经不能让她满足,她

---

[1] 赵晓玲:《电视剧〈装台〉人物形象改编特色分析》,《西部广播电视》2021年第21期。
[2] 赵晓玲:《电视剧〈装台〉人物形象改编特色分析》,《西部广播电视》2021年第21期。
[3] 陈彦:《装台》,作家出版社2020年版,第266页。
[4] 陈彦:《装台》,作家出版社2020年版,第266页。

还甚至在虐狗："她就给死狗身上穿上铁丝，楔上钉子，又从鼻窟窿里插上筷子，最后，拿起韩梅放在盘子里的一根生黄瓜，狠劲儿捅进了狗的私处……她用韩梅的一只长腿丝袜，把死狗血淋淋地吊了出去。"① 书中刁菊花经历过这种令人愤慨的虐杀断腿狗的行为后，只感受到自己的快乐和解气，极其扭曲的心理、变态的行为，电视剧中进行了相应调整和改编。在刁菊花的人物形象塑造上，电视剧的刁菊花没有完全复刻小说中的残暴、扭曲、变态、自卑的性格，仅向观众保留了刁菊花的蛮不讲理、缺爱、横直的人物形象。电视剧中刁菊花不仅在蔡素芬的出现后特别提醒过父亲刁顺子以防蔡素芬欺骗他的情感，还用蛮横的语气关心父亲。对妹妹韩梅的表现也和小说中大不相同，从小说刁菊花与韩梅的你死我活的斗争，变为电视剧中虽有蛮横但对妹妹韩梅的关心。电视剧中的刁菊花不是小说中的冷言冷语，保留了蛮横个性，却有着刀子嘴豆腐心。从心狠手辣变为刀子嘴豆腐心的性格，刁菊花在前文中提到的变化都是在遵循原著的性格形象基础上进行的调整和再创造，在对待父亲刁顺子的态度表现上是有基本保留的，彪悍强势的性格还展现在观众眼前。

  电视剧刁顺子和小说中的形象描写有所差异。小说塑造出的刁顺子人前卑微生活的单调形象，在电视剧中改变为对平凡生活的自在享受和对事情沉着应对的形象。刁顺子在小说中的卑微是在电视剧中有所保留的，在小说中刁顺子没有和蔡素芬有特别幽默调情的对话段落，并且小说中刁顺子不是忙于装台的辛苦事业，便是奔波在家庭的琐碎之中。电视剧中的刁顺子在矛盾发生时，表现较为平和与风趣，在处理事情上更加灵活。如在小说中，刁顺子对靳导的态度更加卑微，被责骂的时候也只能默默受气。而电视剧的刁顺子不仅在靳导面前可以讲笑话让靳导开心快乐，处理事情也更加游刃有余，得到了靳导不少赞誉。

  小说文本中的疤子叔是经典的社会地痞流氓形象，在刁大军身患

---

① 陈彦：《装台》，作家出版社2020年版，第266页。

重病的时候还依然惦记讨债，把人性的黑暗展现得淋漓尽致。电视剧的八叔和小说人物不同，电视剧创作者把八叔这个人物从黑暗的地痞流氓改成观众眼里看到的纸老虎，八叔表面霸气凶猛，但内心却幽默可爱。八嫂人物角色在电视剧出现，让观众看到八叔的内心柔软可爱。在电视剧中增加了刁菊花和八叔的故事，让人物角色之间的联系更加紧密，这是电视剧改编《装台》小说人物形象二度创作的一大特征。

小说和电视剧是两种不同的传播媒介，二者叙事手法有一定的表现差异。小说是逆时序，是跳跃式的叙事，不需具备完整的故事发生流程；电视剧是顺时序，依照故事的发展推动进行叙事，具有完整的故事发生流程。小说的叙事时序是跳跃式的；而电视剧则可以看到明确的空间和时间顺序。从刁顺子一家的居所到城中村，再到装台的工作舞台和西安的整个大城市等，都让观众直接感受到他们之间的时空顺序。小说故事的发生到结束的时间和电视剧呈现出来的效果是不一样的，例如两则同样的故事：刁顺子的装台队伍在布置场景的过程中，小说通过文字可以令读者自行判断时间的长短和空间的变化，但电视剧呈现的是具体的画面，即便在表达上时间长度变化不一，观众也可以从具体画面的时空变化来进行合理化的接受并观看故事的发展。

在蔡素芬交代自身历史的问题上，小说通过蔡素芬当时情感和遭遇可以灵活地叙述出历史的场景，小说本身的跨越时序叙事对读者影响不大，在来回跳转中较为灵活多变，不受画面的限制，故事插入更加自由。电视剧在叙事时序上是总体顺应自然时间的发展，在叙事灵活程度上不同于小说那般随意自由，需要一定的限定条件和故事发展来进行合理的引出。蔡素芬在电视剧的自我历史讲述上是通过三皮寻找蔡素芬后刁菊花发现了异常，在故事矛盾的推动下，描述了蔡素芬的历史。小说中的断腿狗是在刁菊花虐杀后通过韩梅小说开始进行插叙描述，借此突出文中的断腿狗对韩梅的重要性，以及渲染刁菊花的变态狂暴行为。电视剧中狗名叫黑子，黑子是从电视剧的开始就顺理成章地出现，又因为欺负了剧中八叔（原著中的疤子叔）的爱犬毛蛋而被八叔追打伤了腿，后跑到刁顺子的家中成为剧中刁菊花的宠物，一切以时间顺序展开。

二 《装台》小说与电视剧艺术特性的关联

小说与电视剧作为两种不同的传播形式，在故事讲述和人物塑造方面有着相同之处，但其差异也是显而易见的。语言是文学艺术的本体，小说的艺术呈现方式在于文字的描绘，电视剧的艺术呈现方式更多以拍摄画面与人物对话为主，以音乐和独白补充为辅。《装台》小说的语言更加具有抽象性质，文字表达更加依赖读者通过自身的想象、加工进行合理化还原；《装台》电视剧的视听语言更加具有确定性："电视语言的声画元素在任何情况下都是用眼睛可以看见的、在表面上可以感觉到的具体形象"①

小说在文字表达上更加抽象，"抽象性是语言文字的力量源泉"②。在小说的文字表达中，"小说用语言文字叙述事件，叙述者只受思维逻辑的制约，思维是不受时空限制的，语言作为思维的外化，自然也就能够打破时空的限制了"。文字不是电视剧的画面那样内容具体给定，而是通过文字的描述给读者较大的想象加工空间。在电视剧《装台》中并未介绍和提及刁顺子的梦境，但在《装台》小说中，刁顺子一夜做了非常多的梦："他做了一夜梦，不是梦见大吊那个疤子娃，就是梦见大吊和他媳妇，还有猴子、墩子、三皮他们，闹着要他回去承头给人家装台。后来又梦见上城墙，不仅城墙上的人多，而且城墙下的人也是密密麻麻的，开始还都是人，后来咋就都变成蚂蚁了。"③ 电视剧想要表达刁顺子梦见城墙，又发现自己和周围的人都变成了蚂蚁，需借助镜头拍摄技巧、剪辑技巧甚至特效来实现。小说的表达却可以仅用文字写出的一句话来简单表达并且让读者想象；在灵活表达上，小说可以不受想象限制，灵活地表达电视剧较难实现的具体场景。

---

① 李磊明：《对叙事媒体转换的理论探讨》，《现代传播》2003 年第 4 期。
② 段怡然：《小说与影视艺术符号表达对比分析》，硕士学位论文，西北大学，2013 年，第 13 页。
③ 陈彦：《装台》，作家出版社 2020 年版，第 342 页。

电视剧拍摄以画面与人物对话为主，以音乐和独白补充为辅。电视剧的创作也借鉴了电影创作的技巧，包括画面语言、声音语言、蒙太奇艺术表现手法的运用等。《装台》电视剧的画面语言艺术的呈现，演员进行了情感再现表演，镜头拍摄出画面来成为电视剧的重要部分——画面语言。不同于小说使用的文字，在情感表达上不仅要展现出具体的人物表情与动作，还需要注意更多的细节，如镜头高度、人物站位、光线亮度等。例如，第13集34分21秒到35分25秒，蔡素芬向刁顺子交代自己的过去，35分01秒画面中人物的站位关系为：蔡素芬（闫妮饰）为左上坐下低头俯视，刁顺子（张嘉益饰）为右下蹲下抬头仰视；环境光线为左光源透窗向右照射；人物面部光线为蔡素芬背对光线面光较暗，刁顺子面对光线面光较亮。当前画面的故事情绪中，蔡素芬为悲伤难过的，而刁顺子为安静倾听且不嫌弃和怀疑的。画面的光线将蔡素芬背对光线且面光黑暗，驼背低头的姿势恰好通过画面语言渲染了和辅助表达了人物此时的消极悲伤情绪和主动诉说的状态。刁顺子面对光线，此时面光明亮，抬头仰视蔡素芬听她诉说，从抬头仰望的姿势上可以表达出他被动倾听的状态。人物面部明亮和黑暗恰好形成有张力的对比画面，向观众直观表达了彼此状态，辅助理解人物对话和情绪。再例如，第13集31分53秒到32分18秒故事，讲述了周围人议论刁菊花的肚子里的孩子是谁的，八叔此时听到后的心慌和惊恐。这一镜头采用移镜头加焦点移动的方式巧妙地展示了八叔（原文为疤子叔）和议论者们的位置与对话关系，在这一基础上，镜头移动时八叔还在偷听，因为分心而被茶水烫到，都表达了八叔听到人们议论后的惊恐和心慌。画面移动和焦点移动使观众视觉无缝切换到另一方向，同时把画面交给议论者，使观众感受到八叔和其他角色的对话关系。这是小说文字表达无法呈现的艺术效果，画面向观众交代了人物关系和时空位置，更加立体地展现故事内容。

《装台》电视剧蒙太奇艺术表现手法的运用。通过将不同空间的运动进行并列与交叉，还可制造各种不同的意境，而将不同时间上的运动进行并列与重放，又可对人物的心理经历与当下的内心活动进行联系。蒙太奇是一种剪辑手法，电视剧创作者可以使用蒙太奇操控时间与空间，使影视创作者能依其个人生活经验提炼出生活当中最生动、最富感染力的部分。例如电视剧第 26 集 28 分 47 秒到 29 分 50 秒，讲述的是蔡素芬的离去，刁顺子骑着三轮车满城市寻找未果。多组场景镜头画面进行拼接，表现出刁顺子的急切和辛苦，到最后一人坐在三轮车旁边，人流穿梭的延时使观众感受到刁顺子内心的孤独悲伤和时间流逝。对于电视剧创作者而言，镜头的拍摄并没有长达一天，但多镜头、多时空的拼接剪辑使观众体验到时间的流逝与漫长，感受人物内心的焦急和难过。再例如电视剧第 27 集 28 分 01 秒到 28 分 14 秒，大雀带着妻子和女儿丽丽来到儿童康复中心，看到丽丽和其他小朋友快乐玩耍，画面从丽丽开心，到妻子开心，再到大雀开心的画面剪辑顺序，为观众表达出三人同一时空的喜悦之情。将三个人的镜头拼接，观众就可以自行联系镜头之间的关系，了解故事人物情感的变化与联系。《装台》电视剧在剪辑的过程中也使用了相似主体转场进行故事叙事创新。"能给观众带来较强的视觉冲击，营造出叙事情节的同时也能使镜头节奏更加紧凑。"① 电视剧在故事的叙事衔接上是有自身优势的，在相似主体转场的运用时，既可以使两个不同故事相似主体之间灵活跳转，"形成自然而巧妙的画面衔接"②。还可以让观众合理转移当前的故事情感，进行下一个故事剧情的观看。例如《装台》电视剧第 13 集 36 分 51 秒到 37 分 00 秒，从刁顺子紧牵蔡素芬的手跳转至猴子和墩墩的相聚碰杯。上一个故事画面还在讲述蔡素芬的去留矛盾，下一个画面就通过主体"手"进行相似主体转场，这样的画面无缝衔接，从视觉上将观众从上一个故事巧妙拉出，从视觉上合理化接受下一个故事。观众会通过视觉匹配进行合理化的接受，调整情感，逐渐接受新的故事。从剪辑转场方面，通过主体相似性来提升画面跳切的流畅度，优化观众的视觉体验。小说叙事具有灵活性，在叙事方面，文字的自由表达不受具体时空限制，也不需遵循常理，读者会在文字

---

① 杨亚洁：《电影中相似主体转场的应用浅析》，《声屏世界》2021 年第 23 期。
② 杨亚洁：《电影中相似主体转场的应用浅析》，《声屏世界》2021 年第 23 期。

的灵活叙事上给出自身合理化的解释和想象。电视剧叙事要求逻辑严密，如故事发展阶段、人物关系发展、时空场景转换等都需要向观众提供一个合理具体的过程。"小说故事中的表现力，不受任何现实束缚的阻挠，绝对没有它做不到的场面调度，它具有自然界以及精神方面的至上能量。"[1] 小说借助文字可以表达更加富有想象力的内容，"小说可以展开想象的翅膀，不厌其烦地进行铺叙和描述，但要转换成电视语言叙述，就有很大的难处"[2]。在《装台》小说中，文中多次提及蚂蚁这一角色。小说中细致描写了刁顺子的梦境，自己在梦境中是一只蚂蚁的奇妙经历。在小说中文字的描写，让读者可以自行想象出来，但从电视剧出发，相比小说文字实现同样的效果需要一定的创作条件。"模仿的叙事的领域对于语言文字始终是大门紧闭的。"[3] 小说可以使用多条故事线同时进行，电视剧的故事线相比小说要求简单明确。电视剧在充分理解小说的故事需要后会进行相应的优化，在重点故事上保留和强化，对非必要故事进行合理取舍与改编。

电视剧不同于小说，首先在叙事过程中要抓住故事的核心，进行适度的优化剧情和故事情节修改，完全跟定原著的电视剧创作并非达到本身最佳效果。"影视化改编不能完全依赖原著的文字，好的编剧会通过对原著作品的调整，增删必要情节，充实故事，升华主旨，满足受众的期待。"[4] 在《装台》电视剧中，人物故事联系更加紧密，剧情发展更加具体突出，角色形象有所简化或调整，这些电视剧的创作调整都是其叙事上的严密考量。例如刁顺子与其他剧中人物的互动联系相较小说更加紧密，在大雀与刁顺子的两人故事中，相比小说原型大吊与刁顺子的故事更加具体紧密，电视剧加入了刁顺子与大雀更多

---

[1] 段怡然：《小说与影视艺术符号表达对比分析》，硕士学位论文，西北大学，2013年，第13页。

[2] 李磊明：《对叙事媒体转换的理论探讨》，《现代传播》2003年第4期。

[3] 段怡然：《小说与影视艺术符号表达对比分析》，硕士学位论文，西北大学，2013年，第13页。

[4] 袁潇坤：《从视觉叙事角度看文学作品影视化改编》，《卫星电视与宽带多媒体》2020年第8期。

的二人互动剧情，向观众展现了两人的关系程度，侧面丰富了大雀的人物形象，其次为后续刁顺子见大雀妻子周桂荣和女儿丽丽做好剧情铺垫，也向观众解答了大雀平时努力赚钱勤俭节约是为了自己女儿丽丽的面部整容手术，这些相比小说故事，叙事前后更加完整与严密。

电视剧叙事需要更加明了直接。"由于视觉叙事的动态性，受众很少会对于某一细节进行反复观看和长时间停留揣摩，因此影视剧中更需要一个全知全能的视角，向观众展示更多原本观众无法看到的。"[1] 小说对于故事剧情的细节刻画是有文字层面的优势的，叙事更加自由，描写更加自如。电视剧是靠声音与画面进行故事的讲述，要充分考虑观众的观看体验，要在剧中营造的模拟现实时空中用合理的画面与声音尽可能地表达出更多信息，所以在画面的挑选、演员的表演，甚至环境、声音、光线等构成元素中使用最符合当前视觉欣赏和情感认知的视听表达方案。例如在《装台》电视剧中，八叔与八婶的对话中，当单纯对话不够突出表现此刻人物之间是何种对话氛围时，便会用音乐进行补充和渲染，紧接着人物此时的关系开始明朗。剧中的很多对话和动作镜头都会在恰当的时机中加入音乐，来辅助表达当前画面情绪与氛围，供观众更好观看与理解。再例如前段分析的电视剧画面镜头表达效果，将大雀、周桂荣、丽丽微笑镜头剪辑在一起，刁顺子四处寻找离去的蔡素芬时各种人物镜头和各种环境镜头的拼接等等，都是电视剧创作在使用符合自己表达的视听语言的优势进行叙事。电视剧借助自身的视听语言优势，使观众在欣赏的同时也充分调动了自身的主观能动性，留给观众思考与想象的余地。

三　《装台》小说与电视剧改编原因

从经典的文学作品，到广受观众喜爱的电视剧，如上所述，电视剧创作者根据两者艺术形式的特性进行了改编。具体而言，电视剧与小说分属两种不同的文化传播媒介，受众群体不同是导致其进行改编

---

[1] 袁潇坤：《从视觉叙事角度看文学作品影视化改编》，《卫星电视与宽带多媒体》2020 年第 8 期。

的原因。

小说和电视剧是两种不同的传播媒介,在传播的表现形式上是不同的。《装台》小说借助文字的表达进行故事的延续,为读者带来了更加精彩生动小说故事。小说抽象的文字语言表达会使读者在故事理解上出现个体偏差,小说的描写表达更加灵活与细致,文字的叙事可以从语言、动作、心理、神态等描写中灵活切换和表述。当然小说也受限于文字本身,文字抽象的特性,在展现具体画面、介绍事物本身上都无法很好地与电视剧媲美。电视剧的镜头表达得更加清晰和直观。表达不再拘于读者对小说的理解,更多是镜头画面和声音的展现。

小说属于抽象的文字表达。"故事的讲述者通过故事文本与故事的接受者之间形成的一种动态的双向交流过程。"[①] "叙述者可精雕细刻,读者可重点欣赏,反复阅读,传播不受地域限制。"[②] 小说借助文字表达是需要要求读者用自身的想象力进行文字的理解加工,对于故事情景的再现会出现个体化差异。"小说家的故事叙述形象塑造体现着强烈的个性化色彩。读者在阅读小说时要根据自己的理解和生活经验进行一次形象再创造。"[③] "一千个读者就有一千个哈姆莱特"这句话解释了每位读者对于小说故事是有各自的想象偏差的,每位读者的理解是不同的。由于文字的抽象表达,它并不能立体和具体地表现实景,更考验读者本身对于故事内容理解和自身想象程度。对于小说而言,文字是它的载体,每一位读者在人物形象上的思考、故事发生的过程上都有一定主观想象的影响。

小说的描写细节更加灵活。小说依靠文字的表达本身相比电视剧的视听语言而言更加抽象和开放,小说不局限于镜头语言的表达。在《装台》小说的人物描写中,小说相比电视剧可以更多地补充描述人物当时的细节,如动作、心理、表情、神态等。甚至在电视剧中不易

---

① 李磊明:《叙事媒体转换:叙事学研究的理论空白》,《电视研究》2003 年第 12 期。
② 李磊明:《叙事媒体转换:叙事学研究的理论空白》,《电视研究》2003 年第 12 期。
③ 李磊明:《叙事媒体转换:叙事学研究的理论空白》,《电视研究》2003 年第 12 期。

表现出来的人物微表情和动作，都可以更好地描写出来以供读者更好地了解人物和故事的细节。其次小说在描写人物角色的同时，能补充人物的内心活动，让读者更加完整地了解了人物的外在动作与内在心理的关系。如在小说中，描写刁菊花和韩梅的争吵时，小说分别对刁菊花和韩梅互相对峙的内心活动进行了描写。在刁顺子被靳导在拍戏时劈头盖脸地指责时，小说先描写了刁顺子的外表动作的卑微和妥协，后又接着描写了刁顺子的不满和内心抱怨，这些细节的补充既没有打乱故事的节奏，也没有让读者感受到违和，更多是增强了小说的描述充分和对细节的强调。

小说受限于文字表达无法展现内容画面与声音。对于《装台》小说而言，文中多次提及戏曲内容，但均受于文字的表达瓶颈无法向读者展现戏曲的具体表现。在提到《人面桃花》和《清风亭》的戏曲内容时，均为介绍和文字概括。对于不太了解戏曲本身的读者有一定程度的影响，文本的直接描述也无法很好地表达出戏曲的具体魅力。

电视剧的镜头表达更加清晰和直观。与小说有所不同，电视剧《装台》的人物层面的表达不再拘泥于读者对小说的理解，更多是考验演员的演技，演员的面部表情、动作、神态都可以直观地展现出来，让观众从第三人称视角去观察已经塑造出的具体人物形象。如电视剧的开头，交代了部分人物和刁顺子的居住环境、人物关系，刁顺子蹬三轮进入自己的住所，一路上遇见的相关人物进行了引出介绍，都让观众直观地感觉到人物的存在，交代了时空信息，从刁顺子蹬三轮一路招呼其他人和敲打三轮车"让一让"的动作和语气都可以看出电视剧中刁顺子的人物性格。

电视剧《装台》的基调氛围和小说有很多不同，一部分原因也要归功于视听语言中的"听"。人物对话成为电视剧相比小说的突出不同之一，电视剧因为要实景拍摄以展示故事，就要遵循现实世界的叙事方式，仿照小说的细节补充描述，加入在电视剧的基本展现中不够适用。《装台》电视剧的独白就是一个经典的小说补充描写解决方案，通过一个故事的结束运用独白来补充电视剧在遵循现实生活叙事方式基础上的补偿。在故事情节通过镜头拍摄后有所不完善或不明显的时候加入独白，即可以辅助电视剧故事的合理化补充，还可以让观众更好地接受和理解故事内容。相比《装台》小说，电视剧中背景音乐起了举足轻重的作用，活泼风趣的背景音乐响起，会使当时的氛围瞬间向音乐传递的基调靠拢。在八叔和八婶的对话中，人物对话从对峙到互相挑逗的氛围转变过程，也依靠音乐渲染。在菊花对蔡素芬追悔莫及时，音乐响起也辅助渲染了菊花的内心感受。镜头手法的表达相当于小说的绝妙修辞，在《装台》小说和电视剧中，蔡素芬的离开，小说和电视剧采用了不同的方式来表达悲伤氛围；刁顺子找蔡素芬时的慌乱与焦急，电视剧采用刁顺子在不同场景的快速切换和拍摄人物面部表情且伴随镜头的旋转或晃动来表示刁顺子的心理。小说描述的刁顺子的表情和动作在电视剧改编中通过镜头手法表达，两者虽在部分剧情上有所不同，却保留了基本的情感关系和变化。

不同的传播形式都有各自对应的受众群体，小说的受众群体为读者，读者需要一定的文化水平，对文学阅读具有一定的兴趣。读者从作者描写的文字出发进行故事内容理解和想象。"叙述者把故事写成文字，制成印刷品，读者通过阅读欣赏。"[①] 读者需要具备一定的文化水平且爱好文学。小说的读者，追求具有一定震撼力的故事。具体而言，《装台》这部小说在于写出真实的生活苦难和一群在底层挣扎的装台人。文字的理解和表达方式让受众群体不如电视剧广泛，有一定的审美理解门槛。小说本身在于把生活通过艺术真实还原，把人情世故呈现给读者，所以在人性、欲望等层面并不取舍，而在于艺术还原。读者们希望从中感受到真实的人生体验和获得文学价值。

电视剧的观众范围广泛，文化水平参差不齐，对于大众理解要求不高，观众不需要具备过高的欣赏条件。"《装台》原著小说根基深厚，人物形象与故事鲜明丰满又极具典型性特征，但苦难叙事与悲情

---

① 李磊明：《叙事媒体转换：叙事学研究的理论空白》，《电视研究》2003 年第 12 期。

结局，也是导致很多读者难以共情的原因。电视剧编剧对原著小说进行了大刀阔斧的改编创作，适应现下群众对美好生活的向往。"① 电视剧要考虑较广的受众群体，要创造大众所喜闻乐见的文化内容，需要剧情轻松愉悦。《装台》的电视凸显喜剧色彩，内容积极幽默，为大众减压而放松，故此当下的受众在快节奏职场工作、家庭重担等压力下，偶尔的放松一下，从观赏影片带来心理愉悦感。在内容上要求贴切大众且通俗易懂，要引人入胜，可以让观众有较好的影视剧体验，同时进行必要的独白补充以增强大众对电视剧的观看和理解。《装台》考虑到受众群体的需要，把小说内容和基调从受众群体的接受心理出发进行了适当的改编和调整，例如强势、变态心理的刁菊花人物形象，被改成了一个虽强势却有一颗值得感化缺爱叛逆的大姑娘；在刁顺子的形象上，剧中更改为有一定吃苦能力和为人处事原则的善良装台头目；在电视剧结尾，为了顺应观众的观赏体验，将原小说故事蔡素芬与刁顺子的分离悲剧故事，改为三皮带着蔡素芬来找刁顺子复合，自己想清楚了不再纠缠；等等，都是为了受众的欣赏和审美需要进行了适当调整，让在娱乐观看的同时，保留小说一定的特色。

四 《装台》电视剧改编策略

在小说原著到电视剧的转换过程中，电视剧需要考虑自身的属性，出现了不同的改编策略内容。一方面从改编内容上的选择出发，对小说原著故事进行再加工处理；另一方面从改编方式的选择出发，对小说原著故事内容进行保留或创新。

小说到电视剧的改编过程中，首先选取故事性强的内容，通过后期电视剧创作者的思考和处理对故事情节进行强化处理。其次选择大众对故事代入感较强的内容，增加观众对电视剧的同理心和真实性。选取故事性强的内容，进行电视剧创作层面的故事情节强化处理。"情节强度较高的作品往往收视效果也较高，所以很多由小说改编而

---

① 乔慧：《重塑边界再造共识中合格调反转基调——电视剧〈装台〉改编研究》，《电视研究》2021 年第 5 期。

成的电视剧通常都会以强化故事情节的方式来提升吸引力。"[1] 一般把小说原著故事情节作为电视剧的素材，在此基础上进行加工和改造。电视剧的故事讲述在于吸引观众提升传播性，从而引发经济利益。另一方面，观众的接受程度参差不齐，为了考量兼容程度，电视剧会把小说故事的改编侧重到大众所喜闻乐见的文化内容，以此增加观众的观看兴趣度与欣赏性。选取小说故事性较强的内容再加以电视剧改编，强化故事情节，使剧情更加紧凑和具有关联性，电视剧内容更加引人入胜，观众对故事发展也会持续关注。例如在《装台》电视剧中，电视剧的内容与小说的内容保持较高的一致性，并没有破坏小说的原文故事的主要情节内容，即便在部分情节内容上因为电视剧的创作考量而再次调整改编，却与小说原著没有较大违和感。小说的刁顺子装台场景和家庭场景切换没有明显的衔接界定，而电视剧的刁顺子在两个场景的切换上更加顺从故事情节的需要而进行过渡衔接。刁菊花的出现也是选取小说中刁菊花最让人印象深刻的性格，阉割其他不符合电视剧创作价值观的成分，在尊重原著保留重点故事内容基础上，进行电视剧加工创作。小说的刁菊花的蛮横个性是这个人物的主要特点，也使读者印象深刻。电视剧保留小说刁菊花的基本特性，在不妨碍人物形象对故事内容的需要基础上，进行合理化的改编，留取核心改编，强化符合电视剧创作需要的内容。

"影视作品的'潜在读者'更为广泛。因此，影视化改编后所呈现的主题需要符合受众期待和主流价值观。"[2] 保留使观众共鸣的内容，增加观众对电视剧内容的同理心和真实性。电视剧为大众观赏娱乐，既然要吸引观众持续关注，让观众产生共鸣也是电视剧内容选取的重要一环。电视剧在小说内容的选取上，更考量观众的接受程度，选择符合大众认知的内容。《装台》小说到电视剧的成功，都离不开故事视角与观众的生活层面有高度重合的一面，普通的百姓故事更可

---

[1] 黄力力：《小说改编电视剧的叙事策略辨析》，《广电时空》2017年第5期。
[2] 袁潇坤：《从视觉叙事角度看文学作品影视化改编》，《卫星电视与宽带多媒体》2020年第8期。

以引发大众的共鸣与同理心。一方面《装台》正是广大普通老百姓的真实写照，另一方面人们对于真实生活贴切的故事也有兴趣观赏，故事本身就具有一定的参考性，代入感极强。电视剧还把大众的审美需要加入其中，美好的故事结局、矛盾起伏的故事内容、来源于周围生活的真实场景，都吸引着观众对《装台》电视剧的观赏。再加上参演演员和故事文化的地域加成，对广大观众都产生了较好的共鸣与代入感。在对小说作者陈彦的采访中提到："像张嘉译、闫妮这样一批演员，他们都付出了非常艰辛的劳动。能看到，他们都努力贴近真实，没有用一种虚假的表演或是虚幻的场景来表现这些普通劳动者的生活。"①

小说到电视剧的改编方式一般为两种：一种是忠实原著故事的视听语言转换；另一种是对小说故事进行较大的二度创作创新。小说不同于电视剧，小说在于向读者提供故事，而写作目的并非直达电视剧的创作，所以一般电视剧的创作过程中都会将小说不符合电视剧创作的内容进行一定优化和更改。这里一方面，小说故事有很强的跳跃性，故事内容错综复杂，不利于电视剧的改编，会增加拍摄制作成本和观众的理解难度；另一方面，小说是抽象灵活的，导演编剧在故事的阅读的过程中也会加入自己的思考和理解。

"遵循尊重原著的原则可以避免主题内涵和情节的偏离，不仅可以获得原著粉丝的支持，还可以用影像最大程度展现原著中的世界。"② 就《装台》电视剧而言，改编方式是基于小说故事、保留主要内容的基础上对故事重新做了调整和创新的。电视剧创作并未背离小说原著，偏离故事情节，而是提取《装台》小说的原著主要内容、主题内涵、故事情节，进行合理化的电视剧创作转换与创新。《装台》电视剧的上映，不仅受到了观众好评还受到了小说读者的认可与支持。在《装台》小说作者陈彦对《装台》电视剧问题采访中，他评价道："我对他们的二度创作以及三度创作都是满意的。电视剧的改编肯定会有些脱离小说，做一些新的创造，我觉得这也是对的，因为它们是

---

① 柏桦：《电视剧〈装台〉背后的文学力量》，《陕西日报》2020 年 12 月 17 日。
② 赵宇：《浅析网络小说的电视剧改编策略》，《当代电视》2016 年第 6 期。

不同的艺术样式。每个人对时代、对生活、对艺术都有不同的解读、不同的理解，他们所付出的创造值得我敬重。"① 例如，刁顺子的故事结局不同于小说结局，把遗憾现实的悲惨结局从电视剧层改编成为圆满积极的结局——刁顺子和蔡素芬牵手成功。蔡素芬人物性格保留基本的内容，但角色的身份从一个妇女改编为一位老师，三皮的出现，从小说的装台正常男女暧昧变成了单方面追寻的年轻学生。八叔不再像小说的疤子叔一样冷酷无情，刁菊花从变态丑陋的人物形象改成了相貌可观蛮横的正常少女等等，这一切都是《装台》电视剧对小说故事的二度创作思考。

合理的二度创作创新是一种改编策略的选择。忠实原著和大胆创新一直以来都是各界互相讨论的两种看法，但随着时代的发展和变化，"当我们沉浸于某部影视改编作品是否'忠实原著'研究的时候，却忽略了它们自身作为影视本体的研究，也忽略了对于影视艺术其他批评理论的应用"②。现在一部分小说改编成为电视剧时，也有对于原著小说大量改动在后期电视剧的创作中加入不同于小说原著新的元素。对于小说与电视剧的改编关系，也有另一种看法："没有必要把改编的影片同原作进行繁琐的对比。关键在于它们是两部不同的艺术作品，都有自己的独特思想和观点。"③ 所以就当前而言，一部好的电视剧改编作品的评定，不只在于忠实原著的基础上合理创作，也许电视剧创作者大胆的创新和再次升华创造出的视听语言作品有自己的独立价值与意义。无论是否背离原作的故事内容，从好的小说作品中取材创新会是在另一种艺术形式内的跨界创新与改编延续，这也是新的跨媒介的改编策略。

小说的内容故事和电视剧是有一定差异的。两者需要考虑受众的接受程度和媒介特性，并进行优化，小说在电视剧的改编过程中更多

---

① 柏桦：《电视剧〈装台〉背后的文学力量》，《陕西日报》2020年12月17日。
② 成静：《影视改编理论的质疑——"忠实原著论"是否有存在的必要性》，《青年作家》2010年第10期。
③ 陈犀禾选编：《电影改编理论问题》，中国电影出版社1988年版，第230页。

是对其的一种指导，电视剧要在遵循小说基本故事路线和情感表达的基础上进行二度创作创新，二者在小说到电视剧的改编关系上类似母子关系。小说创造故事，电视剧汲取并再次发展创作，却没有背离小说的基本故事路线。近来小说和电视剧之间的影响越来越深，也出现了小说为适应电视剧的发展而生的小说文本，电视剧也在不断创新，把小说的智慧与内容不断保留和升华，以此带给观众和创作者们更好的体验。当然也出现了起源于小说原著，但随着电视剧的改编创作，也出现了与小说故事有着很多差异的创新之作，这些都是改编创作的方式，小说到电视剧的改编出现了更多的选择。小说和电视剧站在了历史的交叉路口，它们因为世界的发展选择了彼此共进，一个是从历史中一次又一次地发展蜕变，带有古韵魅力文字载体；另一个是人类科技与影视记录不断碰撞产生的现代视听文化载体，它们都有着各自的魅力并选择牵手于此。

第六章　启蒙错位、通俗小说与戏曲化的人物

本著作从宏观角度以秦腔与当代西北作家的创作关系为主体研究对象进行全面考察。本章涉及作家赵树理与山西地方戏曲的关系，山陕梆子名字本身已经说明秦腔与山西地方戏曲的血脉关系，山西的地方戏曲和秦腔同宗同源，山西与陕西相邻，地缘相似，因此将赵树理放在秦腔戏曲的大范畴下来讨论。

第一节　赵树理与地方戏曲的关系

山西梆子当今包括有四大梆子：即蒲州梆子、北路梆子、中路梆子、上党梆子。梆子腔又称乱弹腔，而"乱弹"一词又来源弋阳腔。梆子腔剧种系统的核心剧种是秦腔，秦腔的发源地应是山西的蒲州、陕西的同州府、河南的陕州这块三角地带。同州梆子最初是由元明俗曲形成的土戏，在其演变过程中还汲取了弋阳腔和昆腔的艺术营养，其后形成秦腔大戏，发展成一个以秦腔为核心的板腔体声腔体系。西秦腔就是吸取山陕交界地带的民歌俗曲——"西调"或"西曲"之后，又进一步发展的地方小戏，俗称土戏，或称西秦腔，是秦腔梆子戏发展演变过程中的一种形态。

秦腔在它的角色行当分配之中，丑角占有着独特的地位。丑角行当既可以穿插于生、旦、净之间，起辅助性或点缀性的作用，又可以独挡一面，完成剧情对人物表达的作用。秦腔丑角历来雅俗共赏，它征服观众的特点在于接近生活，在捕捉生活中情趣语言，塑造人物方面，确有画龙点睛的才能。丑行又可分为文丑、武丑、方巾丑、袍带

丑、老丑、小丑、丑旦等。在秦腔剧目中，有许多以丑角担纲的折子戏，更在民间流传多年，深受人民群众的喜爱。

山陕梆子名字本身已经说明陕西秦腔与山西地方戏曲的血脉关系，山西的地方戏曲和秦腔同宗同源，赵树理在创作《小二黑结婚》时成功地引入"方巾丑"、"彩旦"等地方戏曲中丑行的角色特征与功能，二诸葛和三仙姑两个形象不同于以往小说的独特的艺术效果，就在于作家所借重的戏曲资源和进行的艺术加工。因此，他的《小二黑结婚》等小说达到了雅俗共赏的独特的喜剧效果。

一 "上党梆子"嵌入小说叙事内容

戏曲和小说都来源于民间，二者始终存在着千丝万缕的联系，赵树理自觉地吸取民间艺术，将上党梆子融入到小说的叙述中，他小说中对上党梆子的成功借鉴使得小说形成了独特风格。从上党梆子与小说相互之间关系来揭示赵树理小说创作与地方戏曲之间的关联，从而探寻赵树理小说叙事新特点，尤其是小说对晋东南地区上党梆子的借鉴，应当引起研究者的关注。研究赵树理小说创作与上党梆子之间关联，特殊的地域文化造就了小说的成功，更为重要的是赵树理作品所形成的风格特点与当地风俗文化、解放区社会制度联系在一起，赵树理多重创作者的身份也把上党梆子推到前所未有高度，二者在相互影响中共同发展。本节探究戏曲活动怎样表现在赵树理小说中，戏曲活动中自由自在的精神怎样体现在赵树理的小说创作思想中，怎样深层影响了赵树理的小说创作。

山西梆子当今包括有四大梆子：即蒲州梆子、北路梆子、中路梆子、上党梆子。中华人民共和国成立前，山西梆子民间专指中路梆子，成为了民间的俗称。可见那时中路梆子已经取代了蒲剧、北路梆子，成为山西的代表剧种。上党梆子一度称为上党宫调，虽然也接受过蒲州梆子的影响，但走的是一种多声腔的路径，昆、梆、罗、卷、黄五种声腔共存，应属一种以梆子为主的综合性声腔剧种，山西的四大梆子是中华人民共和国成立之后的命名。1958年山西省文化局有一个

"关于统一山西省各地方剧种名称的规定"的文件，对于全省的梆子腔剧种的名称有统一的规定："山西各地方剧种，今后统称晋剧"。晋剧分中路梆子、南路梆子（或称蒲州梆子、蒲剧）、北路梆子、上党梆子（或称上党宫调）。然而规定并不如民间的俗称影响力强，如晋剧原规定本属全省四大梆子的统称。现在晋剧成为中路梆子的专称，取代了中华人民共和国成立前的山西梆子的称谓。

赵树理的小说内容中，可以看到很多关于"上党梆子"事件的描述。从古代开始，中国小说和戏曲就属于同一文化品类，他们之间存在着密切联系，也是一个常被提及的文学现象，戏曲经过长期广泛的传播已经成了民众日常娱乐消遣的一种方式，并且在上党地区形成浓厚的戏曲文化氛围，成为农村文化的重要组成部分。上党梆子是山西省地方戏曲四大梆子之一，发源于泽州，流传于山西省东南部，1934年泽州艺人赴太原演出时，曾被称为"上党宫调"，1957年山西省举办第二届戏曲汇演时，由省政府正式定名为"上党梆子"。上党地区有着丰富的民间文艺活动，民间组织"八音会"在上党地区就普遍存在，只要有几十户的村子都会存在，每个八音会都有自己的会名，人们习惯以它所在的村庄或者街坊为名称，八音会表演的具体内容则是上党梆子。在小说《盘龙峪》中就有对上党梆子的描述："原来盘龙峪的几十个村庄，每庄都备有一套唱梆子戏的乐器，爱玩的人每庄各组成一会，就名为"某村（或某庄）自乐会"。不过他们只是坐着连打带唱，并不化妆登场"。会员们也会边走边演奏，实际上也是一场民间巡演大会，八音会和上党梆子使用的乐器完全相同，村里有人结婚、庆寿、暖房、办丧"时都会吹打一番，不少上党梆子成员都由八音会起家，他们都是从民间自由发展起来，共同的兴趣爱好使他们组合成一会。

戏曲文化在中国源远流长，具有深厚的群众基础，个人创作身份的多样化加速了赵树理的成功。赵树理小说创作与上党梆子的成功结合来自于他熟悉的生存环境、个人兴趣爱好以及当时社会政治形态。上党梆子是山西省地方戏的四大梆子之一，流行于晋东南地区的古老剧种，深受当地人喜爱。赵树理在《李有才板话》中提到，从村里，到野地，到处唱起梆子戏，赵树理本人在九岁时学会打上党戏的梆子，赵树理父亲是个"万宝全"式的人物，说学逗唱样样精通。在这样的家庭氛围影响下，他从小就喜欢唱上党梆子，对戏曲和曲艺有很高的造诣，熟悉舞台表演艺术，尤其熟悉上党梆子。他不仅爱看戏，而且能打会唱，对各种板式、锣鼓经以及表演程式都了如指掌。在赵树理笔下的农村中，几乎所有年龄阶段的人都痴迷于看戏、唱戏，是什么东西能把这样一群人吸引得如此痴迷呢？赵树理就是最好的例子，无论在童年生活中，还是青少年时期，以及在北京的中老年时期，戏曲一直是赵树理内心世界最喜爱的自娱自乐的形式。那些不熟悉民间戏曲的人，是很难理解赵树理终身对民间戏曲的喜爱。

赵树理出生在山西农村，从小受到民间文艺的熏陶，赵树理写于1940年的《怎样利用鼓词》，是最早的关于曲艺的论述，他还发表了多篇关于曲艺的论述，主要有《谈曲艺创作》等17篇，内容涵盖了曲艺的艺术特色、曲艺艺术手法、民间传统的继承和发扬等诸多方面。为了让自己的创作能更好地服务于人民，他继承民间文艺传统，形成自己的独特风格。赵树理创作了十多个戏曲剧本和许多鼓词等曲艺作品，还主编过曲艺刊物《说说唱唱》，他是一代文学大师。赵树理对民间文艺的一些看法、观点都零散发表在一些文艺随笔、评论、讲话、创作谈等文章中。在这些评论文章中赵树理表达了他对曲艺的热爱，充分肯定了曲艺的艺术价值，对如何在小说的创作中合理利用曲艺的艺术手法提出了建议，并多次强调文艺工作者要汲取曲艺的营养为创作所用。

赵树理小说具有独特的韵味。地方戏曲给了赵树理小说创作的艺术营养，赵树理作为创作者的多重身份使他的小说具有别样的特点，极大影响了他的小说创作思想。晋东南上党地区的地方文化无时无刻影响赵树理的创作。他是一位在成名前就已经准备充分的作家，他的上党梆子剧本说明文字都详细具体，对锣鼓点、起唱板式、伴奏音乐、表演动作及情景等都有非常专业而具体的说明，为演出提供了极大的方便。"戏中戏"本是戏剧学的概念，这里指在小说叙事中穿插戏曲曲目、唱词等相关内容。穿插在小说叙事中的戏曲名段和唱词是作家有意识选择的，运用"戏中戏"互文叙事的小说可谓早已有之，在赵树理的理念中，早就超出了"戏中戏"的范畴，他的戏曲创作、表演、观看过程与参与者自由自在活动的氛围成就了赵树理小说创作中的审美情趣和审美创造能力。赵树理小说中的戏曲活动体现了乡民生命个体对自由存在的强烈需要，演戏、唱戏是乡村乡民日常生活的重要一部分，也给乡村世界构建了一个公共自由空间，赵树理在小说创作中对这一活动多有描写。看戏、唱戏在满足着乡民们自娱自乐的需要时，也给乡民们构建了一种戏曲的创作者、表演者、观看者、批评者都可以共存的类似于"公共空间"的乡村自由空间，戏曲的创作者、表演者、观看者、批评者都可以在这一空间中自由存在。在唱戏所营构的这个类似的"公共空间"里，戏曲带给了人们一种置身于传统"家园"的感觉，让他们获得自由自适的归依感。

赵树理喜欢民间戏曲，尤其是上党梆子戏，他对戏曲的导演、音乐设计、舞美设计都做过研究，同时他还是个热情的剧作家、评论家。据《赵树理全集》可知，从1939年至1966年，赵树理创作改编的大小剧本有十三个，写作的戏曲评论有二十五篇，这在中国现代小说作家中是很少见的。在乡村，地方戏曲演唱的主要功能，一是敬神娱神，期望人身平安和风调雨顺等；一是道德教化，通过戏曲人物、故事来传承乡村传统伦理道德；一是自娱自乐，通过唱戏、看戏行为达到自己精神的愉悦，以此消解生活之苦。赵树理在小说创作中强调戏曲潜移默化的"劝人"功效，看重戏曲内容的道德教化功能，而戏曲创作、表演、观看过程中参与者自由自在活动的氛围培植了赵树理小说创作中自由自在的审美情趣和审美创造能力，同时又潜移默化地影响了赵树理小说的创作思想。赵树理生在上党梆子发祥和主要流行的地方，自小深受该剧种的熏染，对其发挥的"劝善"作用多有体味。走上革命文艺道路以后，他就通过《小二黑结婚》《李有才板话》《孟祥英翻身》《三里湾》等作品，揭示农村中封建残余势力对人们道德观念的束缚，热情歌颂民主政权的力量，歌颂新政权下妇女的智慧才干得到充分的发挥。反映抗战时期农村复杂、尖锐的阶级斗争，赵树理的文学作品起到了宣传革命道理，反抗日本侵略和国民党反动统治，弘扬社会正气，推进社会主义建设的巨大作用。

二 塑造生动形象的叙述单位

赵树理将戏曲元素融入小说创作中，形成多元的戏曲叙事，具体包括三个层面：一是类似"戏中戏"的结构来暗示情节发展及人物命运，是戏曲文本内容介入小说叙事，如戏曲穿插，运用戏曲唱词来揭示人物性格及心理；二是运用误会、巧合以及"余韵"、"自报家门"等来组织小说，借鉴戏曲文本创作的某些技巧；三是运用舞台的表演来虚写情节，运用道具、小动作来揭示人物情感及心理。戏曲叙事不仅使赵树理小说充满浓郁的戏曲文化魅力，同时也为现代小说融合、转换传统戏曲资源提供了一种借鉴。赵树理经常说自己创作是在讲故事，上党梆子也是完整的表达一个故事。《小二黑结婚》讲诉了两个青年男女为争取婚姻自由的故事，上党梆子的故事都有人物、完整的故事情节和明确的故事场景，事件是构成叙事的基本单位，总的事件中又包含一系列小事件。赵树理的小说内容中，经常借鉴"上党梆子"故事的叙事特点。赵树理在小说中植入戏曲叙事的做法，一定程度上扩大了小说在民众中的影响，大众被戏曲艺术所濡染，戏曲的影响深入他们的日常生活，使得人们在生活中有意无意、时时处处关联到戏曲。《李有才板话》中，李有才就是一个唱戏高手，他是故事的"核心单位"，小说利用戏曲情景来展现李有才人物特征，李有才人物形象直接影响到故事的发展和方向，从他的板话中能够看到故事矛盾的焦点，他的出现可以使故事得到延续和伸展。在读者那里唤起形象生动的联想，达到有效地映照小说人物形象。

赵树理每篇小说都会或多或少出现关于戏曲情节的描写，有的是为了主体情节点缀，有助于当时社会环境的渲染，真实反映民众心理文化生活，用戏曲活动拉近与读者的距离。小说中利用戏曲更重要的是为了情节需要、塑造人物形象服务，都是为了构建连贯的小说内容。小说汇入戏曲情节表现形态是戏曲广泛传播的结果，它的出现是结合小说内容有意安排，戏曲在赵树理小说中的作用是不可缺少的，缺少就会使整个叙事生动性和意义内蕴都会受到损失。从古代开始，中国小说和戏曲就属于同一文化品类，他们之间存在着密切联系，也是一个常被提及的文学现象，戏曲经过长期广泛的传播已经成了民众日常娱乐消遣的一种方式，并且在上党地区形成浓厚的戏曲文化氛围，成为农村文化的重要组成部分。

赵树理小说中出现很多"曲唱"语言表达，他以快板"唱"出故事内容、刻画人物性格，"唱"则用快板代替，是上党梆子对小说文本渗透的一种表现。赵树理的语言是独一无二的，他以富有动作性的戏曲语言和最普通的方言式的口语表达呈现小说文本，是有效的借鉴上党梆子的语言特征和表现手法，把戏曲语言和小说语言成功的结合起来加以运用和发展。他"曲尽其妙"的语言体现了思想意义和艺术价值，赵树理的小说始终能让人看到上党梆子遗留下来的戏曲格式，上党梆子语言由曲唱和念白两部分组成，主要表现在他小说可"唱"叙事语言。曲唱的功能有很多，可以描述环境、说明动作、叙事情、展示心理，"念白"则由"对话"形式出现。他的小说容许小说人物以"唱腔"形式表情达意，成为一种重要的叙事策略。戏曲元素的运用丰富了作品的文化意蕴，赋予作品以独特的艺术魅力。

赵树理的小说大部分是以平铺直叙的开头直接进入小说的叙事，最终以权力形象解决问题后的大团圆，是受戏曲影响，赵树理在一些小说开头便运用自报家门的方式来交代人物的身世背景。"中国戏曲不是纯粹的'戏剧性对话'，而是'戏剧性对话'与'代言性叙述'的融合。"戏曲人物往往充当剧作家的代言人，一上场就自报家门，为了让观众了解故事背景及事件的来龙去脉，这种处理方式体现了中国戏曲代言体的特征，也符合俗文学接受群体的心理需求。无论在赵树理创作的小说还是上党梆子中，赵树理稳定的叙事语法模式都会站在农民立场。《小二黑结婚》里的小二黑，在追求自由婚姻道路遇到阻力时奋起反抗，他本质上是为了维护农民的利益，展示在社会发生变化过程中农民所做、所看、和所想，他以这样一种欢快的方式向农民昭示着中国农村将会发生翻天覆地的新变化，新的生活即将开始。对民间文化的学习与借鉴，，实现了民间文化在小说艺术中的创化，是赵树理一生自觉的艺术追求，民间化叙事是赵树理小说叙事的内核，是赵树理小说艺术的独特性所在。民间戏曲化思维、曲艺化思维、民间故事化思维等或直接或间接地渗透进他的小说中，民间艺术思维的凸显也成为赵树理小说创作的一大特质。

赵树理运用马克思主义的观点和方法对传统的戏曲进行认识和评价，并提出对戏曲遗产要取其精华，弃其糟粕，批判地继承和吸收。赵树理在《小谈小戏》一文中谈到："我看过的地方小戏，差不多都有两个共同的特点：第一、这些戏的故事虽然都很单纯，却往往有一点浪漫的成分——惊心动魄之处虽然不多，而异想天开的部分却不少，常使人觉着娓娓动听、触手成趣。第二、这些戏的唱腔，有时候简单到只有上下两句，但就那两句也能引人入迷，听进去好像在一个平静的湖面上泛舟，一点也用不着吃力，心情自然随着剧情荡漾起来。一个人要是在一个平淡的环境中呆久了，想借戏剧来振奋一下，这些小戏不能起到那种作用；若是在劳动之后，抱着休息的心情去看这些小戏，却能得到和风细雨式的愉悦和教益。"这段论述揭示了地方戏曲主要的审美特征，地方戏曲充满了民间的理想，表达了劳动人民追求美好生活的愿望。他论述最多的是传统戏曲、因为戏曲是深受老百姓欢迎的艺术形式，运用传统的戏曲形式来反映新生活，以便更好地服务于人民。

由于话本小说、戏曲都属于俗文学范畴，都体现了民间性的传统，这就决定了赵树理小说世俗化与大众化的特点，作为现代通俗小说大家，赵树理的小说不仅受传统话本小说的影响，同时还受到传统戏曲的影响。同时也就不难理解为什么其作品能受到市民大众的喜爱。当然，戏曲叙事的融入增强了赵树理小说的表现力，比如，情节曲折跌宕、人物生动传神、富于戏剧性，富有表演性，这些都为现代小说转换、融合传统戏曲资源提供了良好借鉴。

赵树理以"老百姓喜欢看，政治上起作用为根本立足点"，推动了大众化发展。赵树理小说的成功从20世纪四十年代开始，在解放区的各个革命根据地受到追捧和拥护，从《小二黑结婚》到《李有才板话》，将上党梆子中的特点运用到小说创作中，掀起了农民读书热潮，戏曲与文学的互动是一种双向互动关系，上党梆子影响赵树理小说的创作和叙述语言，同样，多重身份的作家也给上党梆子带来了深刻的转变，他改编并创作上党梆子经典剧目、关心农村戏团建设，让上党梆子为全国人民所知晓，他对上党梆子的影响和贡献是巨大的。

赵树理将上党梆子融入小说是小说创作的一种新尝试，他创造出新的小说叙事模式，上党梆子与赵树理小说的结合，使传统剧目通过文学为载体延续剧目生命力，传承和发扬中国古文化，在新时代的今天仍然值得我们学习。

第二节　书写戏曲化的乡土人物

山西有四大梆子戏（南路梆子、中路梆子、北路梆子、上党梆子），其中上党梆子是从西汉发源至今兼有音乐、舞蹈、说文的山西地方剧种中的"大戏"，由于在上党地区即晋东南地区流行，遂被称为上党梆子。山西戏曲剧种丰富多样，上党梆子作为其中一个具有地域特色的戏曲类型促进了晋地文化的发展。如今山西留存了诸多古戏台、舞亭、舞楼、乐楼，由于山西地区的庙会、迎神赛社众多，在这种场合必须要有人唱戏、鼓乐，民间的八音会便成了各个村落舞乐的重要团体，也是上党梆子在地方流传和兴盛的重要途径，戏曲演出在乡间人民的生活中可谓是不可或缺的存在。晋东南的地理环境和上党梆子戏曲演出的互相作用，形成了当地民众独特的审美兴趣。看戏、听戏是当地人们生活中最重要的娱乐方式，通过看戏，没有文化的老百姓也能对历史故事、历史人物如数家珍。上党梆子以特殊的表演承载了厚重的历史文化信息，在一定程度上滋养了三晋文化。

中国的戏曲是"写意"的艺术,戏曲起源于一套独特的社会实践,旨在描绘人类生活的各个方面。"戏"字的繁体为"戲",左为"虚",右为"戈",意味着"戏"是虚拟模仿战争的表演,戏曲作为一种综合性的艺术是用虚拟的手法表现或再现生活。上党梆子戏绝大多数为历史剧目,古老的梆子戏具有粗犷豪放的特点。晋地人民通过看戏,了解生活,了解历史故事,在看戏的过程中之"战争"是虚的、假的,是让观众"看"的,不是让观众"参与"的,因此即使是热烈豪放的上党梆子,也在历史发展的过程中演化成刚柔相济的风格特点。"中和之美"是在和谐与平衡中求美。近代以来"中和"这一古老创作理念饱受诟病,"中和"的不足之处不在于概念本身,而在于作品赋予其的意义。从创作的源头上看,艺术起始于模仿自然,因为真正的艺术家在他的或她的创造力中,也寻求产生一个有机的整体,从而体现一个永恒的"中和"真理。事实上,一旦我们把自然想象成一个有机统一的整体,改变人作为高级动物看待万物的方式,那么"中和"的意涵就会不同了,自然也是在统一中求得平衡。正是在这个意义上,只有通过"中和"所代表的适度的尺度,人类才有能力达到那失去平衡的"中和"心态。葛水平的小说中赋予了"中和"新的意义,那就是在粗犷贫瘠的土地上锤炼和平向善之心,在人与自然和谐互动中获得生活的美感。如果说刚柔相济是上党梆子的趋向"中和"的特点,那么"中和"背后的向善、向美之心是赵树理企图通过作品表达的美学理想。

戏曲表演用视觉和听觉来调动人的感官,演出者用肢体动作和唱词来展现他(她)的生活,而观众借由"看"与"听"自行想象与还原台上演的故事。作为文学作品的创作者,他所叙述的故事也是叫人"看"和"听"的。赵树理在文本中穿插大段的唱词,为的是让读者在"看"与"听"的过程中,真实地理解他所写的乡村。

三仙姑和二诸葛这两个艺术形象的产生,现有的研究思路主要集中在赵树理怎样借鉴自己的父亲形象来塑造二诸葛,从故事原型中智英祥的母亲塑造出三仙姑等等。关于智英祥和岳冬至的故事原型几乎成了《小二黑结婚》创作资源的定论。这样看来,《小二黑结婚》应该是岳冬至的故事原型与揭露封建会道门的戏曲剧本《神仙世界》的融合。从智英祥和岳冬至的父母原型，到小说中的三仙姑和二诸葛，仍然可以看到作者从"神仙世界"中抽取的丑角人物的艺术经验，赵树理把故事原型中的普通农妇丑化成三仙姑，并且在外貌上如此突出和夸张地细致描绘，看惯了地方戏曲的农民读者，不用多想眼前就会活脱脱现出一个戏曲中丑角的造型，不难看出，从造型、性格、举止、言行到情节设置，三仙姑这个形象都较多地融化了地方戏曲中彩旦角色的特点。

小说对二诸葛的丑角化塑造，主要是在他身上引入了戏曲中"方巾丑"迂腐、糊涂的性格因素。对于熟谙地方戏曲的农民来说，长期戏曲文化积淀下会对角色形成固定反应，二诸葛丑角化的喜剧性，也会在读者眼前现出一个身披八卦袍、画着三花脸的丑角形象。而二诸葛却迂腐到因为算出"不宜栽种"，结果坐等错过栽种时机的程度。赵树理设计"不宜栽种"的情节，正是为了突出二诸葛自作聪明，实则迂腐的喜剧性格。

从戏曲丑角资源引入赵树理小说这个视角，从小说的阅读效果来看，赵树理写的落后人物比新人更丰满是研究界公认的事实，主要源于戏曲艺术资源的形式特征。在中国戏曲中，作为表演艺术，即便不是以丑为主的戏，丑角滑稽风趣的表演历来也是引人注目的"戏眼"之一。丑角是唯一可以脱离预定台词和程式，自由发挥的角色，因而经常达到出其不意的喜剧效果。

赵树理的小说创作，除了追求情节的生动曲折，还注重人物形象的塑造，他将传统戏曲的"写情节"转变为小说中的"写人物"。小说中赵树理还特意设置了一个比较典型的"彩旦撒泼"的情节，来增加三仙姑彩旦身份的闹剧性。这正是典型的丑角情节程式。这一处闲笔，活脱脱是为彩旦设计的"戏份"。对她那"老来俏"的外表，小说中有多次渲染：涂脂抹粉、绣花鞋、镶边裤、满头银饰，然而与这些鲜艳惹眼的外在打扮形成对照的却是头发脱落、阴阳怪气，满面皱纹。赵树理把故事原型中的普通农妇丑化成三仙姑，并且在外貌上如此夸张地细致描绘，用意十分明显。这样一个好像"驴粪蛋上下了霜"的"扮相"，再加上夸张的表情、轻浮的举止和摇摇摆摆的身段，看惯了地方戏曲的农民读者，不用多想眼前就会活脱脱现出一个戏曲中彩旦的造型。当然，二诸葛丑角化的喜剧性，并不仅仅是他的"占卜"身份，更是他对占卜狂热的信仰和他所占卜的结果从来不灵，这两者之间强烈的对比带来的滑稽效果。他一方面深信占卜之道，每事必算；一方面又实在迂腐可笑，别说诸葛亮的智慧，就连小说中的普通农民他也不如。赵树理设计"不宜栽种"的情节，正是为了突出二诸葛自作聪明，实则迂腐的喜剧性格。以其夸张得与所处的环境都不协调的迷信言行，成为与众不同的、站在戏台上被"展览"和取笑的丑角。赵树理还赋予二诸葛"喋喋不休"的语言特征，来强化和丰满其"方巾丑"的迂腐性格。

丑角的喜剧、闹剧性表演一直是这些地方戏曲招徕观众的重要方式之一。有些在乡村上演的地方小戏，最初就是由一旦和一丑在台上的喜剧性表演逐渐发展起来的，戏曲无论雅俗，都少不了丑角的喜剧效果："文字佳，情节佳，而科诨不佳，非特俗人怕看，即雅人韵士，亦有瞌睡之时。"因此，三仙姑和二诸葛的种种笑料，令他们保留了戏曲底本中丑角夸张的审美趣味，《小二黑结婚》中，赵树理在小说叙述主线的恋爱故事之中，嵌入大量的丑角表演，以此作为招徕农村读者的"噱头"。调节承担小说主导的新思想、新主题的小二黑和小芹形象的单薄，同时用来冲淡小说的启蒙教化主题可能会带来的农民接受上的隔阂和故事的呆板。从《小二黑结婚》开始，丰富的地方戏曲丑角艺术，就成为赵树理小说创作的重要艺术资源之一。赵树理通过"丑角脸谱化"的方法，塑造出常有理、小腿疼、吃不饱等丑角化的落后妇女形象，再加上二诸葛、糊涂涂这类男性丑角，丰富的戏曲艺术资源和滑稽鲜明的丑角风格，共同构成赵树理最能体现其独特风格的一系列人物。赵树理的许多小说人物塑造的成功，借鉴了民间文艺的"讲故事"手法，巧用误会、对比、巧合，使情节既引人入胜、

第六章 启蒙错位、通俗小说与戏曲化的人物

一气贯通，又起伏多变。作家的创作观念往往与其生活经历、个人体验关系密切。赵树理的生活和创作一直与戏曲关联在一起，其童年大量记忆与戏曲相关。也许正是这样梦幻与现实的冲突、交融，以及目睹身边人在现实与舞台之间的辗转，使他对人生有了深刻的体悟，从而将这种"戏梦人生"的观念渗透到了小说创作中。

上党梆子是从民间讲唱艺术发展而来，"念白"是上党梆子中很重要的组成部分，上党梆子对念白十分重视，要求演员"说"时，在轻、重、长、短、高、低、平、滑、等处都需要很好把握。在上党剧本中，"念白"常以"对话"方式出现，与赵树理的小说有异曲同工之妙。陈荒煤在《向赵树理方向迈进》不论写人物、风景都不作单独冗长的叙述与描写，都是夹杂在行动中来叙述描写，人物的心理与个性是在自己的行动中来表现。传统戏曲在刻画人物时存在着明显的脸谱化、概念化特征。靠其脸谱直接呈现给观众，在戏曲文化的固定反应中，丑角鲜明的造型、强烈的趣味性、闹剧性表演，又使他们一登场就吸引了读者的视线，赵树理人物塑造的成功，归因于传统艺术资源在他的小说中创造性转化。赵树理解放区时期的大部分小说写到了落后人物的转变，由于赵树理笔下的落后群众很大部分都是融入戏曲丑角经验的"丑角化"的人物，他后来的小说中也可以称其为"去丑角化"的仪式。赵树理通过落后人物的转变的叙事策略，强调一个落后群众，最终向人民队伍中皈依，抹掉人人取笑的丑角脸谱这一"去丑角化"的过程。由于丑角形象强大的艺术效应，实际上并没有被日趋严格的文学规范所认可，仍有研究者对《三里湾》的丑角化人物表示不满。

赵树理小说语言读起来朗朗上口，虽然精练但又有高度的准确性和生动性，人物一出场几句话就使读者立刻进入文本，这一点与戏曲语言极为相似。上党梆子和小说的语言同样都来自源于现实生活中，赵树理将日常语言经过加工和提炼，用形象、生动的语言表达丰富的社会生活，鲜明生动地描绘变化的事物和错综复杂的场面。动作性的戏曲语言能够让观众读起来朗朗上口，精练的语言表达在赵树理小说

中也得到重要体现。"字简意丰"一个词就能概括人物的性格特点，表达人物丰富的内心世界，赵树理小说中许多人物的名字也有类似特点，如"二诸葛"、"三仙姑"、"小腿疼"、"万宝全"、"糊涂涂"、"常有理"、"铁算盘"、"惹不起"用字虽少，内涵丰富，能够充分表达人物性格特点，揭示人物的本质，这些对人物性格的提炼既符合人物性格、又能推动情节的发展、有时也蕴含哲理性。

喜好"滑稽"、"幽默"的完整的故事与传奇，与他的小说中人物的戏曲化有很大的关系，赵树理在小说文本中主动追求，或者表现出一种"滑稽"、"幽默"的审美情趣，是赵树理生活的那个时代普通群众的民间情趣。他的几乎所有文学创作可以说都具有一种浓郁的"滑稽"、"幽默"的审美情趣，赵树理的成名作是解放区时期发表的《小二黑结婚》，就相当鲜明地体现了这一个特点，赵树理在塑造二诸葛形象时，同样极力展现人物身上的滑稽、幽默元素。解放区人民朴素的民间的审美情调就这样在赵树理的艺术作品中得到了满足。赵树理通过自己具有浓郁民间文化气息的笔墨，将生动的民间人物"二诸葛"、"三仙姑"等人的日常生活幽默地展现给解放区人民，使他们"在这种'脱冕'式狂欢的广场里释放被压抑许久的情绪，弥补精神的生活空缺"。

在现代中国文学史上，赵树理以其"通俗化"叙事成为"新的人民的文艺"的典范。他又凭借对"民族形式"的创造性转化，弥合了"五四"新文学与下层民众的隔阂，近年来，随着学界对"中国道路"的探讨和对解放区文学、"红色经典"、"人民文艺"的重新发现，赵树理再度"浮出历史地表"，成为考察中国革命文艺的一面镜子，赵树理终其一生都在思考和书写20世纪中国。近年已有不少学者留意到赵树理小说的"可说性"和"声音性"，这得益于赵树理对地方戏曲、话本、拟话本叙事传统的自觉继承，因而具有口头通俗文艺的特征。在赵树理含有戏曲元素的小说中，人物以及叙述者的姿态写出了戏曲文化的丰富与驳杂。显然作家是有着责任意识的，丰富的生活阅历和多种文化体验，给了他艺术的滋养和创作的源泉，这也正是戏曲在给人以美的享受之外，所应有的丰富意义。赵树理的小说创作，真实地表达了农民的愿望和心声。他有着丰富的乡村生活经验，既懂得农民的心理和感受，又了解农民的阅读水平和审美情趣。赵树理在表现农民的愿望和心声的同时，深入地表现了社会历史发展的必然趋势，他的作品被深深地打上了时代的印记。赵树理书写的革命对象，有利于剖析处在现代化进程中的中国人的生存境遇与心灵危机，有利于启发中国人个人意识的萌发，鼓励普通大众对个人尊严、自由的追求与捍卫，实现历史意义上的启蒙。

第三节　文本中启蒙的错位

赵树理是周扬高度赞扬的"一位具有新颖独创的大众风格的人民艺术家"[①]，他写作的小说作品以其通俗性、问题意识以及清新朴素的语言特色而著称。通俗小说《小二黑结婚》奠定了赵树理在解放区文学创作方向上的领军地位，学术界多认为《小二黑结婚》是受到延安文艺座谈会讲话的启发而创作的，认为赵树理文学史地位的起伏多是时代原因。细究《小二黑结婚》的创作起源，可以突破以往研究对赵树理创作动机的固有认知。深入有关文本的分析，发现赵树理全身心投入在农民题材写作当中，他既懂得农民的心理和感受，又了解农民的阅读水平和审美情趣。赵树理在表现农民的愿望和心声的同时，深入地表现了社会历史发展的必然趋势，表现了农村社会的变迁和存在其间的矛盾斗争，塑造出农村各式人物的形象，开创的文学"山药蛋派"，成为新中国文学史上最重要最有影响的文学流派之一。启蒙泛指开发蒙昧，使明白事理，文中特指在农村社会的变迁当中普及合法新知，使社会接受劳苦大众作主人的解放区新事物，扫除并摆脱愚昧和封建迷信。在对农村广大群众的启蒙时，赵树理写作的小说作品受当时历史局限有着启蒙的错位。

[①] 周扬：《论赵树理的创作》，载《周扬文集》第1卷，人民文学出版社1984年版，第486页。

本节运用史料整理法、文本细读法，追根溯源找寻赵树理的写作缘由和写作动机，引用记载当年事件的史料，还原真实的文学现场。同时细读文本，推敲作者的叙事策略和文字表述，发掘其与原型事件的区别和启蒙话语的错位，以及作者创作动机的未完成性和创作目的的失落，对研究赵树理通俗小说《小二黑结婚》的写作以及赵树理在中国现代文学史上独有的重要地位，提供新的思路和视角。从启蒙的角度分析小说《小二黑结婚》，剖析人们的生存境遇与心灵危机，启发人们个人意识的萌发，鼓励普通劳动大众学习合法新知，接受社会变革发展带来的革命新事物，不断地对个人尊严个人自由追求与捍卫，为实现历史意义上的启蒙提供新的视角。

赵树理1943年写成的小说《小二黑结婚》在一开始并未得到文坛的注意，以知识分子为代表的评论界甚至对赵树理的创作能力保持质疑。所幸《小二黑结婚》得到了彭德怀总司令的赏识，他亲自题词："像这种从群众调查研究中写出来的通俗故事还不多见。""并特别解释说这是他着眼于'调查研究'的题词。"① 1943年9月，《小二黑结婚》发表。

1942年，在延安整风运动中，毛泽东发表《在延安文艺座谈会上的讲话》（下文简称《讲话》），提出"文艺为工农兵服务的方向"②，主张文艺为无产阶级服务，为劳动大众服务，在文艺批评中提倡政治标准第一，文艺标准第二。《讲话》提出为群众和如何为群众的问题，毛泽东指出社会主义文化必须要密切联系实际，深入工农兵的生活，牢记为人民服务的使命。赵树理的小说以长期农村工作中发现的问题为题材，借鉴了中国传统说话艺术和章回体白话小说形式，采用了乡村方言土语，"创造了生动活泼、为广大群众所欢迎的民族新形式"③，为文艺大众化提出了独特的思路。赵树理的创作契合了毛泽东提出的

---

① 孟昭庚：《杨献珍与〈小二黑结婚〉》，《钟山风雨》2006年第4期。
② 毛泽东：《在延安文艺座谈会上的讲话》，载《毛泽东文集》第3卷，人民出版社1991年版，第863页。
③ 荒煤：《向赵树理方向迈进》，《人民日报》1947年8月10日。

文艺方向，成了恰逢其时的《讲话》呼应者，得到评论界的关注与赞美。随着1946年《解放日报》上发表周扬对《小二黑结婚》的长篇评论，小说《小二黑结婚》成为"文艺与政治两方面的，具有现代历史意义的大事"①。

一直以来，研究者将赵树理的创作和《讲话》间的因果关系视为共识，认为赵树理小说的创作是在《讲话》的鼓舞和昭示下产生的。事实上，毛泽东1942年5月在延安文艺座谈会上发表讲话时，赵树理不在延安，"1943年10月《讲话》才在《解放日报》上正式发表。直到1943年年底，赵树理才第一次读到毛泽东的《讲话》"②。而赵树理是于1943年5月创作的《小二黑结婚》。

赵树理的小说《小二黑结婚》创作有其创作原型。1943年4月，赵树理来到山西省左权县抗日民主政府所在地芹泉镇西黄漳村，他了解到芹泉镇横岭村的岳冬至是在反"扫荡"中击毙过日本人的民兵小队长，岳冬至是积极上进的青年，却因在家有包办童养媳的情况下与村中女青年智英祥相爱遭受暗算，被嫉妒的村民打死。随后这个案件得到公正的审理审判，作恶害人者受到人民政府严正审判惩处，付出了应有的代价。但是，当地许多农民对人民政府审判惩处作恶害人者不以为是，他们不能理解岳冬至萌发的追求合法自由婚恋的个人意识和行为，村中的一些民众依旧认为岳冬至"活该"，应该"受教训"③。村民的愚昧无知深深震撼了赵树理，促使他为了启迪广大农民群众在革命时代追求自由婚恋，启蒙人们追求合法自由结合的个人意识和行为，传播合法健康的自由理念而动笔创作小说，这就有了《小二黑结婚》。

小说《小二黑结婚》的文本与创作原型相联系，可以发现当时发生案件的农村，其封建迷信等落后观念非常严重。封建迷信泛指在封建政治制度下产生的特殊民间文化，对神鬼灵异等超自然事物的盲目

---

① 黄修己：《中国文学史资料全编现代卷赵树理研究资料》，知识产权出版社2010年版，第467页。
② 李杨：《"赵树理方向"与〈讲话〉的历史辩证法》，《文学评论》2015年第4期。
③ 袁成亮：《〈小二黑结婚〉的幕后故事》，《党史纵览》2007年第5期。

信仰。文中封建狭指封建主义，是一个思想政治概念，其核心是扼杀人的自由性和独立性，不把人当人看待，通过各种途径宣扬奴性与忠君，宣扬大多数人对个别人的依附和顺从。迷信指人类对超自然力量的崇拜和信仰，是对客观世界的一种虚幻的歪曲的反应。是在生产力水平低下，科学技术不发达的情况下，人们对许多自然现象暂时无法解释，便认为在人世之外，还存在"上帝""佛祖""鬼神""神仙"等在主宰着人的命运。在此基础上产生的群众性的盲从和错误认知观念，是愚昧落后的表现。赵树理把一起刑事案件，写成了革命宣传动员和现代思想启蒙的小说，它所呈现的社会关系，如日常道德观念与生活方式，又绝非"封建迷信"一词那么简单。

在《小二黑结婚》文本中，赵树理对浓厚的封建氛围作了去势处理，使其淡化，甚至赋予其喜剧色彩。"二诸葛原来叫刘修德，当年做过生意，抬脚动手都要论一论阴阳八卦，看一看黄道黑道。"① 村中有讲究阴阳八卦的"神仙"，随之就以"不宜栽种"的故事将神仙拉下神坛。"三仙姑是后庄于福的老婆，每月初一十五都要顶着红布摇摇摆摆装扮天神。"② 还以"米烂了"的忌讳还原出"神仙"的平常人本相，神仙不敬神，只是为了风流勾当才装神弄鬼。以二诸葛和三仙姑两个人物形象开篇，奠定了全文的喜剧氛围，这既是赵树理吸引农民读者的一种策略，也预示了战胜农村中封建迷信的光明前景，寄寓了作者认为一定能战胜这些封建迷信的乐观精神。以这样的开篇，营造出封建迷信没有根基的气氛，呼应后来两个"神仙"的转变，小二黑和小芹的结合就合情合理起来。

小说《小二黑结婚》中，赵树理展现了对封建迷信现象的矛盾态度，表现出农民精神上残留的封建迷信观念桎梏，给他们带来的可怕恶果。"山里人本来就胆子小，经过几个月大混乱，死了许多人，弄得大家更不敢出头了。除了县府派来一个村长以外，谁也不愿意当干

---

① 赵树理：《小二黑结婚》，作家出版社2000年版，第1页。
② 赵树理：《小二黑结婚》，作家出版社2000年版，第1页。

部。"① 面对权力的惊惶害怕,展现了村民愚昧怯弱的奴性心理,他们难以置信解放区农民推翻剥削阶级当家做主人的事实,无力自己主宰自己的命运,翻身作主人只是一句空洞的口号。文本中的农民宁愿选恶人上位,也不愿与权力沾边,这导致他们饱受恶人的残害压迫。"村里人给小二黑跟小芹做媒,二诸葛不愿意,不愿意的理由有三:第一小二黑是金命,小芹是火命,恐怕火克金;第二小芹生在十月,是个犯月;第三是三仙姑的名声不好。"② 饱受封建迷信之害的二诸葛宁愿给儿子包办童养媳,也不愿意他自由恋爱,他的迂腐固执致使小二黑成为封建迷信的受害者。

小说《小二黑结婚》中,小二黑和小芹同封建迷信恶势力和封建迷信观念的反抗,总透露出虚无和惨淡。当二诸葛给小二黑"置办"童养媳时,小二黑没有据理力争,没有立即将小姑娘送走,也没有跟村里人交代清楚:是父亲自作主张,他并没有接受。导致"结果虽然把小姑娘留下了,却到底没有说清楚算什么关系"③ 的尴尬,为以后留下了隐患。面对三仙姑包办婚姻,小芹的反抗不激烈主动。过礼当天,小芹本可以将东西扔出门,将媒人赶走,面见吴先生亲自拒绝他说服他,以彻底反抗封建包办婚姻对个人自由婚恋和人性的束缚,可是她只赌气地与三仙姑争吵,根本起不到实际作用。三仙姑阻挠小芹与小二黑结婚的主要原因是她对年轻俊朗的小二黑有觊觎之心,小芹如果在父亲面前揭开三仙姑虚伪的面纱,使父亲站到支持自己的阵营,就掌握了事情的主动权。可"小芹听了这话,知道跟这个装神弄鬼的娘说不出什么道理来,干脆躲了出去"④,小芹的反抗模式只是重复争吵、躲避以及消极怠慢,表现出无法主宰自己命运的无奈与拖延。

当个人合法的自由婚恋意愿与封建迷信恶势力发生冲突时,小二黑和小芹几乎没有更多地反抗封建包办婚姻的个人斗争和争取合法自

---

① 赵树理:《小二黑结婚》,作家出版社2000年版,第4页。
② 赵树理:《小二黑结婚》,作家出版社2000年版,第6页。
③ 赵树理:《小二黑结婚》,作家出版社2000年版,第6页。
④ 赵树理:《小二黑结婚》,作家出版社2000年版,第8页。

由婚姻的言行作为，没有发挥出个人的主观能动性，完全依靠外力的干预实现斗争抗争目的，"兴旺没话说了，小二黑反要问他：'无故捆人犯法不犯？'经村长双方劝解，才算放了完事"①。经过区政府的调节，小二黑和小芹实现了他们反抗封建包办婚姻的目的，文本中依稀缺少连贯性和因果性，面对如此强大的封建迷信包办婚姻的旧习惯恶势力——曾经将原型人物致死的对立面，两人的斗争是轻微和散漫的，抗争根本算不上艰苦卓绝，只是得到了区委会支持和响应。在文本中，小二黑和小芹约会时被金旺和兴旺抓住送往区武委会。接着文本未描写小二黑和小芹如何据理力争，在区委会主任面前陈情混进革命队伍的坏分子对他们的迫害，文中此时透露二诸葛和三仙姑的反应。然后立刻摆出区委会主任的英明决策——批准小二黑和小芹在一起，而且区委会说服了二诸葛和三仙姑。"'我不过是劝一劝你，其实只要人家两个人愿意，你愿意不愿意都不相干。回去吧！童养媳没处退就算成你的闺女！'二诸葛还要请区长'恩典恩典'，一个交通员把他推出来了。""又给她讲了一会婚姻自主的法令，说小芹跟小二黑订婚完全合法，还吩咐她把吴家送来的钱和东西原封退了，让小芹跟小二黑结婚。她羞愧之下，一一答应了下来。"②顽固落后的两位神仙，轻易地被区委会主任说服，身心发生了彻底转变，没有犹豫地接受了子女的婚事。小二黑和小芹的婚事得以顺利进行，完全依靠区委会的调节——革命政权权威的神来之笔，小二黑和小芹在主任与父母沟通时，未用言语驳斥父母的错误观念，表现出一种无言以对的表面顺从，革命政权的神威在抗争主体的回避和内敛下，展现出无比光芒照亮了他们追求合法的自由婚恋的道路，发挥出巨大威力震慑着封建迷信恶势力，使强加给年轻人的包办婚姻旧习惯和恶势力土崩瓦解掉了。

两位"神仙"的转变并不是他们真的意识到封建观念和包办婚姻的错误，他们只是被政府所说服而已，只是服从区长的命令而已。他们以前从内心跪从封建迷信的精神权威，当今他们服从区政府革命政

---

① 赵树理：《小二黑结婚》，作家出版社2000年版，第7页。
② 赵树理：《小二黑结婚》，作家出版社2000年版，第12—14页。

权的威慑，他们并未产生自己的意志。即使在文本中，没有一个人是完全得到精神上的解放，从而产生坚决的发自个人内心的追求独立个人自由的坚定意志，这正是令人感到最为空虚之处。

关于《小二黑结婚》的启蒙意义，不能不提到其中对法律文件和婚姻政策的传播，对农村工作中封建迷信包办婚姻问题的解决有帮助作用。《小二黑结婚》解决了封建迷信包办婚姻表面上的实际问题，无法直面人内心未形成追求独立个人自由婚姻的坚定意志的荒芜。这种未见其宗的法律宣传文本非启蒙文本的问题，是赵树理个人的意识造成的，有史料记载他向父亲朗读鲁迅的《阿Q正传》等启蒙文学时，没有引起父亲的兴趣和重视，他开始思考探索文艺大众化的道路，以农民喜闻乐见的形式讲述让他们感到亲切的故事，教化启蒙劳动大众追求独立个人自由和婚姻自主，期许他们进一步形成个人自由的坚定意志。

在小说的最后，"小芹和小二黑各回各家，见老人们的脾气都有些改变，托邻居们趁势和说和说，两位神仙也就顺水推舟同意他们结婚"①。在此可以看到，小二黑和小芹本不愿听从家长的意见，家长的权威性本来在政府权威的震慑下逐渐受到压抑，在最后，趋于权威边缘化的家长形象又得到了深化，青年征求双方家长的首肯，以保证他们婚姻符合他们渴望的乡俗情理。关于他们登记结婚，在文本中出现了断层式的空洞。在订婚时一再被强调的"婚姻自主的法令"，到了结婚时忽然消失，《晋冀鲁豫边区婚姻暂行条例》的第四章明确规定"结婚须男女双方自愿，任何人不得强迫"②。这就造成了文本内部的冲突和缺陷，"父亲的形象获得了表面复原，小二黑与小芹自主的结婚与过去非自主的结婚产生了一种形式上的相似"③。原本不由"二诸葛"主张的婚姻又有了家长的影子，联系开头对封建迷信观念的"去

---

① 赵树理：《小二黑结婚》，作家出版社2000年版，第15页。
② 韩延龙、常兆儒：《中国新民主主义革命时期根据地法制文献选编》第4卷，中国社会科学出版社1984年版，第839页。
③ 朱康：《通俗化与伦理世界的重建：作为"新启蒙"故事的〈小二黑结婚〉》，《上海大学学报》（社会科学版）2019年第4期。

势",反映了时代发展中个人追求独立自由婚姻自主,进一步形成发自内心的个人自由意志的革命叙事对旧习俗的矛盾心理,既想打压旧习俗扫除封建迷信恶势力,推动人们反对封建迷信,得以个人自由意志在革命新体制下的全面解放,又对旧习俗有依赖和习惯性内在认同,甚至借助这种认同迎合农民的固有思想观念和审美趣味作为实现文本传播的手段。这种手段是赵树理通俗小说方向竖立起来的关键,为了实现普及,削弱了文学对人的启发性提高性,展示了小说的启蒙错位和时代局限性。

结　语

秦腔是我国历史最悠久的剧种之一，"形成于秦，精进于汉，昌明于唐，完整于元，成熟于明，广播于清，几经演变，蔚为大观"[①]。可谓一种相当古老的剧种。最初起源于古代陕西、甘肃一带的民间歌舞，是在中国古代政治、经济、文化中心长安生长壮大起来的，历经数代人的创造和改进而逐渐形成，因周代以来，关中地区就被称为"秦"，秦腔由此而得名；又因为秦腔是以枣木梆子为击节乐器，又因此被称为"梆子腔"；还因为演奏时是以梆击节时发出"桄桄"声，故而俗称"桄桄子"。秦腔于2006年5月20日经国务院批准，列入第一批"国家级非物质文化遗产名录"。秦腔的表演朴实、粗犷、细腻、深刻，以情动人，富有夸张性。辛亥革命后，西安成立了易俗社，专演秦腔，锐意改革，吸收京剧等剧种的营养，唱腔从高亢激昂而趋于柔和清丽，既保存原有的风格，又融入新的格调。

秦腔也因为它所流行地区的不同，从而演变出不同的流派，例如：流行于关中东部渭南地区的大荔和蒲城一带的称东路秦腔，也叫老秦腔或东路梆子；流行于关中西部宝鸡地区的凤翔、岐山、陇县和甘肃省天水一带的称西路秦腔，又叫西府秦腔或西路梆子；流行于汉中地区的洋县、城固、汉中、沔县一带的为南路秦腔，又叫汉调秦腔或桄桄戏；流行于礼泉、富平、泾阳、三原、临潼一带的称北路秦腔，也就是阿宫腔，亦称遏宫腔；而流行于西安一带的称中路秦腔，也就是

[①] 张伦：《秦腔唱法研究》，陕西人民出版社1993年版，第35页。

我们俗称的西安乱弹。其中，西路进入四川后成为梆子；东路秦腔则在山西为晋剧、在河南为豫剧、在河北成为梆子，故而我们称秦腔为京剧、豫剧、晋剧、河北梆子等这些剧目的鼻祖。各路秦腔因受各地方言和民间音乐影响，在语音、唱腔、音乐等方面都稍有差别。由于秦腔的很多剧目都是在表现我国历史上的民主阶级革命斗争等重大的或富有生活趣味的题材，也因为秦腔音乐反映了陕地区人民耿直慷慨的性格和淳朴敦厚的民风，并且较早地形成了比较适合表现各种情绪变化的板腔音乐体制；再加上秦腔艺人逐渐创造出一套比较完整的表演技巧，因而直接影响了各个梆子腔剧种的形成和发展，成了梆子腔的鼻祖。清康、雍、乾三代秦腔流入北京，又直接影响到京剧的形成。

1921年，在西安成立了以移风易俗为宗旨的陕西省易俗社，对秦腔的剧目、音乐唱腔、边沿艺术、导演、舞台设计等方面进行了一些革新，并大量编演反映资产阶级民主革命的新剧目。在此影响下，山东、河北等地相继建制了类似于易俗社的戏曲团体。抗日战争时期，陕甘宁边区秦腔艺术工作者为戏曲表现革命的现实生活、塑造工农兵英雄形象进行了大胆地探索。1938年7月成立的陕甘宁边区民众剧团在抗日战争和解放战争中，紧密配合革命斗争，创作排演了大批新秦腔剧目，如《血泪史》等。

1949年后，陕西、甘肃、宁夏、新疆和青海五省区陆续在县级以上建立了专业的秦腔剧团，20世纪80年代，秦腔剧团共达三百多个，其中省直属剧团，包括陕西省戏曲研究院秦腔剧团、甘肃省秦腔团、宁夏回族自治区秦剧团、青海省秦剧团（后改为西宁市索腔剧团）、新疆维吾尔自治区猛进剧团。除此之外，各地还建立了专业的戏曲学校，以此来培养一大批秦腔剧本的演员。

秦腔发源于秦地，是西北五省长久以来戏剧方面的神韵，这种古老的民间艺术通过其激昂而又浑厚、婉转而富有情感的音乐性，表达着喜怒哀乐。从某种意义上来说，秦腔象征着朴实而又淳朴的民风，是一种对乡村文化的喜爱且尊重的情感，也是秦地乡土文化的一种重要表现。秦腔在当代西北作家的作品中是一个不可忽视的文化载体，这种特殊的艺术形式从文化层面进入人们的视野的确让人耳目一新，当代西北作家将秦腔引入自己创作中不仅展示自己的审美风格，而且把秦腔视为自己创作的信仰。通过文学创作，给当代文坛的发展添了浓墨重彩的一笔，文学创作要与传统文化相结合，另辟蹊径才能别具一格，秦腔与当代西北作家的创作犹如鱼与水，二者相融得以生存，当代文坛需要这样的推陈出新，才能发展得更坚实、更长久。

作家本人的地域文化心理素质，首先来自童年和少年时代的生长地，来自他的故乡、故园。这种故乡情愫，或是乡土情结，是构成作家地域文化心理素质的核心与基础。恰恰如此，作为当代西北作家，他们自觉或不自觉地以家乡的人文地理、自然风光、历史现实为创作的背景，并且越来越广阔和深入地表现着时代剧变之中家乡的民情风俗、社会心理以及个人命运的变迁，深刻刻画着乡里人的性格与灵魂。贾平凹、陈忠实、陈彦等作家都在自己的创作中体现着地域文化意识，贾平凹的《秦腔》《走三边》《商州初录》《商州又录》等散文，都从文化的深度展现了人们生存的境况，在浓郁的文化氛围之中揭示了商州人生命力的质朴与坚韧。

从散文《秦腔》中我们得知，这八百里的秦川，老少妇幼都能张口而来的秦腔，有着与秦川辽阔旷远的地貌同样的韵律，内含着秦川的力度，早就已经与秦川农民的生活融为一体。贾平凹通过写秦腔，自然写出了秦川人性情的粗犷、单纯而且复杂的心境，它弥补了我们因为地域阻隔而造成的人文地理和民俗学上的短缺，从而拓宽了我们对自己民族历史认知的视野。

贾平凹作为当今文坛颇具名望的作家，他的每一部作品都会在社会上引起强烈的反响。贾平凹还以其特有的笔触，把秦腔贯穿于他的诸多小说之中，并以秦腔特有的高亢粗犷以及秦腔发展的跌宕起伏，暗示了作者对于传统文化在当今社会不断变迁的历史进程中逐渐衰落的思考以及反思。贾平凹作为一位具有强烈传统精神的作家，在他的创作心理中深深地潜藏着对民间文化艺术情感的认同，他既对秦腔倾注着诚挚的热爱，又对它的衰落惋惜哀叹。

秦腔是一首终曲，也是一首离歌，它与古老的乡村文明一样，在现代化城市的进程中，难逃被抛弃的命运。贾平凹的《秦腔》里写出了处于逐步瓦解状态的乡村文明与传统文化的吊唁和叹息，它是贾平凹漫长的精神旅途上的里程碑，也标志着一直被他视为精神家园的家乡故土即将消亡。这种失去表现了贾平凹对于传统文化衰落的迷茫和无助。然而事实上，只要是体会到《秦腔》在不动声色的叙述中所形成的整体上的巨大沉默，便不难发现作家意欲告别和忘却的心态，更流露出作者对于乡村伦理道德消亡的凭吊。

当代西北作家用文字还原和营造了一个活生生的世界，是对将要成为绝唱的农村生活所作的"挽歌"，是对传统乡土的一种"回归与告别的双重姿态"。作家以民众的生存危机以及秦腔在当今社会的逐步衰落，暗示了一种生命力的衰败，越来越多的土地被现代化、工业化、商业化所吞噬，对此，作家表示出极大的担忧。而对现实生活的关注，对当下乡村文明走向的思考，已超越了传统的现实主义，他们并未单纯地停留在针砭时弊、展现当下社会生活图景的层面，而是把自己所描述的当代生活放在传统与现代相冲突的时代背景之中，放在了中华文明不断发展的历史进程中，这使得他们能在更宽阔的历史高度与时代对话，也让人们更加深刻地思考对于传统文化的继承与发展这一严肃的主题。

参考文献

一 中文文献

阿英:《晚清小说史》,东方出版社1996年版。
巴赫金:《小说理论》,白春仁、晓河译,河北教育出版社1998年版。
《〈白鹿原〉评论集》,人民文学出版社2000年版。
柴慧:《传统与现代之间》,硕士学位论文,延边大学,2010年。
陈晓明:《中国当代文学主潮》,北京大学出版社2009年版。
陈彦:《秦腔的历史兴衰对当下文化发展的启示》,《人民日报》2011年第10期。
陈彦:《说秦腔》,上海文艺出版社2017年版。
陈彦:《西京故事》,人民出版社2014年版。
陈彦:《主角》,作家出版社2018年版。
陈彦:《装台》,作家出版社2015年版。
陈野静:《中国传统美学之子——贾平凹散文艺术论》,硕士学位论文,江西师范大学,2007年。
陈忠实:《白鹿原》,人民文学出版社1993年版。
陈忠实:《陈忠实文集》第7卷,广州出版社2004年版。
陈忠实:《惹眼的〈秦之声〉,原下集》,上海人民出版社2002年版。
陈忠实:《四妹子》,中原农民出版社1995年版。
陈忠实:《我的文学生涯——陈忠实自述》,《小说评论》2003年第5期。

费秉勋：《贾平凹论》，西北大学出版社 1990 年版。

费孝通：《乡土中国·生育制度》，北京大学出版社 1998 年版。

费正清：《剑桥中华人民共和国史 1966—1982》，上海人民出版社 1992 年版。

冯牧：《初读〈创业史〉》，载《中国当代文学研究资料·柳青卷》，福建人民出版社 1982 年版。

冯佩昕：《论贾平凹农村题材小说的情感认同》，硕士学位论文，兰州大学，2013 年。

高丙中：《民俗文化和民俗生活》，中国社会科学出版社 1994 年版。

韩延龙、常兆儒：《中国新民主主义革命时期根据地法制文献选编第 4 卷》，中国社会科学出版社 1984 年版。

何桑：《历史进程中的秦腔艺术》，载李培直、杨志烈《秦腔探幽》，陕西旅游出版社 2001 年版。

胡适：《文学进化观念与戏剧改良》，载《胡适文集 2》，北京大学出版社 1998 年版。

黄修己：《中国文学史资料全编现代卷赵树理研究资料》，知识产权出版社 2010 年版。

贾平凹：《浮躁》，作家出版社 1988 年版。

贾平凹：《关于小说——贾平凹文论集》，生活·读书·新知三联书店 2015 年版。

贾平凹：《解读秦腔》，《西安晚报》2005 年第 2 期。

贾平凹：《秦腔》，译林出版社 2012 年版。

贾平凹：《秦腔》，作家出版社 2005 年版。

贾平凹、穆涛：《平凹之路》，青海人民出版社 1994 年版。

焦文彬、阎敏学：《中国秦腔》，陕西人民出版社 2005 年版。

焦循：《花部农谭》，《陕西省戏剧志·西安市卷》，三秦出版社 1998 年版。

蓝爱国：《解构十七年》，华东师范大学出版社 2003 年版。

乐黛云、张辉：《文化传递与文化形象》，北京大学出版社 1999 年版。

雷达：《蜕变与新潮》，中国文联出版公司1987年版。

李炳全：《文化心理学》，上海教育出版社2007年版。

李继凯：《秦地小说与"三秦文化"》，湖南教育出版社1995年版。

李建军：《宁静的丰收——陈忠实论》，香港：华夏出版社2002年版。

李晓林：《审美主义——从尼采到福柯》，社会科学文献出版社2005年版。

李泽厚：《中国现代思想史论》，生活·读书·新知三联书店2008年版。

刘苑：《审美文化视域下的秦腔传统剧研究》，硕士学位论文，西北大学，2011年。

柳青：《创业史：第一部》，北京人民文学出版社2005年版。

柳青：《柳青写作生涯》，陕西人民出版社1985年版。

鲁迅：《论睁了眼睛看》，载《鲁迅全集1》，人民文学出版社1981年版。

路遥：《平凡的世界》，人民文学出版社2005年版。

路遥：《早晨从中午开始》，载《路遥文集·一二卷》，陕西人民出版社1993年版。

罗功宇：《试论贾平凹小说的创作主旨审美流向》，硕士学位论文，华中师范大学，2002年。

马克思、恩格斯：《马克思恩格斯选集：第一卷》，人民出版社1980年版。

毛泽东：《在延安文艺座谈会上的讲话》，载《毛泽东文集》第3卷，人民出版社1991年版。

莫言：《生死疲劳》，上海文艺出版社2012年版。

潘光旦：《中国伶人血缘之研究》，载《潘光旦文集·第二卷》，北京大学出版社1994年版。

潘可礼：《社会空间论》，中央编译出版社2013年版。

钱钟书：《诗可以怨，七缀集》，上海古籍出版社1993年版。

乔艳：《论贾平凹作品的国外译介与传播——兼论陕西文学"走出去"的现状与问题》，《小说评论》2014年第1期。

秦仁编：《秦腔名剧名段荟萃》，西安地图出版社2004年版。

渠桂萍：《华北乡村民众视野中的社会分层》，人民出版社 2010 年版。

沈达人：《戏曲的美学品格》，中国戏剧出版社 1996 年版。

史靖：《绅权的本质》，天津人民出版社 1988 年版。

史铁生：《悼路遥》，载《史铁生作品集·三》，中国社会科学出版社 1995 年版。

苏育生：《中国秦腔》，上海百家出版社 2009 年版。

孙见喜：《鬼才贾平凹·第一部》，北岳文艺出版社 1992 年版。

孙见喜：《鬼才贾平凹·第一部》，北岳文艺出版社 1997 年版。

孙见喜：《贾平凹前传·鬼才出世》，花城出版社 2001 年版。

孙犁：《谈〈腊月·正月〉——致苏予同志》，百花文艺出版社 2012 年版。

谭帆、陆炜：《中国古典戏剧理论史》，中国社会科学出版社 1993 年版。

汪曾祺：《中国戏曲和小说的血缘关系》，载《晚翠文谈新编》，生活·读书·新知三联书店 2002 年版。

汪政：《贾平凹论》，贾梦玮：《河汉观星——十作家论》，云南人民出版社 2004 年版。

王德威：《抒情传统与中国现代性》，生活·读书·新知三联书店 2010 年版。

王铭铭：《社会人类学与中国研究》，生活·读书·新知三联书店 1997 年版。

王鹏程：《秦腔对陕西当代小说的影响以〈创业史〉，〈白鹿原〉，〈秦腔〉为例》，硕士学位论文，咸阳师范学院，2007 年。

王永生：《贾平凹文集》（第 14 卷），陕西人民出版社 1998 年版。

韦建国、李继凯、畅广元：《陕西当代作家与世界文学》，中国社会科学出版社 2004 年版。

吴毅：《村治变迁中的权威与秩序》，中国社会科学出版社 2002 年版。

肖云儒：《〈秦腔〉贾平凹的新变》，《小说评论》2005 年第 4 期。

谢春艳：《秦腔的文化品格》，载《秦腔探幽》，陕西旅游出版社 2001 年版。

杨志烈、何桑:《中国秦腔史》,陕西旅游出版社2003年版。
余秋雨:《中国戏剧史》,上海教育出版社2006年版。
张爱玲:《华丽缘》,载《张爱玲典藏全集4》,哈尔滨出版社2003年版。
张建忠:《陕西民俗采风:关中》,西安地图出版社2000年版。
张晓虹:《文化区域的分异与整合》,上海书店出版社2004年版。
赵树理:《小二黑结婚》,作家出版社2000年版。
赵园:《地之子》,北京十月文艺出版社1993年版。
郑娜:《黄土地上永远的苍凉》,《人民日报(海外版)》2013年第8期。
周扬:《论赵树理的创作》,载《周扬文集》第1卷,人民文学出版社1984年版。
朱大可:《"后寻根主义":中国农民的灵魂写真》,载《中国当代作家选集丛书·杨争光卷》,人民文学出版社2002年版。
朱恒夫:《中国戏曲美学》,南京大学出版社2008年版。
朱志荣:《中国审美理论》,北京大学出版社2005年版。

二 外文译著

[法] 蒂费纳·萨莫瓦约:《互文性研究》,邵炜译,天津人民出版社2003年版。

[法] 列斐伏尔:《空间政治学的反思》,陈志梧译,上海教育出版社2003年版。

[荷兰] 米克·巴尔:《叙述学:叙事理论导论》,谭君强译,中国社会科学出版社1995年版。

[美] 爱德华·萨丕尔:《语言论》,陆卓元译,商务印书馆2003年版。

[美] 卡尔·贝克尔:《启蒙时代哲学家的天城》,何兆武译,江苏教育出版社2005年版。

[美] 理查德·利罕:《文学中的城市:知识与文化的历史》,吴子枫、黄福海译,上海人民出版社2009年版。

[美] 斯图亚特·霍尔:《文化身份与族裔散居》,载刘象愚、罗钢主编《文化研究读本》,中国社会科学出版社2000年版。

［美］苏贾：《后现代地理学》，王文斌译，商务印书馆 2004 年版。

［美］希尔斯：《论传统》，傅铿、吕乐译，上海人民出版社 1991 年版。

［美］伊恩·P. 瓦特：《小说的兴起》，高原、董红钧译，生活·读书·新知三联书店 2003 年版。

后　记

　　张爱玲在《洋人看京戏及其他》中说:"为什么我三句离不了京戏呢？因为我对京戏是个感到浓厚兴趣的外行,对于人生,谁都是个一知半解的外行罢了？我单捡了京戏来说,就为了这适当的态度。"这样的态度同样也适合我,我对于秦腔的了解,也是这样一知半解和充满隔膜,但这并不妨碍我对秦腔的热爱。最初对于秦腔,惊诧于它的撕吼、刺眼、神秘、滑稽,就很困惑为什么西北五省的人那么喜爱它。

　　在西部五省,秦腔人人得而歌之演之,并融入日常生活模式中,秦腔高亢却不高调,它不仅与黄土高原的莽阔背景融为一体,更契合了当代西北作家的精神气质和宣泄冲动。"八百里秦川黄土飞扬,三千万人民吼叫秦腔,捞一碗长面喜气洋洋,没调辣子嘟嘟囔囔。"秦腔的架势气吞山河,可是调门一转,飞扬的尘土、汹涌的吼叫都还是要落实在穿衣吃饭上,所以秦腔一直深受当代西北作家的青睐。秦腔凄厉高亢,缺乏"中""和"之声,却是道地西北文化、生活节奏的具体表征。随着对秦腔了解的逐步深入,我慢慢意识到秦腔已经成为当地人的集体无意识,沉潜到作家内心深处,无论是鲁迅与绍兴戏、张爱玲与京戏、赵树理与上党梆子、白先勇与昆曲、贾平凹与秦腔、莫言与猫腔,都在表明戏曲文化对作家前期艺术气质的塑造。

　　地方戏曲的深入人心,与它的台上台下的互动表演有很大的关系,戏曲舞台的精彩绝伦的表演,与台下观众的热烈配合呼应有很大的关系,观众从戏曲烂熟的故事中看到中国特有的世故人情,有一种"浑朴含蓄"的好处。选择从事小说与戏曲的研究,是源于我内心的挚爱。对于戏曲，我自幼在内蒙古听平戏，常常一个人陶醉在戏曲的天地里独处一整天，我感觉戏曲是有语言的，甚而可以同人一样进行交流。来西安工作之后，秦腔进入我的生活，因此，我便渴望尝试将小说与秦腔这两门艺术形式进行更为深入的探讨与研究，这便是我申报教育部课题的个人缘由。但这一过程是曲折的，它并不像爱好那么轻而易举，它是一门学问，必须投入更多的大量的汗水才能把它们研究懂、学透。我明白，这部著作是教育部项目结项的最终成果，凝聚了我和课题组成员3年的努力，虽然无法做到尽善尽美，但它只是作为我们研究传统戏曲和现代小说的一个起点，希望以此次这份努力达到以后研究的"完美"。

在论著的写作过程中，课题组成员张雪艳副教授参与了第五章第一节的创作，学生张歆济、张国龙参与了本课题的研究，论著的第三章第三节和第五章的第三节分别在二人本科毕业论文的基础上修改而成，在此一并感谢他们。论著的完成只是一个阶段工作的结束，学术的道路艰辛而漫长，希望在各位同人的鼓励下，我们能在自己研究的领域内走得更远，取得更好的成绩。

王亚丽
2023 年 5 月 20 日